KB092319

칠
공
주
1

▌ 장순 저자 약력

얼마간의 시간이 무표정하게 흘러 갔는지 모른다.

아직까지 무료함을 달래 줄 답신은 받지 못했다.

단지 지극히 평범한 것을 좋아한다.

시집으로는 〈네가 없는 이 세상은 안개무덤〉, 〈봄 여름 가을 겨울 모두 바쁘면 환절기에 만나자〉, 〈사랑은 기다림으로부터의 시작입니다〉, 〈수화기를 들면 당신은 아무 말도 하지 못합니다〉와 수필집 〈느낌 하나, 사랑 둘〉, 〈사랑〉을 출간하였다. 그리고 장편소설로는 〈프리섹스〉, 〈칠공주 1, 2〉, 〈하늘의 아들〉, 〈슬픈고백〉, 〈축제는 끝나지 않았다〉, 〈바퀴벌레와 춤을〉, 〈야 인마〉, 〈내 머릿속의 또 다른 나〉, 〈내 머릿속의 미친개 한 마리〉 등이 있다.

칠공주 1

초판 인쇄	2014년 1월 10일
초판 발행	2014년 1월 15일
지은이	장순
펴낸이	진수진
펴낸곳	레몬톡
디자인	백미애
주소	경기도 고양시 일산동구 중산동 182번지
출판등록	2013년 5월 30일 제2013-000078호
전화	031-926-7696
팩스	031-926-7697
홈페이지	www.haeminbooks.com
ISBN	979-11-85254-51-7 (04810)
정가	14,000원

칠공주

장순 장편소설

차례

그 여름의 끝

　유리의 일상에 두 번째의 커다란 변화가 생긴 것은 그녀가 중학교에 입학하던 첫 여름이었다. 그녀가 철이 들기도 전에 아버지께서는 돌아가셨으므로, 그녀는 아버지의 얼굴도 기억하지 못한 채로 어머니와 함께 그렁저렁 살아 왔었다.

　아버지께서 돌아가신 이후로 유리가 철이 들고 나서도 어머니의 얼굴에는 수심이 떠나가는 날이 없었다. 그러나 그 외로움 속에서도 열심히 밥벌이를 하시며 유리 하나 믿는다는 듯 굳건하게 살아왔었다.

　그러던 어느 날 어머니는 뜻밖에도 재혼을 하셨다. 유리는 짐을 꾸린 어머니를 따라 그 남자의 집에 들어서고서야, 그가 전에 가끔씩 집으로 전화를 걸고, 그리고 때로는 집까지 들르곤 했던 중년의 남자라는 것을 알았다.

　유리는 그를 자연스럽게 아저씨라 불렀었고, 그 역시 그때는 유리를 부드럽고 인자하게 대해 줬었다. 허지만 유리는 어머니에게 새 남자가 생기리라고는 꿈에도 생각한 적이 없었다. 유리 또한 그녀에게 새아버지가 생기리라고는 꿈에도 생각해보지 않았던 것이다.

그래서 새아버지가 될 사람이 그리 마음에 썩 내키지는 않았지만 유리는 어머니만 좋다면 자신은 아무래도 좋다고 생각했다. 그처럼 유리는 어린 나이에도 어머니를 생각하는 마음씨가 애틋한 편이었다.

그러나 막상 함께 살다보니 새아버지라는 사람은 어린 유리가 보기에도 전혀 정이 가지 않을 만큼 무지한 사람이었다. 그가 유리에게 보여주는 태도는 어머니에게 딸려있는 거추장스러운 혹 하나에 불과했다.

거기에다가 그는 별다른 직업도 없었으며 날이면 날마다 술이 거나해서 집으로 돌아와 피곤한 어머니를 붙들고 안방으로 숨어들어가는 것이 일과였다.

같은 집에 살면서도 유리는 그를 계속 아저씨라 불렀다. 도저히 아버지라 부를 수가 없었다. 아버지의 존재 자체에도 젖어본 적이 없는 그녀였지만, 적어도 그녀는 그에게 아버지라는 영광스러운 자리를 부여하고 싶지는 않았다.

유리는 자기 또래의 아이들에 비해 상당히 조숙한 몸매를 지니고 있었다. 어머니를 닮아서인지 갸름한 얼굴에 훤칠한 키며, 적당한 숱으로 고르게 자란 머리칼이 중학생으로 보기엔 어려울 지경이었다.

유리가 어머니를 따라 새아버지의 집으로 들어온 지 일 년도 채 못 된 그 해 초여름이었다.

유리가 학교에서 돌아오자 슬픈 소식이 그녀를 기다리고 있었다. 어머니가 횡단보도를 건너시다가 과속 트럭에 치이셨단다. 가방을 문밖에 그대로 던져두고 병원으로 달려간 그녀를 맞이한 것은 냉동실에 드러누운 차가운 어머니의 시신뿐이었다.

유리는 그 여름을 눈물로 보냈다. 이제 어찌해야 할 것인가. 이 집에 머물러서는 안 된다고 생각했다. 그러나 그는 그녀를 다독이며 머물도록 해주었다.

유리는 이 집을 떠난다 해도 막상 갈 곳이 없었다. 그래서 그녀는 어쩔 수 없이 그 집에 머물 수밖에 없었다. 거기에다가 그녀 앞으로 지급된 보험금을 그가 보관하고 있었는데, 달란다고 줄 사람도 아니었기 때문이었다.

처음 한두 달은 별 일이 없이 흘러갔다. 유리의 슬픔이 잠시 그로 하여금 애처로운 눈빛으로 그녀를 지켜보게 만들었던 것이다.

그러나 그것도 잠간이었다. 시간이 흐르면서 그녀를 바라보는 그의 눈빛이 달라지기 시작하였다. 유리는 처음에는 그것이 어떤 변화인지 알 수가 없었다.

그러나 아무튼 그의 변화가 웬일인지 소름이 돋았고, 그녀를 한없이 불안하게 만들었다.

그 슬프고 무더웠던 여름의 끝이었다.

그녀가 학교에서 돌아오자 집은 비어 있었다. 열 시가 다 되었는데도 그는 돌아오지 않았다. 유리는 그 큰 집에 혼자 있는 것이 무서워지기 시작했다. 방마다 조명을 밝혀 놓았지만 무섭기는 마찬가지였다. 그녀는 이불 속에 들어가 그가 돌아오기만을 기다리고 있었다.

얼마간을 그렇게 누워 있었는지 모른다. 이불을 뒤집어 쓴 채 그녀가 막 잠들려던 참이었다. 그때 초인종 소리가 들렸다. 유리는 직감적으로 그라는 것을 알 수 있었다.

다른 때와는 달리 유리의 얼굴에 반가움이 번져 나왔다. 그녀는 얼른 이불 속에서 뛰쳐나와 대문으로 향했다. 그녀가 문을 열자 얼큰하게 취기가 오른 그가 들이닥쳤다.

"아직 안자고 있었니?"

"예."

"왜……?"

어둠속에서 그가 빤히 유리를 쳐다보며 말했다.

유리는 왠지 으스스한 기분이 들었다. 그래서 얼른 그와 마주친 눈을 피해버렸다.

"저녁은 드셨어요?"

기어들어가는 목소리로 유리가 그의 등에 대고 말했다.

"……."

그는 아무 말도 하지 않았다. 유리의 목소리가 너무 작았기 때문에 듣지 못했는지도 모른다. 유리는 다시 용기를 내어 입을 벙긋거렸다.

"저녁은 드셨어요?"

그 말을 들었음인지 신발을 아무렇게나 벗어 던지고 들어가던 그가 유리를 돌아다보았다. 유리는 순간 자신도 모르게 몸을 움츠렸다.

"아직 먹지 않은 모양이구나?"

하며 그가 뜻 없는 미소를 지었다.

유리는 그의 눈을 똑바로 볼 수가 없었다. 너무도 기분 나쁜 미소였기 때문에 유리는 저절로 몸이 떨려왔다.

"유리가 차려주는 저녁이면 먹어야지. 안방으로 가지고 오너라."

"저는 먹었어요."

유리는 거짓말을 했다. 배가 고프기는 했지만 그녀는 그와 같은 밥상에서 단둘이 식사를 하고 싶지 않았다. 그리고 그의 얼굴에서 묻어나는 그 능글스러운 웃음을 쳐다볼 자신이 없었다.

"어서 차려와."

그는 단호한 한마디를 남기고 유리를 한 번 힐끔 쳐다보고는 안방으로 들어갔다. 얼음처럼 굳어 서있던 유리는 그가 들어가고서야 조금 안심이 되었다.

그러나 주방에서 밥상을 차리면서도 내내 유리는 어떻게 안방에 들어가야 할지 난감해졌다. 그렇다고 다 집어치우고 제 방에 들어가 문을 잠그고 있을 수도 없는 노릇이었다.

밥상을 들고 유리는 문 앞에서 망설였다. 그러다가 힘겹게 말문을 열었다.

"저……."

내뱉었지만 입안으로 다시 스며들어갔다.

"들어오지 않고 뭐해?"

인기척을 느꼈는지 그의 음성이 방안에서 들려나왔다.

망설이던 유리는 그때까지 들고 서 있던 밥상을 내려놓고 방문을 열었다. 그는 옷을 벗어 던져둔 후에 잠옷 차림으로 벌러덩 드러누워 있었다. 그녀가 들어서자 그가 유리를 올려다보았다. 독한 술 냄새가 코를 찔렀다.

"식사 준비하느라고 힘들었지?"

밥상을 가져다가 내려놓는 유리를 지켜보다가, 일어나 앉으며 그가 혀 꼬부라진 소리로 말했다.

"너도 여기에 앉아라."

하며 그가 손으로 자신의 옆을 가리켰다.

"저는 그냥 여기에 앉을게요."

유리는 방문 입구에 몸을 움츠리고 앉으며 말했다.

"그래도……?"

그의 입에서 거친 억양이 튀어나왔다.

엉거주춤 일어선 유리는 겁이 나서 그가 시키는 대로 할 수밖에 없었다. 유리가 옆으로 다가가 앉자 그의 험상궂게 일그러졌던 얼굴이 조금 펴졌다.

"그러지 말고 같이 먹자."

그가 유리의 손목을 살며시 잡아끌며 말했다.

"싫어요."

유리는 그에게서 반사적으로 손을 잡아 뺐다. 그리곤 한걸음 뒤로 물러앉으며 그를 노려보았다.

"야, 이년아. 어른이 말하는데 노려봐. 이, 썅……."

그가 눈을 부라리며 쌍스럽게 말했다.

유리는 주눅이 들어 고개를 숙일 수밖에 없었다. 몸이 얼음처럼 굳어지고 있었다.

그렇게 쌍스러운 말을 듣는 건 처음이었다. 유리는 무서워서 고개를 들 수가 없었다. 어떻게 그렇게 사람이 백팔십도로 달라질 수 있는지, 어머니 앞에서는 전혀 그러한 모습을 내보이지 않던 그였기 때문에 유리는 더더욱 놀랄 수밖에 없었다.

"학교에는 다닐 만하니?"

몸을 움츠린 채 앉아 있는 유리를 보며 다시 그가 부드럽게 물었다. 유리는 대답하지 않았다. 아니 몸이 꽁꽁 얼어붙어 말을 할 수가 없었다.

"⋯⋯."

"왜, 아저씨가 무섭니?"

"⋯⋯."

"무서워할 것 없어. 아저씨가 시키는 대로 하면 아무 일도 없을 거야. 유리 너 많이 컸구나."

"⋯⋯."

"어서 먹어라."

그가 다정스럽게 유리에게 말했다. 하지만 유리는 마음을 놓을 수 없었다. 언제 그의 불호령이 떨어질지 몰라서였다. 그녀는 망설이다가 억지로 수저를 들었다. 그리곤 먹는 시늉을 해 보였다.

그는 몇 숟갈 뜨다말고는 숟갈을 내려놓고 담배를 가져다가 입에 물었다. 라이터를 켜서 불을 붙이자 그의 입과 코에서 희끄무레한 담배 연기가 자욱하게 쏟아져 나왔다. 그가 한쪽 손으로 재떨이를 끌어당겼다.

유리는 밥을 먹는 둥 마는 둥 하면서 숟가락과 젓가락을 끄적거렸다. 그때 그의 입에서 쏟아져 나온 담배 연기가 유리의 코로 역하게 흘러들어갔다. 순간 유리는 숨을 쉴 수가 없었다. 숨이 콱, 하고 막혀오는 것과 동시에 괴로운 기침이 나왔다.

유리가 괴로워하는 것을 보자 그가 그녀의 등을 토닥여 주었다.

'어른들은 왜 이런 담배를 피우는 것일까'

유리는 그가 원망스러웠다.

몇 번의 기침을 유리는 힘겹게 토해냈다. 그리고 나서야 어느 정도 안정을 찾을 수 있었다.

"괜찮니?"

"……."

유리가 고개를 끄덕였다.

"물 가져다줄까?"

"……."

유리는 고개를 저었다.

그는 여전히 담배를 끌 생각도 없이 손가락 사이에 끼고 있었다. 그리고 그의 다른 한쪽 팔은 계속해서 유리의 등을 쓰다듬고 있었다.

유리는 거북스러웠다. 하지만 싫은 기색을 내보일 수는 없었다. 그가 언제 또 화를 낼지 몰라서였다.

그의 손이 유리의 등짝을 쓰다듬다가 차츰 어루만지는 듯 변하고 있었다. 불쾌감과 두려움으로 유리는 자신도 모르게 몸을 덜덜 떨고 있었다.

"너, 브래지어 하고 다니니?"

그가 유리의 얼굴을 들여다보면서 입가에 가벼운 미소를 지으며 말했다. 유리는 너무도 창피한 나머지 얼굴이 홍당무로 변하고 있었다.

"……."

"괜찮아. 아저씨한테는 말해도 돼."

"……."

"왜, 내가 아빠가 아니라서 그러니? 그래서 싫은 거니? 이제 넌 나를 아빠라고 생각해야 돼."

"……."

"어서 말을 해봐."

"……."

"안되겠구나. 한 번 혼나봐야 정신을 차리겠니? 어른이 말을 하면 대답을 해야지."

그가 취한 눈을 치뜨며 무섭게 유리를 노려보았다.

유리는 점점 더 몸이 부들부들 떨려왔다. 그는 이미 이성을 잃은 듯하였다. 그래도 유리는 차마 대답할 수가 없었다.

"……."

"너 정말 혼나볼래?"

그가 재떨이에 거칠게 담배를 눌러 껐다. 그 모습에 유리는 몸을 더욱 움츠렸다. 그는 금방이라도 유리를 때릴 기세였다.

"……하고 다녀요."

유리는 고개를 잔뜩 구부린 채로 모기만한 소리로 대답했다.

"그럴 줄 알았어. 너는 너희 또래 애들보다는 유달리 가슴이 커." 하며 그가 유리의 가슴 쪽을 슬며시 바라보았다. 유리는 더 이상 그렇게 앉아 있을 수가 없었다. 하지만 그렇다고 그에게서 벗어날 별다른 방법도 없었다.

"그런데 오늘은 왜 브래지어를 안했니?"

"……."

유리는 울고 싶었다.

"어서 말해봐."

"……부 불편해서요."

"그래 아직은 익숙하지 않아서 그럴 거야. 그리고 유리, 너 그거 하니? 이를테면 한 달에 한 번씩 하는 거 말이야."

그가 유리의 등을 감싸 안으며 말했다.

"……."

유리는 그 대답만큼은 정말 할 수가 없었다. 너무도 수치스러웠다.

"창피하니?"

"……."

유리가 고개를 끄덕였다.

"나한테 그거 보여줄 수 없니?"

유리는 그것이 무언지는 알 수 없었지만 음흉스러운 그의 태도로 보아 무조건 거부해야 한다고 생각이 들었다.

"……안 돼요."

"왜?"

"……."

유리는 대답할 수 없었다.

그가 그녀에게 몸을 더욱 밀착시키며 바짝 붙어왔다. 유리는 그 순간 숨이 턱까지 막혀오는 것을 느꼈다.

그가 유리를 등 뒤에서 뼈가 으스러질 듯 껴안고 있었다.

"으음……."

처음 들어보는 이상한 소리였다. 유리는 그 소리를 듣는 순간 불쾌감이 느껴졌다. 몸을 비틀어 그에게서 빠져나오려고 안간힘을 써보았지만 허사였다. 그가 힘껏 유리를 끌어안고 놓아주려 하지 않았다.

그의 입에서 술 냄새와 역한 담배 찌든 냄새가 쏟아져 나왔다.

"아저씨가 보여 달라면 보여 주어야지. 그러면 안 된다는 거 너도 잘 알고 있지? 자 어서 보여줘 봐."

"시 싫어요."

"안되겠구나."

"……."

유리는 두려웠다. 엄마가 살아 있었다면 이런 일은 없었을 것이다. 유리의 눈가에 눈물이 그렁그렁하게 맺혀졌다. 하지만 그는 그러한 유리는 안중에도 없었다.

"이, 쌍……."

유리는 저절로 몸이 부들부들 떨렸다. 도망치고 싶었지만 아무리 그가 술이 취했다 하더라도 그녀의 힘으로는 역부족이었다.

그의 손이 유리의 옷 안으로 파고 들어왔다. 유리는 저항할 수조차 없었다. 그저 그에 대한 두려움으로 파르르 떨며 흐느끼는 것이 전부였다.

그의 입술이 유리의 목에 닿아 있었다.

"고것 참 싱싱하구나."

그가 뱀의 혓바닥처럼 혀를 움직이며 유리의 목에 고약한 침 냄새를 발라댔다.

그의 손이 좀더 안으로 들어와 이제 막 물이 오르기 시작하는 유리의 가슴을 쥐어뜯었다. 그의 입에서 거친 신음소리가 쏟아져 나왔다. 유리는 마치 그 소리가 짐승의 헐떡이는 소리처럼 들렸다.

"싫어요. 자꾸 이러지 말아요."

"뭘 이러지 말라는 거야. 잠자코 아저씨가 하는 대로 가만히 있는 거야. 알았어? 그러지 않으면 혼날 줄 알아. 아저씨 화나면 무서운 거 너도 알지? 말 안 들으면 두드려 패서 지하실에 가둘 거야."

그의 협박에 유리는 몸을 바들바들 떨 수밖에 없었다.

"잘못했어요. 아저씨. 앞으로는 말 잘 들을게요."

유리는 울면서 애원을 했다. 그러나 그는 그러한 유리를 윽박지르 며 꼼짝도 하지 못하게 만들고 있었다.

"가만히 있어!"

"……."

유리는 계속해서 흐느껴 울었다.

"아무 일도 없을 거야."

유리의 교복 상의는 그의 거친 손에 의해 찢기듯 벗겨졌다. 유리의 울음소리는 더욱 커졌다.

"이것 봐라. 생각했던 것보다 많이 익었네."

그는 유리의 가슴을 들여다보며 짐승처럼 웃었다.

유리를 자빠뜨린 후 그가 유리의 가슴을 본격적으로 더듬기 시작했 다. 그의 혀는 설익은 유리의 가슴 위에서 추한 작태를 벌이고 있었다.

유리는 빠져나오려고 안간힘을 쓰며 상체를 비틀었지만 소용이 없 었다.

"요것 봐라. 지 엄마 닮아서 앙탈부리기는……."

유리는 그가 너무도 혐오스러웠기 때문에 계속해서 반항했다.

"이년이 그래도……."

하며 그가 유리의 왼쪽 뺨을 사정없이 갈겼다. 유리는 그 순간 눈앞이 번쩍거렸다.

모든 것이 하얗게 변하고 있었다. 울음소리도 나오지 않았다. 유리는 한동안 정신을 차리지 못하고 있었다.

어렴풋이 그의 신음소리와 입 냄새가 느껴졌다.

"아……."

유리는 완전히 무방비 상태가 되었다.

그가 좀더 위로 올라와 유리의 입술을 찾았다. 도톰한 그의 혀가 입 안으로 들어왔다. 처음에 유리는 이를 악물어 필사적으로 방어했지만 역시 소용이 없었다.

그는 더 거칠고 우악스러워졌다.

'인간의 탈을 쓰고 어쩌면 그럴 수 있을까?'

유리는 믿을 수가 없었다. 정말 이 사람이 사람이란 말인가, 인간의 탈을 쓴 짐승이 아니고 정말 사람이란 말인가.

어머니는 어쩜 이런 남자와 살을 비비면서 살았을까. 유리는 어머니마저도 원망스러웠다. 남자가 그리도 그리웠단 말인가, 유리는 그때까지 뜨고 있던 눈을 아예 감아버렸다. 그리고는 눈물을 하염없이 쏟아 내었다.

혀를 내밀어 유리의 입안을 휘젓고 다니던 그가 오른손으로 유리의 검정 치마를 벗겨 내렸다. 있는 힘을 다해 다리를 꼬아서 유리는 그의 손길을 저지했다. 그것은 유리 자신도 알 수 없는 본능적인 힘이었다.

다시 한 번 짝 하고 뺨을 때리는 소리가 들렸다.

"이년이 그래도 ."

유리는 정신이 혼미해졌다. 뺨을 맞은 것보다도 그의 우람한 체구에 짓눌리는 압박감이 더 고통스러웠다. 유리의 다리는 힘없이 풀어졌다.

찝찔한 것이 유리의 코에서부터 흘러내리고 있었다. 새빨간 선혈이었다. 유리는 흘러내리는 코피 때문에 숨 쉬기가 더욱 곤란해졌다.

그는 굶주린 늑대처럼 덤벼들어 유리를 막무가내로 갉아먹기 시작했다. 유리의 육체 위에서 그는 급기야 바동거리기 시작했다.

"가만히 있어. 아프지 않게 할 테니까."

"……."

유리는 아무런 기력도 남아 있지 않았다. 몸에서 힘이 쭈욱 빠져나가는 것이 느껴졌다. 차라리 정신을 잃고 싶었다. 맨 정신으로 도무지 이럴 수는 없었다.

"눈을 떠봐. 너도 곧 익숙해질 거야. ……이제 어른이 되는 거라구. 이 아저씨가 너를 어른으로 만들어 주는 거야."

그가 유리의 몸 위에서 꿈틀거렸다.

"눈을 뜨라니까."

그가 유리의 얼굴로 올라오며 말했다.

비릿한 코피 냄새와 알 수 없는, 처음 맡아보는 고약한 냄새가 풍겨져 왔다. 그가 다그쳤지만 유리는 결코 눈을 뜨지 않았다. 유리는 절대로 눈을 뜨지 않으리라 마음을 먹었다.

악몽이었다. 알몸이 된 유리는 자신의 몸 위에 올라타 짓누르고 있는 그를 영원히 증오하리라고 생각했다.

"이제부터가 시작이야. 너도 이 맛을 알게 되면 하루도 배기지 못할 거야. 넌 나한테 고마워해야 돼."

그는 미친 사람처럼 지껄여 나갔다. 하지만 유리는 한마디도 알아들을 수가 없었다. 그저 그가 빨리 자신을 놓아 주었으면 하는 바람뿐이었다.

유리는 눈을 감고 있었기 때문에 그가 무엇을 하려는지 알지 못했다.

"자, 이걸 물어봐."

하며 그가 무엇인가를 유리의 입 쪽으로 바짝 내밀었다.

유리는 입을 앙다물고 있었다. 그러나 그는 포기하지 않았다. 유리를 다그치다 못해 섬뜩한 협박을 계속했다.

"너 고아원에 가고 싶어? 아니면 술집에 팔아버릴까?"

그 협박에도 유리가 입을 벌리지 않자 그가 억지로 그녀의 입에 손가락을 쑤셔 넣었다. 엉겁결에 유리는 입을 벌릴 수밖에 없었다. 다음엔 그의 혀가 들어올 거라고 그녀는 생각했지만 그렇지 않았다. 다음 순간 유리는 입안이 꽉 차면서 전혀 숨을 쉴 수가 없었다.

'무엇일까'

그녀가 무의식중에 눈을 뜬 건 바로 그 다음이었다. 유리는 깜짝 놀랐다. 그의 아랫배가 보였고 그 아래로 거무스름한 숲이 보였다.

흠칫 놀란 유리는 그것을 내뱉으며 얼굴을 돌렸다. 그러자 그것이 한눈에 들어왔다. 상상해본 적도 없는 처음 보는 것이었다. 그것은 징그러웠으며 너무도 컸다. 유리는 구토를 할 것만 같았다.

"거부할 것 없어. ……네 엄마는 좋아 하던 걸. 어른이 되는 연습이라고 생각하고 시키는 대로 해봐."

그가 그것을 유리의 가슴에 대고 빳빳하게 비비다가 다시금 유리의 입 앞으로 내밀었다. 유리는 눈을 감았다. 보지 않는 것이 나을 것이었다.

'남자는 이렇게 큰 것을 어디에다 숨기고 다니는 것일까. 이렇게 흉측한 것을…….'

유리는 눈 감은 채 생각했다. 그가 내민 것은 억지로 유리의 입에 반쯤 물려져 있었다. 유리는 그것을 물고 점점 더 몸을 움츠렸다. 그가 자신을 죽일지도 모른다고 유리는 생각했다. 어쩌면 죽는 것이 더 낳을지도 몰랐다.

"아……. 아아……."

그가 신음을 연신 토해 내었다. 그러면서 유리의 입안에서 그것을 계속 움직여댔다.

유리는 괴로웠다. 흐르던 코피가 말라 어느 정도 숨을 쉴 수는 있었지만, 그것이 목젖 안까지 깊게 들어와 닿을 때면 입이 찢어질 것만 같은 통증을 느끼며 숨이 턱턱 막혀왔다. 죽고만 싶었다. 유리는 자신이 이제는 죽어야 한다고 생각했다. 그것은 그녀를 완전히 포기하게 만들어버렸다.

"처음이니까 조금 아플 거야. 하지만 참아야 돼. 그러면 다음부터는 훨씬 쉬울 거야."

그가 유리의 입을 해방시켜주며 말했다. 비로소 유리는 조금 숨을 쉴 수가 있었다. 유리는 그의 말이 무엇을 의미하는지 알 수 없었다. 이대로 언제까지 있어야 하는 것일까. 비록 입은 혐오감에서 해방되었으나 그녀는 수치심에서 벗어날 수가 없었다.

"내가 더 쉽게 받아들일 수 있도록 해주마."

하며 그가 유리의 가슴을 혀로 핥아 내려갔다.

그는 어느새 벗었는지 옷을 홀딱 벗고 있었다. 그의 피부가 유리의 피부와 마찰을 이루었다. 유리는 여전히 불쾌감과 두려움에서 헤어 나올 수가 없었다.

그의 살갗에서 땀 냄새와 술 냄새가 혼합되어 흩어져 나왔다. 유리는 다시 한 번 그 냄새에 구역질을 느꼈다.

그의 입술은 유리의 아랫배를 훨씬 지나치고 있었다. 간지럽기도 하고 울렁거리기도 했다. 유리로서는 처음 느껴보는 감촉이었다. 하지만 몸을 비꼴 수는 없었다. 그녀는 겁을 집어먹고 있었다. 그가 자신을 어떻게 할지 몰라 유리는 공포에 질려 있었다.

"……그래도 여자라고 젖어 있는데."

그는 입가에 능글스러운 웃음을 띠고 있었다.

그의 혀가 유리의 아랫도리를 공격하기 시작했다.

"좋구나. 이래서 모두들 영계를 찾는다니까."

유리는 입술을 깨물었다.

"그래 이 정도면 됐어. 아……."

유리의 다리를 벌리고 혓바닥을 뱀처럼 움직이던 그의 입에서 신음소리가 쏟아져 나왔다.

유리는 주먹을 힘껏 말아 쥐었다. 그의 체중이 유리의 몸 위로 더욱 무겁게 실려 왔다.

"조금만 참으면 옷을 입게 해주지."

하며 그가 무엇인가를 유리의 몸속으로 집어넣었다.

"아, 아파요. 살려줘요. 잘못했어요."

숨이 컥컥 막혀왔다. 유리는 울부짖었다. 마치 자신의 아랫도리가 날카로운 칼에 의해 찢기는 것만 같았다. 어딘가의 살점이 떨어져 나가 피가 솟아나는 것만 같았다.

"가만히 있지 못해!"

그녀는 자신의 몸속으로 파고드는 것에 대해 이질감을 느꼈다. 하지만 그녀는 아무것도 할 수가 없었다. 그녀의 몸은 송두리 채 그의 수중에서 무참하게 능욕당하고 있었다. 아무리 벗어나려 해도 육중한 그의 체구에 짓눌려 꼼짝도 할 수 없었고 생각할 수조차 없었다.

무언가가 일시에 밀려들어 왔다가 일시에 밀려나가는 느낌이었다. 유리는 갈수록 더 큰 통증을 감당해야만 했다. 그녀는 이제 반항할 힘조차 남아 있지 않았다. 그녀의 몸은 지쳐서 아예 꼼짝할 수도 없었다.

그가 그녀의 몸 위에서 바동거렸다. 시간이 흐를수록 그의 헐떡거리는 숨소리도 짙어졌다.

유리는 자신을 포기한 상태였다. 모든 것이 그에게 달려 있었다.

그는 마치 유리를 죽일 듯한 기세였다. 끊임없이 그는 달려들었고 유리의 가슴과 머리카락을 쥐어뜯었다.

유리는 갈수록 만신창이가 되어갔다. 자신의 살점을 도려내는 그의 그것이 벅차서 유리는 더 이상 감당할 수가 없었다. 정신이 혼미해졌고 모든 것이 끝나는 것만 같았다.

그가 자신을 죽일지도 모른다는 생각이 계속 유리의 머릿속을 떠나지 않았다. 꼭 죽게 될 것만 같았다.

"아, 아……. 조금만 참아……."

그는 마지막 안간힘을 쓰고 있었다.

그 소리를 들으며 급기야 유리는 까무러치고 말았다.

그는 유리의 몸에서 힘이 빠지는 것을 느끼고서야 그녀의 몸 위에서 벗어났다.

얼마간을 정신을 잃고 누워 있었는지 모른다. 유리가 깨어난 것은 탁한 담배 연기 때문이었다.

그녀가 눈을 떴을 때 가장 먼저 보인 것은 흉측스러운 그의 알몸이었다. 유리는 차마 눈을 뜰 수가 없었다.

"깼니? 옷 입어라."

욕심을 채운 뒤라 그런지 그의 목소리는 많이 누그러져 있었다. 술기운도 많이 사라진 것 같았다.

"미안하다. 내가 많이 취했었나보다."

유리는 재빨리 옷을 집어 들고 알몸을 엉성하게 가린 채 비틀거리며자기 방으로 도망쳐 들어갔다. 방문을 닫아걸자마자 유리는 현기증이느껴져 방바닥에 주저앉고 말았다. 그리곤 눈물이 눈가에 그렁그렁하게 맺혀졌다. 하지만 큰 소리로 울 수는 없었다.

얼마를 그렇게 서럽게 울었을까. 밖에서 인기척이 들렸다. 유리는얼른 문고리를 두 손으로 꼬옥 잡았다. 무서웠기 때문이다.

"다신 안 그럴 거니까 잊어버려라."

"……."

"알았지?"

"……."

"나갔다가 올 테니까 집 잘보고 있어라."

그리고는 그가 밖으로 나가는 듯 현관문이 열리고 닫히는 소리가 들렸다. 그제야 유리는 문고리를 놓고 한숨을 돌릴 수가 있었다. 다시금멈추었던 눈물이 쏟아져 나왔다.

아직도 몽롱한 아랫도리에서 무엇인가가 팬티를 기분 나쁘게 적시고 있는 것 같았다. 이상하여 팬티 안을 들여다보자마자 유리는 깜짝 놀라 온몸을 부들부들 떨었다. 다시 공포가 엄습하여 왔다.

피가 흘러나오고 있었다. 유리는 두려움 속에서도 그곳을 자세히 살펴보았다. 아무리 찾아보아도 상처 난 곳은 없었다.

분하고 원통했다. 한없이 서러웠다. 어처구니없이 빼앗긴 순결이었다. 유리는 죽고 싶었다.

유리는 겁먹은 얼굴로 휴지를 가져다가 젖은 부위의 피를 닦아냈다. 그리곤 휴지를 좀더 뜯어다가 그 부위를 막아 두었다.

이제는 눈물도 더 이상 나오지 않았다. 그녀의 얼굴은 콧물과 눈물로 범벅이 되어 있었다. 눈물을 닦고 코를 풀자 핏덩어리와 콧물이 혼합되어 휴지에 묻어나왔다. 막혔던 코가 뻥 뚫리는 느낌과 함께 남자의 몸에서 쏟아져 나온 이상야릇한 땀 냄새가 코를 찔렀다.

유리는 온몸이 쑤시고 아팠다. 어느 부위에선가 시리고 욱신거리는 통증이 느껴졌다. 유리는 어떻게 고개를 들고 다녀야 할지 그것이 걱정이 되었다. 그리고 그를 다시는 보고 싶지 않았다.

그가 영원히 집으로 돌아오지 않았으면 좋겠다고 유리는 생각했다.

'짐승……'

유리는 만신창이가 된 채 그대로 방바닥에 쓰러져 잠이 들고 말았다.

방황의 시작

아저씨와 그 일이 있은 이후로 유리는 사는 것이 그저 무의미하게 여겨질 뿐이었다. 아무것도 할 수 없는 자신의 처지가 생각할수록 서글프게 느껴졌다.

아저씨는 아무 일도 없는 것처럼 유리를 대했지만 유리는 그 충격에서 좀처럼 벗어날 수가 없었다. 언제 또 그가 자신을 덮쳐 올지 몰랐기 때문에 유리는 그를 대할 때마다 겁에 질려 있곤 했었다.

그녀가 할 수 있는 일이란 고작 그와 눈이 마주치지 않도록 경계를 하는 것이 전부였다. 무방비 상태로 나날을 보낼 수밖에 없는 그녀의 마음고생은 여간 아니었다. 그러다 보니 학교에 가고 싶지도 않았고 친구들도 만나고 싶지 않았다. 그렇다고 집에 틀어박혀 있는 것도 아니었다. 책가방을 들고 학교로 향하다가도 그녀는 뒤돌아서곤 했다. 며칠째 그녀는 길거리를 배회하고 다녔다.

그녀가 밤늦게 집으로 돌아왔을 때 전화벨이 울리고 있었다. 하지만 유리는 전화를 받고 싶지는 않았다.

집안에는 아무런 인기척도 없었다. 그는 며칠째 집에 들어오지 않고 있었다. 유리는 다행이라고 생각하며 자신의 방으로 들어가서 문을 걸어 잠갔다. 그때도록 전화벨은 계속 울리고 있었다.

얼마간을 그렇게 끈질기게 전화벨이 울렸는지 모른다. 전화벨은 멈추어졌다가 다시 긴박하게 울리기 시작했다.

그녀는 할 수 없이 거실로 나가서 수화기를 들었다. 그렇지 않았다가는 밤새도록 울릴 것 같았기 때문이었다.

"여보세요?"

그녀가 수화기를 들었을 때 저쪽에서 낯익은 목소리가 들려 왔다.

"……."

"유리니?"

"……."

"선생님이야. 어떻게 된 거니. 집에 무슨 일이 있는 거야. ……그런 모양이구나. 그럼 선생님한테 전화라도 해야지."

목소리의 주인공은 다름 아닌 담임 선생님이었다. 그의 음성에는 걱정이 잔뜩 배어 있었다. 하지만 유리는 아무 말도 할 수 없는 벙어리가 되어 있었다.

"말 좀 해봐. 어디 아픈 거니?"

"……네."

"며칠째 집에 전화해도 받지 않던데. 병원에 입원했었던 거야?"

"……네."

그녀로서는 별달리 할 말이 없었다. 그녀는 가까스로 울음을 참아가며 네, 라고 대답을 하고선 힘없이 그 자리에 주저앉고 말았다.

"많이 아팠던 모양이구나. 내일은 학교에 나올 수 있겠니?"

"네, 그럴 게요."

"그래, 그럼 자세한 건 내일 학교에서 이야기하자."

그의 목소리가 사라진 한참 뒤에도 유리는 여전히 수화기를 귀에 바짝 대고 움켜쥔 채 앉아 있었다.

그녀는 멍하니 앉아 있다가 수화기를 내려놓고 방안으로 들어갔다. 그리곤 방문을 잠그고 나서 이부자리도 펴지 않은 채 그 자리에 쓰러져 잠이 들고 말았다.

그녀가 잠에서 깬 건 다음날 아침 아홉 시 경이었다.

그가 집에 있을까?

그녀는 거실 쪽에 대고 귀를 쫑긋 세웠다. 다행히도 밖은 조용했다. 그녀는 한숨을 내뱉고는 조심해서 방문을 열고 거실로 나왔다.

현관 앞에는 그의 신발이 보이지 않았다. 그는 어젯밤에도 역시 들어오지 않은 것 같았다. 그녀는 다행이라고 생각하며 욕실에 들어가 얼른 씻고 나왔다. 그리곤 식사도 거른 채 서둘러 학교로 향했다.

그녀가 학교에 도착한 것은 일교시가 거의 끝나갈 무렵이었다. 하지만 그녀는 교실에 들어가기가 어색했는지 문 앞에서 서성이고 있었다.

오 분 정도 그렇게 서 있다가 유리는 일교시가 끝나는 종이 울리고서 교실 안으로 들어갈 수 있었다. 그녀가 들어서자 아이들이 일제히 그녀를 쳐다보았다. 유리는 아이들의 눈초리에 왠지 기가 죽었다.

그녀는 아이들의 시선을 외면하고 자신의 자리로 가서 앉았다.

"많이 아팠니?"

짝꿍이 그녀의 얼굴을 들여다보며 걱정 가득한 목소리로 물어왔다.

동시에 아이들이 그녀를 둘러쌌다.

"얼굴이 많이 상했어."

아이들 중에 한명이 그녀를 안쓰럽게 쳐다보았다. 유리는 동물원의 철창에 갇힌 원숭이를 쳐다보듯 바라보는 아이들의 시선을 견뎌낼 수가 없었다.

"왜들 그래, 저리가."

아이들을 향해 그녀가 앙칼지게 쏘아붙였다.

영문을 알지 못한 아이들은 제각각 어리둥절하게 그녀를 쳐다보았다. 유리는 그대로 책상에 얼굴을 파묻었다.

"계집애 신경질 부리기는……."

자리로 돌아가는 아이들 중에 한 아이가 그녀를 쏘아보며 말하는 것이 얼핏 그녀의 귀에 들어왔다.

얼마 뒤에 수업 시작종이 울렸고 책상에 얼굴을 파묻고 있던 유리는 그제야 고개를 들 수가 있었다.

점심시간이 되어서 유리는 담임선생님에게 불려갔다.

똑똑똑.

유리가 상담실 문을 조심스럽게 두드렸다.

"들어와."

유리는 시무룩한 표정으로 안으로 들어갔다.

"거기에 앉아."

"……."

유리는 고개를 푹 숙인 채 담임 선생이 시키는 대로 의자에 앉았다. 그녀는 그를 똑바로 볼 수가 없었다. 그의 눈과 마주치는 것이 왠지 걱정되었다.

그래, 남자들은 다들 똑같아.

그녀의 담임은 총각이었다. 그녀도 다른 여학생들과 마찬가지로 총각 선생들에 대해 남다른 감정을 지니고 있던 감수성 예민한 여학생이었다. 하지만 새아버지와의 그 일이 있은 이후로 유리는 남자를 경계하는 버릇이 생겼다. 그것은 남자인 담임도 그녀에게 예외는 아니었다. 유리는 자신도 모르게 몸을 부들부들 떨었다.

"아직도 아픈 모양이구나?"

"……."

"큰일인걸, 시험도 얼마 남지 않았는데."

담임이 그녀의 핼쑥해진 얼굴과 초췌한 모습을 바라보며 말했다.

"선생님 오늘 일찍 집에 가면 안 되겠어요?"

"오늘은 집에 들어가서 쉬고 내일부터는 빠지지 말고 출석하도록 해."

그러며 담임이 걱정스럽게 유리를 쳐다보았다. 하지만 유리는 그의 얼굴을 쳐다보다가 고개를 돌리고 말았다.

"점심은 먹었니?"

그가 일어서며 말했다.

"……."

"식사는 거르지 말고 먹어야지."

하며 그가 유리에게 다가와 머리를 쓰다듬어 주었다. 그 순간 유리의 몸이 바짝 긴장되어 있다가 파르르 떨었다.

"집에 가서 푹 쉬도록 해."

그가 유리를 부축하여 일으켜 세웠다. 유리는 그의 손을 뿌리치고 싶었지만 그의 호의를 무시해선 안 된다는 생각이 들었다.

'선생님은 새아버지와는 다를지도 몰라.'

그녀는 곧 교실로 돌아와 가방을 챙겨가지고 교문을 나섰다. 그러나 집으로는 가고 싶지는 않았다. 새아버지가 집에 와있을지도 모른다고 생각하니 더더욱 들어가고 싶은 마음이 들지 않았다.

그녀는 마땅히 갈 곳도 없었기 때문에 마냥 길거리를 배회했다.

그녀는 정신이 반쯤 나간 상태였다.

어떻게 하면 좋을지, 도대체 무엇 때문에 자신에게 그러한 시련이 따르는지, 왜 자신에게는 의지할 수 있는 사람이 없는지를 그녀는 생각하고 있었다. 그럴수록 눈물이 자꾸만 흘러내려 몸에서 힘이 저절로 빠져 나갔다.

유리는 이를 악물었다.

'강해져야 한다.'

그녀가 자신에게 위안을 줄 수 있는 것은 그 말 한마디뿐이었다.

얼마를 그렇게 걸었는지 모른다. 그녀는 울고 있었지만 소리 내어 울 수는 없었다. 그녀의 맑고 투명한 눈동자는 시련을 이겨내기 위해 안간힘 쓰고 있었다. 그러는 그녀의 눈동자의 초점은 어느 한곳에도 오래도록 머물지 않았다.

무엇인가를 찾고 있었지만 그녀 스스로도 그것이 무엇인지 알지 못했다. 그렇게 길거리를 서성거리던 그녀가 문득 청아하고 평화로운 하늘을 보기 위해 고개를 들었을 때 비둘기 한 마리가 드넓은 하늘을 향해 푸드덕 날아오르는 것이 보였다.

'그래, 바로 그거야. 현실을 받아들여야해. 그리고 저 비둘기처럼 날개를 달자.'

이 넓은 세상을 살아가기 위해서는 절대 약해져서는 안 된다고 그녀는 다짐했다. 그녀에게 남은 한 가닥 희망은 좌절하지 않고 굳건하게 살아남는 것이었다.

그녀는 영화관 앞을 걷다가 발걸음을 멈추고 잠시 망설였다. 매표소의 조그만 구멍 위로 고교생 이상 관람가, 라는 문구가 쓰여 있었다. 그리고 다른 매표창구 위에는 연소자 관람 불가, 라고 쓰여 있었다.

그녀는 호주머니에 손을 집어넣었다. 손에 잡힌 것은 빳빳한 종이돈 몇 장이었다. 그녀는 곧 고교생 관람가 라고 쓰여 있는 매표창구에 돈을 밀어 넣었다. 창구 안에서는 대꾸 없이 관람표 한 장이 달랑 떠밀려 나왔다. 그녀는 그것을 들고 영화관 안으로 들어갔다.

그녀가 영화관 안으로 들어가 표를 내밀자 중년의 남자가 표를 받으며 그녀를 아래위로 훑어보았다. 하지만 별다른 말은 없었다.

그녀는 서둘러 관람석에 다가가 앉았다.

영화가 곧 시작되려던 참이었다. 영화관 안은 한산한 편이었다. 몇몇 사람이 다리를 꼬고 앉아 스크린을 향해 정신을 쏟고 있었다. 유리도 깊숙이 객석에 파묻힌 채 스크린을 쳐다보았다.

처음 들어와 보는 영화관이라 조금은 낯설었지만 유리는 차차 익숙해질 수 있었다. 영화관의 그 누구도 그녀를 유심히 보는 사람은 없었다.

영화는 시작되었고 유리는 자신도 모르게 영화 속으로 빨려 들어갔다.

너무도 슬픈 영화였다.

영화 속 여주인공의 기구한 인생 역경이 유리는 마치 자신의 일처럼 느껴졌다. 그녀는 영화를 보며 한순간도 눈물을 접어들인 적이 없었다. 그녀의 눈에서 흘러내린 구슬방울은 백옥처럼 하얗고 순결한 면 손수건을 하염없이 적셔냈다. 얼마를 그렇게 적셔 냈는지 눈물은 손목을 타고 주르륵 흘러 내렸다.

영화가 끝이 났는데도 유리는 자리에서 일어나지 않고 앉아 있었다.

그녀의 눈은 퉁퉁 부어 있었다. 그녀는 다시 시작된 영화를 보면서도 참지 못하고 속절없이 눈물을 쏟아내었다. 그러다가 더는 견디기 힘들어 자리에서 일어나 영화관을 뛰쳐나왔다.

밖은 어둠이 짙게 깔려 있었다.

'돌아가야 한다.'

그녀는 더 이상 갈 곳이 없었다. 어쩔 수 없이 죽기보다 싫은 집으로, 그가 살고 있는 집으로 그녀는 돌아갈 수밖에 없었다.

집으로 향하는 그녀의 얼굴은 마치 도살장으로 끌려가는 소처럼 안쓰러워 보였다. 그녀는 고개를 푹 숙인 채 힘없이 걷고 있었다.

'몇 시쯤 됐을까, 오늘도 그가 집에 들어오지 않았으면……'

유리의 입에서 저절로 땅이 꺼져 들어갈 것 같은 한숨이 쏟아져 나왔다.

집이 눈앞에 보였지만 유리는 걷는 것을 포기하지 않았다. 집 앞을 지날 때 유리는 집에 불이 켜져 있는 것을 보았다. 그가 집에 있다는 것을 확인한 유리는 집을 지나 한참을 더 걸어 올라갔다.

그녀가 살고 있는 집 뒷산에는 놀이공원이 있었다. 유리는 그곳으로 향하고 있었다. 그곳에서 시간을 보내다가 그가 잠들 즈음 들어갈 요량이었다.

놀이공원으로 향하는 길에는 드문드문 황색등이 켜져 있었기 때문에 그리 으슥하지 않았다. 어린 유리로서도 별 거리낌 없이 산책로를 따라 걸어 올라갈 수 있었다.

가끔 약수터를 다녀오는 사람들의 발길이 유리를 스쳐지나갔다. 그 인적을 제외하고는 너무도 한산하고 조용했다. 그렇게 오 분쯤 걸었을까, 놀이공원이 나타났다.

유리는 나무 벤치에 다가가 앉았다. 그녀는 가방을 무릎위에 올리고 앉아 산 아래를 내려다보았다. 그녀가 살고 있는 동네가 한눈에 들어왔다. 그녀는 시무룩하게 앉아 산 아래를 내려다보며 다시금 한숨을 토해냈다. 그녀로서 할 수 있는 것은 그것뿐이었다.

선선한 가을바람이 불어와 앉아 있는 그녀의 치맛자락을 살짝 들치곤 횡하니 사라졌다. 그때였다.

"웬 영계, 오늘 횡재했는걸."

음산한 발자국 소리와 함께 질 좋지 않은 남자의 목소리가 들려왔다.

산 아래를 내려다보고 있던 유리는 그 목소리에 흠칫 놀라 뒤를 돌아보았다. 그러며 자리에서 일어난 유리는 가방을 가슴에 바짝 끌어안고 뒷걸음질 쳤다.

세 명의 남자가 그녀를 향해 다가왔다.

"집에 안 들어가고 여기서 뭐해. 혹시 우리가 오기를 기다리고 있던 거야."

"이러지 마세요."

그녀가 조금 더 뒷걸음질 치며 말했다. 그녀의 몸은 바짝 긴장되어 있었다. 남자들은 순식간에 그녀를 에워쌌다.

"아랫동네에 사는 그 가시나 아니야."

한 녀석이 그녀의 얼굴을 유심히 바라보며 말했다. 유리도 그제야
그들이 동네 불량배라는 것을 알 수 있었다. 그들은 고작해야 고등학
교 이 삼 학년 쯤 되어 보였다.

"너도 우리 알지?"

"……."

유리는 겁에 질려 온몸에 소름이 돋았다.

"우리한테 잘못 보이면 국물도 없어."

그러며 다른 한 녀석이 잭나이프의 시퍼런 칼날을 번득번득 거렸다.

유리는 겁에 꼼짝하지 못하고 서 있었다. 금방이라도 오줌을 질금
질금 쌀 것처럼 유리는 바들바들 떨었다.

"쌈쌈하게 생겼는데."

"……."

"따먹어도 괜찮을까?"

키 큰 녀석이 잭나이프를 들고 서있는 녀석을 쳐다보며 말했다.

"괜찮아. 이 계집애 고아나 마찬가지야. 내가 알기로는 의붓아버지
하고 같이 살고 있거든. 친아버지도 아닌데 관심이나 있겠어."

"그래, 그럼 재미 좀 볼만 한데."

키 큰 녀석이 음흉스럽게 웃었다.

"야, 불쌍하잖아. 그냥 보내주자."

유리의 뒤에 서 있던 땅딸한 녀석이 가엾다는 듯 말했다.

"저 세끼는 분위기 파악도 제대로 못한다니까. 야이 세끼야, 넌 잔

말 말고 저기 가서 찌그러져 있어. 또 한 번 개소리 했다가는 가만 안
둬."

잭나이프를 든 녀석이 험상궂게 땅딸한 녀석을 쏘아 보았다. 그러
자 땅딸한 녀석은 의기소침한 채 멀찍이 떨어져 있는 벤치에 가서 앉
았다.

"니가 먼저 해. 넌 아직 계집애들 못 안아 봤잖아."

잭나이프를 들고 서 있던 녀석이 잭나이프를 접어 포켓에 집어넣고
담배를 꺼내 불을 붙이며 말했다.

"그래, 시팔 이참에 소원성취 한 번 해보는 거지 뭐."

하며 키 큰 녀석이 조금 더 으슥한 곳으로 사시나무 떨 듯 떨고 있던 유
리를 포악하게 잡아끌었다.

"오빠들 이러지 말아요. 살려주세요."

유리는 애원을 했다. 애원을 하면서도 그녀는 소용이 없다는 것을
알 수 있었다.

'왜, 왜……'

"제발……."

"난 너한테 유감없어. 다만 즐기자는 것뿐이야."

"입 다물어 이 쌍년아."

담배를 피우고 있던 녀석이 잭나이프를 꺼내 유리의 목에 시퍼런 칼
날을 세웠다.

유리는 숨이 컥, 막혀오는 것을 느꼈다. 그녀는 더 이상 저항할 수
없었고 체념할 수밖에 없었다.

"빨리 끝내. 나도 재미 좀 보게."

잭나이프를 유리의 목에 들이대고 있던 녀석이 키 큰 녀석에게 눈짓을 보냈다.

"소리 지르면 죽어."

잭나이프를 접어들인 녀석이 유리를 향해 험상궂게 인상을 쓰고 멀찍이 떨어졌다. 그러자 키 큰 녀석이 유리를 바닥에 쓰러뜨리고 덮쳐들었다. 유리는 입술을 깨물었다. 그녀의 눈에서 피눈물 보다 더한 눈물이 주르륵 흘러내렸다.

'왜 여자는 힘이 없는 걸까.'

유리는 눈을 감았다. 별도리가 없다는 것을 알았기 때문이다.

남자의 손이 치맛자락 안으로 들어왔고 다른 한쪽 손은 자신의 바지 지퍼를 내리고 있었다. 녀석의 손이 유리의 팬티 안으로 들어와 연약한 그녀의 살점을 도려내기 위해 바둥거리고 있었다.

유리는 손으로 얼굴을 가렸다.

녀석이 막 유리의 몸속으로 파고들려다가 말고 주춤거렸다.

"야, 너희들……"

카랑한 음성과 함께 누군가가 걸어오고 있었다.

유리를 탐하려던 손길이 순식간에 얼음장처럼 굳어지더니 유리의 몸에서 벗어났다. 유리는 여전히 손으로 얼굴을 가리고 있었다.

키 큰 녀석이 유리에게서 떨어져 나와 엉거주춤한 자세로 바지를 끌어 올릴 때였다. 키 큰 녀석의 얼굴로 주먹이 날아들었다. 키 큰 녀석은 그대로 주먹 한방에 나가떨어졌다.

"괜찮니? 애 좀 도와줘."

"알았어, 오빠."

그 말을 남기고서 남자의 발걸음이 잭나이프를 들고 있는 녀석에게
로 향했다.

"얘, 괜찮아?"

여자가 유리의 얼굴을 감싸고 있던 손을 떼어내며 말했다.

유리의 얼굴에는 눈물로 범벅이 되어 있었다.

"……."

"너, 유리 아니니? 나야. 나 모르겠어."

"……희지?"

여자는 다름 아닌 같은 반 희지였다. 유리는 자신도 모르게 희지를
와락 끌어안고 엉엉대고 울기 시작했다.

"이젠 아무 일도 없을 거야."

희지가 유리의 등을 토닥여 주었다.

멀찍이서 남자의 목소리가 들려왔다.

"너희들 누가 이런 짓 하라고 그랬어."

"네가 무슨 상관이야."

잭나이프를 든 녀석이 남자를 노려보았다.

"혼나봐야 알겠구나."

"뭐, 이 시팔."

그 말과 함께 녀석이 잭나이프를 휘둘렀다. 그러나 칼이 남자에게
미치기도 전에 녀석은 땅바닥에 얼굴을 처박고 말았다. 녀석은 얼굴을
땅바닥에 처박은 채 경련을 일으키듯 몸을 바동거렸다.

"너희 둘도 이리와 봐."

남자의 말에 땅딸한 녀석과 키 큰 녀석이 겁을 집어 먹고 고개를 숙

인 채 그의 앞으로 다가가 섰다.

"이 세끼들아. 힘없는 여자애를 괴롭혀."

"아니야. 난 그러지 말자고 그랬는데, 저 세끼가……."

땅딸한 녀석이 바닥에 뒹굴고 있는 녀석을 손으로 가리키며 말했다.

"끝까지 말렸어야지."

"미안해."

"저 자식 일으켜서 따라와."

"미안해. 다시는 안 그럴게."

키 큰 녀석이 그에게 사정하듯 말했다.

"따라오라면 따라와."

그가 쏘아보다가 앞장섰다. 그러다가 뒤돌아 희지 쪽을 보며 말했다.

"희지야, 집에 들어가 오빠가 다시 연락할게."

"오빠?"

"난 이 자식들 손 좀 봐줘야겠어."

그 말을 남기고 그는 불량배들과 함께 어둠 속으로 사라졌다.

희지가 집 앞까지 바라다 주었다.

유리는 현관문을 열고 안으로 숨죽여 들어갔다. 집안은 불이 꺼져 있었다. 유리는 다행이라고 생각했다.

그녀가 막 방문을 열고 안으로 들어가려 할 때 욕실에서 양변기의 물 내리는 소리와 함께 아저씨가 문을 열고 나왔다. 유리의 몸은 순식간에 뻣뻣하게 굳었다.

"어디서 뭘 하다가 이제서 기어들어오는 거야?"

그는 술에 흠뻑 취해 있었다.

"……."

"밥은 먹었니?"

"……."

그가 초점이 잡히지 않는 눈으로 유리를 쳐다보았다.

그가 아닌 엄마가 그 앞에 서 있었다면 유리는 엄마의 품안으로 뛰어가 울고 말았을 것이다. 하지만 그는 전혀 유리에게 도움이 되지 않는 남일 뿐이다. 유리는 그 자리에 선 채 울음을 힘겹게 참고 있었다.

"이리와. 오늘은 새아버지랑 같이 자자."

"그러고 싶지 않아요."

"이게."

그가 거실 옆에 장식되어 있던 장식물을 유리쪽으로 내동댕이쳤다. 유리는 얼굴을 손으로 가리고 한쪽구석에 쪼그리고 앉았다. 그러는 유리의 몸은 바들바들 떨고 있었다.

"하라는 대로 해. 아저씨랑 자는 게 그렇게 싫어."

"……."

유리는 어쩔 수 없이 고개를 저었다.

그의 손에 이끌려 방안으로 들어간 유리는 그가 시키는 대로 그의 옆에 누웠다. 그의 입에서 술 냄새와 담배 냄새가 혼합된 역한 냄새가 흘러나왔다. 유리는 그 냄새가 싫어서 고개를 돌렸다.

그의 의도는 뻔한 것이었다.

그가 유리의 가슴을 손으로 비벼대다가 그녀의 옷을 헤집고 들어와 도톰하게 오른 가슴을 입으로 빨았다.

유리는 차라리 죽고 싶은 심정이었다. 그녀는 입술을 힘껏 깨물었다.

'이겨내야 한다.'

얼마간을 유리의 가슴을 핥던 그가 그대로 그녀의 가슴에 쓰러진 채 어떠한 움직임도 만들지 않았다.

유리는 한동안 그의 무게를 그대로 받치고 누워 있었다.

그의 코고는 소리가 들려올 때 까지 그대로 누워 있던 유리는 그제 야 그의 머리를 옆으로 옮겨 놓고 옷을 추슬렀다.

술을 얼마나 마셨는지 몰라도 그는 완전히 인사불성이었다. 그의 코고는 소리가 방안을 가득 메워 놓았다. 너무도 듣기 싫은 소리였다.

'나쁜 자식, 짐승보다 못한 놈.'

유리는 순간 자신도 모르게 그를 죽이고 싶다는 생각이 충동적으로 생겼다. 그녀는 이성을 잃고 있었다.

'죽여야 해.'

그녀는 그녀를 죽이는 것만이 자신이 악몽에서 헤어 나올 수 있다고 생각했다.

결심이 선 유리는 자신이 베고 있던 베개를 그의 얼굴에 대고 체중을 실어 힘껏 눌렀다. 그러고 있는 유리의 눈에 눈물이 하염없이 맺혔다가 볼을 타고 흘러내렸다. 그녀는 알 수 없는 희열에 사로잡혔다.

누르면 누를수록 그녀는 가슴에 응어리져 있던 아픔이 해소되는 것 같은 쾌감에 휩싸였다. 그녀는 있는 힘을 다하여 그를 꼼짝도 못하게 짓눌렀다.

'나를 원망하지 말아요.'

얼마간은 그렇게 누르고 있던 유리는 몸에서 힘이 주욱 빠져나가는 것을 느꼈다. 이성을 잃고 있던 유리는 그제야 정신을 차릴 수 있었다.

그녀는 믿을 수가 없었다. 자신이 어떻게 그런 일을 저지를 수 있는지, 하지만 유리는 자신의 행동을 후회하지 않았다.

방안은 쥐죽은 듯 조용했다.

숨 막히는 듯한 적막이 방안으로 스며들어왔다. 유리는 겁을 집어먹고 있었다.

'죽었을 거야.'

유리는 어떡하면 좋을지 몰랐다. 그녀는 멍하니 그를 쳐다보고 앉아 있었다. 그러다가 무서워서 방안을 뛰쳐나왔다. 그녀는 자신의 방으로 들어가 방문을 걸어 잠갔다. 그리곤 손으로 귀를 막았다.

불을 켜지 않은 방안에서 유리는 살인을 저질렀다는 두려움에 몸을 바들바들 떨었다. 그녀는 엄마가 보고 싶어졌다. 자신을 이토록 험한 세상에 홀로 남겨두고 떠나간 엄마가 한없이 얄미웠다. 엄마를 생각하면 할수록 그녀가 원망스러웠다.

밤은 점점 깊어져 그녀를 놓아주지 않고 집요하게 괴롭혔다.

만남

유리는 지난밤 한숨도 잘 수가 없었다.

공포 속에서 한순간도 헤어 나오지 못하고 있던 유리는 새벽녘이 되어서 지쳐 깜박 잠이 들고 말았다.

유리는 꿈을 꾸고 있었다.

그녀는 솜털처럼 부풀어 올라 구름 한 점 없는 청명한 가을 하늘을 향해 날아오르고 있었다. 따사로운 햇살이 그녀의 얼굴에 하얗게 쏟아졌다.

청명한 가을 하늘을 유영하는 그녀는 덧없는 자유로움 속에서 기쁜 나날을 꿈꾸고 있었다. 그 평온함 속에는 그녀의 모든 희망이 살아 숨 쉬고 있었다. 모든 것에 대한 신뢰와 사랑이 불신 없이 그녀의 내면에 존재하고 있었다. 사랑할 수 있는 행복, 그리고 살아 있기 때문에 느낄 수 있는 모든 감정을 속임 없이 가슴에 끌어안고 있었다. 그녀에게 소중한 것은 동심으로 돌아간 꾸밈없는 소망과 기쁨이 살아 숨 쉬는 아름다운 미래였다.

너무도 평화롭고 안락한 시간이었다.

그녀가 꿈에서 깨어난 것은 문밖에서 들려오는 인기척 때문이었다. 그녀는 바짝 긴장한 채 귀를 쫑긋 세웠다.

'분명 그는 죽었을 텐데……'

인기척은 안방 문을 열고 나와 다시 욕실 안으로 희미하게 스며들어 갔다.

유리는 믿을 수가 없었다.

그녀에게 지난밤의 악몽이 다시금 생생하게 살아났다. 지난밤을 떠올리던 그녀는 믿어져지지 않아 숨을 죽이고 인기척을 따라 움직였다.

욕실 쪽에서 물 흐르는 소리가 흘러나오고 있었다. 그녀는 자신도 모르게 공포에 질려 있었다. 하지만 다른 한쪽으로는 안심이 되었다. 어쨌든 자신을 돌보아 줄 수 있는 사람은 그 사람 한 사람 뿐이지 않은가. 이젠 살인을 저질렀다는 죄책감에서 헤어 나올 수 있었다. 그녀는 안도의 한숨을 길게 내쉬었다.

얼마 동안 욕실에서 머무르고 있던 인기척이 맑은 기지개를 펴며 거실로 나왔다.

"유리야, 유리야……"

그의 목소리는 취기에서 말끔하게 벗어나 있었다.

그가 부르는 소리에 유리는 다시금 몸을 움츠렸다. 그러다가 방문을 빠끔히 열고 그를 쳐다보았다.

"일어나지 않고 뭐하고 있었니? 어서 아침이나 차려 와."

그 말을 남기고서 그는 안방으로 들어갔다.

유리는 얼른 주방으로 가서 아침 식사를 준비했다. 성질 급한 그에게서 언제 불호령이 떨어질지 몰랐기 때문이었다.

식사를 준비하면서 유리는 그가 전혀 지난밤의 사실을 알고 있지 못한다는 것이 다행스럽게 느껴졌다.

그녀가 안방 문을 용기 내어 두드렸다.

"벌써 다 됐니?"

"……."

하지만 유리는 대꾸를 하지 않았다. 여전히 그녀는 그와의 사이가 껄끄럽게 느껴졌다. 언제 그가 자신을 향해 그 더럽고 추잡스러운 행동을 해 올지 몰랐기 때문에 그녀는 경계의 빛을 접어 둘 수가 없었다. 그러나 유리는 우선은 안심할 수 있었다. 그가 술을 마시지 않은 맨 정신으로 자신을 범했던 적은 없었기 때문이었다.

그녀는 그가 나오기를 기다렸다가 술국을 퍼서 그의 앞에 놓아주었다.

"학교는 잘 다니고 있지?"

"……네."

"그런데 너는 왜 밥을 안 먹니?"

"저……저는 나중에 먹을 게요."

"왜 나랑 같이 밥 먹는 게 싫으니?"

"아 아니에요."

"내가 무섭니?"

"……."

유리는 말없이 고개를 떨구었다.

유리의 얼굴을 쳐다보던 그가 입맛이 없는 듯 수저를 내려놓았다.

그리곤 얼마의 돈을 식탁에 내려놓고 자리에서 일어섰다.

"며칠 집에 들어오지 않을지도 모르니까 그 동안 용돈으로 쓰도록
해."

그 말만을 남기고 그는 서둘러 집을 나섰다.

유리는 그의 뒷모습을 바라보고 있었다. 그가 사라진 후에야 유리
는 움츠렸던 몸을 펼 수 있었다. 그가 일어선 식탁 앞에 힘없이 앉아 있
던 유리는 허기를 느껴 밥을 퍼다 가 식탁 앞에 앉았다. 그리곤 맨 밥을
수저로 떠서 입에 넣고 씹었다.

입안이 바싹바싹 말라 목이 메었지만 그녀는 계속해서 밥알을 씹어
삼켰다.

차라리 그렇게 죽고 싶었다. 처참하게 일그러진 자신을 더는 용납
할 수 없을 것만 같았다. 유리의 눈가에 저절로 눈물이 그렁그렁하게
맺혔다.

언제까지 이러한 고통의 나날을 보내야 하는가, 그녀는 물 컵을 들
어 물을 마셨다. 하지만 가슴속에서부터 울컥거리며 솟아오르던 슬픔
은 멈추지 않고 계속되었다. 그녀는 멀거니 밥그릇을 쳐다보았다. 먹
지 않고 며칠을 견딜 수 있을까, 그런 생각을 하며 그녀는 눈가에 맺혀
진 눈물을 손등으로 훔쳐내었다.

그러다가 그녀는 밥을 꾸역꾸역 입안으로 밀어 넣었다. 나약해 질
수록 자신만 불쌍해진다는 생각이 들었기 때문이었다. 그것은 자신과
의 약속이었다. 이겨내야 한다고 수없이 자신과 약속하지 않았던가,
자신을 희생시켜야 될 이유는 없었다. 희생되어야 할 사람은 바로 그
였다. 언젠가는 그에게 대가를 꼭 지불하고야 말 것이라고 생각하며

그녀는 어금니를 지그시 깨물었다.

식사를 끝내고 설거지를 마친 뒤 유리는 가방을 들고 학교로 향했다.

'배워야지 사람 구실을 할 수 있는 거야. 이 엄마는 배우지 못해서 이렇게 살아왔지만 너는 그렇게 살면 안 돼. 꼭 명심해야 돼.'

엄마가 입버릇처럼 하던 말씀이었다. 엄마가 돌아가신 이후로는 그 말이 그녀의 머릿속에 박혀 한시도 떠나가지 않았다. 그녀는 학교로 걸어가면서 절대 약해져서는 안 된다고 생각하며 마음을 굳게 먹었다.

아이들이 등교하고 있었다. 그 중에는 유리도 끼여 있었다.

유리의 고통과는 무관한 듯 학교의 일상은 변함이 없었다. 유리도 이제는 겉돌지 말고 그들과 함께 호흡하여야 한다고 생각했다. 그것만이 갈기갈기 찢긴 육체와 정신을 회복시킬 수 있는 방법이었다.

그녀는 교실로 들어서면서 주위를 둘러보았다. 다행히도 희지는 아직 등교하지 않은 상태였다.

유리는 불안해졌다. 혹시 그녀가 어젯밤 놀이 공원에서 있었던 일을 아이들에게 떠벌리지 않을까 하는 조바심에서였다. 만약 그 일이 교내에 소문으로 퍼진다면……. 유리는 일순간 난감해졌다. 그런 일마저 생긴다면 유리는 더는 자신이 설자리가 없을 것만 같았다. 유리는 그런 불상사가 생기지 않기를 바랄 뿐이었다.

유리가 할 수 있는 일이란 고작 책상 앞에 앉아 교과서를 펴고 자습하는 것이었다. 그러는 중에도 유리는 불안감을 떨쳐 버릴 수 없었다.

조례 시간이 다 되어서도 희지는 나타나지 않았다. 유리는 희지가 나타나지 않는 것이 왠지 껄끄럽게 느껴졌다. 아이들은 무슨 재미난 일이 그리 많은지 깔깔거리며 수다 떨기에 여념이 없었다.

담임 선생이 조례를 위해 들어왔고 그때도록 희지는 보이지 않았다. 유리는 희지의 자리를 힐끔 뒤를 돌아보았다. 담임선생이 막 출석 체크를 할 때 희지가 교실 문을 열고 헐레벌떡거리며 뛰어 들어왔다.

"야, 지각 대장. 하루라도 지각하지 않으면 어디가 탈나니?"

"죄송해요, 선생님."

희지가 자리에 앉으며 대답했다.

"어젠 또 무얼 했니?"

"그게……."

희지가 선생님을 바라보다가 다시 유리쪽을 쳐다보았다. 유리는 희지와 시선이 마주치자 가슴이 뜨끔거렸다. 희지를 쳐다보고 있던 유리가 서둘러 시선을 접어 들였다. 그녀는 한순간 처참해지는 것을 느꼈다. 긴장되어 있던 그녀는 다리를 아래위로 떨었다. 긴장될 때마다 그녀는 다리 떠는 버릇이 있었다.

"또 한 번 지각하면 알지?"

"네."

희지는 더 이상 아무 말도 하지 않고 싱글 벙글거렸다. 고개를 떨구고 있던 유리는 그제야 안심할 수 있었다.

담임 선생은 조례가 끝나자 일 교시가 시작되었다. 그때도록 유리는 희지 쪽을 쳐다보지 않고 있었다. 희지도 마찬가지로 유리쪽을 쳐다보지 않았다. 일 교시가 끝나고 쉬는 시간이 되서도 유리는 자리에서 일어서지 않았다. 그녀의 귀는 희지 쪽에 집중되어 있었다.

희지는 아이들과 어울려 무슨 말인가를 속닥거리고 있었다. 유리는 귀를 활짝 열어 그녀가 하는 말을 빼놓지 않고 모조리 엿들었다. 하지만 희지의 자리와 유리의 자리의 거리가 만만치 않았기 때문에, 그리고 아이들의 웅성거리는 소리 때문에 자세히는 들을 수 없었다. 유리는 교과서를 펴고 있었지만 그것에 집중할 수는 없었다.

유리는 점점 민감해졌다. 희지의 입에서 무슨 말인가가 쏟아져 나올 때마다 유리는 깜짝깜짝 놀라기 일쑤였다. 정신적으로 안정을 찾지 못하고 있던 유리는 계속해서 다리를 떨어 댔다.

수업 시간에 유리는 용기 내어 희지를 고개 돌려 쳐다보았다. 그러자 눈이 마주친 희지가 유리를 향해 가볍게 웃어 주었다. 그러나 유리는 여전히 마음이 편하지 못했다. 유리는 다시 칠판 쪽으로 고개를 돌렸다.

수업 시간 내내, 그리고 쉬는 시간에도 유리는 긴장을 풀 수 없었다.

희지의 주변에는 아이들이 항상 모여 있었다. 그녀의 명랑한 성격 때문에 아이들이 떠나가는 날이 없었다.

"유리야."

점심시간에 희지가 유리쪽으로 도시락을 들고 오며 말했다. 유리는 순간 몸이 빳빳하게 굳어 아무 말도 할 수 없었다.

"점심 같이 먹자."

다시금 희지가 상냥하게 유리를 바라보았다.

"그래도 되지?"

하며 희지가 그녀의 책상 앞에 도시락을 올려놓았다. 유리도 도시락을 꺼내 책상 위에 올려놓고 수저를 들었다.

식사를 하는 동안 유리와 희지의 사이에 대화란 전혀 이루어지지 않았다.

"유리야, 이 반찬 네가 한 거니? 정말 맛있다."

희지가 말을 건넸지만 유리는 아무런 대답도 하지 않았다. 희지는 대답 없는 유리 앞에서 무안 하기는 했지만 그렇다고 얼굴을 붉히지는 않았다.

유리가 먼저 식사를 끝내고 자리에서 일어섰다. 그리곤 교정으로 나가서 운동장을 바라보고 멀거니 앉아 있었다. 가을 햇살이 그녀의 얼굴로 한가하고 따사롭게 쏟아졌다. 그녀의 얼굴은 햇살을 받아 화사하게 변하였다. 그러나 시무룩한 빛은 여전히 가시지 않고 있었다.

교내에 마련되어 있는 스피커를 통해서 클래식이 흘러나오고 있었다. 유리는 벤치에 등을 기댄 채 눈을 살며시 감았다. 그러자 기다렸다는 듯이 졸음이 밀려와 나른해졌다.

그렇게 앉아 있던 그녀의 옆으로 누군가가 다가와 앉았다.

유리는 아랑곳하지 않고 눈을 감고 있었다. 그렇게 눈을 감고 얼마간을 앉아 있었는지 모른다. 그러다가 왠지 기분이 이상해서 유리는 눈을 떴다.

희지였다. 희지가 유리의 얼굴을 빤히 쳐다보고 있었다. 유리는 당황했고 신경질적으로 변했다.

"왜 그러는 거야?"

"뭘?"

"왜 귀찮게 구느냐고?"

"난 그런 적 없는데."

희지가 유리를 향해 살며시 웃어 주었다.

"……"

"어제 일은……."

"그만해."

그러며 유리가 벤치에서 일어섰다. 유리로서는 생각하기도 싫은 일이었다. 그런 유리를 희지가 끌어 앉혔다.

"미안해. 하지만 난 너와 친해지고 싶어서 그러는 거야."

"……."

"어제 있었던 일은 걱정하지 마. 비밀로 할게."

"……."

유리가 땅이 꺼져 들어갈 것 같은 한숨을 길게 내쉬었다.

"우리 둘 만의 비밀이야."

"고마워."

"그래, 힘들어도 참고 견뎌 내는 거야. 옆에 내가 있어 줄게."

"왜 나 같은 애랑 친해지려고 그러니?"

"말해 줄까?"

"……."

말없이 고개를 끄덕이며 유리가 희지를 쳐다보았다. 생글거리던 희지는 어느 순간부터인지 어두워지기 시작했다.

희지는 한동안 말이 없었다. 유리도 입을 다문 채 그녀가 말문을 열기를 기다리고 있었다. 그녀는 마음을 가다듬고 이를 악물더니 말문을 열었다.

"나도 그랬어."

"……."

"넌 다행이도 당하지는 않았지만 난……."

"그랬구나. 그래서……. 그런데 언제……?"

유리의 눈과 희지의 눈은 어느새 마주쳐 있었다. 서로의 눈 속에서 둘은 동병상련의 아픔을 나누고 있었다. 유리가 희지의 손을 지그시 잡았다. 그리곤 찬찬히 희지의 얼굴을 뜯어보았다.

"초등학교 육 학년 때였어."

"……."

유리는 말문이 막혔다. 희지의 말이 믿어지지 않았다. 그러한 고통을 가슴에 안고도 어쩜 그렇게 명랑할 수 있는지 유리로서는 납득이 가지 않았다. 밝고 화사하며 장난기가 가득한 희지에게 그런 과거가 있었다고 생각하니 유리는 그녀가 불쌍해서 서글퍼지기 시작했다.

희지는 망설임이 없었다.

"학교에서……."

"학교에서?"

유리가 말을 끊으며 말했다.

"그래, 선생님한테."

교실에서는 희지의 분단이 청소를 맡아서 하고 있었다. 다른 분단 아이들은 벌써 토요일이라 집으로 일찍 돌아갔고 운동장에는 몇몇 장난꾸러기들이 뛰어 놀고 있었다.

청소가 거의 끝나 갈 무렵 담임 선생이 청소 상태를 점검하기 위해 교실로 돌아왔다. 그는 구석구석 세심한 곳을 확인했다. 그날따라 담임은 까다롭게 아이들의 미숙한 청소 상태를 지적했다.

"유리창이 깨끗하지 못해. 유리창 닦던 아이들은 다시 닦고 확인 맡고 가. ……희지 네가 다 닦거든 교무실로 와서 선생님한테 보고해."

"네."

"그리고 나머지 학생들은 집에 돌아가도 좋아."

그 말을 남기고 담임은 다시 사라졌다.

남은 다섯 명의 아이들은 집으로 일찍 돌아갈 욕심에 너도나도 할 것 없이 유리창 닦는 것에 열중했다. 희지도 열심히 유리창을 닦았다.

담임에게 잘 보일 욕심도 있었지만 무엇보다도 다음날 부모님과 가을 소풍을 가기로 되어 있었기 때문에 희지는 들떠 있었다. 그리고 희지는 담임의 귀여움을 독차지하고 있었기 때문에 그의 기대에 어긋나고 싶지 않았다.

유리창 청소를 끝내고 희지는 아이들을 대표해서 교무실로 향했다. 교무실에는 몇몇 선생님들만이 남아 있었다. 희지는 교무실 문을 열고 들어가 목례를 한 뒤에 담임선생님이 앉아 있는 곳으로 다가갔다.

"선생님 청소 다 끝났는데요."

그녀가 담임에게 가까이 다가가 상냥하게 말문을 열었다. 담임은 시험지 채점을 하고 있었다.

"그래, 아이들보고 집에 가도 좋다고 그래."

"네."

희지가 막 인사를 하고 뒤돌아 가려는 순간이었다.

"참, 희지야. 바쁘니?"

"……."

"바쁘면 할 수 없고……."

"무슨 일 때문에 그러시는 데요?"

"다른 게 아니라 선생님 채점하는 것 좀 도와 달라고……. 희지가 도와주면 조금 일찍 끝날 수 있을 것 같은데. 어떠니? 도와줄래?"

"네, 그럴 게요."

희지는 거리낌 없이 대답했다.

그가 시험지 채점을 도와 달라는 것은 이번이 처음은 아니었다. 담임은 희지를 상당히 신뢰하는 편이었다. 반장과 부반장보다도 더 희지를 아끼고 믿는 담임이었다. 어느 땐 부담스러울 정도로 다른 아이들 앞에서 희지를 귀여워하곤 했었다. 그렇기 때문에 희지는 항상 아이들의 부러움을 사고 있었다. 개중에는 샘을 내다 못해 질투하는 여학생들도 있었다.

"벌써 시간이 이렇게 됐네."

그가 손목시계를 보며 혼잣말처럼 말했다.

"희지 배고프겠구나?"

"아니오. 아직 배고프지 않아요."

"그래도 점심은 먹어야지. 우리 점심 먹고 선생님 집에 가서 채점할까?"

"……."

"그렇게 하자. 희지는 가서 아이들 보내고 이리 다시 와."

"네."

희지는 교무실에서 나와 교실로 가서 아이들을 보냈다. 그리고 가방을 챙겨서 교무실로 다시 왔다. 그때 담임이 교무실 문을 열고 나왔다. 그의 손에는 시험지 한 다발이 들려져 있었다.

학교에서 나와 희지와 담임은 학교 앞 분식집에서 간단하게 식사를 했다.

담임이 자취하고 있는 집은 학교에서 그리 멀지 않은 곳이었다. 걸어서 오 분 정도 걸리는 거리였다.

"희지도 이제 몇 달만 있으면 중학생이 되는 구나."

"네……."

"졸업하면 보고 싶어서 어떡하지."

그가 걸어가면서 희지의 어깨를 토닥여 주었다. 희지는 그저 마냥 좋을 뿐이었다. 담임이 자신을 그렇게 까지 생각하고 있다는 것이 뿌듯했다.

"들어가서 앉아 있어."

그가 방문을 열어 주며 말했다. 그리곤 부엌에서 주스를 따라 가지고 방으로 들어왔다.

"조금 덥지."

하며 그가 희지에게 주스를 건네주었다.

희지가 주스를 마시는 사이에 그가 앉은뱅이책상을 끌어다가 시험지를 올려놓았다. 그리곤 시험지 한 뭉치와 빨간 색 색연필을 꺼내 희지 앞에 놓았다.

"한 두어 시간이면 끝날 거야. 답안지가 여기 있으니까 보고하도록 해. 그리고 채점하다가 애매모호한 것은 선생님한테 물어 보고……. 몇 번 해봤으니까 희지는 잘할 수 있을 거야."

그가 마주하고 앉은 희지의 얼굴을 들여다보며 환한 미소를 만들었다. 희지는 그의 눈과 마주치자 가슴이 벅차 왔다. 그녀의 얼굴은 수줍어 붉게 변하였다.

"누가 먼저 끝내나 내기할까?"

"……."

희지가 고개를 끄덕였다.

"그럼 이제부터 시작."

앉은뱅이책상 앞에 팔을 기대고 앉아 그가 고개를 떨구고 먼저 채점하기 시작했다. 희지도 뒤질세라 서둘러 색연필을 들고 시험지와 답안지를 번갈아 쳐다보았다.

얼마를 그렇게 채점하는 것에 정신이 팔려 있었을까, 식곤증 때문이었다. 그리고 열어 놓은 창문을 통해 불어 들어오는 산들바람 때문에 희지는 저절로 하품을 만들었다.

하품은 옮아가는 것일까, 그도 덩달아 하품을 하며 기지개를 폈다. 그러다가 그가 말했다.

"집에서 걱정하실 텐데."

"괜찮아요."

"그래도 전화라도 드려야 하지 않을까?"

"집엔 아무도 안 계실 거예요. 늦으신다고 그러셨거든요."

"토요일인데?"

그가 의아해 물었다.

"회식이 있으시데요."

"아버님 어머님이 같은 직장에 다니신다고 그랬지."

그가 알겠다는 듯 고개를 끄덕였다.

다시 채점이 시작되었다. 희지의 머리와 그의 머리가 닿을 듯 말 듯 아슬아슬하게 맞닿아 있었다.

삼십 분쯤 그렇게 채점을 하고 있었을까, 희지가 식곤증 때문에 꾸

벅 꾸벅거렸다. 그러다가 어느 순간 반짝하고 희지의 머리 부분에서
별이 피어났다. 희지는 얼른 정신을 가다듬었다.

"졸린 모양이구나."

그가 희지와 부딪친 머리를 매만지면 서글서글하게 웃고 있었다.

"죄송해요, 선생님"

"아니야. 오히려 내가 미안하지. 우리 한 시간만 자고 할까?"

"……."

그가 책상 옆에 이불을 깔아 주었다.

"자, 어서 누워."

"전 그냥……."

"아니야, 그러지 말고 선생님이 시키는 대로 해."

"선생님은?"

"난 조금만 더하다가……. 걱정하지 말고 편하게 누워."

그 말을 남기곤 그가 다시 채점을 하기 시작했다.

희지는 그의 앞에 누워 있기가 뭐했지만 눈까풀이 무거워지고 나른
해져서 더는 앉아 있을 수가 없었다. 그의 채점하는 소리가 귓가를 어
지럽히며 자장가로 다가왔다. 몇 번인가를 뒤척거리다가 희지는 잠이
들고 말았다.

그렇게 얼마 동안을 누워 있었는지 모른다.

꿈을 꾸고 있는 것만 같았다. 처음으로 느껴 보는 이상한 기분이었
다. 희지의 피부로 진득한 물기가 느껴졌다. 그와 동시에 더운 기와 함
께 가슴이 답답해졌다.

희지는 잠에서 깨어났지만 눈을 뜰 수는 없었다. 알 수 없는 까마득

함이 그녀를 숨 가쁘게 만들었다.

간지러움이 느껴졌다. 그리곤 누군가의 손이 자신의 피부를 어루만지고 있는 것을 느낄 수 있었다.

물기에 젖은 타인의 살결이 느껴졌다. 그 살결은 희지를 포개고 귓가에 더운 바람을 일으키고 있었다. 희지는 자신이 마치 땅속으로 꺼져 들어가는 것 같은 고통과 거북함을 느꼈다.

"허억……."

희지는 턱까지 밀려나온 숨을 다시금 들이켰다.

꿈은 아닌 듯싶었다. 그제야 사태를 짐작한 희지가 눈을 떴다. 순간 희지는 몸을 바짝 웅크렸다.

믿기 힘든 충격적인 실제였다.

희지는 그의 알몸을 보고서 순간 당황하다가 눈을 감았다.

희지는 생각했다.

분명 이건 꿈일 거라고, 하지만 꿈과는 전혀 달랐다. 그의 가쁜 호흡소리가 점점 더 집요하게 희지에게 달려 들어왔다.

희지도 그도 알몸이었다. 바짝 밀착된 피부와 피부 사이로 까닭 모를 물기가 흘러넘치고 있었다. 희지의 몸은 서늘하게 식어 갔다. 그녀의 등에서 주르륵 흘러내린 식은땀이 이불을 적셨다.

"선생님……."

희지의 목소리가 가늘게 떨려 나왔다. 그러나 그는 대답이 없었다. 그는 희지의 귓불에 뜨거운 입김만을 불어넣고 있을 뿐이었다.

그의 손이 차갑게 희지의 다리 사이로 파고 들어왔다. 희지는 다리를 오므렸지만 벌써 그가 들어와 있었기 때문에 아무런 소용이 없었다.

그의 손이 자신의 몸속으로 파고들어 오는 것이 느껴졌다.

아주 천천히, 그리고 묵직하게 그의 손이 파고 들어와 희지를 아프게 만들었다.

"아파요."

그녀가 할 수 있는 말은 그것이 전부였다. 그러자 그의 손이 잠시 멈칫거렸다. 그것도 잠시 그의 입술이 희지의 입술을 포개고 더 이상 말을 하지 못하도록 만들었다.

희지는 어지러웠다.

왜 그런 기분이 드는지 몰랐다.

희지는 무서웠다. 하지만 알 수 없이 가슴이 급격하게 뛰기 시작했다. 그의 몸이 불타오르는 것처럼 희지의 몸도 뜨거워지기 시작했다. 그리고 심장 박동 소리가 점점 커져 왔다.

무엇을 하려고 하는 것일까.

희지는 거부할 수 없었다. 그가 자신을 어쩐다는 것보다는 임신을 하게 된다는 공포가 그녀를 더 무섭게 만들었다.

그녀가 알고 있는 성 지식은 남자와 여자가 알몸이 되어 뒤엉키면 아이를 갖는다는 것뿐이었다.

그의 입술이 희지의 입술을 덥고 있었다. 그녀의 입안으로 혀를 내밀었다. 그의 혀가 얼마 동안을 그렇게 희지의 입안을 돌아다니다가 타액을 밀어 넣고는 벗어났다. 벗어나는 중에도 그의 입김이 그대로 희지의 얼굴을 뜨겁게 적셔 내었다.

그는 계속해서 희지의 가느다란 목선을 타고 내려갔다.

"선생님……."

무슨 말인가를 하고 싶었는데 그녀의 입에서는 그 말밖에는 나오지 않았다.

"가만히 있어. 선생님은 희지가 좋아서 그러는 거야."

그가 희지의 눈을 들여다보며 말했다.

희지는 그의 눈 속으로 빨려 들어갈 것만 같은 착각에 휩싸였다. 그의 눈빛에서 희지는 알 수 없는 환상에 사로잡혔다.

언제부턴가 희지는 자신이 어른이 다되었다고 생각하고 있었다. 그 것은 자신의 다리 사이에서 한 달에 한 번씩 흘러내리던 홍조 때문이었다. 홍조는 곧 아이를 낳을 수 있는 육체적 변화이기 때문이다.

그녀는 가만히 누워 그가 하는 대로 따르고 있었다.

'선생님, 나도 선생님이 좋아요.'

그런 말을 하고 싶었지만 희지는 자신이 없었다. 왠지 그런 말을 하기에는 자신의 나이가 어리다고 생각되었기 때문이었다.

자신의 아직은 서툴게 부풀어 오른 가슴이 그러했고, 그곳에 수줍게 돋아난 보송보송한 숲이 그러했다.

희지는 사랑이라는 것을 아직은 모르는 나이였다. 그저 막연하게 가슴이 울렁거리면 그것이 사랑이라고 생각하는 철없는 나이인 것이다. 희지는 가슴이 부풀어 오르는 것을 느끼면서도 무서움 같은 것을 떨쳐 버릴 수는 없었다.

그가 희지의 막 물이 오르기 시작한 가슴을 입술로 뜨겁게 달구었다.

희지는 숨이 막혀서 제대로 숨을 쉴 수 없었다. 그러던 희지는 열린 가슴을 더욱 활짝 열어 그를 깊게 받아들였다. 희지의 손이 그의 등에 올려져 서툴게 남자의 피부를 쓰다듬었다.

그는 점점 깊게 희지를 향해 접근해 들어왔다.

희지는 그것이 사랑하기 때문에 있을 수 있는 일이라고 생각했다. 그가 사랑하기 때문에 자신을 갖고 싶어 한다고 생각했다.

순결이 무엇인가?

그녀는 순결이란 알 수 없는 나이였다.

"선생님은 희지를 좋아해."

그가 말했다. 하지만 정작 희지가 듣고 싶었던 말은 그것이 아니었다. 그의 입에서 사랑한다는 말이 나오기를 기다리며 희지는 벅찬 호흡을 만들고 있었다.

"미안해, 희지야. 하지만 희지는 이제 진짜 어른이 되는 거야."

어린아이를 겨냥한 사탕발림은 죄책감이란 전혀 없었다.

희지는 어른이 되어야 한다면 당연히 받아들여야 한다고 생각했다. 희지는 그가 하는 대로 따라 움직였다.

그의 손이 와 닿은 다리 사이에서 미끌미끌한 물기가 느껴졌다. 희지는 자신의 몸에서 흘러내리는 그것이 이상하기 그지없었다. 물기의 감촉을 확인한 그는 희지의 얼굴로 올라와 여린 알몸을 짓눌렀다.

그가 들어오고 있었다.

"아파요, 선생님."

"다 그런 거야."

하며 그는 희지의 여린 살결을 쥐어뜯었다. 그는 희지를 아프게 만들었다.

희지는 아랫도리가 몹시 아팠지만 더는 아프다는 소리를 할 수는 없었다. 가슴이 터질 것 같은 통증을 참고 견뎌 내야 한다는 생각뿐이었다. 그녀는 입 밖으로 터져 나올 것 같은 신음을 애써 참고 있었다.

무엇인가가 희지의 몸속으로 깊게 들어와 절구 공이처럼 빻아 대기 시작했다.

희지는 현기증이 느껴졌다.

온몸이 그의 짓누르는 힘에 부쳐 이리저리 급격하게 울렁거렸다. 그러다가 희지는 더는 참지 못하고 비명을 질렀다.

"아악……."

그는 멈추지 않고 계속해서 희지를 아프게 만들었다. 희지는 몸이 찢어질 것 같은 그 통증이 싫었다. 하지만 그를 기쁘게 하기 위해서는 어쩔 수 없다고 생각했다.

그는 어느 순간엔가 몸을 바르르 떨었다. 그리곤 그와 동시에 무엇인가가, 물총을 쏘는 듯한 물줄기 같은 것이 짜릿하게 희지의 몸속으로 파고 들어왔다. 더 깊게……. 그것은 끝없이 영원히, 멈출 것 같지 않은 기세로 희지의 깊은 곳을 향해 유영해 들어갔다.

희지는 그제야 한숨을 내뱉을 수 있었다.

희지는 그것이 막연하게 사랑일 것이라고 생각했다. 그의 땀 냄새를 깊게 들이마시며 희지는 그대로 잠이 들고 말았다.

희지는 또 다른 꿈을 꾸고 있었다.

그녀에게서 그는 선생님이 아닌 남자였다. 그리고 자신은 여자였다. 남자와 여자이기 때문에 사랑은 불가능하지 않다고 어리석은 꿈을 꾸고 있었다.

희지는 잠시나마 황홀한 꿈속에서 한 남자를 따라 이끌려 다녔다.

그날 이후로 희지는 고민에 빠졌다.

임신을 하지는 않을까, 하는 생각 때문에 가슴을 조여야 했다. 우울증과 무기력증에서 벗어나는 적이 없었다. 혼자 있는 것이 좋았고 아이들과도 어울리지 못했다. 희지가 생각할 수 있는 것은 오직 그 뿐이었다. 그가 없다면 단 하루도 견딜 수가 없을 것만 같았다.

희지는 그 때문에 숨을 쉬고 있었고 그 때문에 견딜 수 있었다. 그가 아니라면 그 어떤 것도 희지에게는 소용이 없었다.

토요일이면 그는 희지를 불렀다.

그러던 어느 날부터인가 그는 희지에게 쌀쌀 맞게 대했다. 그리고 초겨울이 되어서 그는 결혼했다.

그가 결혼하기 며칠 전 희지가 자취집으로 찾아갔지만 그는 뒤도 돌아보지 않고 딱 잘라 말했다.

"희지는 아직 어린아이야."

그것이 전부였다.

희지는 상심의 나날을 보냈다. 그러며 그가 지극히 계획적이고 의도적으로 자신을 짓밟았다는 것을 알았다.

'왜, 하필이면 나였을까?'

충격이 컸던 만큼 희지는 어린 나이에 성숙할 수 있었다. 하지만 우울증과 불면증에서 헤어 나올 수는 없었다.

그와 관계가 있은 이후로 희지는 다리 사이에서 기분 나쁜 액체가 흐르는 징후에 혼자서 괴로워해야 했다. 그러던 어느 날 엄마와 같이 간 목욕탕에서 들통이 나고 말았다. 그날 비뇨기과에서 성병 진단을 받았다. 어머니는 의사와 면담하고 나와서 희지를 다그치며 울기 시작했다.

집에 와서도 엄마는 한없이 눈물을 흘렸다. 마치 엄마는 까무러치듯 울어댔다.

"누구니?"

"......."

하지만 희지는 대답할 수 없었다.

아빠가 다그쳤지만 희지는 입을 다물고 대답하지 않았다.

"그런 일이 있었으면 엄마나 아빠한테 말했어야지. 그건 아주 나쁜 짓이야. 너에게 그런 짓을 한 사람은 벌을 받아야 해."

"우린 사랑했어요."

"그건 사랑이 아니야. 대답해, 누구니? 혼내지 않을게."

"......."

"엄마가 죽는 거 볼래 아니면 대답할래?"

희지는 그 말에 대답하지 않을 수 없었다.

그 일이 있은 후 며칠 뒤 그는 학교에 나타나지 않았다. 그리고 희지는 겨울방학 내내 병원에 다녀야 했다.

엄마는 희지를 보살피기 위해 회사를 그만 두었고 아빠는 그 후로 집에 들어오는 시간이 더 늦어졌다. 하루도 빠짐없이 술에 취해서 들어와 큰 소리로 주정을 하곤 했다. 그렇게 희지의 집은 웃음이 번져 나오는 날이 없었다.

"......."

유리의 손수건은 눈물로 흠뻑 젖어 있었다.

"......."

하지만 의외로 희수는 울지 않았다. 그 동안의 고통으로 눈물이 모두 메말랐기 때문인지 그녀는 담담하게 앉아 있었다.

점심시간이 거의 끝나 가고 있었다.

가을바람이 포근하게 희지와 유리에게로 불어왔다. 유리의 눈은 퉁퉁 부어 있었다. 어쩌면 그런 일이 일어날 수 있는지 세상이 무섭기만 했다. 위로 받을 쪽은 희지였지만 희지가 유리의 등을 토닥여 주었다.

"왜, 나한테……?"

"……."

희지는 대답 없이 유리를 쳐다보며 웃을 뿐이었다.

"아이들에게 소문이라도 내면 어떡하려고……."

"난 너를 믿어. 그리고 어제 그런 일이 있었다고 괴로워하지 마."

"나도 너에게 할 말이 있어. ……어제가 처음은 아니야."

"그럼?"

희지의 눈이 동그래졌다.

"그래, 새아버지한테 당했어."

"개새끼."

희지의 눈에서 금방이라도 눈물이 쏟아질 것 같았다.

"어쩔 수가 없었어."

"그 새끼를 가만 놔두니."

"그럼 어떻게 해. 새아버지마저도 없으면 난 외톨이인 걸."

유리의 손수건은 눈물로 흠뻑 젖어 더 이상은 눈물을 흡수할 만한 여력이 없었다.

희지가 유리를 부둥켜안았다. 그리곤 등을 두드려 주었다.

유리는 파르르 떨고 있었다. 그 따스하고 포근했던 햇살마저도 그녀를 달래 주지 못했다. 짙푸른 가을 하늘은 순식간에 검은 먹장구름으로 뒤덮였다. 그러더니 후드득 굵은 빗방울이 쏟아지기 시작했다.

교정에서 산책을 하던, 잔디에 앉아 수다를 떨던 아이들은 소나기를 피해 교실로 뛰어 들어갔다.

그 붉은 빗줄기 속에 유리와 희지는 움직이지 않고 앉아 있었다.

눈물이 흘러내리는 것인지, 콧물이 흘러내리는 것인지, 유리와 희지는 부둥켜안고 떨어질 생각을 하지 않았다. 교복은 삽시간에 빗물에 흠뻑 젖어 몸에 달라붙었다.

아픔에 대하면 비쯤은 아무것도 아니었다. 그렇다고 그 비를 맞고 죽는 것도 아니었다. 차라리 그렇게 오래도록 앉아 있고 싶었다. 남자에 의해 짓밟힌 상처를 그 비로 말끔하게 씻어 버리고 싶었다.

둘은 하나가 되어, 둘은 떨어질래야 떨어질 수 없는 한 몸뚱이로 영원히 하나가 되고 싶었다. 의지하고 위로하며 아픔을 나눌 수 있는 친구가 생겼다는 것이 둘은 더없이 좋았다.

좋았기 때문에 둘은 더 이상 울지 않았다. 서글프지도 않았고 무섭지도 않았다. 그리고 두려워할 이유도 없었다. 그것은 서로 하나였기 때문이었다.

"우리 약속할까?"

희지가 유리의 귀에 대고 말했다.

"……."

희지는 대답 없이 고개를 끄덕였다.

"이겨내자. 그리고 싸우자. 무엇보다도 우리의 자신을 위해서, 그리고 우리의 미래를 위해서…….”

“그래.”

희지의 말에 유리는 자신감을 얻었다.

혼자였다면 힘들었을 것이다. 그러나 지금은 혼자가 아니질 않은
가. 희지와 유리의 가슴에 뜨겁고 강렬한 용솟음 덩어리가 한 자리를
파고들었다.

유리가 먼저 새끼손가락을 내밀었다. 그리고 희지가 새끼손가락을
걸었다.

그 힘이 없을 것만 같았던 새끼손가락에서 둘은 믿음과 희망을 거머
쥘 수 있었다. 둘의 눈이 반짝하고 빛났다.

소나기는 멎었다. 둘의 손가락을 건 사이로 한 방울의 빗방울이 떨
어지는 것으로 먹구름은 온데간데없이 사라졌다.

“고마워. 난 아까까지만 해도 죽고 싶은 심정이었어.”

“아니야. 나야말로 아픔을 나눌 수 있는 친구가 생겼다는 것이 정말
좋아. 우리 서로를 지켜 주자.”

“그래.”

둘은 서로를 부둥켜안고 팔에 힘을 꼬옥 주었다.

“이제 들어가자.”

그 말을 하면서 희지가 먼저 자리에서 일어났다.

“흠뻑 젖었어.”

비에 젖은 교복을 털면서 유리가 말했다. 희지도 교복을 털다가 유
리를 쳐다보았다.

“물에 빠진 생쥐 같아.”

서로를 멍하니 쳐다보다가 희지가 말을 했다. 그리고 뭐가 그리 우스운지 둘은 누가 먼저랄 것 없이 깔깔거리며 웃어댔다. 둘의 얼굴은 화사해졌다. 삐죽이 고개를 내민 햇살에 그녀들의 얼굴은 더없이 새하얗게 아롱져 반짝거렸다.

그녀들이 깔깔거릴 때 오 교시를 알리는 벨이 울렸다.

희지가 유리의 손을 잡고 현관을 향해 달렸다.

교실에 들어간 유리는 교과서를 펴고 희지가 앉아 있는 쪽을 살짝 돌아다보았다. 그러자 희지가 그녀를 향해 살짝 윙크를 보냈다.

희지는 유리의 짝과 자리를 바꿔 앉았다.

수업이 시작되었다. 하지만 유리와 희지는 수업에는 관심이 없었다. 서로를 바라보며 부푼 미소를 만들었다. 책상 아래로 둘은 손을 맞잡고 있었다.

"그 오빠 누구니?"

유리가 희지의 귀에 대고 속삭였다. 그러자 희지가 피식 하고 웃었다.

"알고 싶으니?"

"……."

유리가 고개를 끄덕였다.

교실 창문을 통해 스며들어 오는 햇살보다도 더 눈이 부신 얼굴로 유리가 희지의 대답을 기다렸다.

"먼 친척뻘 되는 오빠야."

"……."

유리는 더 자세한 것을 알고 싶어 했다. 그래서 더 쫑긋하게 귀를 희지의 입 쪽으로 세웠다.

"너, 오빠한테 반한 모양이구나?"

"얘는……."

얼굴이 붉어지는 것을 감추려고 유리가 손으로 얼굴을 가렸다. 그런 유리의 옆구리를 희지가 손가락으로 간지럽혔다.

"그러지마."

하면서 유리가 몸을 이리저리 피했다. 유리의 입에서 간지럼을 이기지 못한 웃음이 흩어져 나왔다.

"누구야?"

칠판에 분필로 글씨를 쓰고 있던 선생님이 돌아다보며 말했다.

유리와 희지는 하던 동작을 멈추고 필기하는 시늉을 했다.

"빨리 써. 확인 할 거야."

선생님은 다시 칠판에 글씨를 쓰기 시작했다.

희지와 유리는 여전히 가벼운 손장난을 하며 노트에 필기를 하기 시작했다.

흑장미

유리와 희지는 실과 바늘처럼 붙어 다녔다. 쌍둥이처럼, 그림자처럼 하루도 빠짐없이 하나가 되어 서로에게 위안을 주었다.

학교에서뿐만 아니라 학교를 가지 않는 날에도 둘은 만나지 않고는 배기지 못할 정도로 가까워졌다. 하지만 유리의 고통은 끊이는 날이 없었다. 새아버지라는 사람은 술에 취해서 들어오는 날이면 여지없이 유리를 괴롭혔다. 유리가 그러한 나날을 이겨낼 수 있도록 위로해 준건 희지였다. 희지는 유리에게 있어서 한 부분이며 분신 같은 존재였다.

희지는 유리에게 언니 같기도 했고 때론 엄마 같은 따듯함을 느끼게 해주기도 했다. 유리가 우울해 할 때면 희지가 그녀의 얼굴에 웃음꽃을 심어 주었다. 유리도 희지의 안색이 좋지 않을 때면 기분을 풀어주기 위해 성격에 걸맞지 않은 우스갯소리와 행동으로 그녀를 달래주었다.

그날도 유리는 희지와 함께 독서실에서 시험공부를 하다가 밤늦게 집으로 돌아왔다. 집안에 불이 켜져 있지 않았기 때문에 유리는 당연히 아무도 없을 것이라고 생각하며 현관문을 열고 안으로 들어갔다.

들어가는 유리의 발끝에 낯선 신발이 어색하게 채였다. 분명 그의 신발은 아니었다. 유리는 그 신발을 자세히 들여다보았다.

굽 높은 여자의 신발이었다. 여자의 신발 옆에는 그의 신발이 흐트러진 채 놓여 있었다.

유리는 이상한 기분이 들었다.

유리는 최대한 발걸음 소리를 줄여 안으로 들어갔다. 유리가 막 방문을 열고 들어가려는데 안방에서 여자의 목소리와 그의 거친 신음 소리가 새어 나왔다. 유리는 자신의 방으로 들어가려다가 말고 발길을 돌려 안방 문에 가까이 다가가 섰다.

"아……. 너무 밝히는 것 같아. 그 동안 어떻게 참았대."

"자기는 정말 멋져."

그의 목소리와 여자의 만족스러운 신음이 혼합되어 흘러나왔다. 그 소리와 함께 부스럭거리는 소리도 흘러 나왔다.

"딸아이가 있다면서……?"

"딸은 무슨 딸. 그 여자가 들어올 때 데리고 들어온 애야. 걱정하지 마. 아직 올 시간이 되지 않았으니까. 독서실에서 공부하고 온다고 했거든."

"그 아인 언제까지 데리고 있을 거야?"

"원한다면 내일이라도 당장 내보낼게."

귀를 쫑긋 세우고 있던 유리가 그 소리를 듣고 몸을 부르르 떨었다.

"어떻게?"

"하숙이라도 시키지 뭐."

"그 말 정말이지."

"그래."

"내 마음 알지. 난 아이들은 딱 질색이야. 그 아이 때문에 우리 신혼 생활이 뒤죽박죽되면 안 되잖아. 그래서 그러는 거야. 그리고 그 아이도 내가 들어와서 살면 껄끄러울 테니까……."

"알았어. 이제 그 얘기 그만하고……."

"아아……."

여자의 입에서 신음이 흩어져 나왔다.

유리는 여전히 방문에 귀를 바짝 대고 서 있었다.

"아……으음."

"자기는 정말이지 끝내 줘. 사람 안달 나게 만든다니까."

"미치겠어."

"사랑해."

유리는 방안에서 들려나오는 그 소리가 혐오스럽게 느껴졌다.

'더러운 자식.'

그녀는 손으로 귀를 막았다. 더는 듣고 싶지 않아서 그녀는 발소리를 최대한으로 줄여 자신의 방으로 들어갔다.

방문을 걸어 잠근 유리는 불을 켜지 않은 채 책상 앞으로 다가가 책상 서랍에서 엄마의 사진을 꺼냈다. 창문을 통해 들어온 희미한 달빛에 엄마의 얼굴이 드러났다. 유리는 빤히 사진을 들여다보고 있었다.

여전히 안방 쪽에서 여자의 신음 소리가 격하게 유리의 방안으로 쏟아져 들어왔다. 신음은 마치 울부짖는 것 같았다. 여자의 신음에는 형언할 수 없는 희열이 섞여 있었다.

유리는 그 짐승의 울부짖음 같은 소리를 들으며 뒤엉켜 있을 남녀의 알몸을 생각하고 있었다. 유리는 여자의 얼굴이 보고 싶어졌다. 대체 어떤 여자이기에 그가 사족을 쓰지 못하는 것인지 궁금했다.

신음 소리는 한동안 계속되었다.

유리는 이불을 깔고 누웠다. 그러나 쉽게 잠이 오지 않았다. 아무리 잠을 청해 보아도 허사였다.

잠이 오지 않는 것은 신음 소리 때문만은 아니었다. 방안에서 여자와 그가 나누던 말이 자꾸만 유리의 귓가를 맴돌고 다녔다.

'하숙이라도 시키지 뭐.'

유리는 들떠 있었다. 그렇게만 된다면 그보다 기쁜 일은 없을 것이다.

여자와 남자의 커다랗게 달아오른 신음 소리는 풍랑을 일으키며 집 안 이곳저곳을 헤집고 다녔다. 그러다가 어느 순간인가 여자의 자지러드는 신음을 끝으로 적막이 파고들어 왔다.

끝난 것이다. 그가 자신의 몸 위에 올라와 발버둥을 치다가 욕심을 채운 뒤에 떨어져나갔던 것처럼 유리는 당연히 그렇게 남자와 여자가 떨어져 있을 것이라고 생각했다. 그렇게 생각하며 유리는 귀를 막고 있던 손을 떼어 냈다.

유리는 잠이 오지 않아 이리저리 뒤척거리고 있었다. 그때 여자가 방안에서 나와 빠른 걸음으로 욕실로 들어갔다.

여자는 양변기에 걸터앉았을 것이다. 유리가 그렇게 생각하고 있을 때 욕실 문을 열어 놓은 채 여자가 소변을 보는지 물줄기가 거침없이 쏟아지는 소리가 들렸다.

"그러지 말아요. 누가 보면 어쩌려고 그래?"

"보긴 누가 본다고 그래. 괜찮아."

"그 아이가 들어왔나 봐."

여자의 목소리에 유리는 몸을 살짝 웅크렸다. 그러며 밖의 동정을 살피기 위해 귀를 소리 나는 쪽으로 세웠다.

"그런가, 본데."

"이제 그만 해요."

"난 더하고 싶은데."

"오늘만 날은 아니잖아요."

"이것 봐. 섰잖아."

"하여간 못 말린다니까. 지금이 몇 번째인지나 알아?"

"자기도 싫지는 않잖아."

"그래요. 그럼 이번이 마지막이야. 알았지?"

"그래. 나도 더 이상 하자는 소리는 하지 않을게. 이리와."

"여기서."

"어때. ……걱정하지 말라구. 자고 있을 거야."

그가 여자를 어르고 있는 듯 했다. 여자는 더 이상 거부하지 않았다. 한동안 적막이 흘렀다. 유리는 그들이 키스를 하고 있을 거라고 생각했다.

적막도 잠시 쪽쪽, 소리가 들려 왔다.

유리는 자신도 모르게 숨소리를 줄이고 있었다.

여자와 남자는 어느새 유리가 있다는 것엔 아랑곳하지 않고 음흉한 행위를 만들어 내고 있었다.

"아아, 터질 것만 같아요."

"으음…… 자기……."

남자와 여자는 헉헉거리고 있었다.

유리는 숨이 막혀 왔다. 알 수 없이 그녀의 가랑이 사이에서 맑은 물이 흘러내리고 있었다.

거실에선 끊이지 않고 남녀의 질퍽거리는 소리가 들려 왔다.

더럽고 추하다고 생각하면서도 유리는 소리 나는 곳에서 잠시도 청각을 접어들이지 않았다. 유리는 남녀의 그 행위가 끝나야 잠이 올 것만 같았다. 그러지 않고서는 신경이 곤두서서 한숨도 잘 수가 없을 것만 같았다.

유리는 손으로 자신의 물컹한 젖가슴을 만지작거렸다. 그러다가 다른 한 손으로 자신의 가랑이 께를 어루만졌다. 물기가 흠뻑 배어 나와 있었다. 유리는 그것이 왜 나오는지 영문을 알지 못했다. 그저 기분이 묘하고 이상할 뿐이었다.

몸이 나른해지는 것을 느끼며 유리는 눈을 감았다. 거실에서는 쉴 사이 없이 여자와 남자의 신음 소리가 울려 퍼지고 있었다. 유리는 어느 순간부터인지 그 소리가 들리지 않았다.

자신의 손끝에서 무엇인가를 발견하듯 유리는 부풀어 오르고 있었다. 그녀는 민감해졌다. 그리곤 걷잡을 수 없을 만치 팽창되어진 자신의 신체적 변화에 스스로도 놀라고 있었다.

"으음……."

아주 짧고 여린 신음이었다. 그녀는 태어나서 처음으로 형언할 수 없는, 온몸이 터질 것만 같은 희열을 느끼고 있었다.

그녀의 손은 흠뻑 젖어 미끈거렸다. 그러다가 어느 순간엔가 이상

한 기운으로 몸을 최대한 수축시켰다. 스스로도 감당하기 힘든 희열이
었다.

"아아……."

그 마지막 한숨을 토해 내며 유리는 온몸에서 힘이 쭈욱 빠져나가는
것을 느꼈다. 자위를 처음으로 경험한 유리는 그저 그 기분이 더없이
좋을 뿐이었다.

거실에선 더 이상 남녀의 신음은 이어지지 않았다.

유리는 나른함을 이기지 못하고 그대로 잠이 들고 말았다.

그 일이 있은 지 며칠 후 밤늦게 들어온 그가 유리를 불렀다. 유리도
그가 부르는 이유를 알고 있었지만 내색은 하지 않았다. 그는 유리가
예상했던 대로 하숙집에 대한 얘기를 했다.

"나가서 사는 게 어떻겠니?"

"……."

"하숙집은 알아두었으니까 걱정하지 말고……."

"그렇게 할게요."

"그래, 잘 생각했다."

그가 흐뭇하게 웃었다.

유리도 그와 떨어져 산다는 것이 더할 나위 없이 좋았다. 떨어져 산
다면 그의 눈치를 볼 필요도 없을 테고 그가 술에 취해 들어온 날 그 죽
기보다 싫은 일을 하지 않아도 되었기 때문이었다.

유리는 그의 얼굴을 보지 않아도 된다는 것이 무엇보다도 좋았다.

"이것 받아라."

그가 내민 것은 자유 저축 통장과 도장이었다.

"……"

"이곳으로 네가 쓸 만큼 다달이 돈을 넣어 주마."

"……"

유리는 말없이 그가 건네준 통장을 들고 방으로 돌아 왔다. 하지만 그에게 많은 것을 기대하지는 않았다. 통장 안에는 유리가 쓰기에는 조금은 빠듯한 용돈이 전부였다.

'나쁜 자식.'

엄마가 모아 둔 돈이며 돌아가실 때 보험회사에서 받은 보상금을 생각하면 가슴에서 울분이 치솟아 올랐다. 고작 한 달에 한 번씩 주는 빠듯한 돈으로 사탕발림하려는 그의 의도가 빤히 들여다보였다. 유리는 통장을 두 손으로 꼬옥 움켜쥐었다.

어쨌든 유리는 홀가분하다고 생각했다.

시간이 흐르면서 유리의 얼굴에 어두운 그림자가 차츰 사라졌다. 악몽의 나날은 더 이상 그녀에겐 없었다. 그 괴로움을 잊을 수 있는 시간이 남아 있다는 것이 유리를 행복하게 만들었다.

유리는 어느새 고등학생이 되었다. 그리고 하숙집도 고등학교 앞으로 옮기게 되었다. 하숙집을 옮기는 날도 그는 오지 않았다. 그러면서 그의 기억은 유리에게서 차츰 잊혀졌다. 한 달에 한 번씩 은행에 가서 생활비를 찾아오면 그만이었다.

"유리야, 집에 있니?"

희지가 하숙집 문을 열고 들어오며 말했다.

"희지니?"

유리는 수돗가에 앉아 빨래를 하고 있었다. 유리가 희지를 돌아다
보며 화사하게 웃어 보였다. 봄 햇살을 받아 안은 유리의 얼굴은 더없
이 해맑아 보였다.

"빨래하고 있었니?"

"으응."

"손 시리지 않으니? 아직은 물이 차가울 텐데."

"그렇게 차갑지 않아."

"계집애, 내가 좀 도와줄게."

하며 희지가 달려들었다. 유리가 손빨래를 했고 희지는 유리가 빨아
놓은 것을 물에 헹구었다.

"빨래하고 우리 나가자."

"어딜?"

"글쎄 갈 데가 있어."

희지는 더 이상 말을 하지 않고 빨래를 물에 헹구는 것에만 신경을 썼다.
빨래를 끝내고 희지와 유리는 방으로 들어가 몸을 녹였다.

"옷 입어."

"어딜 가는데 그래?"

"이거 입어 봐. 너한테는 이 옷이 가장 잘 어울리는 것 같더라."

희지가 유리를 보며 생글생글 웃었다.

"계집애 궁금하게 만들기는……."

유리는 희지가 골라 준 옷을 입을 수밖에 없었다.

"이거 발라 볼래?"

희지가 가방에서 콤팩트를 꺼내며 말했다.

"너 이런 것도 바르고 다니니?"

"계집애, 촌스럽기는……."

그 말을 하고선 희지가 유리의 얼굴에 콤팩트를 열심히 발랐다.

"난 어쩐지 어색한데……."

"넌 내가 시키는 대로 하면 되는 거야."

희지가 가방에서 다시 립스틱을 꺼내어 들었다. 연한 회색 빛깔의 립스틱이었다. 희지가 유리의 입술에 립스틱을 발랐다. 유리는 어색해서 웃음이 나왔지만 꾸욱 참고 있었다.

"자, 여기……."

희지가 손거울을 내밀어 유리의 얼굴을 비추어 주었다.

"이게 나야?"

"샘난다. 얘."

"정말?"

"그래."

"난 좀 이상해."

"처음에는 다 그런 거야."

"그래두……."

"아니야. 예뻐……. 빨리 가자 늦었어."

희지가 유리의 손을 잡아끌었다. 유리는 영문을 알지 못한 채 그녀의 손에 이끌려 하숙집을 나섰다.

희지가 유리를 끌고 향한 곳은 레스토랑이었다.

"오빠."

레스토랑 안으로 들어서자마자 희지의 입에서 반가움이 번져 나왔다. 유리는 희지의 뒤에 수줍게 서 있었다. 그런 유리를 희지가 끌며 남자가 앉아 있는 곳으로 다가가 앉았다.

"애가 그 유리라는 애니?"

"으응, 오빠. 인사해, 유리야. 내가 말했었지. 그때 그 오빠야."

"안녕하세요."

유리가 당황한 상태로 고개를 숙여 인사를 했다. 그러는 유리의 가슴은 콩닥콩닥 뛰고 있었다. 유리는 그를 똑바로 볼 수가 없었다.

"미안해. 미리 말했어야 했는데 네가 나오지 않을 것 같아서. 오빠가 우리 고등학교 들어간 기념으로 점심 사준다고 그래서……."

식사를 하면서도 내내 유리는 수줍어하고 있었다. 그녀는 그를 의식하느라 식사도 제대로 할 수 없었다.

"유리는 정말 예쁘구나. 희지보다 더……."

"……."

"오빤. 누구 샘나는 거 보려고 그러는 거지."

희지가 샐쭉거렸다.

"힘든 거 있으면 오빠한테 말하도록 해. 오빠가 힘닿는데 까지 도와줄 테니까."

그가 가느다란 웃음을 남기며 말했다.

유리는 집으로 돌아와서도 그의 생각에서 벗어날 수 없었다.

짧은 스포츠머리에 건장하고 단단한 체구 그리고 말씨에서 배어 나오던 강직함을 유리는 잊을 수가 없었다. 유리가 접한 그는 전혀 주먹 세계의 사람 같지 않았다. 유리는 그의 눈가에서 흘러나오던 인자하면서도 포근한 눈웃음이 자꾸만 떠올랐다.

그는 유리가 생각하던 남자들과는 판이하게 다른 사람이었다. 유리는 왠지 모르게 가슴이 부풀어 오르는 것을 느꼈다. 그녀에겐 남자들이란 모두가 경계의 대상이었지만 그에게만큼은 그런 경계심이 생기지 않았다.

생각할수록 그는 매력적인 남자였다.

그날 밤 비가 내렸다. 밤새도록 비가 내려 그녀의 가슴을 들뜨게 만들었다. 그녀는 잠을 잘 수가 없었다. 어둡고 추운 겨울이 지나고 그녀의 가슴에 포근한 봄날이 찾아 들고 있었다.

그렇게 유리에게 새로운 출발이 시작되었다.

유리와 희지는 같은 고등학교에 진학하였다. 고등학교에 들어가서도 유리는 희지와 변함없이 단짝으로 붙어 다녔다. 다행히도 희지와 같은 반이었기 때문에 유리는 외롭지 않았다.

그러던 학기 초에 그 일이 생겼다.

"너희 둘."

점심시간에 한 여학생이 식사를 하고 있던 유리와 희지에게 다가와 말했다.

유리와 희지가 영문을 몰라 얼굴을 마주보았다.

"왜?"

다시 그 아이를 쳐다보며 희지가 말했다.

"장미가 좀 보재."

"장미?"

이번에는 유리가 말했다.

"그래."

"보고 싶으면 그 애 더러 오라고 그래."

희지가 대수롭지 않다는 듯 말하고선 다시 식사를 하기 시작했다.

"난 전하는 것뿐이야."

"……."

"너희들 후회하게 될 거야. 장미가 화장실에서 기다리고 있겠대."

그 말을 남기고서 그 여학생은 돌아갔다.

희지는 별일 아닐 거라는 표정으로 유리를 바라보며 웃었다.

"어떡하니? ……가 봐야 하지 않을까?"

"넌 걱정할 것 없어. 별일이야 있겠니."

희지의 얼굴에는 미소가 가시지 않고 여전히 번져 있었다.

"그 애들 날라리들이잖아. 질이 좋지 않다고 교내에 소문이 빠삭하던데……."

"……."

희지는 대꾸하지 않았다.

유리는 조바심 때문에 점심시간 내내 안절부절못하고 있었다. 그러나 다행히도 그 여학생이 다녀간 이후 장미한테서는 어떠한 전갈도 없었다.

점심시간이 끝나도록 장미는 교실에 들어오지 않았다. 수업 시간에 들어왔지만 쉬는 시간이 되어서도 그녀는 유리와 희지에게 눈길 한 번 주지 않았다. 유리는 장미의 행동을 종잡을 수가 없었다. 아니면 장미가 화장실에서 기다린다고 전해 주었던 여학생이 착각하여 잘못 전해 주었을지도 모른다고 유리는 생각했다.

희지는 그날도 유리의 집에서 같이 공부하기로 되어 있었다. 그래서 유리는 청소 당번인 희지를 기다렸다가 아이들이 빠져나간 교문을 뒤늦게 나섰다.

그녀들이 막 골목길로 들어서려던 때였다.

"기다리고 있었어."

또 그 여학생이었다.

"왜 그러는 거야?"

희지가 그 아이를 노려보았다.

"아까 경고했지."

"장미는 어디에 있어?"

"그래, 진즉에 그랬어야지. 따라와."

아이가 먼저 앞장섰다.

"희지야. 가지 말자."

유리가 희지의 교복 자락을 잡으며 말했다.

"아니야. 언젠가는 겪게 될 일이야. 이건 피해서 될 일이 아니라구. 게네들은 끝까지 괴롭힐 거야. 이참에 따끔한 맛을 보여주어야 돼."

"……."

"유리 너는 집에 가 있어. 나도 뒤따라 갈 테니까. 절대 오면 안 돼. 알았지."

희지가 몇 번을 당부하고 아이를 뒤따라갔다.

유리는 걱정이 되었지만 희지의 당부 때문에 망설이고 있었다.

희지가 아이를 뒤따라 간 곳은 학교 뒷산의 으슥한 곳이었다.

그곳에는 대여섯 명의 여자아이들이 모여 있었다. 그 중에서 장미라는 아이는 한쪽에 앉아 담배를 입에 물고 있었다. 그리고 어느새 옷을 갈아입었는지 무릎 위까지 올라가는 짧은 스커트 차림에 얼굴에 짙은 화장을 하고 있었다.

"과부, 제 좀 이리로 데리고 와."

다리를 꼬고 앉아 담배 연기를 깊게 들이마셨다가 내뱉으며 그녀가 말했다. 그러자 그녀의 입에서 섹시하고 당돌하게 담배 연기가 쏟아져 나왔다. 그녀의 말에 옆에 서 있던 통통한 여학생이 손짓을 했다.

"야, 뭐해. 장미가 부르잖아. ……너 귀머거리야."

과부라는 여학생이 퉁명스럽게 쏘아보았다.

"……."

"이게."

희지와 가장 가까이 서 있던 호리호리한 여학생이 금방이라도 때릴 기세로 시늉을 해 보였다. 하지만 희지는 그 자리에서 꼼짝도 하지 않았다.

이번에는 아이들이 한꺼번에 달려들려던 참이었다.

"그만들 해."

장미가 담배를 발로 비벼 끄며 자리에서 일어섰다. 그러자 일제히 달려들려던 아이들이 그 자리에서 동작을 멈추었다.

"……."

희지도 아이들의 린치에 대비해 몸을 웅크렸다가 대항하려고 펴려던 순간이었다. 장미의 가느다란 한 마디에 다섯 명의 아이들이 일시에 동작을 멈추는 것을 보며 희지도 놀라지 않을 수 없었다.

그러나 장미는 더 이상 말문을 트지 않았다. 잠시 동안의 정적이 흐르고 있었다. 그러다가 장미의 가장 가까이 있던 아이가 상기된 표정으로 희지를 쏘아보며 말했다. 아마도 장미가 손에 꼽는 수하인 것 같았다.

"너, 간덩이가 부었구나. 우리 흑장미를 뭐로 보는 거야. 우리들의 소문을 듣지 못한 모양인데. 한 번 혼이 나야 정신을 차리겠어."

"……."

희지가 비꼬듯 웃었다.

"이 계집애 정말 안 되겠는데."

"그러는 너는 계집애가 아니고 뭐야."

"이게 그래도……."

하며 계집애가 달려들 것처럼 주먹을 불끈 쥐었다. 하지만 장미 때문인지 쏘아보기만 할뿐 계집애는 장미의 눈치만을 살살 살피고 있었다.

장미의 한마디에 복종하는 다섯 명의 아이들을 희지는 겁먹지 않은 얼굴로 당당하게 맞서고 있었다. 희지는 결코 물러서면 안 된다고 생각했다. 그렇기 때문에 더더욱 약한 모습을 보이지 않으려고 똑바로 장미를 주시했다.

이렇게 된 이상 물러선다면 고등학교 삼 년 내내 흑장미의 린치에 시달릴 수밖에 없을지도 모른다고 생각한 희지는 마음을 더 단단히 먹었다. 희지의 입안은 바짝 말라 있었다.

"원하는 게 뭐야?"

"네가 마음에 안 들어."

그 아이가 다시 말했다.

"너희들 안 되겠구나. 항상 그런 식이니? 마음에 안 든다고 해코지도 안한 아이들을 못살게 구는 너희들이 나도 마음에 안 들어. 그리고 더 이상 참을 수도 없고…….."

"그래서……?"

입을 다물고 있던 장미가 그제야 희지의 얼굴을 정면으로 노려보았다. 그러나 기가 죽을 희지가 아니었다.

"난 너희들한테 잘못한 것 없어."

"……."

장미가 희지를 향해 피식, 하고 기분 나쁜 웃음을 넘겼다.

"……하지만 너희들은 그렇지 않아. 더는 보고 있을 수 없어. 마음에 안든다고 사람을 이리 가라 저리 가라 할 수 있는 거야. 내가 너희들이 하라면 하는 개야, 소야. 하기야 너희들이 장미 말에 군소리 없이 복종하는 걸 보면 개나 다름없지."

"이게 입만 살아 가지고……."

"해볼 테면 해봐. 내가 이깟 일에 겁먹을 것 같다면 그건 오산이야."

"너, 우리들한테 개라고 그랬냐?"

"그래 이 쓰레기들아."

"이게, 너 우릴 얕봤어."

계집아이들이 일제히 욕을 해대며 희지에게 달려들었다. 그때 유리의 목소리가 들렸다.

"야아!"

유리가 불쑥 튀어나와 희지에게 달려들던 아이들을 향해 달려들어 머리끄덩이를 끄집어 잡고 몸부림 쳤다. 하지만 유리로서는 역부족이었다. 그때 희지가 한 아이를 발로 걸어차자 아이는 그대로 바닥에 주저앉고 말았다. 그러며 신음도 제대로 토해 내지 못하고 가슴을 잡고 헉헉거렸다.

아이들은 주춤거렸다. 그러며 뒷걸음질을 쳤다.

이 대 육이었다. 머릿수에 앞섰음에도 아이들은 쉽사리 덤벼들 기세를 갖추지 못하고 있었다.

"집에 가서 기다리고 있으라고 했잖아."

"어떻게 너만 놔두고……."

말하는 유리의 눈가에 눈물이 배어 나왔다. 희지는 어느새 유리를 자신의 등 뒤에 감추고 있었다.

유리의 머리카락은 볼품없이 흐트러져 있었다. 그리고 교복 상의는 단추가 떨어져 나갔고 실밥이 드러났다.

"유리 너는 내 뒤에 있어. 나서지 말고……."

"저것들이."

장미가 히죽히죽 웃으며 희지와 유리를 쳐다보았다.

"야, 장미."

"또 할 말이 있냐?"

"넌 겁쟁이야."

"흥, 그래……."

"담배 좀 피운다고 대장 노릇 하려고 그러는 가본데……. 겁쟁이가 아니라면 애들 떼어놓고 우리 둘이 한 번 붙어 보자."

"……."

"난 적어도 너처럼 힘없는 애들을 건드리지는 않아."

"이 계집애가."

"왜. 겁나냐?"

"좋아, 원한다면……?"

유리와 아이들을 접어 두고 희지와 장미가 마주 섰다.

장미는 한쪽 다리를 흔들며 껌을 씹는지 입술을 질겅거리고 있었다.

희지는 그것이 껌이 아니라는 것을 직감적으로 알 수 있었다. 장미에 대한 소문을 익히 들어 알고 있던 희지였기 때문에 그것이 다름 아닌 면도칼이라는 것을 보지 않고도 알 수 있었다.

아이들은 그것을 무서워하고 있는 듯 했다.

장미는 그것을 얼굴에 뱉을 것이다. 그것이 얼굴에 닿는다면 침으로 인해서 피부에 딱 달라붙을 테고, 그러면 장미는 희지의 얼굴에 붙은 둥글게 말려진 칼날을 빨간 장갑을 낀 손으로 내리 긁을 것이다.

바로 그거라고 파악했을 때 희지도 준비해 두었던 껌 종이에서 껌이 아닌 면도칼을 까 내었다. 그리곤 면도칼을 반으로 갈러 양쪽 어금니에 하나 씩 껴 넣고 씹기 시작했다.

누구보다 놀란 것은 유리였다.

"공평해야지."

하면서 희지가 입안에 침을 고이게 만들면서 오무락거렸다. 그러자 아이들이 놀라서 벙찐 눈으로 장미와 희지를 번갈아 쳐다보았다.

희지는 처음 면도칼을 씹어 보는 것 같지가 않았다. 희지는 놀랄 정도로 자연스럽게, 장미보다도 더 능숙하게 면도칼을 씹었다. 아마도 면도칼을 씹는 것을 연습한 것만 같았다.

"이건 누구나 할 수 있는 거야. 이빨로 잘 씹기만 하면 입안에 상처가 생기지 않거든. 기껏 그것 가지고 겁주려고 했어. 웃기지 말어. 넌 내가 생각했던 것보다도 더한 애송이야. 흑장미, 좋아하시네."

상황은 희지에게 유리하게 흐르고 있는 듯 했다. 장미에게 잔뜩 기대고 있던 아이들도 희지에게 겁을 집어먹고 있는 눈치였다.

장미도 당황하고 있었다.

이번에는 희지가 날카롭게 장미를 쏘아보았다.

"난 너희 같은 쓰레기하고는 질적으로 달라."

희지가 씹던 면도칼을 뱉었다.

"……."

"장미 너 그래도 한 번 해볼 테야. 그렇게 어정쩡하게 까지려거든 지금도 늦지 않았으니까 공부나 열심히 해."

"서희지, 너 누구한테 훈계하는 거야."

장미가 붉으락푸르락 해진 얼굴을 한 채 희지에게 달려들었다.

그런 장미를 희지가 요리하듯 이리저리 피해 다녔다. 상기된 표정의 장미는 수도 없이 헛손질을 해댔다. 그녀는 쉽사리 손에 잡히지 않는 희지를 안간힘을 쓰며 따라다녔다.

희지는 그런 장미를 보며 비꼬듯 입가에 웃음을 띠웠다.

"왜 피하기만 하는 거야?"

헉헉거리며 장미가 말했다.

"그것밖에 안되니?"

"……."

"그럼 내가 한 번 해볼까."

하면서 희지가 어깨를 으쓱하더니 재빨리 몸을 움직였다. 민첩한 희지의 몸동작에 장미는 피할 겨를도 없었다. 어느새 장미의 가까이 붙는가 싶더니 희지가 뒤돌아 뒤차기로 그녀의 복부를 내질렀다.

"헉."

장미의 짧은 외마디 비명이었다.

장미는 꼼짝도 하지 못하고 저만치 떨어져 나뒹굴었다.

그 장면을 보고 있던 아이들은 어안이 벙벙해졌다. 장미는 땅바닥에 고꾸라진 채 일어날 생각을 하지 못하고 있었다. 한방에 나가떨어지는 장미의 모습이 기가 찬 듯 아이들은 벌어진 입을 다물지 못했다.

그때였다.

희지의 뒤에서 잠자코 서 있던 유리가 박수를 치며 희지에게 달려들었다. 유리는 희지를 얼싸안고 그 자리에서 방방 뛰었다.

아이들은 위축되어 있었지만 곧 장미가 쓰러진 쪽으로 가서 그녀를 부축하였다. 장미는 여전히 고통스러워하고 있었다. 그러나 풀이 죽어 똑바로 희지와 유리를 쳐다보지는 못했다.

"이제 용건은 끝났으니까 돌아가도 괜찮겠니?"

희지가 말했다.

"……."

장미와 아이들은 몸을 도사렸다.

"경고하는데 다시는 약한 애들 건들지 마. 내가 가만히 있지 않을 거야. 그리고 너희들 몰려다니는 것도 마음에 안 들어. 내 말 무슨 뜻인지 알겠지. 그럴 시간 있으면 공부들이나 열심히 하라고…….."

희지가 아이들을 하나하나 찍어내며 말했다.

"특히 장미 너. 오늘 일 가지고 불쾌하게 생각할 것 없어. 항상 강자만 있는 것은 아니니까. ……난 너와 친해졌으면 좋겠어."

그 말을 남기고 희지와 유리는 산에서 내려왔다.

유리의 얼굴에는 연신 웃음이 가득 차 있었다. 희지가 장미를 단번에 넘어뜨린 것을 생각하면 통쾌하기 그지없었다.

"희지 너 다시 봐야 겠다."

"뭘?"

"아까 그 일 말이야."

"별것도 아닌데 뭘⋯⋯."

"그게 별것도 아니라구. 계집애⋯⋯."

"언제 그런 걸 다 배웠니?"

유리가 희지와 발걸음을 맞추면서 말했다.

"오빠한테서⋯⋯."

"오빠한테?"

"오빠 운동도 아주 잘하거든."

"⋯⋯."

"몇 가지 배웠어."

"그거 나한테도 가르쳐 줄 수 있는 거지?"

"그래."

희지가 유리를 향해 다소곳하게 웃었다.

장미와의 그 일이 있은 이후로 유리와 희지, 그리고 장미는 친해질수 있었다. 그녀들에게 먼저 손을 내민 것은 장미였다. 유리와 희지도 그녀를 반갑게 포용해 들였다.

장미는 생각보다 착한 아이였다. 그녀는 꾸밈이라고는 전혀 찾아볼 수 없는 아이였다. 무엇 때문인지 어두운 면이 있었지만 유리와 희지와 어울리면서 불량한 모습은 전혀 보이지 않았다.

폭력 서클

말이 없던 소녀.

너무나도 여려서 금방이라도 쓰러질 것 같은, 그러면서도 봄날만큼이나 따스한 가슴을 지니고 있는 그 소녀. 있는 지 없는 지 한 쪽에 소리 없이 앉아 있던 그 소녀의 이름은 체리였다.

유체리.

체리 소주만큼이나 발갛고 투명한 마음씨를 지닌 소녀, 소녀는 노란 개나리를 좋아했고 또 봄날의 따스한 햇살에 눈이 부시도록 빛나는 진달래의 연분홍 빛깔을 좋아했다. 그러나 그 누구도 그녀에게는 눈길 한 번 주지 않았다. 그래서 소녀는 더 말수가 적어지고 혼자이길 좋아했는지도 모른다.

소녀에게 친구가 있다면 그것은 언제나 가슴에 끌어안고 다니는 소설책이었다. 책 속에는 그녀의 꿈이 모두 들어 있었다. 소설책 속의 여자 주인공이 되어 그녀는 아름다운 나날을 보낼 수 있었다.

문학소녀.

그녀는 아이들이 자신을 비련의 주인공으로 보아주길 바랐다. 그런 주인공처럼 한 세상을 살아간다면 더 바랄 것이 없다고 생각하던 소녀, 소녀는 잘 웃지도 않았다. 하지만 간혹 웃을 때면 하얗게 드러나는 이 때문에 눈이 부셔 똑바로 볼 수가 없을 정도였다.

소녀는 티끌 하나 없는 아름다움을 지니고 있었다. 너무 아름다워 샘이 날 정도였다.

소녀의 가방 속에는 언제나 원고지가 들어 있었다. 마음씨만큼이나 사랑스러운 문장을 다듬어 냈고 예쁜 얼굴만큼이나 고운 깨알 글씨를 원고지에 칸칸이 채워 넣었다.

하지만 소녀는 원고지 위에 그려 놓은 한 폭의 수채화를 그 누구에게도 보여주지 않았다. 교내에서 시화전이나 백일장이 있어도 소녀는 발표하지 않고 그저 자신의 가슴속에만 꼬옥 감추어 두었다.

소녀는 집에서도 늘 혼자였다. 부모님은 맞벌이를 하느라 그녀에게는 별로 신경을 쓰지 않았다. 외동딸인 그녀는 아침이면 식탁에 쓸쓸하게 앉아야 했고 어머니의 온정이 담겨 있지 않을 것 같은 도시락을 들고 집을 나서야 했다. 그리고 학교에서도 소설책을 펴놓고 혼자서 점심을 먹었다. 역시 집에 돌아가서도 아침에 먹다 만 식탁 위의 음식을 마주하고 앉아서 먹는 둥 마는 둥 저녁을 해결해야 했다.

소녀는 퇴근하여 돌아올 부모님이 기다려지지 않았다.

방으로 들어간 그녀는 책 속의 주인공이 되어 겨드랑이에 날개를 달고 드넓은 세상을 날아다녔다. 그러다가 잠이 들면 아침이었다.

부모님의 사이는 그리 평탄하지 않았다. 소녀를 무기로 줄달음질을 하는 것이 그들의 낙인 것 같았다. 그러나 정작 소녀에게 무관심인 자신들을 깨닫지 못했다.

티격태격 싸우다 보면 언성이 높아져 소녀의 귀에까지 들려 왔다.

"마음에 안 들면 여기서 갈라서자고……."

"여시 같은 계집이 생겼나 보지. 그년이 같이 살자고 그래?"

싸우다 보면 엄마의 입에서 쌍스러운 말투가 툭툭 쏟아져 나왔다.

"그러는 너는……. 넌 다른 새끼들 안 후려치고 다니냐."

"그래, 도장 찍으면 될 거 아니야."

"대신 체리는 내가 데리고 살 거야."

"어림없는 소리……."

그 소리가 들릴 때마다 소녀는 손으로 귀를 막아야 했다.

어느 정도 잠잠해진 뒤에는 소녀의 방으로 엄마가 들어올 때도 있었고 아빠가 들어올 때도 있었다.

아빠는 한숨을 내쉬다가 뒤돌아 나갔고 엄마는 소녀의 침대에 걸터앉아 흐느껴 울다가 나가곤 했었다. 그럴 때면 소녀는 자고 있지도 않으면서 자고 있는 척 하기가 일수였다.

언제부터인가 소녀는 자연스럽게 그렇게 자신을 숨기고 감추었다. 소녀는 부모님에게 짐이 되는 것이 싫었다. 하지만 그녀가 할 수 있는 일이라고는 아무 것도 없었다. 그런 부모님 사이에서 소녀는 자신의 존재가 죽기보다도 싫었다.

토요일 오후.

두리둥실 청아한 하늘을 떠돌아다니고 있는 목화 솜 같은 구름을 쳐다보며 소녀는 들떠 있었다. 호수가 내려다보이는 벤치에 등을 기대고 앉아 눈을 감고 따스한 봄 햇살을 받기에는 제격인 날이었다.

소녀는 학교에서 나와 버스 정류장에 서 있었다. 그러나 그녀는 집으로 향하는 버스에 오르지 않았다.

소녀는 낭만적이었다. 이런 날을 얼마나 기대 했었는지 모른다. 소녀는 백조가 날아와 물위를 헤엄치고 다니고 있을 그 호수를 생각했다.

호수에 백조가 있을까……?

하지만 소녀는 있을 거라고 믿었다. 그래서 그곳을 경유하는 버스를 기다리고 있었다. 기다리는 동안 내내 소녀는 따스한 봄날만큼이나 부풀어 오른 가슴을 진정시키지 못하고 있었다.

얼마 동안을 기다리고 서 있었을까, 올 것도 같은데 버스는 오지 않았다.

십오 분쯤 기다렸을까, 그때 버스가 힘겹게 밀려와 소녀의 앞에 정차했다. 그렇지만 소녀는 타지 않았다.

타고 싶지 않았다. 그 만원 버스의 틈 안으로 들어가 차가 정차할 때마다 밀려다니고 싶지 않아서였다.

소녀는 빨간 색 패션 손목시계를 들여다보았다.

'한 시 이십 분.'

혼잣말로 읊조리며 소녀는 다음 차편을 기다리기로 했다. 다음 버스는 승객들이 얼마 없을 지도 모른다고 기대하며 소녀는 버스가 들어오는 모퉁이 도로를 쳐다보고 또 쳐다보았다.

소녀는 벅차 있었지만 그것도 잠시뿐이었다.

누군가 그녀의 옆으로 다가와 옆구리를 손가락으로 꾹꾹 찔렀다.

소녀는 깜짝 놀라서 옆을 바라보았다.

"너, 나 좀 따라와."

교복을 입은 여학생이었다. 여학생의 왼쪽 가슴에는 흰색 아크릴 이름표가 달려 있었다.

소녀가 달고 있던 노란 색 아크릴 이름표는 일 학년이라는 표시였고 그 여학생이 달고 있는 색깔의 이름표는 이 학년을 알리는 표시였다. 그리고 삼 학년은 녹색 이름표를 달고 다녔다.

"……."

소녀는 영문을 몰라 여학생을 빤히 쳐다보았다.

"이게 어딜 똑바로 쳐다봐. 선배 알기를 우습게 아는데."

그 말을 하면서 여학생이 소녀를 때릴 듯이 쏘아보았다. 소녀는 순간 잘못 걸렸구나 하는 생각이 들었다.

여학생은 껌을 질겅질겅 씹으면서 소녀의 교복 자락을 이유 없이 끌어당겼다. 소녀는 겁을 먹지 않을 수가 없었다.

"좋은 말로 할 때 따라와."

불량기 가득한 걸음걸이로 여학생이 앞장섰다.

"왜……요?"

소녀는 침착하게 말을 했지만 입 밖으로 쏟아져 나온 목소리는 그렇지 못했다.

"꽉……."

여학생이 앞장서던 걸음을 멈추고 뒤돌아 소녀를 노려보았다. 소녀는 자신도 모르게 시선을 내리깔았다.

정류장에는 버스를 타기 위해 여학생들이 많이 서 있었지만 하나같이 모두가 소녀를 외면한 채 쳐다보지 않았다. 누구도 소녀를 도와주지 않았다.

소녀는 어쩔 수 없이 그 여학생을 따라 갈 수밖에 없었다.

여학생이 소녀를 끌고 간 곳은 바로 뒤쪽의 으슥한 골목이었다. 그 곳에는 그 여학생 말고도 두 명의 여학생이 더 있었다.

겁에 질린 소녀는 제대로 고개를 들 엄두가 나지 않았다.

"이리와 봐."

그중 한 여학생이 소녀를 향해 손짓을 했다. 그러나 소녀는 움직일 수 없었다.

"선배 말이 말 같지 않아."

그 여학생이 잔뜩 겁을 집어먹고 서 있는 소녀에게 다시 한 번 윽박을 질렀다. 앞장섰던 여학생이 소녀의 가방을 빼앗았다. 그리곤 그녀의 교복 자락을 끌고 불량기가 다분한 여학생 앞으로 다가갔다.

"너, 오늘은 확실하지?"

"걱정하지 마. 벌써 귀티가 좔좔 흐르잖아."

"계집애, 언제는 안 그랬냐. 번번이 허탕만 쳐 놓고는……."

소녀를 둘러싸고 여학생들이 말을 주고받았다.

소녀는 바짝 몸을 웅크렸다.

"네가 뭔데 나를 똑바로 쳐다봐. 쪽팔려서……."

정류장에서 소녀를 끌고 온 여학생이 말했다. 소녀는 자신도 모르게 조금 더 고개를 땅바닥으로 내리 깔았다.

"죄송해요. 선배님 다시는 그러지 않을게요."

"어림없는 소리하고 있네. 네가 그런다고 우리가 널 보내 줄 것 같아."

"……."

"너 우리한테 교육 좀 받아야겠어."

한 여학생이 그 말을 하며 소녀의 책가방을 뒤지기 시작했다. 여학생들은 이유 없이 꼬투리를 잡아가며 소녀를 아래위로 훑어보았다. 그러다가 손으로 소녀의 턱을 들어 올려 날카롭게 쏘아보았다. 하지만 소녀는 여학생들과 눈을 마주 볼 수가 없었다.

"똑바로 봐."

인상을 찌푸리며 한 여학생이 소녀를 뚫어지게 노려보았다.

"그래도 이게."

윽박지르는 가 싶더니 여학생이 소녀의 뺨따귀를 손으로 갈겼다.

'짜악.'

그 소리와 함께 소녀는 정신을 차리지 못하고 그 자리에 주저앉고 말았다. 소녀의 눈앞은 새하얘져 있었다.

"일어나지 못해."

소녀의 눈가에 눈물이 핑 돌았다.

"이 쌍년이……."

여학생의 폭언에 소녀는 일어나지 않고는 못 뱃길 것 같았다. 주저앉아 있던 그녀에게 다른 여학생이 달려들어 발길질을 했다. 발길질은 소녀의 옆구리를 깊숙하게 파고들었다.

"윽."

한순간 소녀는 숨이 막혀 제대로 숨을 쉴 수가 없었다. 그러나 일어나야 했다. 일어나지 않고 그 자리에 마냥 주저앉아 있다가는 무슨 봉변을 당할지 모르는 상황이었다. 소녀는 옆구리를 한 손으로 받치고 힘겹게 자리에서 일어났다.

"내 얼굴 똑바로 보지 마. 재수 없으니까. 알았어?"

"……."

소녀는 고개를 숙인 채 아무런 대답도 하지 못했다. 아니, 할 수가 없었다. 옆구리의 통증이 아직 가시지 않은 상태였고 호흡하기에도 곤란한 상태였기 때문이었다.

"그래도 이게……. 너 벙어리야. 선배가 물어 보면 대답을 해야지. 너 지금 우리한테 개기는 거야."

"죄송해요, 언니."

"언니……? 내가 네 언니야? 언제 봤다고 언니라고 나부랑 거려. 난 너 같은 동생은 둔 적이 없어. 너 지금 아부하려고 그러는 거니? 그런 거야?"

"잘못했어요."

소녀는 손과 다리를 부들부들 떨고 있었다.

"여차하면 학교에도 못 다니는 수가 생겨. 내 말 무슨 뜻인지 새겨 들으라고. 이만하면 너도 알 거야."

"그래, 우리말만 잘 들으면 너한테는 아무 일도 없을 거야. 알겠지?"

"……."

소녀는 고개를 끄덕였다.

"어럽쇼. 이게 뭐야. 원고지 아니야."

소녀의 책가방을 뒤지던 여학생이 가방에서 원고지를 꺼내며 말했다.

"그건 안돼요."

소녀가 그 여학생에게 뛰어가 원고지를 빼앗았다.

"꼴값 떠네."

"저거 어디 모자란 거 아니야."

"이건 만지지 마세요."

소녀가 애원조로 말했다.

"너 싸가지가 되게 없다. 이리 내놓지 못해."

비아냥거리며 한 여학생이 소녀를 쏘아보았다. 하지만 소녀는 양보하지 않았다. 그런 소녀를 여학생들이 달려들어 두들겨 팼다. 소녀는 두들겨 맞으면서도 원고지를 가슴팍에 꼭 끌어안고 놓질 않았다.

소녀는 급기야 주먹질과 발길질을 이기지 못하고 그 자리에 쓰러졌다. 쓰러진 상태에서도 소녀는 몇 차례 더 구타를 당해야 했다.

여학생들은 소녀에게서 원고지를 빼앗고서야 때리는 것을 멈추었다.

"이게 그렇게 대단한 거야?"

원고지를 빼앗아 든 여학생이 쌕쌕거리며 말했다.

원고지에는 소녀가 쓴 깨알 같은 글씨가 쓰여 있었다. 여학생이 그것을 묵독해 읽어 내려갔다.

소녀는 처참하게 땅바닥에 일그러져 있었다.

소녀의 얼굴은 퉁퉁 부어올랐고 터진 살갗으로 피가 흘러내렸다.

"야, 몽둥이 가져와."

"언니들 그건 돌려주세요."

"아직 덜 맞았나 본데……. 덜 떨어진 계집애. 니가 어딜 기어오르려고 그래. 우리 알기를 우습게 아는데. 너 오늘 임자 만난 줄 알아."

"일어서."

"……."

"그래도 이게……. 야 원고지 한 장씩 찢어. 이 계집애 일어날 때까지.”

“아……알았어요.”

그 말에 소녀는 후다닥 자리에서 일어났다. 심하게 뚜들겨 맞아 몸이 제대로 따라 주지 않았지만 소녀로서는 어쩔 도리가 없었다.

“똑바로 못 서.”

소녀는 여학생의 말에 부동자세가 되었다.

“이름이 뭐야?”

“체……체리요. 유체리.”

“이름 한 번 골 때리네. 우리 이름은 뭔지 알아?”

“…….”

“난 영자야. 그리고…….”

그 말을 하며 여학생이 고개 짓을 했다. 그러자 두 명의 여학생이 차례로 자신들의 이름을 말했다.

“난, 미자.”

“그리고 난 말자야.”

하면서 여학생들이 키득키득 웃었다. 지들 딴에도 자신들의 이름이 촌스럽고 우스운 모양이었다.

“우리들 이름 잘 기억해. 혹시 우리들보고도 모른 척 한다면 가만히 놔두지 않을 테니까 그렇게 알라고…….”

“네…….”

“우린 날놀파야.”

영자라는 아이가 땅바닥에 몽둥이를 방아질 하듯 툭툭 내리치며 말했다.

"풀어서 말하면 날라리 놀자 파라 이거지."

옆에 서 있던 미자가 말했다.

"우리가 널 왜 불렀는지 알아?"

"……."

소녀는 고개를 저었다.

"그래도 모르겠어?"

"……."

"우린 돈이 필요해."

"그래, 나이트에 놀러 가기로 했는데 돈이 조금 모자라서……. 돈 가진 거 있지. 있으면 빨리 내놔 봐."

"돈은 드릴 테니까 원고지는 주세요."

소녀가 영자를 올려다보며 말했다.

"꺼내 봐, 줄 테니까."

소녀는 주머니에서 부스럭거리며 지폐를 꺼냈다. 그러면서도 영자의 한쪽 손에 들려져 있는 원고지에서 시선을 떼지 않았다. 소녀가 꺼낸 돈을 말자가 받아다가 영자에게 건네주었다.

영자는 말자에게 원고지를 들고 서 있으라고 한 뒤에 돈을 받아 세기 시작했다. 영자는 어느 정도 흐뭇한 눈치였다. 저희들끼리 눈짓을 주고받다가 다시 소녀에게 시선이 집중되었다.

소녀는 오직 원고지에 대한 집착밖에는 없었다. 그것만 돌려준다면 돈은 아까울 것 같지 않았다.

"이것밖에 없어?"

영자가 다시 물었다.

"그것밖에 없어요."

"정말?"

말자가 거들었다.

"만약에 주머니를 뒤져서 십 원짜리 하나라도 나오면 하나당 열 대씩 맞는 거야. 이 몽둥이로…… . 다시 기회를 주겠어."

"이건 내 차비인데…… ."

"꺼내."

퉁명스럽게 미자가 말했다.

"…… ."

"유체리."

여학생들은 다시 한 번 소녀에게 달려들 것처럼 노려보았다.

"학교에 다니고 싶지 않지."

"그래 순순히 내놔. 우리도 차비가 없거든…… . 남자 애들하고 놀려면 이 돈 가지고는 빠듯하거든. 놀다가 우리가 돈이 없어서 집에 들어가지 못하면 네가 책임질 거야. 우린 그런 꼴은 못 보거든. 알아서 해."

"원고지 돌려받고 싶지?"

"…… ."

소녀가 고개를 끄덕이며 할 수 없이 남은 동전마저도 여학생들에게 건네주었다.

"원고지는 이제 돌려주세요, 언니들…… ."

"돌려주어야겠지. 하지만 아직 남은 게 있어."

"뭔데요."

"몰라서 물어."

"……."

소녀는 어리둥절해졌다. 여학생들이 또 뭘 강요할지 몰라서였다.

"야……."

영자가 말자하고 미자에게 눈짓을 보냈다. 그러자 그녀들이 소녀를 에워쌌다. 소녀는 영문을 알지 못했다.

"시계 풀러……."

"신발도……."

"네?"

"못 알아들었어. 목걸이는 없어?"

"그런 건 없는데요."

"계집애가 그런 것도 안하고 다니니……. 다음부터는 꼭 하고 다니도록 해. 그래야 우리도 먹고 살만 하지."

소녀는 기가 막혔다. 꼭 자기 것처럼 말하는 여학생들을 실컷 두들겨 패 주고 싶은 심정이었다. 그러나 소녀로서는 어쩔 도리가 없었다. 약한 것이 서러울 뿐이었다. 약하지 않았다면 오늘과 같은 일이 벌어지지 않았을 것이라는 생각을 소녀는 하고 있었다.

소녀의 헝클어진 형색은 이루 표현하기 힘들 지경이었다. 소녀는 겨우겨우 그 자리에 서 있었다.

피투성이와 흙투성이가 된 소녀의 교복은 교복이라고 말하기 힘들 정도로 상해 있었다. 군데군데 실밥이 떨어져 나와 있었고 심지어는 찢어진 부분도 있었다. 하지만 소녀는 그 와중에도 원고지에 대한 미련을 버리지 못하고 있었다.

미련스럽기 그지없는 소녀를 바라보며 여학생들은 키득키득 웃었다. 무력으로 빼앗은 노획물에 대한 철없는 기쁨을 서로 나누고 있었다. 소녀의 아픔을 조금도 생각해 주지 않고 여학생들은 유흥가의 물결 속으로, 향락의 탈선 속으로 빠져들기에 급급해져 있었다.

소녀는 이를 악물었다. 그것은 원고지를 꼭 찾고야 말겠다는 스스로의 의지였다. 금방이라도 정신을 잃을 것 같으면서도 소녀는 꼿꼿하게 서 있었다. 그렇지 않았다가는 끝끝내 원고지를 찾지 못할 것 같았기 때문이었다.

여학생들은 아직 소녀에게 용건이 남아 있는 듯 했다.

"너 얼굴도 반반하게 생겼는데, 우리 서클에 들어오는 게 어때?"

"……."

"왜 말을 못해?"

"전 싫어요."

소녀는 딱 잘라 말했다.

"너, 죽고 싶어."

"우린 막가는 인생이야. 너 하나쯤은 식은 죽 먹기로 없앨 수도 있어. 우리가 고분고분하게 말할 때 가입하는 게 좋을 걸."

"눈에는 눈, 이에는 이 라는 말 알아. 계집애 그렇게 두를 겨 맞고도 싸가지가 없는 건 여전한데. 저 계집애 그냥 이대로 보내서는 안 되겠어. 꿇어 앉혀."

영자가 눈에 쌍심지를 켜고 카랑하게 소리를 질렀다. 그러자 미자와 말자가 소녀의 무릎을 걷어차며 그 자리에 꿇어 앉혔다. 소녀는 발길질에 힘없이 그 자리에 주저앉고 말았다.

"우리가 혐오스러워 보이지?"

"아……아니에요."

"넌 따끔한 맛을 봐야 해. 넌 우리를 모독했어. 그런 너를 우리가 그냥 보내 줄 것 같아. 그렇게 생각했다면 그건 오산이야. 우린 벌도 없는지 알아."

"그래, 너는 이제 꼬였다. 영자가 저렇게 화났으니 넌 이제 죽은 거나 다름없어. 불쌍한 계집애. 쯧쯧……."

말자가 혀를 차며 말했다.

"돌려보내 주세요."

"너 되게 빤빤한 계집애다. 어떻게 그런 말이 나오니. 얼굴 예뻐서 그만 하려고 그랬는데 안 되겠어. 하기야 반반하게 생긴 것들은 쥐뿔도 없으면서 콧대나 세운다니까."

"이제부터 시작이야. 너희들은 떨어져 있어. 내가 때리다가 지치면 너희들이 차례대로 때려. 알았지."

하며 영자가 입술을 악다물었다.

영자는 인정사정없이 소녀를 몽둥이로 때리기 시작했다. 몽둥이는 곳 소녀의 등에서 둔탁한 소리를 내었다.

"아."

소녀의 짧은 외마디 비명이었다.

"우리 떡볶이 먹고 갈래?"

교문을 나서며 장미가 말했다.

"떡볶이……?"

유리가 장미와 희지를 번갈아 쳐다보며 말했다.

"그래, 오늘은 내가 살게."

"네가 이럴 때도 있었니?"

"떡볶이 먹고 영화라도 한 편 때리자. 어때?"

"너 혹시 애들한테서 삥땅 뜬 것은 아니지?"

희지가 장난기 섞인 웃음으로 장미를 향해 물어 보았다. 그 때 장미가 샐쭉해졌다. 그런 장미를 희지가 달래 주었다.

"한번 실수는 누구나 있을 수 있는 일이야. 장미는 원래 그런 애가 아니잖아."

"희지 너는 아직도 화가 덜 풀렸나 보구나. ……나 이제 정신 차렸다구. 게네들하고도 안 어울리고 공부도 열심히 하는 거 보면 모르니. 계집애 내가 하는 일이면 삐딱선 타기 일쑤라니까."

"장난이었어. 얘는 그것 가지고 삐졌니. 너한테는 장난도 못 치겠다. 알았어. 다음부터는 그러지 않을게 화났으면 풀어."

희지가 생글생글 웃으며 장미의 옆구리에 간지럼을 태웠다. 그런 둘 사이에서 유리는 항상 윤활유 역할을 했다.

"애들은, 그만하고 빨리 가자 배고파 죽겠어."

유리가 희지와 장미의 팔짱을 동시에 끼고 잡아끌었다.

"유리 너는 먹는 거 되게 밝히더라."

희지와 장미의 입에서 동시에 그 말이 쏟아져 나왔다. 그리곤 둘이 킬킬거리며 웃었다.

이번에는 본의 아니게 타깃이 된 유리가 샐쭉거렸다.

"그럼 너희들끼리 가. 난 집에 갈래."

하며 팔짱을 끼고 있던 팔을 빼내어 유리가 앞으로 심술 맞게 걸어 나갔다. 그러자 장미와 희지가 뛰어가 유리를 잡아끌었다. 유리는 못이기는 척하며 아이들에게 끌려갔다.

"계집애들은 별 수 없다니까."

유리가 그렇게 말하자 한바탕 폭소가 터져 나왔다.

"새로 생긴 분식집이 있는데 그리로 갈까?"

"그래."

횡단보도에 선 채 유리와 장미가 말을 주고받았다. 신호등이 파란불로 바뀌면서 그녀들은 버스 정류장 뒷길로 발길을 옮겼다. 셋은 쉴 사이 없이 키득키득 거리며 들뜬 기분으로 봄날의 따사로움을 받아들이고 있었다.

유리는 장미와 희지의 가운데에 서서 연인들처럼 팔짱을 끼고 걸었다. 항상 그런 식으로 유리는 그녀들과 붙어 다니는 것이 좋았다.

누군가가 자신의 곁에 있다는 것, 유리는 그것 하나만으로도 더할 나위 없이 기분이 좋았다.

유리는 이제 혼자라는 것은 생각하기도 싫었다. 혼자이기 때문에 겪어야 했던 슬픔을 더는 느끼고 싶지 않았다. 지금도 유리는 혼자 집에 있을 때면 뜻 모르게 눈물이 흘러내려 한없이 우울해지곤 했다. 그런 우울함과 쓸쓸함을 달래 준 것은 희지와 장미였다. 그녀들이 없었다면 유리의 얼굴에선 아직도 어둠이 가시지 않았을 것이다.

그녀들은 수다를 떨면서 걸어가고 있었다.

"이게 무슨 소리야?"

유리의 왼쪽에서 걸어가고 있던 희지가 말했다.

"……."

"누가 우는 것 같은데."

"그래. 그런 것 같아. 싸우는 소리 같기도 하고……."

유리가 소리 나는 족에 귀를 기울이면서 말했다.

"가볼까?"

누가 먼저랄 것 없이 셋은 호기심이 발동하였다. 셋은 소리 나는 쪽으로 조심스럽게 다가갔다.

먼저 그곳으로 유리가 고개를 빠끔히 내밀었다. 그리곤 장미가 그곳을 쳐다보았다. 놀란 것은 장미였다.

그곳을 쳐다보려는 희지를 장미가 잡아끌었다.

"왜?"

"쉿."

장미가 손가락을 입으로 가져가 막는 시늉을 해 보였다.

"선배들이야."

"선배?"

"응."

"그런데……?"

"쟤네들한테 잘못 걸리면 학교 다니기 좀 힘들 거야. 우리하고는 아직 트러블이 없었는데 쟤네들 생각했던 것보다 악랄한 애들이거든. 학교에서도 내 놓은 애들이야. 쟤네들 중에 영자라는 애는 우리들보다 두 살인가가 더 많거든……."

장미가 소곤거리듯 말했다.

여전히 그쪽을 쳐다보고 있던 유리가 희지와 장미를 번갈아 쳐다보며 말했다.

"쟤, 너무 불쌍하다. ……가만히 있어 봐. 쟤 우리 반 아이 아니니?"

"어디……?"

"쟤 말이야. 우리 반에 체리 같은데."

유리가 손짓을 해 보이며 그곳을 가리켰다. 그러자 희지가 유리가 가리키는 곳을 고개를 쭈욱 빼고 쳐다보았다.

"체리, 그 유체리 말이야?"

"정말?"

장미도 그곳을 쳐다보았다.

"나쁜 년들……."

희지가 안쓰럽게 두들겨 맞고 있는 소녀를 쳐다보았다.

"어떻게 몽둥이로……."

장미가 주먹을 쥐며 말했다.

"쟤, 저러다가 죽겠다. 어쩌면 좋아?"

"그러게."

"희지야, 보고만 있을 거야?"

장미가 희지와 유리의 얼굴을 쳐다보며 말했다.

"그래 희지야. 우리가 도와주자. 쟤 저렇게 맞다가는 배겨내지 못할 거야. 쟤 어쩌다가 저런 애들한테 걸려 가지고……."

"그래, 가자."

셋은 일제히 으슥한 골목 안으로 들어갔다. 그곳은 막다른 곳이었기 때문에 유리 네는 정면으로 선배들과 대치하고 섰다.

그녀들이 나서자 소녀를 죽일 듯이 패던 방망이질도 멈추었다.

"너희들은 뭐야?"

미자가 그 말을 하면서 주춤거렸다. 그리곤 말자와 함께 영자의 곁으로 다가가서 섰다. 영자는 몽둥이를 들고 유리와 희지, 그리고 장미를 차례대로 쳐다보았다.

"쟤네들 일 학년들 아니야. 장미도 섞여 있는데."

말자가 영자의 곁에 바짝 서서 귀에 대고 속닥거렸다.

"저것들이……."

"그 애, 보내 주세요."

유리가 용기 내어 말을 던졌다.

"너희들이 뭔데 선배한테 이래라 저래라 야. 너희들도 혼나고 싶어서 그래. 그리고 장미, 넌 요즘 보이지 않던데. 그 애들하고 어울리기로 했나?"

그때도록 입을 다물고 있던 영자가 말했다.

"체리는 내 친구예요."

"그래서?"

장미의 말에 영자가 비꼬듯 웃었다.

"돌려보내요."

"그렇지 않으면?"

"……."

"경고하겠는데 너희들은 상관하지 말고 돌아가."

"그렇게 못한다면……?"

희지가 영자를 쏘아보았다.

"너희들이 선배한테 도전하겠다는 거야."

"선배면 선배답게 해야지요."

이번에는 유리였다.

"저것들이. 너희가 우릴 훈계하겠다는 거야? 너희들도 얘처럼 당하고 싶어서 그래? 그렇다면 손 좀 봐주는 수밖에 없지."

"그 얘가 무얼 잘못해서 그러는데요."

"……."

희지의 말에 선배들은 하나같이 벙어리가 되었다.

"빨리 보내 주세요."

"너희들 정말 안 되겠구나."

영자가 말했다.

"저것들 먼저 손을 봐주어야겠는데."

말자가 영자를 부추겼다.

그녀들을 향해 선배들이 다가오고 있었다. 유리와 희지 그리고 장미도 더는 물러서지 않을 기세였다. 그렇게 된 이상 물불을 가릴 수 없다고 생각한 그녀들은 책가방을 바닥에 내려놓았다.

"선배면 선배답게 굴어야지. 너희들은 선배 자격도 없는 년들이야. 해볼 테면 해보자고. 누가 겁먹을 줄 알고."

"그래 너희는 선배도 아니야."

"씨팔, 마음잡고 조용히 살려고 그랬는데."

희지와 유리, 그리고 장미 순으로 제각각 한마디씩 내뱉었다. 말은 그렇게 하면서도 그녀들은 바짝 긴장되어 있었다.

솔직히 선배와 다투는 것은 위험부담이 따랐다. 잘했건 못했건 선배라는 존칭은 영원한 것이기 때문이었다. 선배들의 눈에 났다 가는 불이익을 감수해야 한다. 선배를 린치 했다는 이유 하나만으로도 교내에서는 발붙일 곳이 없을 정도였다.

그런 소문이 퍼지면 선배들은 단합된 힘을 보일 것이다. 그렇게 된다면 그것은 분명 일 학년과 이 학년간의 힘겨루기가 될게 뻔하였다. 그리고 더 나아가서는 삼 학년 선배들까지 개입될지도 모르는 일이었다.

그것은 위압감 때문이었다. 자신들의 일이 될지도 모르는 상황에서 삼 학년들이 보고도 모른 체 하지는 않을 것이기 때문이다. 안될 성싶은 나무는 떡잎부터 알아봐야 한다고 선배들의 입장에서 언제 기어오를지 모를 그녀들을 내버려둘 턱이 없을 것이다.

그녀들은 후배라는 것 때문에 어쩔 수 없이 가해자가 되어 그 모든 수모를 다 당해야 할 입장이었다.

그렇다면 그녀들이 할 수 있는 것은 세 명의 선배를 입도 뻥긋하지 못하게 묵사발을 만들어 주는 수밖에는 없었다. 그 모든 것을 감수하면서 그녀들은 선배들을 향해 달려들었다.

희지가 영자를 맡았고 유리는 말자를 맡았다. 그리고 장미는 미자를 향해 달려들어 뒤엉켰다.

누구의 입에서 튀어나왔는지 괴성이 쏟아져 나왔다. 그녀들의 입에서 흘러나온 소리는 아니었다. 선배들 중에 누군가가 지른 소리 같았다.

유리는 양손에 가방을 들고 휘둘러 댔다. 하지만 그것만 가지고는 역부족이었다. 휘둘러 댄다고 일이 해결되는 것은 아니었다. 유리는 희지에게 배웠던 발차기를 써먹었다. 그러다가 뒤엉켜 말자의 머리끄덩이를 잡고 땅바닥을 향해 쑤셔 박았다.

유리는 땅바닥에 말자의 머리를 처박느라 정신이 없었다. 얼마쯤 그렇게 정신없이 처박았을 까, 얼핏 말자의 머리에서 피가 흘러나오는 것이 보였다. 하지만 멈추지 않았다. 체리가 당한 것에 비하면 약과라고 생각하면서 유리는 있는 힘을 다하여 그녀의 머리통을 잡고 뒤흔들었다.

벽돌인 듯싶었다. 미자의 밑에 깔려 있던 장미는 순간 손끝에 잡히는 것을 들어 그녀를 향해 힘껏 올려쳤다. 그러자 미자는 힘없이 땅바닥에 처박히고 말았다. 미자를 타고 올라앉은 장미는 주먹으로 그녀의 얼굴을 질러 댔다.

미자의 얼굴은 피로 낭자하였다.

남은 것은 희지였다.

희지도 영자의 몽둥이질을 이리저리 피하다가 순간의 빈틈을 포착하고 앞돌려 차기로 그녀의 얼굴을 힘껏 올려 찼다. 그러자 영자는 그때도록 휘두르고 있던 몽둥이를 바닥에 떨어뜨리고 손으로 얼굴을 가리며 어쩔 줄 몰라 했다. 그런 영자의 배와 옆구리를 희지가 연속적으로 걷어찼다.

영자는 땅바닥에 데굴데굴 구르며 고통을 호소했다. 그렇지만 그 누구도 그녀를 도와줄 사람은 없었다. 그런 영자의 얼굴을 희지가 발로 짓이겼다.

"우린 너희 같은 선배 둔 적 없어. 어디서 선배 행세를 하려고 그러는 거야."

희지가 그 말과 함께 땅바닥에서 구르며 신음하고 있는 영자를 향해 침을 뱉었다.

"세상에 애를 어떻게 이 지경으로 만들어 놔……."

유리가 체리를 부축하고 있었다. 여린 유리의 눈가에 구슬 같은 눈물이 배어 나오고 있었다.

"괜찮아, 체리야?"

희지가 물었지만 체리는 대답을 하지 못했다. 얼굴이 퉁퉁 부어올라 있었고 또 얼마나 두들겨 맞았는지 체리는 제 몸도 스스로 가누지 못하고 있었다. 장미가 흙투성이가 된 체리의 교복을 털어 주었다.

체리가 안쓰럽게 보이기는 희지도 마찬가지였다.

"빼앗긴 거 없니?"

"……."

"괜찮아 말해 봐."

"……."

희지의 물음에 체리는 대답하지 않고 한 장 한 장씩 찢겨져 땅바닥에 나뒹굴고 있던 원고지를 무슨 힘이 났는지 뛰어가 손에 주워들었다.

선배들은 아직도 나뒹굴고 있었다.

체리는 원고지를 가슴에 꼬옥 끌어안고 주저앉아 몸을 바들바들 떨었다. 아직도 그 충격에서 벗어나지 못하고 있는 것 같았다. 그러다가 얼마 지나지 않아 자신의 주위에 서 있는 희지와 유리, 그리고 장미를 멍하니 쳐다보다가 고개를 처박고 울기 시작하였다. 울면서도 체리는 악몽을 잊지 못하고 있었다.

"야, 너."

하며 장미가 영자를 발로 걷어찼다. 영자는 고통이 가시지 않은 표정으로 여전히 뒹굴고 있었다. 다른 아이들도 마찬가지였다.

"체리한테서 빼앗은 거 모두 돌려줘."

"……."

"내 말이 말 같지 않아."

"아……아니야. 돌려줄게."

"나이 먹었으면 나이 값이나 해. 약한 애들 건들지 말고."

"안 돼. 이대로 돌려보내서는……. 체리가 당한 것만큼 이것들도 당해야 돼."

장미의 말을 끊으며 희지가 말했다.

"바보 같이 도망가지도 못하고 이렇게 되도록 맞았니. 왜 맞고만 있었어. 이를 악물고 대들지. 이왕 맞는 거 죽기 살기로 싸우던지. 그러면 억울하지는 않잖아. 체리 너도 참 무지하다. 언제부터 그렇게 맞고 있었던 거야?"

울고 있는 체리의 등을 토닥여 주며 유리가 말했다.

"……."

체리는 정신이 반쯤 나간 것 같았다.

"얘네 들 안 되겠다. 우리라도 복수해 주자. 체리가 당한 것만큼 맛을 보여주는 거야."

"그래, 다시는 이런 짓 못하게 따끔하게 맛을 보여주어야 돼. 지들도 맞으면 정신을 차릴 거야."

장미와 희지가 말을 주고받았다. 그러다가 장미가 각목을 집어 들었다. 그리곤 선배들을 한자리에 꿇어 앉혔다.

"그건 안 돼."

울기만 하던 체리가 유리에게 부축되어진 체 희지와 장미 쪽을 바라보며 말했다. 그렇게 말하는 체리의 눈동자가 너무도 맑고 순수해 보였다.

"그러지마. 그럼 똑 같은 사람이 되잖아."

"넌 그렇게 맞고도 분하지 않니?"

"분해, 하지만 그건 원치 않아."

"그렇담 어쩔 수 없고, 하지만 다시는 그런 짓 못하게 손을 봐주어 야겠어. 다른 애들을 위해서라도……."

희지가 언성을 높였다. 체리도 더는 말리지 않았다. 그녀도 자신이 당한 일이 되풀이 되서는 안 된다고 생각했기 때문이다.

"너희들 체리 때문에 살았는지 알아."

희지의 눈에서 독기가 품어져 나오고 있었다.

"덜도 말고 딱 세 대 씩이야. 그거면 족하겠지?"

"……."

"왜 말들이 없어. 아까는 주절주절 말도 잘하더니."

"……."

선배들은 꿇어앉은 채 고개를 숙이고 있었다. 그런 선배들의 꿇어앉은 허벅지를 발뒤꿈치로 희지가 밟아 나갔다.

선배들은 반항하지 않았다.

패자의 처참함이 그런 것일까, 영자의 고개는 땅바닥에 닿을 것만 같았다. 한쪽으로는 불쌍하기도 했지만 희지는 물러서지 않았다.

그녀들을 엎드려뻗쳐를 시켜 놓은 뒤에 희지가 각목을 들어 영자부터 차례대로 때려 나가기 시작했다.

영자는 생각했던 것보다 엄살이 심한 것 같았다. 역시 말자와 미자도 마찬가지였다. 희지는 혐오감을 느끼고 있었다.

생각 같아서는 지칠 때까지 후려치고 싶은 심정이었다.

"겨우 세 대 가지고 엄살을 부려. 너희들한테 몰매를 맞은 체리를 생각해 봐. 너희들이 사람이니?"

"……."

"이건 맛보기야. 다시는 체리 앞에 얼씬거리지도 마. 그랬다가는 너희들 국물도 없을 줄 알아."

희지가 영자의 머리끄덩이를 쥐어 잡고 그녀의 커다란 눈을 응시했다. 그리곤 땅바닥에 영자의 머리를 사정없이 내리 꽂았다.

"신경질 나는데 이것들 머리에 불이나 질러 버릴 까?"

장미가 웃음을 살살 섞어 가며 말했다.

"너희들 때문에 아직 점심도 못 먹었잖아. 어떻게 보상할래?"

"……."

"다음부터 우리 만나면 언니라고 불러 알았어?"

"……."

장미는 일부러 그녀들에게 수치심이 이는 말들을 퍼부었다.

"다음에 이런 일이 목격되면 니들 신세 조지는 줄 알아. 면상을 면도칼로 그어 버릴 테니까."

장미가 교복 주머니에서 면도칼을 꺼내 입안에 넣고 질겅질겅 씹기 시작했다.

"지금 여기서 끝장내 줄까? 말만 해, 언제든지 얼굴에 두 줄 짜악 그려 넣어 줄 수 있으니까. 명심해서 들어."

"왜 벙어리들이 됐을까. 아까는 잘도 씨부렁거리더니……."

"그러게 말이야."

장미의 말에 희지와 유리가 한몫씩 거들었다.

"너희들 마음에 안 들면 얼굴에 염산을 부을 수도 있어. 그러면 니들 평생 그 흉터 가지고 살아야 돼. 그렇게 해줄까? 아니면 가슴에 염산으로 문신 새겨 넣어 줄까? 어떻게 했으면 좋겠어? 말들 해봐?"

"……."

"내 말이 거짓말 같아서 그러는 거야. 안되겠는데."

장미가 유리에게 눈짓을 해 보였다. 알겠다는 듯 유리가 가방에서 있지도 않은 염산을 꺼내는 척 했다. 그 말은 애초부터 겁주기 위해 지어낸 말이었다. 눈치 빠른 유리가 가방 속을 뒤적거렸다.

"우……우리가 사과할게."

"할게?"

"사……사과할게요."

"그래 진즉에 그렇게 나왔어야지. 유리야 꺼내지 않아도 될 것 같다. 도로 가방 속으로 집어넣어."

장미의 거짓말은 청산유수와도 같았다. 지켜보고 서 있던 희지는 웃음이 나와 그 장면을 보고 있을 수가 없었다. 그래서 뒤돌아 선 채 소리없이 웃었다. 하마터면 배꼽이 떨어져 나간 웃음소리를 들킬 뻔했다.

"어떻게 사과할래?"

"……."

"체리한테 가서 무릎 꿇고 빌어. 체리가 용서하면 너희들도 보내 줄게."

그러자 그녀들이 일어서서 체리 족으로 향하려고 했다.

"이것들이……."

장미의 한마디에 그녀들의 동작이 일시에 멈추어졌다.

"기어가지 못해."

"……."

그녀들은 대꾸 없이 장미의 말에 따를 수밖에 없었다. 이제 그녀들에게는 선택의 여지가 없었다.

기어서 체리 앞에 그녀들이 다가갔다. 그러나 벙어리가 되어 버렸는지 쉽게 말문을 트지는 않았다.

체리의 옆에 앉아 있던 유리가 인상을 쓰자 그때서야 제각각 말문이 트여 나왔다. 기가 푹 죽은 그녀들의 음성이었다.

"미안해요."

"우리가 사과할게요."

"용서해 줘……요."

끝으로 영자가 고개를 들지 못하고 말했다.

"어서들 가세요. 전 괜찮으니까."

체리의 목소리는 어느 정도 안정을 찾고 있었다. 하지만 불안하기는 아직도 마찬가지였다, 체리는 그녀들을 똑바로 볼 수가 없었다. 본다는 것이 왠지 겁났으며 아까의 상황을 떠올리고 싶지 않아서였다.

그녀들은 체리의 입에서 그 말이 떨어지기가 무섭게 가방을 찾아 들었다. 그런 그녀들을 희지가 잡아 세웠다.

"너희들 다시는 이런 짓 하지 마. 그랬다가는 우리가 용서하지 않아. 지켜보고 있을 거야. 알았으면 어서 가."

"미적미적 거리지 말고 어서 꺼져, 꼴도 보기 싫으니까."

장미가 걸음아 나 살려라 하고 걸어가는 그녀들을 향해 소리를 내질렀다.

그녀들이 가고 나서 장미와 희지가 땅바닥에 어수선하게 벌려져 있던 체리의 소지품과 가방을 챙겼다.

　　"집에 갈 수 있겠니?"

　　"고마워, 유리야. 그리고 너희들도……. 너희들 아니었으면 나 맞아 죽었을 거야. 정말이지 고마워."

　　"너, 이대로는 집에 갈 수 없겠다. 유리 자취방에 가서 씻고 약 좀 발라야겠어."

　　장미가 걱정하며 체리를 향해 그렇게 말했다.

　　"그렇게 하자. 응 체리야. 우리 집으로 가."

　　"부담스러워 하지 말고 어서."

　　체리의 책가방과 자신의 책가방을 들고 장미가 말했다.

칠공주

유리가 물수건을 만들어 가지고 방안으로 들어왔다.

"좀 어떠니?"

"많이 나아진 것 같아."

장미가 대신해서 대답했다.

"편하게 있어."

하며 유리가 체리의 얼굴에 묻은 흙과 피를 닦아 내었다. 그러는 유리
의 얼굴에는 안쓰러움이 잔뜩 서려 있었다.

"희지는?"

장미가 유리를 보며 물어 보았다.

"희지는 체리 교복을 빨고 있어. 체리야 뭐 마실 거라도 가져다줄
까? 아직 밥도 먹지 않았겠구나. 잠깐만 기다려 내가 식사 차려 가지고
올게."

"아니야, 난 생각 없어."

일어서려는 유리를 체리가 잡았다.

"그래도 뭐라도 먹어야지. 안되겠다. 그러면 내가 나가서 먹을 만한 것 좀 사 가지고 올게. 우리도 아직 식사 전이거든……."

걱정스럽게 체리를 쳐다보고 있던 장미가 일어서며 말했다.

장미가 밖으로 나간 뒤에 유리가 구급상자에서 연고를 꺼내 체리의 상처 난 부위에 발라 주었다.

"아프면 너만 손해야. 난 혼자 살아봐서 아는데 아프니까 모든 게 다 귀찮더라. 그럴 땐 살아서 무엇 하나 하는 생각이 들거든……."

"도와줘서 정말 고마워."

누워 있던 체리가 연고를 발라 주고 있는 유리의 손을 잡으며 말했다. 체리는 유리의 손이 무척이나 따뜻하다고 느끼고 있었다.

"이젠 그런 일은 없을 거야. 우리가 있으니까."

"……."

체리의 얼굴에 수심이 가득 묻어 나왔다.

"나쁜 계집애들……."

"그런데 어떡하니. 그 애들 너희들을 가만두지 않을 텐데."

"걱정하지 마. 지들이 가만있지 않으면 어떡할 거야. 그렇게 혼나구도 아직 정신을 차리지 못했다면 우리가 다시 손봐주면 되는데 뭘."

"너희들이 부러워."

"부러울 게 뭐가 있어."

"장미와는 언제 그렇게 친해졌니? 그 애 질이 안 좋다고 하던데."

체리가 조심스럽게 물었다. 그런 체리를 보며 유리가 빙그레 웃어 주며 말했다.

"장미도 알고 보면 착한 애야. 집안 일이 복잡해서 한 때 방황했던 거야. 장미도 후회하고 있어. 지금은 착실하잖아. 그런 애들도 만나지 않고. 그 계집애 발랑 까진 것 같아도 얼마나 순진한데."

"집안 일?"

"으응, 부모님이 이혼하셨대. 지금은 아빠가 재혼하셔서 새엄마랑 같이 살고 있어. 새엄마랑 마음이 맞지 않나 봐."

"그랬구나."

체리가 일어나 앉으며 고개를 끄덕거렸다.

"우리 셋은 공통점이 많아."

"나도 너희들과 친해지고 싶어."

"어려울 것 없어. 우린 벌써 친구잖아. 그렇지 않으니?"

"고마워."

체리의 얼굴에 혈색이 돌아오고 있었다.

"나도 너처럼 혼자일 때가 있었어. 혼자서는 감당하기 힘든 일이 있었는데 그때 희지가 가까이에서 많이 도와줬어. 물론 이제부터는 너도 예외는 아니야. 서로 돕고 사는 거야. 혼자보다는 났잖아. 서로 위로도 받을 수 있고 또 외롭지도 않고 얼마나 좋아."

"난 친구가 없어. 너희들이 처음이야. 너희들한테는 이상하게 끌리는 게 있어. 부담스럽지도 않고……."

다시 월요일이 다가왔다.

교내 생활은 다른 때와 별반 다를 것이 없었다. 다른 것이 있다면 그것은 체리도 유리 친구들과 함께 어울린다는 것이었다.

점심시간이 되자 체리의 자리로 유리와 희지 그리고 장미가 도시락을 들고 갔다.

체리는 기분이 좋았다. 난생 처음으로 친구에 대한 사랑스런 감정을 지니게 된 것이 체리는 다행이라고 생각했다.

혼자 점심을 먹을 때와는 기분이 사뭇 달랐다. 저절로 입맛이 돌았고 또 평상시 같았으면 반쯤 먹다가 남겼을 도시락을 체리는 깨끗이 비워 냈다.

"그 애들이 가만히 있을까?"

체리가 걱정스럽게 말했다. 그런 체리를 유리가 달래 주듯 손을 지그시 잡아 주었다.

"내 생각으로는 분명 그 애들이 이를 갈고 있을 거야."

"……."

"그래서 말인데. 우리 당분간 꼭 붙어 다녀야 할 것 같아. 지들이 힘에 부치니까 주로 혼자일 때 터치해 올 거야. ……그렇다고 겁먹을 거 없어. 혹시 그럴지도 모른다는 얘기니까."

장미가 겁을 주듯 말했다.

"그 정도면 정신들 차렸을 거야. 지들이 별 수 있어. 지들도 사람인데……. 나 같아도 겁먹었을 거다."

희지가 너스레를 떨며 말했다. 그렇게 말하자 체리도 안심하는 듯했다.

"그래, 걱정하지 마 체리야. 우리 교정으로 산책이나 나갈까?"

유리가 빈 도시락을 가방 속에 넣으며 말했다.

교정의 잔디에 넷이 둥글게 모여 앉았다.

바람이 산들산들 불어와 네 명의 여학생들의 치맛자락을 어지럽히고 살며시 사라졌다. 잔디는 어느새 짙은 초록으로 물이 올라 있었다. 흙냄새가 코끝을 간지럽히듯 잔디 끝을 타고 데구루루 굴러 올라왔다.

냄새는 너무도 향긋했다. 그 어느 때보다 여유롭고 풍만한 한 때가 흐르고 있었다.

체리는 눈을 감고 풀냄새와 흙냄새를 동시에 깊이 들이마셨다가 내뱉었다. 따스한 햇살이 네 명의 여학생의 얼굴로 떨어져 제각각 화사한 멋을 발하게 만들고 있었다.

유리는 다리를 옆으로 뉘어 앉아 있었고 장미는 한쪽 무릎을 세운 채 손으로 땅을 짚고 앉아 있었다. 그리고 희지와 체리는 엉덩이를 바닥에 댄 채 무릎을 세우고 팔로 세워진 무릎을 감싸고 있었다.

"우리 서클이나 결성할까?"

"서클?"

"그래."

"너 무슨 소리하는 거니. 정신 나갔니."

희지와 유리가 말을 주고받았다. 유리의 말에 희지가 버럭 화를 내었다. 하지만 유리는 태연하게 다시 말을 이었다. 장미와 체리도 난데없는 유리의 말에 귀를 기울이고 있었다.

"내가 말하려는 것은 그게 아니야. 서클도 서클 나름이지. ……불량 서클, 폭력 서클을 말하는 게 아니야."

"그럼……?"

"세상에는 선과 악이 공존하잖아. 불량 서클, 폭력 서클이 있는데 선의를 목적으로 하는 서클은 없잖아."

"그건 맞아."

"그러니까 우리가 선의의 서클을 만들자는 거야. 대신 그것뿐만이 아니라 스터디 그룹도 병행하자는 거야. 일명 모범생 그룹이지……."

말을 마치고 유리가 아이들의 얼굴을 살폈다. 제일 먼저 호응하고 나선 것은 장미였다. 장미는 박수를 치기 시작했다.

"좋아, 난 찬성이야. 역시 유리는 다르구나. 난 두말할 것 없이 대찬성이야. 어떻게 그런 생각을 했니, 유리야."

장미가 유리에게 바짝 붙어 대견하다는 듯 그녀의 어깨를 토닥거렸다.

"계집애, 좋아하기는……. 장미 네가 모범생이니? 장미는 안 되겠다. 불량기가 다분하니까 서클을 만들더라도 제외시켜야 되는 거 아니니?"

"그래 맞아. 장미는 안 되겠다."

희지와 체리가 장난기 어린 표정으로 장미를 째려보았다.

"너희들 정말 그러기야."

그녀들은 한바탕 커다랗게 웃었다.

"어때 모두들 찬성하는 거야?"

"그래."

"나두."

"그럼 오늘 당장이라도 만들자."

유리가 해맑게 웃었다.

"우리 넷이서?"

"우리 넷이 아니더라도 마음에 드는 애가 있으면 얼마든지 추천할 수 있어. 그렇지만 많으면 좀 곤란하니까 이렇게 하는 게 어때?"

"어떻게?"

"그러니까 한 사람 당 한 명 이상은 추천할 수 없는 거야. 어때……?"

"좋아."

"언제 모이는 걸로 할까? 장소는 내 자취방이 좋겠지?"

"하지만 난 마땅히 추천할 만한 애가 없는데."

체리가 시무룩하게 말했다.

"없어도 상관없어. ……이제부터 각자 우리 서클에 가입할 만한 아이들을 찾는 거야. 그리고 그 아이들 신상명세서는 나에게 꼭 제출하고. 이를테면 성격 같은 것 말이야. 그래야 좀더 친해질 수 있잖아."

방안에는 여섯 명의 여학생들이 둘러앉아 있었다.

유리가 음료수를 따라 가지고 들어왔다. 그리곤 여학생들의 앞에 음료수가 든 컵을 하나씩 내려놓았다.

여학생들은 얼굴에 풋풋한 미소가 섞여 있었지만 심각하고 담담한 표정을 짓고 있었다. 유리가 자리에 앉자 자기소개가 시작되었다. 먼저 장미부터 소개를 하기 시작했다. 그리고 뒤이어 유리와 희지, 체리 순으로 소개를 했다.

"난 최지수야. 우선 고마워 이런 자리에 날 끼워 줘서. ……난 탤런트가 되고 싶은 게 꿈이야. 만능 엔터테이너가 되고 싶어. 나의 미모를 그리고 재능을 한껏 발휘하고 싶어. 지금부터 사인을 받아 두는 게 좋을 거야. 또 아니, 그때 가서 너희들 모른 척 할지."

"우……."

여학생들이 입을 모아 장난기 섞인 야유를 보냈다.

"만나서 기뻐, 난 미지야. 성은 이 씨고……. 이미지, 이름이 상당히 쉽지. 난 별로 할 말이 없어. 평범한 가정주부가 되고 싶어. 더 바라는 것은 없어. 있는 그대로 평범하게 아이를 낳고 기르면서 남편과 평생 동안 사랑하면서……."

미지가 말을 마치고 자리에 앉자 여학생들은 박수를 쳤다. 그녀의 차례가 끝나자 마지막 남은 여학생이 무게를 잡으며 자리에서 일어났다. 그리곤 한동안 아무 말도 하지 않고 여학생들의 얼굴을 세밀하게 뜯어보았다.

요상한 긴장감이 감돌았다. 여학생들은 그녀가 말하기를 기다리고 있었다. 한참 동안 묵묵부답으로 서 있던 그녀가 침을 꿀꺽하고 삼켰다.

"쟤 누가 데려왔니?"

희지가 유리의 귀에 대고 자그맣게 말했다.

"장미가."

"쟤 너무 무게 잡는 거 아니니? 장미는 어째 저런 애하고 친하다니. 행동하는 것 보면 어딘가 모자라는 것 같지 않니?"

"쉿, 이제 말하려고 하는가 본데."

유리가 희지의 말을 끊으며 손가락으로 옆구리를 살짝 찔렀다.

"너희들……."

그녀가 그 말을 하고서 입을 꾹 다물었다. 다시 묵직한 무게가 방안을 맴돌고 다녔다. 여학생들은 일어선 그녀를 쳐다보고 있었다. 그때 장미가 그런 그녀를 보고 한심하다는 듯 말을 꺼냈다.

"하나, 너 뭐하나. 계속해서 그렇게 무게 잡을래. 그러다가 너 우리 서클에서 잘리는 수가 생긴다. 계집애 시도 때도 없다니까."

"누가 데려왔는데. 어련 하려고……."

희지가 받아치자 웃음소리가 방안을 가득 메워 놓았다.

"알았다구. 미안해. 난 분위기 파악하지 못하는 버릇이 있거든. 그 냥 튀려고 그런 거니까 이해해 줘. 내 별명은 뭐 하나야. 이름 그대로 지. 또 다른 별명은 까불이야. 까불 거려서 붙은 거야. 잘 부탁해."

말을 마치고서 하나가 여섯 명의 여학생들에게 일일이 손을 내밀어 악수를 청했다. 여학생들은 흔쾌히 그녀의 악수를 받아 주었다.

방안은 어느새 화기애애해졌다.

다시 유리가 자리에서 일어섰다. 여학생들은 유리를 주목했다. 그 와 동시에 웃음소리는 잠깐 멈추어졌다.

"말을 들어서 어느 정도는 알고 있을 거야. 모르는 사람이 있을지 몰라서 다시 간단하게 요약해서 말할게."

"……."

"가입하기 싫은 사람은 지금도 늦지 않았으니까 가도 좋아. 아무런 제재도 없을 테니까."

"……."

"구차하게 회칙 같은 건 정하지는 않겠어. ……나도 그런 건 딱 질 색이거든. 우리 서클은 더 이상 인원을 늘리지 않을 거야. 그리고 원하 지 않는 사람이 있다면 언제든지 탈퇴할 수 있어. 하지만 탈퇴하면 다 시는 우리 서클에 들어올 수 없어. 내 말은 그날로 남이 된다는 거야. 또 한 가지 명심해야 될 게 있어. ……어쩌면 우리에게 가장 중요한 건 지도 모르지. 뭐냐 하면 학교 성적이 지금 성적에서 적어도 십 등위로 끌어 올려야 한다는 거야. 내 말에 이의 있는 사람 있어?"

"……."

"우린 불량 서클하고는 달라. 뚜렷한 목적이 있어야 돼. 그 목적이란 건 악에 맞서서 싸워야 한다는 거야. 교내에서 일어나고 있는 린치나 학교 주변에서 일어나고 있는 폭력 같은 걸 없애자는 거야. 약한 애들을 괴롭히는 서클 애들과 맞서서 싸우자는 거지. ……그리고 우린 공통점이 많아. 가정환경도 그렇고 또……."

"……."

"까놓고 얘기할게. 우린 한 번씩 성추행이나 성폭행을 당한 경험들이 있어. 우린 그 커다란 병폐와 싸워야 해. 지금은 힘이 없을지 모르지만……나중에라도."

"……."

그녀들은 일순간 참혹함에 시무룩해졌다. 유리도 잠시 말을 멈춘 채 그녀들의 표정을 살폈다. 그녀도 가슴이 아프기는 마찬가지였다. 아픈 만큼 유리는 더 당당하게 그 자리에 서 있을 수 있었다.

"우리와 같은 피해자가 더 이상 생기면 안 돼. 우린 지금 당장뿐만이 아니라 미래를 생각해야 돼. 우리의 동생들을, 그리고 미래의 우리가 낳을 아이들을 위해서 우리가 나서야 한다는 거야. 그러기 위해서는 힘이 필요하겠지. 힘을 키우기 위해서는 배워야 해. 배우지 않고는 싸울 수 없어."

"……."

"우린 이제부터가 시작이야. 새롭게 출발하는 거야. ……뭉치자 뭉쳐야 이겨낼 수 있어."

"그래 유리의 말이 맞아. 그래, 그런 일은 더 이상 없어야 돼."

희지가 앉은 채로 유리를 거들었다. 유리는 그녀들의 기를 살리기 위해 더 대범하게 말을 이어나갔다.

"우린 이제 진정한 하나가 되는 거야. 하나가 될 때 살아남을 수 있는 거야. 누구도 우리를 더 이상 얕보지 않게, 힘없는 여자로 보지 않게 우리 스스로 노력해야 하는 거야. 작게는 불량 서클과 넓게는 여성의 권익을 위해서……."

유리가 말을 마치고 자리에 앉자 방안에 모여 앉아 있던 여학생들은 누구나 할 것 없이 모두들 환호성을 질러 댔다.

그녀들은 더 이상 약하지 않았다. 아니, 약할 수가 없었다. 똘똘 뭉친 한 덩어리가 되어 그녀들은 미래를 향해 한발 내딛고 있는 중이었다. 내딛을수록 그녀들은 알 수 없이 가슴이 벅차오르는 것을 느끼고 있었다.

"참, 중요한 걸 빼먹었다."

"그게 뭔데?"

"으응, 우리 서클의 명칭 말이야."

유리가 머리를 긁적거렸다.

"그래, 누구 마땅한 명칭 있으면 말해 봐?"

"명칭……. 유리 저편의 장미가 어때?"

장미가 곰곰 하게 생각하다가 말했다. 그런 장미를 옆에 앉아 있던 유리가 그녀의 머리를 쥐어박았다. 희지도 쥐어박으며 말했다.

"생각하는 것하고는……. 지금 영화 제목 짓는 건 줄 아니."

"그게 어때서. 내 생각엔 고상한 것 같은데."

"너야 그렇지만 다른 애들이……. 무지개라는 말이 좋을 것 같은데."

"너 보단 하나가 더 났다."

미지가 말했다. 미지는 모든 아이들에게 호감이 가는 듯한 표정을 짓고 있었다. 그녀도 곰곰이 생각에 잠겼다.

"또 없어? 아직 말하지 않은 애들은 빨리 생각해 봐."

유리가 볼펜으로 종이 위에 유리 저편의 장미와 무지개를 써넣었다.

"유혹이라는 말 어때?"

"그건 좀 섹시하다."

"내 미모에는 꼭 어울리는 말인데."

지수가 너스레를 떨었다.

"여시."

"선, 아니면 그림자."

"희망."

"칠 공주."

그녀들은 각자 생각하고 있던 단어들을 늘어놓았다.

그녀들은 여시와 칠 공주를 놓고 각축을 벌였다. 쉽게 결정하지 못하고 그녀들은 거수로 결정하기로 했다.

"여시가 좋은 사람 손들어 봐?"

유리의 말에 세 명이 손을 들었다.

"칠 공주가 좋은 사람?"

기권 표가 있을 수도 있었기 때문에 유리가 끝까지 확인했다. 세 명이 손을 들었고 지수가 망설이고 있었다. 그러다가 늦게 손을 들었다.

"칠 공주로 결정 났어. 이의 없지?"

"……."

"이제 서약하자."

"어떻게?"

"그야 건배로 해야지."

"술도 없는데 어떻게?"

장미가 유리를 쳐다보며 말했다.

"여기 음료수 있잖아. 넌 어떻게 생각하는 게 그러니. 안만 해도 서약하기 전에 제명 시켜야 하는 거 아니니?"

"마저……."

장미를 향해 아이들이 한마디 씩 던졌다. 장미는 외톨이처럼 뒤로 밀려났다. 하지만 장미는 물러서지 않고 넉살좋게 안으로 부득부득 파고들어 왔다. 그러는 그녀의 얼굴에 새하얀 웃음이 섞여 있었다.

그녀들의 눈동자는 새록새록 눈이 부시게 빛이 났다. 그녀들 중에서 가장 가슴이 부듯하여 주체할 수 없었던 사람은 유리였다. 유리는 부풀어 오른 가슴을 활짝 열어 친구들의 얼굴을 가슴에 하나 하나 씩 담았다.

"자, 들자."

유리의 말이 끝나기가 무섭게 그녀들이 컵을 치켜들었다.

'쨍.'

유리컵이 부딪히는 소리가 경쾌하게 들렸다.

"한마디 씩 돌아가면서 말하는 거야. 미지부터 먼저……."

유리가 미지를 쳐다보며 살짝 윙크를 보냈다.

"우리의 만남이 영원하길……."

"자매들을 위해서……."

"우리에게 축복이……."

"선을 위해서……."

"우리의 우정이 끝없이 지속되길……."

"참는 자여 복이 있나니. ……내가 또 분위기를 파악하지 못했나."

하나의 말에 소녀들은 키득키득 흘러나오는 웃음을 애써 참아내려고 노력했다.

"칠공주여 힘을 얻어라"

갈림길

칠공주의 소문은 교내에 무성하게 퍼졌다.

그러면서 폭력 서클 아이들의 눈총을 사게 되었다. 하지만 그 어느 누구도 그녀들에게 도전해 오지 못했다.

영자의 날놀파도 더 이상 그녀들의 앞에 얼쩡거리지 않았다.

이 학년이 되면서 칠공주의 멤버들은 다른 반으로 뿔뿔이 흩어졌지만 여전히 친 자매들처럼 붙어 다녔다. 점심 식사시간에는 반이 틀리더라도 꼭 한데 모여 식사를 하곤 했다.

그러던 어느 날 유리는 학생과에 불려 가게 되었다.

"부르셨어요?"

유리는 학생과 지도 선생인 여선생 앞으로 다가가 인사를 했다. 여선생은 학생들의 생활기록부를 뒤적거리고 있는 듯 했다.

그녀가 서류 뭉치를 덮으며 유리의 얼굴을 유심히 들여다보았다. 유리는 특유의 화사한 웃음을 지어 보였다.

"자취한다고 그랬지?"

"네⋯⋯."

"집은 그다지 멀지 않은데 왜 자취를 하지?"

여선생이 퉁명스럽게 말했다. 유리를 쳐다보는 여선생의 눈빛은 예사롭지 않았다. 그녀는 손에 지휘봉 같은 것을 들고 있었으며 위협하듯 그것을 손바닥에 툭툭 내려치고 있었다.

"왜 그러시는 데요?"

"묻는 말에 대답이나 해."

여선생은 다시 쌀쌀맞게 유리를 올려다보았다.

유리는 의자에 앉아 밉살스럽게 쳐다보는 그녀가 그리 달갑지 않았다. 평상시에도 교내에서는 그녀를 좋아하는 학생들이 없었다. 그녀는 여선생에 걸맞지 않은 별명을 갖고 있었다. 비록 학생들이 부르는 속어이기는 하지만 백사, 라는 별명은 그녀에게 그다지 어울리지 않았다.

탈선한 아이들은 그녀의 주 타깃이었다. 깐깐한 그녀에게 운 나쁘게 걸린 아이들은 가차 없이 정학이나 퇴학을 당하곤 했다. 얼굴의 생김새에서 알 수 있듯이 그녀는 매섭기 그지없었다. 그리고 후딱 하면 노처녀 히스테리를 발산해 내는 것이 그녀의 특기였다.

얼굴은 주근깨 투성이었으며 그것을 감추기 위해 두껍게 덧칠한 화장은 볼품이 없었다. 그래서 인지 피부는 그리 고운 편이 아니었다.

'왜 그런 질문을 하는 걸까?'

유리는 영문을 알지 못했다.

여선생의 몸에서 진한 향수 냄새가 흘러나왔다. 너무도 진하여 머리가 띵하고 어지러웠다. 하지만 유리는 내색을 할 수는 없었다. 그녀의 장기인 해코지가 언제 터져 나올지 몰랐기 때문에 유리는 조심스러울 수밖에 없었다. 해코지란 학생들이 그녀의 노처녀 히스테리를 흔히들 그렇게 부르는 말이었다.

"말 못할 사정이라도 있는 거야? 어서 말해 봐?"

"……새아버지가 나가서 살라고 해서요."

"왜?"

"재혼하셨거든요."

"언제부터 자취를 했지?"

"중학교 때부터요."

"그래."

그녀가 알겠다는 듯 고개를 끄덕거렸다.

"그건 왜……?"

"너희들 일곱 명이 몰려다니면서 뭣들 하는 거야?"

"……."

"혹시 못된 짓들하고 다니는 건 아니지?"

"아니에요, 그건……."

유리는 그제야 그녀가 부른 이유를 알 수 있었다. 그녀는 독사가 먹이를 향해 달려드는 것처럼 유리를 쏘아보고 있었다. 그녀는 유리의 눈을 섬뜩할 정도로 집요하게 쳐보았다.

"그것 때문이라면 안심하셔도 되요. 우린 불량한 애들과는 차원이 틀리니까요. 우린 순수한 스터디를 하고 있을 뿐이니까요."

"그걸 어떻게 믿지?"

"언제 우리가 사고치고 다니는 것 보셨어요?"

"그런 건 아니지만······."

"······."

유리가 여선생을 보며 지그시 웃었다.

"앞으로 조심해. 지켜볼 테니까. ······요즘 너희들에 대한 이상한 소문이 교내에 나돌고 있어. 언젠가는 꼭 꼬리를 잡고 말 거야. 꼬리가 길면 들통 나는 건 시간문제지. 이 말 명심하는 게 너희들 신상에도 좋을 거야."

"알겠습니다. 전 이만 가 봐도 되겠지요?"

"······."

여선생은 대답 없이 생활기록부를 들추고 있었다. 그런 여선생에게 목례를 하고 유리는 교무실에서 나왔다.

교실로 돌아오면서 유리는 언짢은 기분을 쉽게 삭일 수 없었다. 누군가가 자신들을 모함하고 있다고 생각하니 더더욱 불쾌해졌다.

누구일까, 하고 유리는 곰곰이 생각에 잠겼다.

수업을 마치고 집으로 돌아온 유리는 교복을 갈아입었다.

거울 앞에 드러난 자신의 성숙한 몸을 바라보며 유리는 가슴이 뿌듯해지는 것을 느꼈다. 그녀의 봉긋하고 탐스럽게 솟아오른 가슴과 허리의 가느다란 곡선 그리고 풍만한 엉덩이와 매끈하게 빠진 다리는 결혼을 앞둔 처녀의 수줍음을 그대로 담고 있었다.

그녀는 자신도 모르게 브래지어 호크를 손으로 풀었다. 그리곤 손으로 물오른 가슴을 스스로 더듬었다. 마음 같아서는 손으로 한꺼번에 감쌀 수 있을 것 같았지만 어느새 성숙된 가슴은 그녀의 손보다도 커져 있었다. 그녀 스스로도 놀라지 않을 수 없었다.

유리는 어느새 알몸이 되어 있었다.

부끄러움 때문인지 거울 속의 자신의 나신을 들여다보던 유리는 가슴과 아랫배 부위를 손으로 가렸다. 그러는 그녀의 얼굴은 붉게 물들여졌다.

그녀는 막연하게 남자를 생각하고 있었다.

사랑, 애인, 연인 등의 단어들이 그녀의 머릿속을 굴러다녔다.

수치스럽게 여겨지던 그 말들이 어느 때부턴가 그녀를 뒤흔들어 놓으며 환상에 빠져들게 만들고 있었던 것이다. 그녀도 이젠 남자를 생각할 나이였다. 그녀에게 그 악몽과도 같았던 지난날의 사건은 더 이상 수치스러운 일만은 아니었다.

지울 수 없는 지난날의 슬픔이었지만 그녀는 그것에 대한 기억들을 철저하게 외면하고 있었다. 그러는 것이 그녀가 할 수 있는 최선의 방법이기 때문이었다.

서서히 성에 눈뜨면서 그녀는 새롭게 태어나고 있는 것이다. 치욕과 악몽은 지난 일에 불과하다고 그녀는 생각했다.

그녀는 가리고 있던 손을 몸에서 떼어 내었다. 그리곤 찬찬히 자신의 몸을 세밀하게 관찰했다. 신비롭기 그지없는 알몸이었다. 금방이라도 석류 알처럼 톡톡 터질 것만 같은 자신의 몸을 유리는 손끝으로 불거져 나오도록 일으켜 세웠다.

그녀의 입에서 짙은 호흡이 흩어져 나왔다.

그녀는 스스로 쾌감에 사로잡혀 들어갔다. 자신의 몸을 어루만지는 손동작은 시간이 흐를수록 강도가 더해졌다.

그녀의 몸은 경직되어졌다. 그녀는 더 이상 주체하지 못하고 방바닥에 풀썩 주저앉고 말았다.

'아아⋯⋯.'

누가 들을세라 그녀는 조심스럽게 신음을 내뱉었다.

그녀는 한동안 이불 속에 파묻혀 꼼짝도 하지 않았다. 몸이 나른하여 그녀는 그냥 그대로 꼼짝도 하지 않은 채 누워 있고 싶었다.

누워 있는 상태에서도 유리는 붉게 부풀어 오른 가슴을 쓰다듬고 있었다. 가슴을 쓰다듬을수록 그녀는 더 나른해지는 것을 느꼈다.

언제부터 그녀에게 그런 버릇이 생겼는지 모른다. 그렇게 자신의 알몸을 쓰다듬다 보면 그녀는 어느새 잠이 들고 말았다.

두어 시간쯤 누워 있었을까, 꿈을 꾼 것도 같은데 희미할 뿐 생각나지는 않았다. 밖은 어둑어둑 해져 있었다. 유리는 자리에서 일어나 노 브래지어와 노 팬티인 채로 옷을 입었다. 그러는 것이 부담스럽지 않고 또 편안했기 때문이었다.

유리는 시장기가 느껴졌지만 입맛이 돌지 않아 식사를 거르기로 했다. 아무 때고 라면이나 한 봉지 끓여 먹으면 그만이라고 그녀는 생각했다.

유리가 세수를 하고 들어와 거울 앞에서 얼굴에 로션을 바를 때 밖에서 그녀를 부르는 소리가 들렸다. 목소리는 재차 반복되었다.

"유리야, 집에 있니?"

장미의 힘없는 목소리였다. 동시에 방문이 열렸다.

"장미 네가 웬일이니? 오늘은 스터디가 없는 날이잖아."

"그냥⋯⋯."

장미가 신발을 벗고 안으로 들어서며 말했다. 그녀의 손에는 비닐 봉지가 들려져 있었다. 그녀의 안색은 어두워져 있었다.

"무슨 일이라도 있는 거니?"

"일은 무슨 일……."

방바닥에 앉으며 장미가 말했다.

"안색이 안 좋은데."

"……."

유리가 장미의 얼굴을 들여다보며 말하자 그녀가 힘없이 피식 웃었다.

"말해 봐?"

"……저녁은 먹었니?"

"내가 먼저 물었잖아."

"이거나 가서 구워 가지고 와."

그녀가 봉지에서 오징어를 꺼내 유리에게 건넸다. 그리곤 맥주 몇 병을 더 꺼내 놓았다.

"……."

"너 술 마셔 본 적 없지?"

"지금 제정신이니?"

"딱 한 번만 봐줘. 오늘은 마시고 싶어. 아니 마셔야겠어."

심각한 표정으로 장미가 말했다.

유리도 그녀의 표정을 읽었는지 더 이상은 실랑이를 벌이지 않았다. 유리는 밖으로 나가서 오징어를 구워 가지고 들어왔다. 그때도록 방안에 있던 장미가 미용용 화장지를 뽑아 눈가를 닦아 내었다.

"우는 거야?"

"아……아니야."

장미가 애써 얼굴에 미소를 지었지만 굳어 있던 표정은 쉽게 풀리지 않았다. 유리가 그녀의 앞으로 다가가 구운 오징어와 컵을 내려놓았다. 그리곤 먼저 그녀의 잔에 유리가 맥주를 따라 주었다.

"마셔."

유리가 컵을 내밀자 장미가 그것을 받아 단숨에 마셨다. 그런 그녀에게 유리가 오징어를 찢어 주었다.

"유리 너도 마셔 봐."

"난 처음인데."

"실은 나도 오늘이 처음이야. 아빠하고 오빠들이 마시는 건 봤어도 직접 마셔 보는 건 처음이거든. 술이 뭐 별거니. 마신다고 죽는 것도 아닌데. 대학생 언니들도 다 마시더라. 우린 그 언니들보다 조금 일찍 마시는 것뿐이야."

"그럼 한잔만 마실게."

장미가 유리의 빈 잔에 맥주를 채워 주고 나서 자신의 잔에도 맥주를 따랐다.

"자, 마시자."

하며 장미가 술잔을 치켜들었다. 유리는 조심스럽게 술잔을 가져다가 부딪치고는 한 모금 마시고 내려놓았다.

"아이 써, 맛이 왜 이러니?"

"그러니까 술이지. 소주는 더 쓰다고 그러더라."

"이런 쓴 걸 왜 먹는지 모르겠어."

“…….”

장미는 다시 시무룩해졌다.

“왜 그러니.”

유리가 물었지만 장미는 대답을 하지 않은 채 무슨 생각엔가 골몰해져 있었다. 유리는 장미가 입을 열 때까지 마냥 그녀를 쳐다보고 있었다.

장미가 다시 술잔을 들고는 벌컥벌컥 맥주를 마셨다. 그녀의 빈 잔에 유리가 맥주를 따라 주었다. 거품이 일어 컵 밖으로 흘러 넘쳤지만 장미는 여전히 생각에 잠겨 흘러넘치는 거품을 물끄러미 바라보고 있었다.

유리도 덩달아 침묵으로 일관하고 있었다. 어색했던지 유리가 컵을 들어 맥주를 한 모금 더 마시고 내려놓았다.

그때 굳게 닫쳐 있던 장미의 입에서 말문이 터져 나왔다.

“나 죽어 버릴 거야.”

“그게 무슨 소리니?”

“죽고 싶어.”

“왜? 말을 해봐.”

“…….”

장미가 다시 맥주를 마시고 빈 컵을 내려놓았다.

“그러다가 취하겠다.”

“술은 취하라고 마시는 거 아니니.”

“…….”

“차라리 이렇게 마시다가 죽기라도 했으면 좋겠어.”

"계집애, 못하는 소리가 없어."

유리가 장미의 머리를 살짝 쥐어박으며 말했다. 그리고 한동안 둘 사이에 대화가 이어지지 않았다.

유리의 얼굴에는 걱정스러움이 가득 차 있었다.

유리는 장미가 생소한 사람으로 느껴졌다. 그렇게 몹시 심각한 표정을 짓고 있는 장미를 처음 본 유리로서는 무슨 일인지 가늠할 수 없었다. 유리는 잠자코 그녀가 입을 열기를 기다릴 뿐이었다.

"너, 우리 담임 알지?"

"그 총각 선생님. 그런데 그 선생님이 왜?"

"……."

"장미 너 또 사고 쳤구나. 너희 담임한테 찍힌 거니?"

"바보, 그게 아니야."

"그럼 왜?"

"그게……."

목이 말랐는지 장미가 맥주를 들어 입술을 축였다.

유리는 그러한 장미를 유심히 바라보았다. 장미의 얼굴은 어느새 붉게 달아올라 오고 있었다.

유리는 장미의 다음 말을 기다리고 있었다. 장미는 또다시 궁금증을 일으키듯 말문을 접어 들였다.

"말하기 싫으면 관둬."

유리가 새침하게 말했다. 그러자 장미도 더 이상 망설이지 못했다.

"……우리 담임한테 실망했어."

"……."

유리는 귀를 쫑긋 세우고 장미의 앞으로 바짝 다가가 앉았다.

"어쩜 그럴 수 있니."

"……."

"글쎄 아직까지 내 이름도 제대로 모르는 거 있지. 내가 자기네 반 인지도 모르는 거야."

"계집애 난 또……. 겨우 그거였니. 생각해 봐 아직 학기 초고 또 우리 학교가 처음으로 받은 발령지잖아. 업무에 익숙해지려면 시간이 좀 걸릴 거야. 그리고 반 아이들이 어디 한둘이니. 별것도 아닌 것 가지고……."

"아니야. 내가 얼마나 잘 보이려고 그랬는데. 불량한 애라고 찍어 두고 아예 모르는 척 하는 것 같아. 요즘 나 공부도 열심히 하려고 얼마나 노력하는데. 그건 유리 너도 알잖아. 나한테 그렇게 대할 수 있는 거니?"

"너 요즘 이상해졌다. 예전의 너하고는 전혀 달라."

"내가 뭘?"

"아니야. 혹시 너, 너희 담임 사랑하고 있는 것 아니니?"

"애는……."

"그렇구나."

"계집애 눈치 하나는 빠르다니까."

"만만치 않을 텐데. 우리 반에서도 너희 담임 좋아하는 애들이 한둘이 아닌데."

"좋아한다고. 하지만 난 그 애들하고는 질적으로 달라. 난 꼭 담임을 내 연인으로 만들고 말 거야. ……담임 눈만 보고 있으면 모든 게 행복해. 화가 나다가도 담임만 보면 왠지 가슴이 설레고 포근해진다니까. 넌 모를 거야, 이런 기분. 이런 게 사랑인가 봐. 울렁거리고 현기증이 느껴지는 거."

"애 단단히 빠졌구나. 정말 미쳤어. 너희 담임이 너 같이 어린애를 거들떠보기나 할 것 같니?"

"내가 어때서?"

"정신 차려 계집애야. 우린 이제 고등학교 이 학년이야. 그럴 시간 있으면 공부나 열심히 해."

유리가 말하며 혀를 걷어찼다. 그러자 장미가 새침한 표정을 만들었다.

장미가 술잔을 들었다.

"그만 마셔."

"술 마시니까 기분이 좋아지는데. 너두 마셔……."

잔을 비우고서 장미가 새로운 맥주를 따서 따랐다. 그녀의 얼굴에서는 연분홍의 취기가 역력하게 일어서고 있었다.

"어떻게 할 건데?"

"날 사랑하도록 만들어야지."

"그 다음은?"

"결혼할 거야."

"결혼?"

"그래."

장미가 야멸차게 딱 잘라 말했다.

"넌 그게 가능하다고 생각하니?"

"불가능할 게 또 뭐가 있니."

"빠져도 단단히 빠졌구나."

유리는 말도 안 된다는 표정을 짓다가 맥주를 단숨에 마셨다. 그리곤 다시 맥주를 잔에 가득 채웠다.

"누가 어떻게 생각하던 간에 나는 담임을 내 사람으로 꼭 만들고 말거야. 우선은 담임 눈에 들어야겠지. 공부를 잘해서든 아니면 불량스럽게 보여서라도 담임 눈에 들 거야. 유리 너는 어떻게 생각하니? 어느쪽이 더 빠를까?"

"……."

유리는 어이가 없어 장미를 벙찐 표정으로 쳐다보았다.

"난 그 남자 없이는 살고 싶지도 않아."

"잘 생각해서 처신해. 우린 아직 창창해. 그리고 공부도 더 해야 하구. 우리 약속한 거 벌써 잊었니?"

"잊지 않았어. 앞으로도 잊지 않을 거구. ……내 일은 내가 알아서 할거라구. 너희들이 실망하는 일은 없을 거야."

"난 장미 네가 걱정돼서 한 소리야."

"알아 네 마음."

그 말을 남기고서 장미는 남은 맥주를 마저 마셨다.

그녀의 얼굴에는 사랑의 열병이 붉은 열꽃으로 피어오르고 있었다. 유리는 그녀의 열병이 앞으로의 좌절로 비추어질 지도 모른다는 생각에 어두운 표정을 지울 수가 없었다. 하지만 단단히 홀린 그녀에게 충고를 해 봤자 먹힐 리가 없었다. 장미의 눈에는 유리가 걱정스러워하는 것보다는 마치 샘을 내고 있는 것으로 보일 것이기 때문이다.

유리도 장미를 따라 맥주를 마셨다.

맥주를 마실수록 유리와 장미는 기분이 좋아졌다. 그리고 얼굴 혈색도 수줍게 달아오르고 있었다.

맥주에 맛이 들렸는지 둘은 잔을 주거니 받거니 하고 있었다. 쓰고 떫던 맥주 특유의 맛도 이제는 느낄 수 없었다. 몸에서 열기가 느껴졌고 그만큼 갈증이 피어올라 입안으로 맥주를 들어붓게 만들었다.

마시면 마실수록 맥주는 묘한 매력을 소녀의 가슴에 물들였다. 마시는 속도 또한 처음보다는 빨라졌다. 그리고 목젖을 톡톡 쏘며 넘어가는 맥주의 상큼한 맛에 절로 흥이 넘쳐 났다.

"그윽……."

유리가 트림을 했다. 그리고 덩달아 장미도 맥주에 의해 자연스럽게 흘러나오는 트림을 거부감 없이 쏟아 내었다. 그러며 소녀들은 서로의 얼굴을 마주보며 뭐가 그리 우스운지 깔깔거리며 웃어댔다.

유리는 그제야 어른들이 왜 술을 마시는지 알 수 있을 것 같았다. 그녀는 하늘로 날아오를 것처럼 가벼워지는 것을 느낄 수 있었다. 그러다가 어느 순간부터인지 어지러워지기 시작했다. 그것은 장미도 마찬가지였다.

유리는 갑자기 슬퍼졌다. 멀뚱멀뚱 장미의 눈을 쳐다보다가 유리는 울기 시작했다. 왠지 서럽다는 기분이 들어서였다.

울어야만 했다. 한없이 끝없이 눈물은 양 볼을 타고 턱 아래로 흘러내리기 시작했다. 왜 그런지 울음을 자제할 수 없었다. 왜 울어야 하는지도 모르면서 유리는 서럽고 애처롭게 울고 있었다.

술기운 때문이었다.

"왜 그래 유리야……."

장미의 목소리도 가라앉고 있었다.

"장미야……."

유리가 울면서 마주 앉아 있던 장미를 끌어안았다. 그러는 유리의 울음은 속절없이 커져만 갔다.

급기야 장미도 영문을 알지 못하고 덩달아 유리를 끌어안고 울었다.

방바닥에는 빈 술병과 빈 맥주잔이 나뒹굴고 있었다.

소녀들은 말없이 울기만 했다. 소녀에겐 그것이 처음으로 마신 술에 대한 기억이 되어 버렸다.

"장미 너, 요즘 왜 그러니?"

상담실 안에는 장미와 담임이 마주보고 앉아 있었다.

"……."

"학생은 나이트에 가면 안 된다는 건 알고 있지?"

"네."

"그런데 왜 갔어?"

"……."

장미는 입을 굳게 다물고 담임의 눈을 뚫어지게 쳐다보았다. 눈이 마주친 상태로 장미가 빤히 들여다보자 담임이 어색했던지 자리에서 일어나 창가로 다가가 섰다.

"집에 무슨 일이라도 있는 거니?"

"아니요."

여전히 장미는 담임의 눈에서 시선을 접어들이지 못하고 있었다.

"선생님 얼굴에 뭐가 묻었니?"

"……."

"장미야, 넌 학기 초보다 성적이 십 등이나 떨어졌어. 어떻게 된 거야? 수업 시간에도 잠만 잔다면서……?"

"……."

"이유가 뭐니? ……정말 선생님 실망시킬 거니?"

"선생님……."

그러며 장미가 심각한 눈초리로 담임의 눈을 바라보았다. 눈과 눈이 맞닿은 순간의 짜릿한 쾌감과 멀미를 할 것 같은 울렁거림 때문에 장미는 황홀하게 젖어 들었다. 그녀의 눈은 담임의 모든 것을 남김없이 빨아들일 것처럼 환하게 열려 있었다.

"선생님이 어떻게 하면 되겠니?"

"전 선생님을 사랑해요."

"……."

담임은 어이가 없어 말문을 열지 못했다.

상담실 안에는 한동안 정적이 찾아 들었다. 담임은 장미의 눈을 피해 창밖을 내다보았다. 그러다가 뒤돌아서며 말했다.

"선생님도 장미를 사랑해. ……선생님으로서 제자를 사랑하는 건 당연한 일이야. 우리 반 모든 아이들을 선생님은 다 사랑해. 앞으로는 그런 곳에 가지 않도록 해. 그리고 아까 장미가 한 말은 사제지간의 사랑으로 알겠어. 사랑한다는 말은 아무데서나, 그리고 아무 한 테나 하는 말이 아니야. 반성문 열 장 써 가지고 와."

담임은 난처한 상황을 넘기기 위해 서둘러 상담실 밖으로 나갔다.

그런 담임의 뒷모습을 보며 장미는 야속한 기분을 삭일 수가 없었다.

"그래도 몰라, ……왜 내 마음을 몰라주는 거야. 왜……왜? 그렇다면 좋아. 나도 해보는데 까지는 해 볼 거야."

장미는 입술을 지그시 깨물었다.

그녀는 볼펜을 잡고 반성문을 쓰기 시작했다. 먼저 백지의 맨 위에 반성문이라는 글씨를 큼지막하게 쓰고 그 아랫줄부터는 깨알 같은 글씨로 정성스럽게 써 내려가기 시작했다.

말이 반성문이지 그 내용은 전혀 다른 것이었다.

그녀는 조금의 공간도 남기지 않고 촘촘하게 백지를 메꾸어 내려갔다.

'사랑해요. 당신을. 당신 없이는 사는 것이 허무해요. 정말이지 난 더는 견딜 수가 없어요. 이런 나의 마음을 알아주세요. 제발. 선생님. 사랑해요. 사랑해요. 사랑해요. 이건 저의 진심이에요.'

그런 글귀를 장미는 반복하여 써 내려가기 시작했다.

그렇게 열 장을 모두 쓴 뒤에 장미는 그것을 선생님 책상에 올려 두고 교실로 돌아왔다. 장미는 교실로 돌아와서도 담임의 생각에서 벗어날 수 없었다.

'그것을 보고 선생님은 어떤 표정을 지을 까.'

아무래도 좋았다. 장미는 그렇게 해서라도 담임에게 자신의 사랑을 전하고 싶은 것이다.

담임에 대한 그녀의 열성은 끝이 없었다. 그녀는 학기 초부터 학교에 그 누구보다 먼저 등교하였다. 등교하면 제일 먼저 걸레를 빨아다가 담임의 책상을 깨끗이 닦았고 화병에 꽃을 꽂아 두곤 했었다. 그러는 것이 왠지 좋았고 하루하루가 지날수록 그 일은 그녀에게 낙이 되어 버렸다.

처음에는 꽃을 꽂아 두는 것이 전부였지만 장미는 시간이 지날수록 드링크제며 쪽지 등을 남기곤 했었다.

이젠 담임도 그러는 자신을 어쩌지 못할 것이라고 장미는 생각했다.

유리의 집에서 스터디를 하다가 집에 일이 있다며 일찍 끝내고 나온 장미는 서둘러 집으로 달려갔다.

집으로 돌아온 장미는 서둘러 세수를 하고 머리를 감았다. 그리곤 자신의 방으로 들어가 드라이로 머리를 말리고 로션과 엄마 몰래 용돈을 쪼개서 사 두었던 콤팩트와 립스틱을 찍어 발랐다.

몇 번이고 지우고 다시 발랐으며 마음에 들 때까지 그러는 것을 반복했다. 서투른 솜씨라 그러는 데도 시간이 꽤 걸렸다. 어느 정도 화장이 마음에 들었다고 생각했을 때는 옷이 문제였다. 옷장을 열고 무엇을 입을까, 하고 장미는 망설여야 했다. 옷장 속에는 그런 데로 옷이 많이 걸려 있기는 했지만 마음에 드는 것은 없었다.

그렇다고 교복을 입을 수도 없는 노릇이었다. 사복은 거의 어린 티를 벗지 못하는 것들이 전부였다.

거울 앞에 서서 옷을 대어 보았지만 역시 어울리는 것은 없었다. 장미는 고민에 빠졌다.

담임에게 어린 모습을 보이고 싶지 않은 장미였다. 그랬기 때문에 그녀는 더없이 난처한 표정을 만들지 않을 수 없었다.

장미는 브래지어와 팬티 차림으로 거울 앞에 서 있다가 그런 대로 어울리는 옷을 골라 대충 걸쳐 입고는 집을 나섰다.

옷을 갈아입는 시간만도 족히 한 시간이 걸렸다.

밖은 어느새 어둠이 어슥어슥하게 내려앉고 있었다.

그녀의 발걸음은 그때까지만 해도 자신이 없었다.

그녀가 뒤이어 향한 곳은 옷가게였다. 메이커가 있는 옷을 사고 싶었지만 가지고 있던 돈이 턱없이 모자랐기 때문에 그녀는 할 수 없이 이름 없는 보세 옷가게로 들어갔다.

가게 안으로 들어가자 이십 대 초반쯤으로 보이는 여자 점원이 장미를 반갑게 맞이해 주었다.

"장미 왔구나. 그 동안 왜 뜸했어?"

장미를 알아보고 점원이 상냥하게 웃어 주었다.

"언니, 요즘 유행하는 옷이 어떤 거예요."

"여기 있는 게 요즘 다 유행하는 옷이야. 이건 어떠니?"

점원이 옷을 하나 꺼내어 보였다.

"그건 너무 촌스럽다. 그런 거 말고 좀 섹시하면서 세련된 옷은 없어요?"

"그럼 이런 건?"

여점원이 다른 것을 꺼내어 보였지만 그것 역시 장미의 마음에 쏙 들지는 않았다. 장미가 고개를 저었다. 그러면서 제 스스로 마음에 드는 것을 고르기 시작했다.

그때 가게 안으로 다른 손님이 들어왔다.

"고르면 예기해."

하며 점원은 다른 손님 곁으로 갔다.

장미는 이것저것을 꺼내 자신의 몸에 대어 보았다. 그러다가 한쪽

구석에서 마음에 드는 옷을 발견했을 때 그녀는 함박웃음을 만들었다.

"언니, 이거 입어 봐도 되지요?"

여점원은 다른 손님에게 옷을 권해 주기에 바빴다. 들었는지 못 들었는지 아무런 대답이 없자 장미는 그것을 들고 탈의실로 들어가 옷을 갈아입었다. 그리곤 밖으로 나와 거울 앞으로 다가가 이리저리 재 보았다.

미니스커트와 블라우스가 조화를 이루었고 블라우스 위에 걸친 조끼가 악센트를 가미시켜 주는 옷이었다.

스커트의 길이가 짧기는 했지만 장미는 그것을 사기로 결정했다. 아무래도 담임의 눈에 여자로 보이기 위해서는 스커트가 짧은 것이 도움이 될 것이라고 생각했기 때문이었다. 그리고 조끼도 가슴의 윤곽을 그런 데로 잘 드러나 보이게 강조되어 있어서 장미는 망설이지 않고 그것을 샀다.

가격도 옷에 비해 센 편은 아니었다.

"언니 좀 깎아 주는 거지?"

"얘는 옷값이 얼마나 한다고……."

"그럼 그냥 가구."

"알았어, 애."

"벗어 놓은 옷은 다음에 와서 가져갈게요."

그녀가 옷가게에서 나온 시간은 여덟 시가 다 되어서였다.

장미는 그 동안 틈틈이 추적하여 알아둔 그의 하숙집으로 발걸음을 옮겼다.

'담임이 들어와 있을 까?'

하지만 장미에게는 그것이 중요한 건 아니었다. 그가 들어오지 않았다고 해도 집 앞에서 기다리다 보면 언젠가는 나타날 것이 분명했기 때문이었다.

그녀가 걱정하는 것은 그것보다도 그가 자신을 어떻게 보아줄 지였다. 그녀는 그가 마냥 어린아이로만 보아주는 것이 싫었기 때문에 오늘의 일을 계획했던 것이다.

그의 마음을 뺏기 위해서는 여자로 보이는 것이 최선의 방법이라고 장미는 생각하고 있었다.

어둠 속에서 소녀의 발걸음 소리에 걸맞지 않은 또각또각 하이힐의 발자국 소리가 들렸다.

가로등 하나 둘 셋, 그러다가 눈부시게 밝은 자동차의 헤드라이트 불빛이 스쳐 지나갔다.

그녀는 설렘을 가슴에 가득 안고 그의 집을 향해 걸어갔다.

그의 집은 언제나 그 곳에 있었다. 그가 떠나가지 않는 한 그곳에 계속 있을 것이다.

장미는 환상의 언덕을 걸어 올라가고 있었다. 그녀에게 그 순간은 현실 그 자체였다. 현실이기 때문에 걷고 있는 것이다.

그는 자신을 보호해 줄 수 있는 유일한 남자라고 그녀는 생각했다. 그의 여자가 되는 것만이 전부라고 그녀는 생각하고 있었다. 그를 만나기 위해 자신이 살아왔고 또 그의 모든 것이 되기 위해 존재할 수 있었다고 그녀 스스로 결론을 지어 버렸다.

장미는 그의 여자가 되기 위해서는 무슨 일이든 해야 한다고 다짐했다.

그의 집으로 걸어가면서도 내내 장미는 그의 생각에 푹 빠져 있었다. 그녀의 가슴엔 사랑의 감정이, 꺼질 것 같지 않은 열정의 불꽃이 활활 불타오르고 있었다.

그의 집 앞에 다다랐을 때 장미는 실망을 했다. 그의 방에는 불이 켜져 있지 않았기 때문이었다. 집안으로 들어가 보았지만 그의 신발은 보이지 않았다. 그리고 문고리에는 서늘하게 자물통이 매달려 있었다.

장미는 그러나 포기할 수 없었다. 오늘은 기필코 그의 사랑을 확인하고 싶었기 때문이었다. 그의 마음을 확인하지 못하고는 돌아갈 수 없을 것만 같았다.

골목 어귀에서 장미는 기다리기로 했다.

기다리는 동안 장미는 마치 자신이 그의 아내가 되어 버린 착각에 휩싸였다. 퇴근하여 돌아올 남편을 마중 나와 있는 아내의 흐뭇함을 그녀는 느끼고 있는 것이다.

그녀의 얼굴에 지루한 표정이 일어나기 시작한 것은 그를 기다리기 시작한지 두어 시간쯤 지나가면서부터였다. 그리고 밤길이라 무섭기까지 했기 때문에 장미는 몸을 바짝 웅크리고 있었다.

얼마 동안 더 그렇게 서 있었을 까, 그 동안 그녀의 앞으로 몇 명이 지나갔는지 모른다. 그때마다 그 일지도 모른다는 생각에 그녀는 용기 내어 지나가는 사람들의 얼굴을 찬찬히 뜯어보았다. 하지만 그는 아니었다.

실망하고 또 실망하다가 그녀는 손목시계를 들여다보았다. 시간은 벌써 열두 시에 가까워지고 있었다.

장미는 자신도 모르게 발을 동동 구르고 있었다. 그녀의 몸 또한 언제부턴가 체온이 식어 사시나무 떨 듯 떨고 있었다.

그녀는 하이힐을 신고 있었기 때문에 발이 아파 왔다. 더는 자신의 몸을 지탱하고 서 있을 수도 없을 지경이었다. 그러나 장미는 이제 와서 포기할 수는 없다고 생각했다.

얼마를 더 기다린 후에야 장미는 그를 발견할 수 있었다.

장미가 그를 알아 볼 수 있었던 것은 바바리와 낡은 손가방 때문이었다. 걸어오는 폼은 좀 이상했지만 그녀는 쉽게 그 임을 알아볼 수 있었다. 하지만 그는 장미를 알아보지 못하고 지나쳐 갔다.

반가움도 일순간 장미는 그에게 뛰어가려다 말고 몸이 경직되었다.

'무심한 남자 같으니.'

그의 걸음걸이로 보아 술에 흠뻑 취해 있는 것 같았다.

"선……선생님?"

장미가 용기 내어 그를 불러 보았지만 목소리는 흘러나오다 말고 다시 안으로 기어 들어갔다. 그는 듣지 못했는지 계속해서 걸어갈 뿐이었다.

"선생님."

그녀가 다시 한 발짝 앞으로 걸어 나가 그를 불렀다. 그러자 그제야 그가 뒤를 돌아다보았다.

"누구……?"

그가 흐느적거리는 동작으로 장미 쪽을 바라보았다. 그러다가 허리를 숙이고 길가 한쪽 구석에 오바이트를 하기 시작했다.

"우욱, 우욱……."

속을 게워 내며 그는 고통스러워했다. 그런 그에게 다급하게 뛰어간 장미가 등을 토닥거려 주었다.

"선생님 어디서 이렇게 술을 많이 드셨어요?"

장미의 목소리는 울상이 되었다.

그는 여전히 속에 것을 게워 내며 숨을 몰아쉬었다.

"누구지?"

그가 어느 정도 안정된 상태로 물었다.

"저 장미예요."

"장미?"

"이걸로 닦으세요."

애써 정신을 가다듬으며 쳐다보던 그에게 장미가 손수건을 내밀었다. 그러자 그가 손수건을 받아 입을 닦았다.

그가 자리에서 일어서며 말했다.

"네가 장미라고……?"

"네."

장미가 그를 걱정스럽게 올려다보았다.

"이 보슈, 농담하지 마슈. 누구 술 취했다고 희롱하는 거야."

"저, 정말 장미예요."

"……."

그가 다시금 장미를 뚫어져라 쳐다보았다. 그제야 그는 정신이 번쩍 들었는지 몸을 흠칫거렸다.

"그런데 여긴 어떻게?"

"선생님이 보고 싶어서요."

장미가 싱긋 웃었다. 그러는 그녀의 얼굴은 만족스러운 듯 했다. 장미는 그가 자신을 알아보지 못했던 것이 무리는 아니라고 생각했다. 그러면서 한편으로 더할 나위 없는 기쁨이 찾아 들었다.

그가 자신을 알아보지 못했다는 것은 그의 눈에 풋내기 여고생이 아닌 이십 대의 성숙한 아가씨로 보였다는 것이기 때문이다.

"집에 돌아가. 늦었잖아."

"선생님 집까지 모셔다 드린 후에 갈래요."

"난 됐어."

그가 장미를 뿌리치고 혼자서 집을 향해 걸어올라 갔다. 그러나 얼마 가지 못하고 비틀거리다가 돌부리에 채여 넘어지고 말았다.

장미가 재빨리 그에게 다가가 일으켜 세웠다.

"그것 보세요."

장미가 그를 안쓰럽게 쳐다보았다.

그도 더 이상 장미를 거부하지 않았다. 장미가 그를 부축하였다. 그리곤 그와 보조를 맞추어 집을 향해 걸어갔다.

그의 팔을 목에 두른 채 장미는 조심스럽게 그를 유도했다.

그의 체중이 실려 힘이 들기는 했지만 장미는 더 없이 좋기만 했다. 장미로서는 그의 하숙집이 너무 가깝다는 것이 아쉽기만 할뿐이었다.

'이 남자 왜 이렇게 약해 보이는 것일까.'

장미는 그를 하숙집으로 부축하여 들어갔다. 그리곤 그의 호주머니에서 열쇠를 꺼내 방문을 열었다. 그는 인사불성인 채 모든 것을 그녀에게 내맡기고 있었다. 장미는 그가 어린아이 같다고 생각했다.

그녀는 방안으로 그를 부축하여 들어갔다.

"선생님 정신 좀 차리세요."

"……."

"선생님."

장미가 그를 흔들어 깨웠지만 그는 아무런 반응 없이 힘겹게 숨을 몰아쉬고 있었다. 넋을 잃고 그를 바라보던 장미는 손을 뻗어 그의 헝클어진 머릿결을 이마 위로 쓸어 올렸다.

그의 체온이 너무도 따스하게 느껴졌다. 장미는 한동안 그의 이마에 손을 얹고 꼼짝도 하지 않았다. 왠지 그러고 있는 것이 장미는 좋았다.

시간은 벌써 열두 시를 훨씬 지나고 있었다. 하지만 장미는 집에 가고 싶지 않았다. 그를 내버려두고 집으로 돌아갈 수는 없다고 그녀는 생각했다.

그녀는 밖으로 나가서 물수건을 만들어 가지고 다시 방으로 들어왔다.

물수건으로 그의 얼굴을 닦아 내려가는 장미의 손길은 정성스럽기 그지없었다. 그가 마치 자신의 남편이라도 된 것처럼 그녀의 얼굴에는 기쁨이 잔뜩 묻어 나 있었다.

그의 얼굴을 물수건으로 닦아 낸 다음 장미는 그의 바바리를 벗겨 옷걸이에 걸어 두었다. 그리고 나서 이부자리를 깔았고 그를 그곳에 뉘였다.

그는 잠이든 모양이었다.

그의 코고는 소리가 방안을 가득 메워 놓았다. 하지만 장미는 그 소리가 더없이 사랑스럽게 느껴졌다. 그의 술에 취한 모습이며 속을 게워 내는 모습 그리고 잠들어 있는 모습까지도 장미에겐 아름답게 느껴졌다.

장미는 절로 가슴이 뿌듯해졌다.

늦은 밤, 그것도 한 방에서 그와 함께 있다는 것만으로도 장미는 기쁘기 그지없었다. 장미의 가슴은 점점 벅차올랐다.

'난 당신을 사랑해요. 이 순간을 얼마나 기다렸는지 몰라요. 사랑해요. 난 영원히 당신만을 사랑할 수 있어요.'

장미는 들뜬 기분을 억제하지 못하고 그의 얼굴을 들여다보며 속삭였다.

그녀에게 사랑이란 바로 그런 것이었다. 사랑하기 때문에 충분히 그래야 한다고 생각했다.

오늘만이 아닌 그 언제라도 그가 필요하다면 그의 옆에 있을 것이라고 장미는 생각하고 다짐했다. 장미는 그에게서 단 한순간도 눈을 떼지 않았다. 그가 어딘가로 떠나갈 것 같아서였다.

그럴 리가 없겠지만 만약에 지금이 꿈이라면 장미는 그 꿈에서 깨어나고 싶지 않은 기분이었다. 장미는 정신을 가다듬었다.

장미는 벽에 등을 기대고 팔로 무릎을 감싼 채 앉아 있었다. 그러면서도 내내 장미의 눈길은 그에게서 떠나가지 않았다.

장미는 숨을 깊게 들이마셨다.

언제 또 이러한 기회가 올지 몰라 장미는 방안 구석구석에서 배어나오는 그의 손때 묻은 체취를, 그의 흔적을 남김없이 가슴속으로 끌어 담았다. 표현할 수 없이 향긋한 향기였다.

그의 체취에 취해 장미는 스르르 눈을 감았다.

이 향기로운 체취를 어디에든 담을 수 있다면……. 장미는 그의 여자로, 그의 곁에 항상 위치하고 있는 행복한 꿈을 꾸고 있었다.

　'그의 곁에서, 그의 아내로, 영원히 그의 사랑과 체취만을 머금고 산다면 얼마나 좋을까. 사랑은 이런 것인가. 같이 있기만 해도, 눈이 마주치기만 해도 배가 부르고 그 어떤 것도 부럽지 않은 것.'

　장미는 마냥 즐겁기만 하였다.

　얼마 동안의 시간이 지났는지 모른다.

　방안은 어두웠다. 분명 불이 켜져 있었는데 방안에는 조금의 빛도 남아 있지 않았다. 유리창을 흔드는 바람 소리와 창문을 통해 희미하게 들어오는 여린 빛이 전부였다.

　그녀는 어렴풋이 그 빛이 달빛임을 알았다.

　그 달빛처럼 고운 그의 체온이 장미의 가슴에 느껴졌다.

　그녀는 누워 있었다. 그의 곁에……. 그가 장미를 자신의 옆에 뉘였을 것이다.

　남자의 불규칙한 호흡 소리가 들렸다. 장미는 그 호흡 소리를 들으며 야릇한 흥분을 느끼고 있었다. 그녀의 귓가는 남자의 거친 호흡을 감지하며 점점 예민해졌다. 잠에서 깨어나 있었지만 그녀는 눈을 뜨지 않았다.

　그의 따스한 체온이 가깝게 느껴져 왔다. 장미는 왠지 그가 자신에게 더 가까이 다가와 주기를 바라고 있었다.

　그는 망설이고 있는 듯 했다.

　남자의 거친 숨소리는 그녀가 강요하지 않아도 차차 다가왔다. 다가와서는 그녀의 머리카락을 살며시 쓰다듬었다.

　그 가느다란 부딪침에 장미는 하마터면 눈을 뜰 뻔했다.

그녀의 심장이 저절로 벅차올랐다. 그녀는 마치 자신의 심장이 고무풍선처럼 느껴졌다. 그녀의 심장은 남자의 체온으로 인해 끝없이 부풀어 올랐다.

그에게는 이제 망설임이란 남아 있지 않았다. 그가 장미의 귀에 대고 부추기듯 뜨거운 콧바람을 불어넣었다.

그가 그렇게 다가오자 장미의 귓불은 붉게 달아오르기 시작했다. 하지만 그녀는 잠이 든 척 내색을 하지 않았다. 그녀는 그가 다가올수록 몸에서 힘이 쭈욱 빠져나가는 것처럼 편안해지는 것을 느낄 수 있었다.

그의 체취가 장미를 어지럽게 만들었다. 점점 진해지는 그의 모든 것이 장미를 형언할 수 없이 행복하게 만들었다.

"아……."

남자의 향기가 쏟아져 나와 장미의 얼굴을 그대로 붉게 적셨다.

그의 손이 장미의 블라우스 단추를 하나씩 풀고 있었다. 장미는 자신도 모르게 숨을 깊게 들이마셨다. 숨을 들여 마시자 가슴의 도톰한 언덕이 더 높아지는 것 같았다.

그의 손은 장미의 블라우스 안으로 파고 들어와 브래지어 위에서 다시 한 번 망설였다. 그러다가 톡 불거져 나온 부분을 일으켜 세우듯 그가 잡아당겼다.

남자의 심장 박동 소리가 들렸다.

장미도 자신의 심장 박동 소리에 고막이 터질 것만 같았다. 장미는 꿀꺽 하고 마른침을 삼켰다.

그의 손은 좀더 안으로 들어와 그녀의 맨 살을, 수줍어 붉게 물든 가슴을 더 뜨겁게 달구어 내고 있었다.

그의 입술이 다가와 장미의 가슴을 경직되게 만들었다.

장미는 들여 마셨던 숨을 주체하지 못하고 푸욱 내뱉었다. 그 소리는 남자를 돕고 있었다.

그의 손은 장미의 온몸 곳곳을 더듬어 가기 시작했다.

그의 손이 지나쳐 갈 때마다 장미의 몸에서 블라우스와 스커트가 차례로 벗겨져 나갔다.

소녀와 남자는 알몸이 되었다.

소녀는 그의 움직임이 지나쳐 갈 때마다 고통스러워했다. 너무나도 참을 수 없는 그의 감미로운 손짓에 소녀는 가슴이 터질 것 같았다.

왜 그러한 기분이 드는지 소녀는 알지 못했다. 그저 남자와 여자의 몸이 맞닿으면 당연히 그러는 것이라고 생각할 뿐이었다.

소녀의 위로 남자가 올라왔다.

남자의 몸은 단단하였고 땀 냄새가 흥건하게 소녀의 코끝을 어지럽혔다. 소녀는 더는 자신을 자제할 수 없었다.

소녀는 살며시 눈을 떴다.

그의 얼굴이 소녀의 얼굴에 바짝 다가와 있었다.

소녀와 남자의 눈이 마주쳤다. 그때 남자가 먼저 흠칫 놀란 표정을 지었다. 그러는 남자의 동작은 일시적으로 멈추었다. 남자와 소녀는 아무 말도 하지 않았다. 소녀는 남자에게 눈으로 이야기했다.

'사랑해요. 당신을……. 당신이 원하는 것이라면 난 아무래도 좋아요. 난 이미 오래 전부터 당신의 것이었으니까.'

소녀가 남자의 등을 손으로 살며시 더듬었다.

남자의 움직임은 다시 살아나기 시작했다. 그의 억센 숨소리가 소녀의 귓가를 파고들어 왔다. 소녀는 자신의 몸이 뜨거워지는 것을 느꼈고 입술이 바짝 말라 들어가는 것을 느낄 수 있었다.

'당신의 여자가 된다니 기뻐요.'

소녀는 남자의 등에 손가락을 곤추세웠다.

소녀의 몸은 가뭄에 의해 땅이 갈라지는 것처럼 혼란스러워졌다. 하지만 어느 부위에서는 그와는 정 반대로 오아시스의 유일한 물기가 흘러넘치고 있었다. 남자는 소녀를 메마르게 만들다가 다시금 땀으로 기름지게 만들었다.

소녀는 그의 혀끝에서 묻어나는 물기가 그지없이 좋았다.

남자의 서툰 그 몸짓이 좋았다.

남자가 소녀를 향해 망설이지 않고 다가 왔다. 다가오는 만큼 소녀는 더 혼미해지는 것을 느꼈다.

그는 소녀를 아프게 만들었다.

소녀는 마치 자신이 그의 일부가 되어 버린 기분이었다.

"선생님⋯⋯."

소녀는 갈증을 감당하기에는 벅찬 나이였다.

"⋯⋯."

"아파요, 선생님⋯⋯. 아⋯⋯."

소녀의 입에서 저절로 힘에 겨운 신음이 흩어져 나왔다.

그러나 남자는 말이 없었다.

그는 소녀를 더 아프게 만들었다. 그렇지만 소녀는 다가서는 그를 마다하지 않았다. 비로소 그의 여자가 된다고 생각하니, 그에 의해 어른이 된다고 생각하니 기쁨과 감격이 소녀의 가슴을 터질 듯이 메꾸어

놓았다.

그의 몸에서 흘러내린 땀방울이 그대로 소녀의 알몸을 적시고 있었다.

소녀는 숨쉬기 곤란한 지경에까지 이르렀다. 하지만 남자는 소녀를 가만 놔두지 않았다.

그의 몸은 불같이 뜨거웠다.

뜨거운 만큼 소녀는 정신을 차릴 수 없었다. 그 어디에도 정신을 집중할 수가 없었다. 소녀는 현기증을 느꼈다.

숨이 턱에까지 차올랐다. 소녀는 그에게 자신을 모조리 내맡기고 있었다. 하지만 소녀의 몸은 그 어떠한 동작도 스스로 일구어 내지 못했다. 아니 낼 수가 없었다. 어떻게 해야 할지 몰라 소녀는 숙맥인 채 누워 있었다.

"아……."

남자는 처음이자 마지막으로 그 신음 비슷한 한숨을 내뱉고는 소녀의 몸에서 떨어져 나갔다.

소녀도 더는 아프지 않았다.

"선생님……."

소녀는 더는 어떤 말도 할 수가 없었다. 무슨 말을 해야 할지 몰랐다. 그저 그와 한 몸이 될 수 있었다는 것이 좋을 뿐이었다.

초점을 잃고 있던 소녀의 눈은 차차 제자리로 돌아왔다. 소녀의 몸에는 여전히 남자의 체취가 흠뻑 묻어 있었다.

소녀는 감격의 눈물을 흘렸다. 그런 소녀를 그가 누운 채 팔로 끌어다가 안았다. 소녀의 눈에서 맺힐 틈 없이 흘러내린 눈물이 남자의 가슴을 애잔하게 적셨다.

'사랑한다고 말해 주세요.'

그 말을 소녀는 하고 싶었다. 하지만 그가 팔에 힘을 주어 끌어안는 바람에 소녀는 하려던 말을 목구멍으로 다시 삼키고 말았다. 그가 말을 하지 않아도 알 수 있을 것 같았다.

소녀는 그의 얼굴에 얼굴을 파묻은 채 새근새근한 숨소리를 만들었다. 소녀에게 그는 삶의 모든 것이었다.

그와 소녀는 알몸인 채 그렇게 밤을 지새웠다.

소녀는 그의 잠든 품에서 벗어나 옷을 입었다. 그리곤 부엌에서 술국을 끓이기 시작했다.

소녀는 있는 솜씨 없는 솜씨를 모두 발휘하여 정성스럽게 음식을 만들었다. 그의 아침상을 준비하는 소녀의 손길은 행복하기만 했다. 소녀는 남편의 아침 식사를 준비하는 아내들의 마음이 그러할 것이라고 생각했다.

소녀는 한편으로 걱정이 되었다. 그의 입맛에 맞지 않으면 어쩌나 하고 상을 차리면서도 소녀는 끌탕이었다.

소녀가 밥상을 차려 방으로 들고 들어갔을 때까지도 그는 깨어나지 않고 잠에 푹 빠져 있었다.

소녀는 밥상을 한쪽에 밀어 두고 그가 출근 시간에 늦지 않도록 탁상시계의 알람을 맞추어 두었다. 그리곤 책상 위에 메모를 남겼다.

'선생님, 잊지 말고 아침 꼭 챙겨 드세요. 술국이 선생님 입맛에 맞을지 걱정이에요. 술국은 다시 불에 데워 두세요. 학교에서 뵐 게요. ······장미.'

그날 이후로 장미는 시간 나는 틈틈이 그의 하숙집을 찾았다.

그의 방에 찾아가 방청소를 했고 구석구석에 아무렇게나 쳐 박혀 있던 속옷과 양말 등을 찾아내 빨래를 하면서 그녀는 행복한 시간을 보내곤 했다.

그의 방에는 서서히 그녀의 손때가 묻기 시작했다. 방안에서도 총각의 퀴퀴한 냄새는 더 이상 찾아보기 힘들어졌다.

그녀는 그에게서 이제 여고생만은 아니었다. 그도 그녀를 만나는 동안만큼은 행복한 듯 했다.

그렇게 사랑은 씨를 뿌리고 새싹을 키워 냈으며 물을 주어 건실한 뿌리를 만들어 내었다.

비련

사랑은 소녀의 가슴에 한 송이 장미꽃을 선사하였다.

그리하여 소녀는 행복한 눈물을 흘렸다.

영원히 올 것 같지 않았던 사랑의 전율이 찾아와 준 것만으로도 소녀는 기쁘기 그지없었다.

소녀가 이제 할 수 있는 것은 그 사랑을 지키는 것이었다.

소녀에게는 그 사랑이 인생의 전부였다.

사랑을 잃는다면 소녀는 좌절하고 말 것이다. 그리고 그 아픔만큼 다시는 삶을 지탱할 만한 힘이 소녀에게는 남아 있지 않을 것이다.

소녀는 그에게 자신의 모든 것을 내맡긴 상태였다. 그 없이는 단 하루도 견뎌 낼 수 없는 소녀이기도 했다.

소녀에게 사랑은 새로운 시작이었다. 그와 동시에 소녀는 그에 대한 믿음으로 부풀어 올라 있었다.

사랑은 그런 것이었다.

믿음이 있어야 하고 또 그만큼의 진실이 있어야 하는 것이 사랑의

실체인 것이다.

이제 더 이상 소녀 혼자만의 사랑은 아니었다.

소녀의 생활은 완전히 바뀌어 가고 있었다. 소녀의 인생을 바꾸어 놓은 것은 물론 그였지만 변화를 주기 시작한 것은 소녀 스스로였다.

소녀는 몰라볼 정도로 다른 사람이 되어 있었다. 그에 의해 소녀는 점점 성숙되어졌다.

남자란 여자를 변하게 만드는 속성이 있다. 그것은 바로 남자의 야성적이면서 땀으로 얼룩진 풋풋한 향기 때문일 것이다. 여자들은 그런 남자에게 보호받고 싶은 것이다.

소녀는 그 향기를 그에게서 진하게 느끼고 있었다.

소녀는 사랑이 얼마나 슬픈 것인지 모른다. 그렇기 때문에 그런 사랑에 자신의 모든 것을 걸었는지도 모른다.

소녀에게 아픔과 시련은 그렇게 찾아왔다.

호수보다도 깊고 짙푸른 가을 하늘 아래로 낙엽이 한 잎 두 잎 떨어지는 고즈넉한 날이었다.

그날도 장미는 그의 집으로 향하고 있었다.

그가 캐주얼 차림을 좋아했기 때문에 장미는 니트 티와 몸에 달라붙는 청바지를 입고 있었다. 하지만 속옷만큼은 한껏 멋을 부린 상태였다.

어둠이 내려앉은 밤거리, 하지만 장미는 으슥한 그 밤거리가 무섭지 않았다. 그를 만난다는 생각을 하니 절로 즐겁고 행복하게 느껴지는 장미였다.

그녀의 발걸음은 날아갈 듯 가벼운 상태였다.

장미는 그를 빨리 만나고 싶다는 생각뿐이었다. 그래서 그녀는 발걸음을 재촉했다.

밤안개가 스멀스멀 내려앉고 있었다. 금방이라도 음산한 일이 일어날 것 같은 기분이 소녀의 뒤를 따르고 있었다.

그날따라 가로등이 켜져 있지 않았기 때문에 밤거리는 더욱 을씨년스러웠다. 그리고 밤안개가 한몫을 더하듯 어디에선가 귀신이라도 나올 것 같은 기분이 드는 개운치 않은 날씨였다.

장미가 그의 집에 거의 다다랐을 때였다.

어디에선가 휘파람 소리가 들렸다.

장미는 발걸음을 멈추고 주위를 둘러보았다. 주위에는 아무도 없었다. 장미는 자신도 모르게 섬뜩한 기분이 들었다.

"여어, 웬 계집애가 겁도 없이 밤에 돌아다녀."

남자의 목소리였다. 소리 나는 곳은 다름 아닌 집을 짓기 위해 건물을 막 허물기 시작한 빈집이었다.

그 안에서 라이터 불빛에 남자의 얼굴이 불쑥 튀어나왔다. 그리고 잠시 후 라이터 불은 온데간데없이 사라지고 빨간 담뱃불이 장미의 가까이로 다가섰다.

장미는 겁을 집어먹은 탓에 마른침을 꿀꺽하고 삼켰다. 겁에 질린 장미는 그 자리에 선 채 꼼짝도 할 수가 없었다. 웬일인지 몸이 바짝 굳어 생각과는 정 반대로 움직일 수가 없었다.

남자가 입에 담배를 물고 불량한 걸음으로 다가와서는 장미를 아래위로 찜쩍거리듯 뜯어보았다.

"이것 봐라 어디서 많이 본 계집앤데."

"넌 뭐야. 어디서 굴러먹던 개뼈다귀야?"

장미가 생각했던 것보다는 어리게 보이는 남자였다. 채 고등학생 티도 벗지 않은 곱상한 얼굴의 남자였다. 얼핏 보기에 학교에서 잘린 아이 같았다.

"이게 어디다 대고……."

하면서 남학생이 장미의 얼굴에 대고 주먹질하려는 포즈를 취했다.

"너 내가 여자라고 우습게 보이나 본데 후회하게 될 거야."

"어쭈."

남학생이 짤막하게 코웃음을 내뱉었다.

"너 같은 거랑 상대할 바에 차라리 길거리의 똥개랑 놀아 주겠다."

그러며 장미가 남학생을 밀어 치고 걷기 시작했다.

"거기 서지 못해."

이번에는 다른 목소리가 음침한 건물 안에서 살벌하게 튀어나왔다. 장미는 순간 잘못 걸렸구나 하는 생각을 했다.

못들은 채 막 뛰어가려는 장미의 옷깃을 남학생이 잡아끌었다. 장미는 남자의 힘을 당해 내지 못하고 땅바닥에 패대기쳐졌다.

그때 일행으로 보이는 불량한 남학생 두 명이 건물 안에서 나와서 장미를 에워쌌다. 장미는 점점 더 불길한 예감이 들었다.

"이 씨팔, 니 이름 뭐야?"

건물 안에서 나온 한 남학생이 호주머니에 손을 쑤욱 찔러 넣으면서 말했다. 남학생의 날카로운 눈빛에 장미는 절로 기가 죽었다. 하지만 그대로 압도당할 장미가 아니었다. 장미도 그를 똑바로 쳐다보며 말했다.

"너희들이 내 이름은 알아서 뭐하게?"

"이 계집애 듣던 대로 깡다구가 있는데."

"계집애 주제에 깡다구는 무슨 깡다구……. 계집애는 계집애일 뿐이야. 그리고 제 까짓게 기어올라 봤자지."

"뭐야, 니들 말 다 했어?"

장미가 자리에서 일어나며 말했다.

"이게 어디에다 대고……."

그러며 한 남학생이 장미의 뺨을 세차게 갈겼다.

그러자 장미의 얼굴에서 경직된 소리가 들렸다.

"너희들 어디에다가 손찌검이야."

장미가 입을 악다물며 남학생들을 째려보았다.

"그래도 이게 아직까지 사태 파악을 못하고 있는 모양인데. 혼쭐나야 정신을 차리겠는데. 얘들아……."

그러자 남학생 두 명이 장미를 우악하게 끌어당겼다.

"이거 놓지 못해."

그러며 장미가 한 남학생의 사타구니를 걷어찼다.

"으윽."

짧은 외마디의 비명이 남학생의 입에서 쏟아져 나왔다. 남학생은 사타구니를 손으로 움켜쥐고 어쩔줄 몰라하며 방방 뛰었다.

장미는 이때다 싶어 나머지 남학생의 팔을 뿌리치고 쏜살같이 달리기 시작했다. 하지만 그녀로서는 역부족이었다.

얼마 가지 못해 장미는 남학생의 우악스러운 손에 머리끄덩이를 잡히고 말았다. 장미는 머리 두피가 벗겨져 나가는 듯한 통증을 느꼈다.

남학생이 장미의 머리카락을 쥐어뜯듯 꽉 움켜잡은 채 끌어당기기 시작했다. 그러며 남학생이 기분 나쁜 표정으로 장미를 쳐다보며 배시시 웃었다.

"아악."

"이 쌍, 누구 고자 만들려고 그래……."

그때까지 사타구니를 움켜쥐고 방방 뛰던 녀석이 엉거주춤한 자세로 걸어와 장미의 머리끄덩이를 잡고 사정없이 흔들어 댔다.

"사람 살려!"

하지만 장미의 그 비명 소리는 채 울려 퍼지기도 전에 입안으로 다시 말려 들어가고 말았다.

"소리 질러 봤자 소용없어."

"곱상한 얼굴에 칼자국 남기고 싶어."

"씨팔, 사람을 때려 놓고 어디다가 수작이야."

남학생들이 제각각 한마디씩 내뱉었다. 그러며 배와 가슴, 그리고 얼굴 등을 구타하기 시작했다.

"허억."

장미는 남학생들의 주먹질과 발길질을 감당하지 못하고 땅바닥에 주저앉고 말았다. 턱까지 통증이 차올라 장미는 숨을 쉬지 못하고 가슴을 움켜잡고 고통스러워했다. 한동안 숨을 쉬지 못하고 바둥거리다가 장미는 힘겹게 숨을 들여 마실 수 있었다.

"대가를 지불해야지. 그냥 가는 건 좀 곤란한데. 어떻게 생각해? 사람이 예의가 있어야지. 남자한테는 그것이 얼마나 중요한지 알아. 어딜 함부로 건드려. 고이 간직했다가 내 색시한테 보여줄 건데."

사타구니를 채였던 남학생이 흉물스럽게 장미를 노려보며 웃었다. 다른 두 남학생도 쓰러져 고통스러워하고 있는 장미를 내려다보며 낄낄거렸다. 그러다가 청재킷을 입은 녀석이 장미의 손목을 잡고 음침한 건물 속으로 끌고 들어갔다.

장미는 있는 힘껏 반항했지만 역시 남자의 힘을 당해 낼 수 없었다. 한 명이라면 어떡해서든 뿌리치고 도망칠 수 있었겠지만 장미로서는 남자 셋의 우악스럽게 끌어대는 힘을 이겨낼 수 없었다.

장미는 건물 안의 축축한 바닥에 내동댕이쳐졌다.

"계집애, 감칠맛 나게 생겼는데."

"오늘은 몸 좀 풀어 볼 만 하겠어."

"누가 먼저 시작할래?"

녀석들이 히죽거리면서 말을 주고받았다.

"긴장되는데. 계집애가 삼삼해서 그런가?"

"담배나 한 대씩 땡기자."

하면서 바짝 마른 녀석이 호주머니에서 담배와 라이터를 꺼냈다. 청재킷을 입은 녀석이 깡마른 녀석에게 담배를 건네받으며 입맛을 다시듯 장미를 기분 나쁘게 쳐다보았다.

"옷 벗어."

곱살하게 생긴 녀석이 명령하는 투로 말했다. 장미는 녀석을 째려보며 구석에 웅크리고 앉았다.

"그래 네가 먼저 시식하는 게 낫겠다. 그런데 거기가 아직 얼얼하지 않냐? 내가 보기에는 무리인 것 같은데."

"야, 너희들 나만큼 정력 좋은 놈 있으면 나와 봐. 없지?"

"새꺄, 너만 재미 보면 우린 어쩌냐. 저 새끼 밝히기는 더럽게 밝힌다니까."

"잔말 말어 인마. 내가 다뤄 놔야 너희들이 편하다구. 새끼들 알지도 못하면서 보채기는……. 너희들은 담배나 태우고 있어. 이 형님이 감칠맛 나게 녹여 놓을 테니까 니들은 그때 가서 재미나 실컷 보라구."

곱살하게 생긴 녀석이 그 말을 내뱉으며 장미에게로 다가왔다.

장미는 구석에 몸을 바짝 웅크린 채 다가서는 녀석을 노려보고 있었다.

"너희들 후회하게 될 거야."

그 말을 하기는 했지만 장미는 겁에 질려 뒷걸음질을 쳤다. 하지만 더 이상 뒷걸음칠 공간이 남아 있지 않았다.

"그래도 아직 기가 살은 모양인데……. 그래 봐야 너만 손해야. 맞고 옷 벗을래 아니면 시키는 대로 고분고분 따라 할래. 너 홍콩 가 봤어? 내가 그 가기 힘든 홍콩 가게 해 준다니까. 그럼 고맙다고 해야지. 너도 숙맥은 아닌 것 같은데 우리 오늘밤을 멋지게 장식해 보자고. 후후후."

곱살하게 생긴 녀석이 기분 나쁘게 웃었다. 그러며 장미에게 바짝 다가와 앉았다.

"아니면 이 오라버니가 벗겨 줄까?"

하면서 녀석이 장미의 팔목을 강제로 끌어당겼다.

다른 녀석들은 키득키득 거리며 곱살하게 생긴 녀석의 행동을 예의 주시했다.

탁한 담배 연기가 건물 안을 자욱하게 메우고 있었다.

곱살한 녀석의 성급한 손길이 장미의 니트를 걷어 올리고 있었다. 그때 장미가 저항을 하다가 손톱을 세워 녀석의 얼굴을 인정사정없이 할퀴었다. 녀석은 혼비백산하면서 비명을 질러 댔다.

"아악."

녀석이 손으로 얼굴을 가리며 장미에게서 떨어져 나갔다. 녀석의 얼굴에서 핏방울이 뚝뚝 떨어지고 있었다.

"저 년이……."

곱살한 녀석이 얼굴에 묻은 피를 닦아 내며 장미를 쏘아보았다.

"병신, 계집애 하나 다루지 못해서 절절 매냐."

"그러 길래 우리한테 넘겼어 봐. 그런 일은 없잖아. 잘났다고 선수 치더니 그 꼴 참 보기 좋다."

"이 씨팔, 닥치지 못해."

두 녀석을 돌아보며 곱살한 녀석이 얼굴을 찡그렸다.

"씨팔, 너 이제 꼬인 줄 알어. 아까 거시기를 찬 것은 용서해 줄려고 그랬는데. 이젠 그 대가까지 받아 내고 말겠어."

"어디 한 번 해보시지."

하면서 장미가 바닥에 아무렇게나 나뒹굴고 있던 벽돌을 양손에 집어 들었다. 그러면서 자리에서 일어나 맞설 자세를 취했다. 장미는 필사적으로 저항할 생각이었다. 그들이 자신을 무참하게 짓밟도록 내버려 둘 수는 없는 일이었다.

장미는 눈을 부릅떴다.

"저게 어디에다 대고……."

장미의 행동에 위압감을 느꼈음인지 곱살한 녀석이 한 발짝 뒤로 물

러서며 말했다. 다른 두 녀석들도 버려진 책상 위에 앉아 있다가 순간
적으로 뛰어 내려왔다.

"한번 해보자는 거야."

"싸가지 없는 년, 듣던 대로 만만하지 않은데."

"뜯던 대로라니, 그게 무슨 소리야?"

장미가 녀석들의 말을 삭이며 말했다.

"이 씨팔 너는 알 것 없어. 순순히 시키는 대로 했으면 서로 좋잖아.
너 다시는 이 바닥에 얼굴 들고 다니지 못하게 만들어 주겠어."
하면서 청재킷을 입은 녀석이 등 뒤에서 무엇인가를 꺼내 들었다. 장
미는 그것이 직감적으로 칼이라는 것을 알 수 있었다. 벽돌을 들고 있
던 장미의 손이 순간 가볍게 떨렸다.

곱살한 녀석과 깡마른 녀석도 손에 각목과 벽돌을 집어 들었다.

"이젠 늦었어."

깡마른 녀석이 그 말과 함께 고개를 까딱거리자 곱살한 녀석이 벽돌
을 집어 던졌고 다음 순간 두 녀석이 한꺼번에 장미에게로 달려들었다.

너무도 순간적인 일이었기 때문에 장미는 채 벽돌을 던지지도 못하
고 그들의 선제공격에 힘없이 당하고 말았다.

장미는 날아드는 각목을 피하지 못하고 한방에 나가떨어졌다. 그리
곤 몇 차례 더 녀석들의 우악한 주먹질이 쏟아졌다.

장미는 바닥에 힘없이 널브러졌다.

그녀는 비명도 지르지 못하고 바닥에 일그러진 채 고통스러워하고
있었다. 장미의 몸은 저절로 오그라들었다.

"재미만 보고 곱게 돌려보내 줄려고 그랬는데. 말만 잘 들었어도 아

프지는 않을 거 아니야. 이게 다 네가 판 무덤이야."

깡마른 녀석이 고통스러워하는 장미를 내려다보며 혀를 끌끌 걷어찼다.

"계집애가 어디에다 대고……. 쌍."

그 말과 함께 다시 곱살한 녀석이 장미의 아랫배를 걷어찼다.

장미는 초죽음이 된 채 그대로 그 발길질을 받아들여야 했다. 그녀는 숨을 쉬지 못하고 고통스러워했다.

지렁이도 밟으면 꿈틀거린다고 하던데, 하지만 장미는 두들겨 맞은 몰매 때문에 저항할 만한 힘이 남아 있지 않았다.

"허억."

그녀의 입에서 나온 소리는 그것이 전부였다.

곱살하게 생긴 녀석은 인정사정없이 장미를 짓밟았다. 장미는 물씬 두들겨 맞았고 정신마저도 혼미한 상태였다.

몸에서 땀이 나도록 두들겨 패던 곱살하게 생긴 녀석이 그제야 성에 찼는지 발길질을 멈추고 축 널브러져 있는 장미를 내려다보았다.

"흐흐흐. 우린 너한테 앙심 같은 건 없어. 다만 부탁을 받았을 뿐이야. 잘 생각해 보면 너도 알 거야. 우린 재미 보면 그것으로 땡이거든……."

그가 말했다. 그리고는 재킷을 벗어 던지고 만신창이가 되어 널브러져 있던 장미를 덮쳤다.

녀석이 손이 장미의 니트 티를 벗겨 내기 위해 안간힘을 썼다. 녀석의 차가운 손이 안으로 파고들어 왔다.

그때였다. 그때도록 혼미해져 있던 장미의 입에서 또 한 번의 비명이 쏟아져 나왔다. 장미의 마지막 발악이었다.

"그것만은 안 돼."

하지만 그의 추잡하고 짐승 같은 동작은 여전히 계속되었다.

옷 안으로 집요하게 파고드는 녀석의 그 더러운 손을 피하기 위해 안간힘을 쓸수록 녀석은 더 집요하게 장미의 몸을 조여 오기 시작했다.

"제발."

장미가 녀석의 머리카락을 꽉 움켜잡고 귀를 있는 힘껏 깨물었다.

"아악, 그래도 이게."

하면서 녀석이 장미의 아랫배를 주먹으로 수없이 가격했다. 그 충격 때문에 장미는 오장육부가 뒤엉키는 듯한 고통을 느껴야 했다.

'지켜야 해. 그렇지 않는다면 다시는 그를 볼 수 없을 거야. 어떻게 그 앞에 얼굴을 들고 나설 수 있겠어.'

초점을 잃은 장미의 눈앞에 그의 얼굴이 피어올랐다가 사라졌다. 장미는 오직 그에 대한 생각과 자신의 몸을 지켜야 한다는 생각뿐이었다. 하지만 더 이상 그녀가 할 수 있는 일은 아무 것도 없었다.

'짐승만도 못한 야비한 것들······.'

장미의 몸을 탐하는 것은 인간의 탈을 쓴 악마였다.

"난······난."

장미는 무슨 말인가를 하려고 했다. 그렇지만 입 밖으로 튀어나오지 않았다. 그녀는 차차 죽어 가고 있는 것만 같았다.

"헉헉."

녀석의 입에서 징글맞은 신음 소리가 쏟아져 나왔다.

장미의 니트는 순식간에 벗겨졌고 청바지와 브래지어가 차례로 녀석의 더럽고 추악한 손길에 의해 벗겨졌다. 그리곤 마지막 남은 팬티 마저도 녀석의 손에 의해 갈가리 찢겨져 나갔다.

장미는 발버둥 쳤다. 하지만 그건 생각뿐이었다. 몸과 정신이 분리되어 장미는 꼼짝도 못하고 있는 상태였다.

'난, 아이를 가졌어. 제발 그것만은⋯⋯.'

장미는 정신을 잃었다.

그녀가 정신을 잃건 말건 간에 녀석은 욕심을 채우고 있었다.

녀석은 헉헉거리며 장미의 싸늘하게 식고 있는 몸 위에서 바동거렸다.

"아⋯⋯."

그리고는 끝끝내 희열의 신음과 욕정의 추악한 찌꺼기를 장미의 몸 속에 쏟아 붓고서야 떨어져 나갔다.

"야, 이러다가 이 계집애 죽는 거 아니야?"

깡마른 녀석이 조금은 겁먹은 얼굴로 곱살하게 생긴 녀석과 청재킷을 번갈아 쳐다보았다.

"남자 새끼가 그렇게 겁이 많아서 어디에 쓰냐."

"그래두."

"병신 새끼."

곱살하게 생긴 녀석이 눈을 부라렸다.

"난 못하겠어. 혹시 재 죽은 거 아니야?"

"병신, 하기 싫으면 관둬 이 새끼야."

하면서 청재킷이 깡마른 녀석을 밀어내고는 정신을 잃고 있는 장미에게 달려들었다. 녀석은 성급하게 바지부터 벗기 시작했다.

장미의 몸은 짐승의 굶주린 욕정에 의해 갈기갈기 찢기고 또 찢기기 시작했다. 녀석은 잔인하게 장미의 오그라든 피부를 혀로 핥아 내려갔다.

얼마 동안 장미는 그 음침한 건물 안에 누워 있었는지 모른다.

그녀가 눈을 떴을 때는 모든 것이 잠잠한 상태였다. 주위는 쥐 죽은 듯이 조용했으며 짐승들의 노려보던 시선은 어디론가 사라진지 오래였다.

생각하기도 싫은 시간이었다.

장미는 고개를 저었다.

'이건 분명 현실이 아닐 거야.'

하지만 그것은 현실이었다.

장미의 눈에서 굵은 눈물이 하염없이 쏟아져 내렸다.

그녀는 그렇게 한동안 정신 나간 사람처럼 만신창이가 된 채 멍하니 누워 있었다.

바닥에서 냉기가 느껴졌다. 그리고 장미의 몸도 차갑게 식어 있었다. 장미는 마치 자신이 얼음장 위에 누워 있는 것 같았다.

장미는 온몸이 욱신거렸고 또 머리가 몹시 아팠다.

그 악몽과 같던 시간을 장미는 더 이상 떠올리고 싶지 않았다. 하지만 어둠 속에서 그들이 또다시 하이에나처럼 달려들 것만 같았다.

장미는 뱀처럼 혀를 날름거리던 그들의 얼굴이 자꾸만 떠올랐다.

'안 돼!'

장미가 소리를 질렀다. 그러나 그 소리는 입 밖으로 쏟아져 나오기도 전에 온데간데없이 사라져 버렸다.

그녀는 몸을 움직이려 했지만 그건 생각뿐이었다.

그녀는 막연하게 그를 만나야 한다고 생각했다. 어떻게 해서든, 한 번 만이라도 그의 얼굴을 보고 싶었다.

몇 번이고 뒤척거리다가 장미는 겨우 일어나 앉을 수 있었다. 벽에 기대어 앉은 채 그녀는 한숨을 내뱉었다.

어둠 속에서 장미는 옷을 찾기 시작했다. 니트 티가 가까이에서 잡혔다. 그녀는 먼저 니트 티를 입었다. 브래지어와 팬티를 장미는 찾을 생각도 하지 않았다. 그들의 악랄하고 추악한 손에 의해 찢겨져 버린 것이 얼핏 생각났기 때문이었다.

그녀는 뒤이어 바지를 찾기 위해 바닥을 엉기기 시작했다. 그때였다. 그때도록 모르고 있던 불쾌한 느낌이 사타구니에서 느껴졌다. 그녀는 얼른 그곳에 손을 가져다가 대보았다.

사타구니에서 흥건한 물기가 느껴졌다. 장미는 손에 묻은 물기를 코로 가져갔다. 그러자 피 냄새가 역하게 코끝을 질러왔다.

"아!"

장미는 망연자실했다.

얼마 동안이나 출혈이 지속되었는지 피는 바닥에 흙탕물처럼 고여 있었다. 그리고 피는 장미의 몸에서부터 계속해서 흘러내리고 있었다.

장미는 찢겨진 팬티를 찾아 출혈이 시작되는 곳으로 가져다가 막아 놓았다. 그리곤 바지를 찾아 앉은 채 입기 시작했다.

다리를 움직일 때마다 통증이 느껴졌다. 그 부위가 칼날에 찢겨진 것만 같았다.

장미는 바지를 입고서 벽에 의지한 채 겨우 일어설 수 있었다. 하지만 그 다음이 문제였다. 오른 발을 내딛는 순간 갈기갈기 찢겨진 상처 때문에 그대로 쓰러지고 마는 장미였다.

마치 죽을 것만 같은 심정이었다.

죽어 가고 있는지도 모른다. 장미는 죽기 전에 그를 꼭 만나야 한다고 생각했다. 죽기 전에 단 한 번만이라도 그를 만나서, 죽더라도 그의 품에서 죽고 싶다는 생각뿐이었다. 그녀는 이를 악물었다.

'가야 한다. 그에게.'

장미는 다시 자리에서 일어나서 한발을 내딛었다.

통증은 여전히 계속되었지만 장미는 참을 수밖에 없었다. 그녀는 벽에 의지한 채 한 걸음씩 옮겨 나갔다. 통증은 그곳에서부터 아랫배를 타고 올라와 심장을 시퍼런 칼날로 저며 내는 것만 같았다.

그녀의 생각은 오직 그뿐이었지만 눈은 초점을 잡지 못한 채 흐릿해져 있었다. 몸서리쳐지는 악몽의 현장을 뒤로하고 으스스한 안개 속으로 장미는 걸어 들어갔다.

땅이 꺼져 들어가는 것만 같았고 또 하늘이 무너져 내리는 것만 같았다. 그 속을 걸으면서 장미는 초주검이 된 자신의 비참함을 참지 못하고, 아픔을 참지 못하고 눈물을 흘렸다.

눈물은 서럽게 양 볼을 타고 장미의 턱 아래로 흘러내렸다. 흘러내리는 것은 그것뿐만이 아니었다. 사타구니 아래로 출혈이 멈추지 않고 계속되고 있었다.

빗속을 걷고 있는 것도 아닌데 빗물에 옷이 젖듯 젖어 들어갔다. 장미는 피에 젖어 축 늘어진 청바지를 땅바닥에 질질 끌며 그의 집으로 향했다.

그를 만난다면 힘이 절로 솟을 것만 같았기 때문에 장미는 걷는 것을 멈추지 않았다.

그녀는 걷다가 쓰러지면 다시 일어섰고 또다시 걷기 시작했다.

출혈은 끝없이 지속되어 바지 자락 아래로 흘러내렸고 급기야는 신발도 신지 않은 장미의 발등 위로 흘러내리기 시작했다.

어떻게 그곳까지 왔는지 모른다.

장미는 그의 집 앞에 다다르자 몸에서 힘이, 의지가 모두 빠져나가는 것 같은 나른함을 느꼈다.

그의 하숙집 대문 앞에서 장미는 다시 쓰러지고 말았다. 하지만 그녀는 거기에서 멈출 수는 없다고 생각했다. 그녀는 땅바닥을 엉기고 있었다. 손끝에는 아무런 힘도 남아 있지 않았지만 그녀는 계속해서 안간힘을 쓰며 발버둥 쳤다.

그를 부르려고 했지만 장미의 입에서는 소리를 지를 만한 여력이 없었다.

그녀가 기어서 지나가는 자리에는 핏자국이 선명하게 드러났다.

이젠 통증도 느끼지 못할 정도로 장미는 의식을 잃어 가고 있었다. 의식을 잃어 가는 만큼 그곳에서도 피가 멈추지 않고 계속해서 흘러내렸다.

그녀의 몸은 굳어 가고 있었다. 하체는 이미 빳빳하게 굳어 얼음덩이가 되어 있었다.

그녀는 대문을 넘어 그의 방문 앞으로 기어갔다. 말이 기어가는 것이지 사실상은 팔로만 몸을 지탱하고 있을 뿐이었다. 그만큼 그의 방문으로 다가가기도 여간 힘에 부치는 것이 아니었다.

어느 정도 가까이 다가갔다고 생각했을 때 장미는 고개를 들어 그의 방문을 쳐다보았다. 아직도 그의 방문과는 상당한 거리가 남아 있었다.

그의 방안에는 불이 켜져 있었고 또 다행스럽게도 그의 구두가 방문 앞에 가지런히 놓여 있었다.

"서……선생님."

장미가 그를 불렀지만 그 목소리가 너무도 작아 방안에까지 들리지 않았는지 안에서는 아무런 인기척이 들리지 않았다.

좀더 가까이 다가가야 할 것만 같았다.

장미는 조금도 남아 있지 않은 힘을 살려내며 다시금 손바닥을 쭉 편 채 그의 방 가까이로 한 손을 더 내밀었다. 그렇지만 거리는 쉽게 좁혀지지 않았다.

그녀에게는 오직 그를 보고 싶다는 신념뿐이었다. 그녀는 마지막 발버둥을 쳤다. 그러며 그를 최대한 큰 소리로 불렀다. 그녀의 목소리는 마치 찢어지는 것 같은 비명에 가까울 정도였다.

"선……생……님!"

그 한마디를 어렵게 내뱉으며 장미는 의식을 잃어 가고 있었다.

"밖에 누구요?"

그의 차분한 목소리가 들렸다. 장미는 그 소리를 들으며 눈을 감고 또 귀를 닫았다. 귀를 닫기 전에 방문이 열리는 소리가 들렸다.

"장……장미야!"

안개 속에 파묻혀 있던 밤의 정적을 깬 것은 앰뷸런스의 위급한 사이렌 소리였다. 앰뷸런스는 꺼져 가는 생명을 싣고, 이미 꺼졌는지도 모르는 또 다른 생명을 싣고 다급하게 병원을 향해 달리고 있었다.

꺼져 가는 생명에 희망을 준 것은 남자의 따뜻한 손이었다. 남자는 병원으로 향하는 동안 내내 소녀의 차갑게 식은 손을 잡고 기도를 했다.

그는 단 한 번도 기도를 해본 적이 없는 남자였다. 그는 어릴 적 딱 한 번 어머니의 손을 잡고 절에 간 적이 있었다. 그때도 그는 그곳이 어디인지 모르는 나이였다.

산속에 위치한 그 넓은 마당이 있는 집에서 그는 철없이 뛰어다녔다. 산새의 지저귐과는 사뭇 다른 쩌렁쩌렁한 소리를 들으며 마냥 즐거웠던 그때를 그는 철이 들고서야 그곳에 왜 갔었는지 알 수 있었다.

어머니가 왜 소복을 입었는지, 그리고 그 쩌렁쩌렁한 소리가 목탁 소리였고 머리털이 하나도 없던 사람들이 스님들이었다는 것을 알았고 그 이후로 왜 아버지를 볼 수 없었는지를 알 수 있었다.

그에게는 항상 아비 없는 자식이란 소리가 따라다니곤 했었다.

어쨌든 그는 소녀를 위해 정성껏 기도를 했다. 그는 소녀의 손을 놓을 수가 없었다.

그는 소녀의 손을 잡은 채 눈물을 흘렸다. 그렇지만 눈가에는 눈물이 전혀 흐르고 있지 않았다. 그것은 바로 남자의 연약한 면이었다. 남자의 눈물은 그토록 뼈에 사무치는 것이었다.

'이 한 생명을 소생하게 해 주소서.'

병원으로 향하는 시간은 그리 길지 않았다. 그랬음에도 그는 왜 그리 시간이 더디 가는지 야속하기만 했다.

장미는 곧 응급실로 실려 들어갔다.

그는 그날 밤 뜬눈으로 꼬박 새웠다.

그를 부른 것은 레지던트였다.

"하마터면 큰일 날뻔 했습니다."

"장미는 어떻습니까?"

그가 걱정스럽게 레지던트를 쳐다보며 말했다. 그의 얼굴에는 근심이 가득 차 있었다. 어떻게 그런 일이 벌어질 수 있었는지 그는 믿어지지 않았다.

"고비는 넘겼습니다. 출혈이 심해서 걱정은 했는데 이젠 걱정하지 않으셔도 될 것 같습니다."

"후우……."

그가 다행스럽다는 듯 한숨을 내뱉었다.

"장미라고 했던가요?"

"예, 그렇습니다."

"환자와는 어떤……?"

"예, 제잡니다."

"알고 계셨습니까?"

"뭘……?"

그는 레지던트가 무슨 말을 하려는지 알지 못했다.

"임신을 했었더군요."

"임신이라니요?"

"삼 개월 째였습니다."

"네. 그……말이 사실입니까?"

믿어지지 않는다는 듯 그가 레지던트에게 물었다.

"모르셨군요. 안됐지만 유산됐습니다. 윤간을 당했던 것 같은 데……. 윤간 당하기 전에 상당한 구타를 당한 것 같습니다. 아랫배를 발로 걷어차인 것 같은데, 주원인은 그것인 것 같습니다. 경과를 봐야 알겠지만 다시는 아이를 갖지 못할 것 같습니다. 충격 받지 않도록 잘 보살펴 주십시오."

"……."

그는 말문이 막혔다.

그럴 리가 없다고 생각하면서 고개를 내저었지만 그는 믿지 않을 수 없었다. 더없이 장미가 안쓰럽게 여겨지는 그였다.

'어떻게 그런 일이…….'

그는 무겁게 장미가 누워 있는 병실로 걸음을 옮겼다.

그는 병실 문을 열고 안으로 들어갔다. 장미는 여전히 혼수상태였다. 그는 그녀에게 다가가 다시금 손을 잡았다.

그렇게 얼마 동안을 장미의 얼굴을 들여다보면서 그는 앉아 있었다.

장미의 초췌한 얼굴을 보면 볼수록 그는 자신이 원망스러워졌다. 자신만 아니었다면 그런 일이 발생하지도 않았을 것이라고 자책하는 그였다. 모든 것이 자신의 책임이라고 그는 생각했다.

하지만 이제는 돌이킬 수 없는 일이었다. 설사 돌이킨다고 한들 무슨 소용이 있겠는가. 아무 것도 모르는 소녀를 병들게 만든 자신이 부끄러울 따름이었다. 그는 고개를 떨구었다.

짧지도 그렇다고 길지도 않은 시간이었다. 꿈을 꾼 것 같기도 했고 그렇지 않은 것 같기도 했다. 그는 눈을 감고 있었다.

잠이 들었던 것 같았다.

누군가의 보드라운 손길이 다가와 그의 머리카락을 쓰다듬었다. 익숙한 손길이었다. 그는 그 손길에 의해 눈을 뜰 수 있었다.

그가 침대에 파묻고 있던 얼굴을 들었을 때 장미의 수척한 얼굴이 마주쳤다.

그와 장미는 얼굴을 마주한 채 한동안 아무 말도 없었다.

그러다가 그가 먼저 말을 꺼냈다.

"아무 생각도 하지 마."

"……."

"내가 옆에서 지켜 줄게."

"선생님!"

장미가 눈물을 주르륵 흘렸다. 그토록 보고 싶던 이 남자, 옆에 있는데 왜 이렇게 마음이 편하지 않은 것일까.

장미는 그의 눈을 똑바로 볼 수가 없었다. 그래서 그녀는 고개를 떨구었다. 너무도 처참한 현실이었다. 장미는 쥐구멍이라도 있다면 그곳에 머리를 처박고 싶은 심정이었다. 참혹함이 그녀의 가슴을 찢고 있었다.

"괜찮아!"

하면서 그가 장미의 손을 끌어다가 자신의 볼에 가져다 대었다. 그 순간 장미는 가슴속에서 뭉클거리며 치솟아 오르는 사랑의 뜨거운 감정을 느꼈다.

그녀는 울분을 참지 못하고 서글프게 울었다. 그런 그녀를 그가 가슴으로 꼬옥 껴안았다. 장미는 그의 품안에서 사랑을 확인할 수 있었다.

그의 향기는 언제나 그런 식이었다. 사람을 감격하게 하는 무엇인가가 그의 가슴엔 항상 존재하고 있었다. 장미는 지금도 그것을 가슴으로 느끼고 받아들이며 멍든 자신을 원망하고 있었다.

그가 장미의 등을 손으로 토닥여 주었다.

"선생님, 죄송해요."

"그런 말도 하지 마. 그냥 이대로 있어. 그럼 되는 거야."

장미는 그의 말에 벅차오르는 감격을 느끼며 흐느끼고 있었다. 그녀의 눈에서 아픔의 흔적이 흘러내려 그의 가슴을 뜨겁게 물들이고 있었다.

장미가 어느 정도 마음을 진정 시킨 뒤에 다시 말을 이었다.

"난 선생님의 아이를 낳고 싶었어요."

"……."

"그런데……."

"알아, 장미의 마음."

그가 침착하게 말했다.

"알고 있었군요."

"……."

그가 착잡하게 고개를 끄덕였다.

"그럼 아기는……?"

"……."

그가 손에 힘을 주어 장미의 손을 꼬옥 잡아 주었다.

"선생님 어떡해요. 내가 아기를 죽인 거지요. 으흐흑……."

"그건 장미의 잘못이 아니야."

"아니에요. 난 죄를 지었어요."

"장미야."

그도, 장미도 더는 어떤 말을 할 수가 없었다.

병실 안에는 침묵이 가득했다.

장미는 쉴 새 없이 눈물을 쏟아 붓다가 지쳐 잠이 들고 말았다. 그는 그런 장미를 지켜 주기 위해 잠시도 침대 곁을 떠나지 않았다.

가을은 그렇게 소녀의 가슴에 못을 박아 놓았다.

밤이 되면 장미는 짐승들의 으르렁거리는 소리 때문에 더 쇠약해졌다.

어디에선가 떠나갈 것 같은 아기의 울음소리가 들려와 병실 안을 참혹하게 만들었다. 장미는 귀를 막았고 몸서리 쳤으며 그의 품에 안기어 피눈물을 쏟아 내었다.

돌이킬 수 없는 만큼 처절하게 그녀는 아픔과 고통을 느꼈다.

장미는 며칠 동안 학교에 나갈 수 없었다.

토요일 오후 장미의 사고 소식을 듣고 유리와 희지가 병실로 찾아왔다.

병실 안으로 따스한 햇살이 새하얗게 밀려들어오고 있었다. 환자복을 입은 장미의 얼굴은 힘없고 측은해 보였다.

'똑똑똑.'

"들어오세요."

장미가 말하자 병실 문이 열렸다.

"장미야!"

"어떻게 된 거니?"

문을 열고 들어온 유리와 희지가 동시에 장미를 향해 말을 건넸다.

순간 어느 정도 안정을 찾고 있던 장미의 얼굴이 더 침울해졌다. 그러면서 눈가에 이슬이 그렁그렁하게 맺힐 것처럼 처량하게 고개를 숙였다.

"무슨 일이 있었던 거야?"

유리가 장미의 곁으로 다가가 손을 잡으며 말했다.

"……."

"너 혹시……. 그런 거니?"

무슨 짐작이라도 한 것처럼 희지가 장미의 얼굴을 살피며 말했다.

"몰라……."

"모른다니, 자세히 좀 얘기 해봐?"

"……."

장미는 입을 열지 않았다.

"어쨌든 이만 하길 다행이야."

유리가 얼굴에 살짝 미소를 지으며 말했다. 장미는 여전히 고개를 떨군 채 침대 위에 앉아 있었다.

희지가 침대 위에 걸터앉았다. 그리곤 장미의 침울함에 동조하듯 땅이 꺼져 들어갈 것 같은 한숨을 내뱉었다.

"누구였니? 아는 애들이었어?"

"……."

장미는 묵묵부답으로 일관했다.

"희지야 그만해. 아픈 애를 잡고 뭘 그리 캐묻지 못해 안달이니?"

하면서 유리가 가방에서 노트를 꺼냈다.

"그 동안 교과 진도 나간 거야. 우리가 나누어서 필기해 두었어."

"고마워, 유리야."

"계집애 고맙기는, 내가 아파서 학교에 가지 못하면 저도 그렇게 할 거면서⋯⋯. 근데 장미 너 환자복 입은 모습이 영 안 어울린다. 너한테는 교복이 더 잘 어울리는데. 어서 일어나. 시험도 얼마 남지 않았는데."

유리가 장미를 보며 피식하고 웃었다. 그러자 장미의 얼굴에서도 연한 미소가 배어 나왔다.

희지는 여전히 착잡한 표정이었다.

"선생님이 올 거야."

"선생님?"

"그이 말이야."

그 말을 하는 장미의 얼굴에 혈색이 돋아났다. 그런 장미를 보며 유리가 눈치 챘다는 듯 고개를 두어 번 끄덕였다.

"계집애, 알았어. 우린 이제 갈게."

하며 유리가 가방을 챙겼다.

침대에 걸터앉아 있던 희지가 일어서며 다시 장미를 쳐다보았다.

"빨리 나아야지. 그래야 우리 예전처럼 스터디를 다시 하지. 너 없으니까 애들 모이는 것도 힘들더라. 오늘 함께 오려고 그랬는데 네가 어떨지 몰라 우리만 온 거야. 애들 오지 않았다고 서운하게 생각하지 말고⋯⋯. 알았지?"

"그래."

"참, 요즘 지수는 CF 찍는다고 야단법석이더라."

희지가 굳어 있던 얼굴에 살며시 웃음을 지어 보였다.

"잘됐구나."

"우린 이제 갈게. 너의 그이 오면 우리가 좀 서먹하잖아."

"내일 올게."

유리가 문을 나서기 전 장미에게 가볍게 손을 흔들어 보이며 말했다.

"근데 나 오늘 퇴원해. 내일은 집에 있을 거야."

"그럼 우리가 집으로 갈게."

그러면서 수다쟁이 여학생들은 병실을 나섰다.

그녀들이 돌아가고 난 뒤 장미는 다시 시무룩해졌다.

장미는 삶의 의욕을 잃고 있었다. 차라리 죽고 싶은 심정이었다. 아마도 그가 없었다면 장미는 벌써 죽었는지도 모른다.

장미는 핏기 없는 얼굴로 창밖을 내다보고 있었다.

창문 밖으로 보이는 세상은 평화로웠다. 햇살은 아늑하였고 시계 바늘의 재깍거리는 소리는 오후의 무료함을 부추기듯 나른하게 병실 안을 매워 놓았다.

장미의 눈은 초점을 잃고 있었다. 마치 혼이 나간 사람처럼 그녀는 멍하니 앉아 있었다.

속절없이 눈물만 쏟아져 내렸다.

장미는 아무 일도 할 수 없었다.

그렇게 얼마간을 앉아 있었을까, 누군가가 부르는 소리가 들렸다.

"장미야."

그렇지만 장미는 그 소리를 듣지 못했다.

누군가가 다가와 어깨를 만질 때에야 비로소 장미는 창밖으로 향하고 있던 시선을 돌렸다.

"……."

그가 말없이 지그시 웃어 보였다.

장미도 그를 따라 차분한 미소를 지었다.

"언제 오셨어요?"

"방금, 뭘 그렇게 생각하고 있었어?"

"그냥……."

장미는 자신도 모르게 고개를 침대 시트 위로 떨구었다.

"햇살이 참 좋지?"

"네."

"오다 보니까 낙엽이 많이 떨어져 있더라."

"그래요."

"……."

그가 다시 한 번 상냥하게 웃어 보였다.

"늦가을이라서 그런가. 왜 이렇게 추운지 모르겠어요."

"아파서 그럴 거야. 다 나으면 괜찮아 질거야. ……지금 퇴원 수속을 마쳤거든. 옷 갈아입고 집으로 가자. 선생님이 집까지 데려다 줄게. 선생님은 밖에 있을 테니까 천천히 옷 갈아입고 나와."

"그럴 게요. ……어디 가지 말아요. 꼭 문 앞에 있어야 해요."

충격 때문일까, 장미는 그에게 의존하려는 폭이 많아졌다.

"그럴 게."

그가 장미를 안쓰럽게 쳐다보며 말했다.

그가 나가자마자 장미는 옷을 갈아입기 시작했다. 아직은 아물지 않은 상처 때문에 장미가 옷을 갈아입는 데는 시간이 걸렸다. 그런 대로 옷을 추슬러 입고서 장미는 문을 열고 밖으로 나갔다.

그가 장미의 불편한 걸음을 부축하였다.

"걷기가 힘들면 저기 벤치에서 쉬었다가 갈까?"

엘리베이터에서 나와 일층 접수창구를 지날 때쯤 그가 장미를 보며 말했다.

"괜찮아요. 그렇게 힘들지는 않은 걸요."

"아니야, 내가 보기에는 무리인 것 같아. 그러지 말고 여기에 잠깐 앉아 있어. 선생님이 가서 차를 저 앞에 대 놓을 테니까."

"선생님은 차가 없잖아요."

"친구한테 빌렸어."

그가 장미를 벤치에 앉히며 말했다. 그러고는 뜀걸음으로 병원 밖 주차장으로 향했다.

얼마 뒤 그가 다시 들어와서 장미를 부축하였다.

장미는 그의 부축을 받으며 현관 앞에 세워 놓은 승용차에 올라탔다.

조수석에 장미를 태운 뒤에 그가 바로 운전석에 앉았다. 그러고는 장미에게 안전벨트를 해주고 나서 시동을 걸고 조심스럽게 차를 출발시켰다.

그의 운전 솜씨는 조금 서툴기는 했지만 그런 대로 능숙한 편이었다.

그들이 탄 승용차는 가볍게 속력을 내며 도로의 복판을 달리고 있었다. 그때도록 장미와 그 사이에는 별다른 대화가 없었다.

차가 신호등에 걸렸을 때였다.

"미안해요."

"……."

그는 대답 없이 그저 장미를 향해 웃어 보일 뿐이었다.

"……."

"참, 그걸 잊었네."

하면서 그가 뒷자리에서 무엇인가를 부스럭거렸다.

"……."

"자 이거."

그가 내민 것은 한 아름되는 꽃다발이었다.

"어서 받아."

그가 꽃다발을 장미에게 안겨주고는 다시 차를 출발시켰다. 그가 조금은 어색했는지 카스테레오를 작동시켰다. 그러자 은은한 음악이 꽃향기와 더불어 차창으로 들어오는 가을 햇살을 따뜻하게 느끼게 해주었다.

"고마워요."

"고맙긴……. 우리 어디로 드라이브나 할까?"

"……."

장미는 그의 따뜻한 미소에 감격하여 말을 잃어버렸다.

"무리인지는 알지만……. 장미가 힘들다면 어쩔 수 없고……."

"아……아니에요. 그렇게 하세요. 저도 아까부터 그런 생각을 하고 있었어요. 전 함께라면 어디든 갈 수 있어요."

"그래, 그럼 선생님이 알아둔 데가 있거든. 그곳으로 가자."

"선생님 소리 좀 안할 수 없어요?"

"그럼?"

"오빠라는 말도 있잖아요. 정말 그 소리는 이젠 그만 들었으면 좋겠어요. 오빠……."

그 소리를 하면서 어색했던지 장미가 얼굴을 붉혔다.

"그렇게 할께. 다시는 장미 앞에서 선생님 소린 안할게. 됐지?"

"……."

장미가 쑥스러웠던지 꽃다발에 얼굴을 묻고 향기를 맡는 시늉을 해보였다.

승용차는 어느새 시내를 빠져나와 오색의 물결이 넘치는 한적한 도로를 달리고 있었다.

장미는 조수석에 앉은 채 잠이 들어 있었다.

그는 운전을 하면서 가끔씩 장미를 쳐다보았다. 장미의 새근거리는 곤한 숨소리가 애잔하게 느껴지는 그였다.

그는 장미가 혹시나 잠에서 깰까 봐 최대한 차가 흔들리지 않도록 조심해서 운전을 하고 있었다.

생각하면 너무도 불쌍한 아이였다. 사랑이 무엇인지도 모르면서 자신의 모든 것을 바치려고 하는 장미에게 그 자신은 턱없이 부족한 사람이었다. 그녀에게 무엇을 어떻게 해주어야 할지 그는 생각했지만 내린 결론은 그녀 곁을 떠나야 한다는 것이었다.

그는 잠든 장미의 얼굴을 보면서 죄책감에 한없이 잠기었다.

공부만 할 나이에 남자를 알게 되었고 그 남자를 만나러 가는 길에 그런 봉변을 당했다면 그 책임은 남자에게 있는 것이다. 그는 그녀에게 자신의 존재가 어둠의 그림자라고 생각했다. 그녀에게 행복을 가져다 줄 수 있는 것은 그 그림자를 걷히게 해 주는 것이리라.

"후우……."

그는 긴 한숨을 내쉬었다.

아이를 농락한 죄, 바른 길로 갈 수 있도록 타이르지 못한 죄, 이루어질 수 없는 사랑의 빌미를 제공한 죄, 욕정을 남용한 죄, 그리고 지켜 주지 못한 죄.

그는 담배를 꺼내어 입에 물었다. 그리곤 라이터를 켜서 한 모금 길게 빨아들였다가 내뱉었다. 하지만 마음은 편하지 않았다. 가슴속이 텅 빈 것만 같았고 온갖 답답하고 복잡한 생각들이 머릿속을 굴러다녔다.

그는 고개를 몇 번이고 가로 저었다. 장미의 곤한 얼굴을 들여다볼수록 가슴이 터질 것만 같은 그였다.

사랑, 그 사랑이 무엇이던가, 사랑 때문에 겪어야 하는 아픔은 왜 그리 많은지. 그는 세상이 원망스러웠다. 장미에게 진실된 사랑을 보여주지 못한 자신이 미치도록 원망스러웠다.

이젠 보여주어야 한다. 사랑은 기쁘고 행복한 것만이 아닌 슬프기도 한 것이라고. 그는 그렇게 생각하며 반쯤 타 들어가고 있던 담배를 재떨이에 눌러 껐다. 장미와의 사랑도 그처럼 속절없이 꺼져 가길 바라며.

승용차는 넓은 호숫가가 내려다보이는 경치 좋은 곳에 세워졌다.

그때도록 장미는 잠들어 있었다.

장미를 깨우기 전에 그는 다시 한 번 긴 한숨을 내쉬었다. 있는 동안

만이라도 행복하게 해주어야 한다고 그는 생각하면서 굳어 있던 얼굴에 미소를 담아 보았다. 그리곤 장미의 어깨를 살짝 흔들어 깨웠다.

"여기가 어디예요?"

그녀가 눈을 뜨며 말했다. 그리곤 사방을 둘러보았다.

"어머……"

하면서 그녀의 눈동자가 반짝 빛났다.

"마음에 들어?"

"네, 이런 곳에 정말 오랜만에 와 봐요."

그녀는 안전벨트를 풀고 곧바로 차에서 내려 호숫가를 향해 설렘 가득한 발걸음을 옮겼다.

그가 장미의 뒤에서 걱정되는 눈빛으로 쳐다보았다.

주위의 단풍들이 호숫가 표면에 반사되어 아름다움을 더하고 있었다.

"정말 아름다워요."

장미의 얼굴에 잊혀졌던 생기가 돋아나기 시작했다. 그녀는 어린아이 마냥 호숫가로 다가가 장난기 가득한 물장구를 치고 있었다.

그는 즐거워하는 장미를 바라보며 가슴이 포근해지는 것을 느꼈다.

"조심해 장미야. 그러다가 탈나면 어쩌려고 그래."

그가 멀찍이서 소리를 질렀지만 장미는 하던 장난을 멈추지 않았다. 장미가 그를 향해 날아갈 듯한 포즈를 취하며 손짓을 했다. 그녀의 손짓에 그가 마지못해 물가로 다가갔다.

"자, 이거라도 입어."

그가 노란색 카디건을 벗어서 장미의 어깨를 덮어 주었다. 장미의 눈빛은 행복에 물씬 젖어 있었다.

"아프지 않아?"

"아니요. 씻은 듯이 다 나은 것 같아요. 오빠……."

장미가 그에게 바짝 달라붙으며 허리를 팔로 감쌌다. 그러자 그가 장미의 어깨를 끌어안았다.

"흐……음, 오빠 우리 이런 곳에 아담한 집 한 채 짓고 살면 좋겠다. 얼마나 좋아, 공기도 맑고 산도 있고 호수도 있고……."

장미가 그를 쳐다보며 말했다. 그러는 그녀의 얼굴이 가을 하늘의 따스한 햇살을 받아 눈이 부시도록 새하얗게 빛났다. 그런 장미의 얼굴을 한눈에 받아들이며 그는 가슴이 뭔지 모르는 무엇으로 인해 꽉 차 오르는 것 같은 묵직함을 느꼈다.

"그래 정말 좋은 곳이지."

"오빠, 언제까지나 나만 사랑해야 돼. 오빠가 날 버리면 난 죽어 버릴 거야."

"왜 그런 생각을 해."

그 자신도 모르게 목소리가 높아졌다.

'알고 있는 것일까……. 여자들의 직감 때문일까…….'

그의 얼굴이 일순간 굳어졌다가 연하게 펴졌다.

"배고프지 않아?"

"조금……."

"그럼 식사나 하러 갈까?"

"우리 조금만 더 걸어요. 식사는 그 다음에 해요."

그와 장미는 한 쌍의 연인이 되어 호숫가를 거닐었다. 그 순간만큼 은 아픔이란 것은 없었다.

얼마나 바라던 일이던가, 그의 품에 안기어 호숫가를 걷는다는 것은 장미에게는 더할 나위 없는 바람이요 소원이었던 것이다.

둘은 시간가는 줄도 모르고 그렇게 다정한 미소를 만들었다.

오후의 고즈넉한 햇살을 받으며 호숫가를 거닐다가 그들은 식사를 하기 위해 자리를 옮겼다.

"어서 먹어. 이 근방에서는 음식을 가장 맛있게 하는 집이거든."

"네."

그가 장미의 앞에 음식을 몰아주었다.

"오빠도 같이 먹어요."

"난 장미가 먹는 걸 보고만 있어도 배가 부른데.……다른 것도 먹고 싶은 게 있으면 말해 봐?"

"이것만으로도 됐어요."

"음식 다 식겠다."

"그런데 이건 뭐로 만든 거예요? 처음 먹어 보는 죽 같은데……."

장미가 죽을 떠먹으며 말했다.

"그거, 잉어로 만든 거야. 잉어를 푹 고아서 짜낸 물에 찹쌀로 끓여낸 거야. 맛이 담백하지?"

"네."

"여자들한테는 가장 좋은 음식이야. 아기 낳으면 산모들이 두어 마리씩 잉어를 고아서 먹는다고 하잖아."

"……그래요."

대답하는 장미의 얼굴빛이 쓸쓸해졌다. 장미는 신경 써 주는 그의 마음이 고마웠다. 눈물이 나왔지만 장미는 애써 눈물을 감추었다. 그에게 더 이상 눈물을 보여서는 안 된다고 장미는 생각했다. 그의 따듯함을 느끼면서 장미는 죽을 남김없이 먹었다. 그는 내내 식사하는 장미를 보면서 흡족해 했다.

그날 밤 장미는 집으로 돌아와서 일기를 쓰기 시작했다. 난생 처음으로 써 보는 일기였다.

그녀가 일기를 쓰고서 일기장을 덮었을 때 창밖에는 비가 내리고 있었다. 너무도 처량하게 느껴지는 비였다.

우두커니 창밖을 내다보고 있던 장미는 그가 집까지 바래다주고 가면서 했던 말이 떠올랐다.

'이제부터는 다른 생각하지 말고 공부만 열심히 하는 거야. 약속⋯⋯. 오빠 실망시키면 안 돼?'

그 생각을 하면서 장미는 단단히 마음을 먹었다. 절대 그에게 약한 모습을 보이지 않으리라, 그리고 그의 사랑 앞에 부끄럽지 않도록 노력하리라.

장미는 창문을 닫고 일찍 잠자리에 들었다.

거센 비바람이 창문을 흔들어 댔지만 피곤했던 탓인지 장미는 침대에 눕자마자 깊은 잠에 빠져들었다.

꿈속이었다.

깊은 산속인 듯싶었으며 한쪽으로는 강물인지 시냇물인지 확실하지 않은 물줄기가 흐르고 있었다. 때는 가을이었다. 주위는 형형색색의 단풍으로 아름답기 그지없었다.

그곳에 그가 서 있었다. 그리고 아무도 없었다.

그의 손에는 엽총이 들려져 있었다. 아마도 사냥을 하기 위해 산속을 헤매고 있는 것 같았다.

한참을 걸어가고 있던 그가 무엇인가를 겨냥하고 그곳을 향해 방아쇠를 당겼다. 그러자 총소리가 사방에서 쩌렁쩌렁하게 울려 퍼졌다. 마치 불길이 그가 서 있는 곳으로 순식간에 밀려드는 것만 같았다.

장미는 그에게 달려가고 있는 중이었다.

한동안 쥐죽은 듯한 고요가 지속되었다. 그러다가 어느 순간엔가 산 위에서 무엇인가가 긴박하게 뛰어 내려오는 소리가 들렸다. 그는 여전히 엽총의 개머리판을 어깨와 양 볼에 밀착시킨 채 가늠자를 쳐다보며 조준하고 있었다.

산속에서 뛰쳐나온 것은 노루였다. 그는 그 순간을 놓치지 않고 노루를 향해 방아쇠를 당겼다. 총알은 곧 노루의 어딘가에 박혔다. 그러나 노루는 발버둥 치듯 이곳저곳으로 도망쳐 다녔다. 그는 끈질기게 그것에 따라붙어 방아쇠를 몇 번이고 더 당겼다.

산속은 순식간에 아수라장이 되었다. 그가 마지막 방아쇠를 당기는 순간이었다.

장미는 노루와 눈이 마주쳤고 그 순간 숨이 턱까지 차오르는 것을 느꼈다.

"안 돼!"

장미가 본 것은 아기였다. 이제 갓 태어나 울기 시작하는 아기의 처절한 울음소리.

아름다웠던 계곡은 핏빛으로 물들기 시작했다. 장미의 눈에서도 핏물이 흐르고 있었다. 그녀가 그곳으로 달려갔을 때에는 이미 아기는 여러 발의 총상을 입고 죽어 가고 있었다.

죽어 가는 아기를 그가 품에 안고 있었다.

아기의 알몸에는 여러 발의 총상을 입은 자국이 선명하게 남아 있었다. 그곳에서 선혈이 쉴 사이 없이 쏟아져 내리고 있었다.

장미는 입을 다물지 못하고 몸서리치며 울기 시작했다. 울어도 울어도 눈물은 끝없이 흘러내렸다. 그런 장미에게 그가 다가와 등을 토닥여 주었다. 장미는 피 묻은 그의 팔을 뿌리치며 그에게서 도망치기 시작했다.

"안 돼, 안……돼."

산중에는 그녀의 울부짖는 소리가 핏빛에 물들며 울려 퍼지고 있었다.

장미는 발버둥을 치다가 겨우 그 지옥에서 빠져나올 수 있었다. 잠에서 깨어난 장미의 온몸은 식은땀으로 흠뻑 젖어 있었다. 시트도 땀에 젖어 축축했다.

"후……우."

장미는 한숨을 길게 내뱉었다. 하지만 악몽을 잊지 못하고 몸서리쳤다. 그녀는 정신 나간 듯 멍하니 앉아 밤을 지새웠다.

주말이 지나고서 장미는 일찍 학교에 등교했다.

장미는 그의 얼굴이 보고 싶어서 조바심이 날 정도였다. 하지만 그의 얼굴은 찾아 볼 수 없었다.

조례 시간이 되자 학생 주임이 담임을 대신하여 교실로 들어왔다. 교실 안에는 이상한 기운이 감돌기 시작했다.

장미도 걱정이 되었다. 혹 오빠에게 무슨 일이라도 생긴 건 아닐까.

온갖 잡생각이 장미의 머릿속을 헤집어 놓았다.

학생 주임이 웅성거리는 학생들을 보면서 교탁 위를 손바닥으로 두어 번 내리쳤다. 교실 안은 그로 인해 잠잠해졌다. 장미는 학생 주임이 하려는 말에 귀를 기울였다. 학생 주임의 얼굴엔 근엄한 무게가 가득 실려 있었다.

"너희 반 담임 선생님인 강혁 선생님이 오늘 부로 학교를 그만 두셨다."

그 소리를 들은 학생들은 믿겨지지 않는 다는 듯 학생 주임의 얼굴을 뚫어지게 쳐다보았다. 장미도 역시 믿겨지지가 않았다. 학생 주임이 농담을 하고 있다고 그녀는 생각했다.

"강혁 선생님이 무엇 때문에 학교를 그만 두셨는지는 나도 모른다. 그렇게만 알고 있도록."

학생 주임이 다시 한 번 그 말을 했고 장미는 믿지 않을 수 없었다.

청천벽력과도 같은 소리였다.

"그래서 오늘부터 담임 선생님이 새로 발령 받아 오실 때까지 내가 예비 담임 선생님을 겸임하게 됐다."

믿겨지지 않았고 눈으로 확인해야만 알 수 있을 것 같았다. 장미는 늦기 전에 그를 만나야 한다고 생각했다. 만나지 못한다면 영영 만날 수 없을 것 같은 불길한 기분이 그녀를 재촉하도록 만들었다.

일 교시가 끝나고서 그녀는 학생 주임 선생에게 핑계를 대어 가까스로 조퇴를 승낙 받을 수 있었다.

그녀는 그의 하숙집으로 달려갔다.

쉴 새 없이 달려 그의 집에 도착한 그녀가 숨을 가다듬을 겨를 없이 방문을 열었지만 그는 그 어디에서도 찾을 수 없었다. 희미해져 가는 그의 체취만이 그녀를 얄밉게 반기고 있을 뿐이었다.

그녀는 그 자리에 주저앉고 말았다.

'믿을 수 없어. 이럴 순 없어. 거짓말이야. 꿈을 꾸고 있는 거야. 꿈이라고⋯⋯. 선생님, ⋯⋯오빠.'

장미는 그가 야속하게 느껴졌다. 하지만 그를 미워할 수는 없었다.

가을은 그렇게 한 여자에게 시련을 가져다주었다. 사랑은 여자의 가슴에 매정하게 못을 박아 놓았고 또 아픔을 성숙으로 받아들이도록 비정하게 몰아세웠다.

여자는 그 시련을 어떻게 받아들여야 할지 몰랐다. 의지하고 있던 사람에게서 버림받은 자신이 비참할 뿐이었다.

비참한 만큼 어둠은 길고 지루했으면 쉽사리 끝날 것 같지 않았다. 그녀가 할 수 있는 것은 떠났던 그가 돌아와 주기를 기다리는 것이었다. 오지 않더라도 그녀는 끝까지 그를 기다릴 작정이었다.

겨울, 그리고 또 다른 시련

마지막 가을비가 내리고 있었다. 그 비로 인해 안간힘을 쓰며 달려 있던 낙엽들이 하나 둘 떨어져 내렸다. 마지막 잎새가 떨어지자 장미의 마음은 뒤숭숭하기만 했다. 하지만 그녀는 그가 꼭 돌아올 것이라고 생각하고 있었다.

장미는 한동안 스터디에서 빠졌다. 그리고 지수도 방송국에 촬영이 있다며 빠지는 날이 잦아졌다.

오늘은 희지의 집에서 스터디를 하기로 되어 있었다.

유리와 체리는 제 시간에 왔고 미지는 십 분 정도 늦게 희지의 집으로 왔다. 그리고 하나는 사십 분이 지나서야 얼굴을 디밀었다.

"야, 너희들 시험이 얼마나 남았다고……. 알아서 들 해. 나도 강요하지 않을 테니까. 이제부터는 각자 공부하자구."

희지가 상기된 표정으로 말했다.

"미안해 늦어서. 다시는 늦지 않을게."

"그래, 하나도 이젠 늦지 않는다고 하잖아. 희지 네가 조금 참어."

하면서 유리가 희지를 달래었다. 하지만 희지는 여간해서 화가 풀릴 것 같지 않았다.

더 이상 공부할 분위기도 아니었다.

희지가 책상에 있던 책을 덮어 버렸다. 방안은 썰렁한 기운으로 가득했다.

"오늘은 그만 하자. 한두 명씩 빠지니까 산만해서 더는 못하겠어."

"계집애, 그만 풀어라."

하나가 그 말과 함께 희지에게 달려들며 간지럼을 태웠다. 그러자 웃을 것 같지 않았던 희지가 힘겹게 웃음을 토해냈다.

"웃으니까 얼마나 좋으니."

"그러게 별일도 아닌 것 가지고."

체리와 미지도 한몫 거들며 분위기를 띄웠다.

스터디는 다른 날보다 일찍 끝났다.

시간이 얼마 되지 않았음에도 밖은 어느새 어두워져 있었다.

희지가 큰길까지 배웅해 주었다. 그곳에서 집 방향이 같은 체리와 하나가 먼저 갔고 뒤이어 유리와 미지가 짝을 이루어 집으로 향했다.

"장미는 좀 괜찮다니?"

미지가 물었다.

"모르겠어. 통 말을 하지 않으니까……."

"도대체 어떻게 된 거래?"

"……사실 나도 잘은 몰라. 그저 짐작만 하고 있을 뿐이야."

"어떤 짐작?"

"짐작일 뿐이야. 자세한 건 나도 몰라."

"……그래, 어쨌든 그만하니 다행이야."

갈림길에서 피식 웃어 보이면서 미지가 말했다.

그리곤 손을 흔들어 보이고는 먼저 미지가 버스를 타기 위해 뛰어갔다. 미지의 집은 그곳에서 걸어서 이십 분쯤 걸리는 거리였다. 외진 곳이었고 또 바람도 불었기 때문에 미지는 버스를 타고 가려던 참이었다.

미지를 보내고서 유리도 곧 버스를 타고 집으로 향했다.

버스에서 내린 유리는 내리자마자 몸을 바짝 움츠렸다. 바람이 몹시 차가웠기 때문이었다. 유리는 평소에 자주 이용하는 길로 발걸음을 옮겼다. 밤길이라 조금은 으슥하기는 했지만 그 길이 지름길이었기 때문에 유리는 망설이지 않고 그 길을 택했다.

찬바람이 옷깃 안으로 스며들어 살을 아리게 했다. 유리는 옷깃을 여미고 총총 걸음으로 걸었다.

그녀가 막 골목길로 들어서려던 때였다.

골목 입구에 질이 좋지 않아 보이는 남자들이 서넛 서 있었다. 얼굴로 보아 고등학생인 듯 보였다.

유리는 자신도 모르게 몸을 움츠렸다.

돌아갈까도 생각했지만 뒤에 아저씨가 걸어오고 있었기 때문에 유리는 안심하고, 마음을 다져 먹고 골목 안으로 들어섰다.

그녀가 막 그들의 앞을 지나가려던 참이었다.

"어딜……."

그러면서 한 남학생이 그녀의 앞을 가로막았다.

"왜 그러세요?"

"왜 그러긴 지나가려면 통행료를 내고 가야지. 그런 거 몰라?"

"전 그런 거 모르는데요."

"이제부터는 돈을 내야 지나갈 수 있다구."

한 녀석이 딱딱 소리를 내며 껌을 씹었다.

"난 돈 같은 건 안 가지고 다녀요."

유리가 딱 잘라 말하며 길을 가로막고 서 있던 남학생을 밀치고서 걸어 나갔다. 그때 다른 한 녀석이 그녀의 머리끄덩이를 휘어잡았다.

"아악."

그 통증을 이기지 못하고 그녀의 입에서 비명이 쏟아져 나왔다.

"왜 이래."

유리가 앙칼지게 말했다. 유리는 머리끄덩이를 잡혀 아무 힘도 쓰지 못했다.

"이게 우릴 뭐로 보고…….."

"귀여운데. 우리도 그냥은 보내 줄 수 없어."

"통행료도 못 받았으니 재미라도 봐야 할게 아니야. 너도 양심이 있으면 그 정도는 이해를 해 주어야지. 서로 상부상조하자구."

"카악……퉤. 그래 그렇게 해. 같이 즐겁게 놀자는 건데……. 그렇지 않으면 우리가 섭섭하지."

녀석들이 한마디씩 내뱉었다. 그 중에서도 마지막으로 말한 녀석은 가래침까지 땅바닥에 뱉어 가며 구역질나도록 험악한 표정을 지었다.

"놀려면 다른 곳에 가서 알아 봐. 나는 그런 애가 아니니까. 니들 계속 그러면 소리 지를 거야."

"요조숙녀 같은 소리하시네. 지를 테면 질러 봐."

"사람 살려, 누구 없어요. 도와주세요. 아저씨."

그녀는 있는 힘껏 소리를 질렀다. 당연히 뒤에 걸어오던 아저씨가 도와줄 거라고 생각했기 때문이다. 그러나 그 사람은 그녀의 구원 요청을 묵살하며 못들은 척 지나가고 말았다.

"이게……."

그 짤막한 윽박지름과 함께 한 녀석이 그녀의 뺨을 갈겼다.

"그래도 소리를 지를 거야?"

"……."

유리는 추위와 불안 때문에 몸을 오들오들 떨었다.

"요즘 세상에 누가 득도 없는 일에 나서겠냐."

"그건 네 말이 맞아. 방금 지나간 그 새끼도 별 수 없었을 거야."

"하긴……. 우리가 이런 일 한두 번 해 보냐."

녀석들이 그녀에게 들어라 하는 식으로 주절 거렸다.

"이젠 알겠지. 우리가 어떤 사람들인지?"

"너희들 도대체 나한테 왜 이래?"

"몰라서 물어? 당연한 거 아니야. 아까도 말했다 시피 잠깐 재미 좀 보자는 거야. 우리 오빠들이 나긋나긋하게 다뤄 줄게."

껌을 씹던 녀석이 담배를 꺼내 입에 물며 말했다.

"순순히 따라와."

하면서 그 중에 곱살하게 생긴 녀석이 그녀의 팔목을 잡아끌었다. 유리는 녀석의 손을 뿌리치고 다시 한 번 소리를 질렀다.

"누구 없어요. 살려주세요."

다시 한 번 소리를 질러 보았지만 누구도 도와주는 사람은 없었다. 유리는 주택가 골목에서 그런 일이 벌어질 수 있다는 것이 믿겨지지 않았다. 심지어는 불이 켜져 있던 창문들도 하나둘 씩 그 사태를 수수 방관하듯 어둠으로 일관하는 것에 대해 어처구니가 없을 정도였다.

한 녀석이 살려 달라고 애원하는 유리의 가슴에 주먹질을 해댔다.

"어억."

유리의 비명 소리였다.

유리는 힘도 쓰지 못하고 그 자리에 쓰러지고 말았다.

"이제 정신이 드냐."

"……."

유리는 가슴의 통증을 이기지 못하고 숨을 겨우 몰아쉬며 헉헉 거렸다. 그런 유리를 툭툭 걷어차며 다른 녀석이 한마디 했다.

"그래도 부족하냐? 왜 말 못해. 이 시팔……넌 더 맞아야 돼."

곱살하게 생긴 녀석의 말이 끝나기가 무섭게 발길질이 날아들었다. 유리는 발길질에 옆구리를 채이며 허리가 끊어져 나갈 것 같은 통증을 느꼈다. 순간적으로 경련이 일어 유리는 그 차가운 바닥에 늘어진 채 몸을 바들바들 떨었다.

'분명 그 새끼들이 맞아.'

유리는 이를 악물었다. 그 위급한 상태에서도 유리의 정신은 흐트러짐이 없었다. 유리는 똑바로 그 녀석들의 얼굴을 쳐다보았다.

"어딜 쳐다봐."

몇 차례 더 녀석들의 발길질이 오고가는 사이에 유리는 뼈마디와 살점이 으스러지고 찢기는 듯한 통증으로 인해 눈앞이 새하애졌다.

"그만……. 이제 됐어."

곱살하게 생긴 녀석이 말하자 녀석들의 발길질이 멈추었다. 그리고 녀석들이 땅바닥에 축 늘어진 그녀를 억지로 일으켜 세워 어디론가 끌고 가기 시작했다.

유리는 땅바닥에 질질 끌려갔다.

"야, 이제 그만 돌려보내 주자."

"안 돼, 새끼야!"

"그냥 보내 주자. 불쌍하잖아."

깡마른 녀석이 곱살한 녀석을 부라리며 말했다.

"저 새끼 누가 또 데리고 왔냐? 야이 병신 새끼야. 초치지 말고 가만히 있어. 가고 싶으면 너나 가. 알았어. 이 새끼야."

말끝에 녀석이 가래침을 퉤하고 뱉었다. 그러자 깡마른 녀석은 대꾸도 못하고 수그러들었다.

"이 씨팔, 빨리 끌고 오지 못해."

녀석이 앞장서서 걷다가 뒤를 돌아보며 말했다.

"알았어, 보채지마. 너 저번에도 그러다가 낭패 봤다면서……."

"저 새끼가, 재수 없는 소리하지 마, 이 자식아."

곱살하게 생긴 녀석과 머리에 빨간 물을 들인 녀석의 대화였다. 유리는 어렴풋이 그 소리를 듣는 순간 녀석들이 그런 짓을 한두 번 했던 것이 아니라는 것을 알 수 있었다.

그녀는 호시탐탐 도망칠 기회를 노리고 있었지만 더 이상 몸이 따르지 않았다. 그녀는 차라리 혀를 깨물고 죽고 싶은 심정이었다.

녀석들이 그녀를 십 미터쯤 끌고 갔을 때였다.

"야, 너희들……."

뒤쪽에서 들린 소리였다.

그 순간 녀석들의 발걸음이 멈추었다.

"뭐야? 저 새끼는……."

"그 애 놔줘."

"어디에서 놀던 개뼈다귀야? 겁 대가리 없이……."

"다시 한 번 말한다. 그 애를 놔줘."

녀석들에게 가까이 다가서며 남자가 말했다. 가방을 둘러매고 있는 것으로 보아 학생인 듯싶었다.

"넌 참견하지 말고 가. 이건 우리 일이니까."

껌을 씹고 있던 녀석이 나서며 말했다.

"말로 해서는 안 될 애들이구나."

"그래서 어떻게 하겠다는 건데. 이 씨팔."

녀석이 가방을 둘러매고 있던 남학생에게 다가서며 주먹질을 했다. 하지만 남학생은 너끈히 피하면서 녀석의 옆구리를 발로 걷어찼다. 그러자 녀석이 힘도 써 보지 못하고 땅바닥에 얼굴을 처박았다.

"저 새끼가……."

이번에는 두 녀석이 동시에 덤벼들었지만 남학생의 옷깃도 건드려 보지 못하고 한방씩에 나가떨어졌다.

"네가 이 애들 중에 싸움을 제일 잘하는 모양인데."

눈썹에 힘을 주고 무게를 잡고 선 채 그가 말했다.

"쓴맛을 보여주지……."

곱살 맞게 생긴 녀석이 뒷주머니에서 칼을 꺼내 들었다. 그 녀석을 보며 그가 피식 웃음을 토해냈다.

"해볼 테면 해보시지."

그는 조금도 움직이지 않은 채 그 자리에 서 있었다.

잭나이프를 번쩍거리며 녀석이 그에게 달려들어 칼질을 했지만 그는 능숙하고 유연하게 칼날을 피해 다녔다.

녀석이 한동안 허공에 칼질을 해대다가 힘이 빠졌는지 헉헉 거렸다. 그 틈을 놓치지 않고 빈틈을 찾아 그가 발을 들어 얼굴을 걷어찼다. 그러자 녀석이 당황하여 얼굴을 싸잡고 뒷걸음질 쳤다.

녀석의 코에서 피가 쏟아지고 있었다.

"커……억 퉤."

입에서도 피가 나는지 녀석이 입안에 고여 있던 침과 가래를 땅바닥에 뱉었다.

"이 씨팔……."

분했던지 녀석이 이를 갈며 그에게 뛰어들었다. 그러나 역시 녀석의 힘으로는 역부족이었다.

그가 걷어찬 뒤차기 한방에 나가떨어진 녀석은 땅바닥에 얼굴을 묻고 몸을 비틀어 대며 죽을 듯이 바들바들 경련을 일으켰다.

"야, 튀어."

누구의 입에서 먼저 나왔는지 그 소리와 함께 녀석들은 꼬꾸라져 있던 곱살하게 생긴 녀석을 부축하며 꼬리를 감추고 꽁무니를 빼 버렸다.

"괜찮아요?"

그가 유리에게 다가와서 얘기했다. 유리는 땅바닥에 축 늘어져 있었다. 그녀의 고개를 손으로 받쳐 주며 그가 다시 한 번 물었다.

"아픈데 있으면 말해 봐요?"

"괜찮아요."

"병원에 가지 않아도 되겠어요?"

"……."

그녀가 고개를 끄덕였다.

그의 부축을 받으며 일어선 그녀는 몇 발자국 걷다가 다시 주저앉고 말았다.

"이 봐요? 정신 차려요."

"아아."

그녀의 입에서 신음이 터져 나왔다.

"병원에 가야겠어요."

"아……아니에요. 집이 바로 저기니까 집에 가면 돼요. 도와줘서 고마워요."

"갈 수 있겠어요?"

"……."

그녀가 힘에 겨운 고개 짓을 해댔다.

"잠깐만 여기서 기다려요. 그럼 내가 가서 약이라도 사 올게요."

그가 유리를 한 곳에 앉혀 놓고 일어섰다.

"됐어요. 가지 말아요."

"걱정하지 말아요. 녀석들은 이제 오지 않을 거예요."

그리곤 가방을 한쪽에 내려놓고 약국을 향해 뛰어가기 시작했다.

얼마 만에 돌아온 그가 어느 정도 안정을 찾고 앉아 있던 유리에게 약과 드링크를 건네주었다.

"먹어요. 좀 나을 거예요. 나도 물씬 두들겨 맞아 봐서 아는데 몸살 약이 제일이더라구요. 그리고 이건 집에 가서 자기 전에 붙이고 자세요."

"고마워요."

"하마터면 큰일 날 뻔했어요. 그런데 그 애들 아는 애들이에요."

"……."

그녀가 고개를 저었다.

"이거 걸치세요. 그리고 내가 집까지 바래다줄게요."

그가 유리의 가방과 자신의 가방을 어깨에 둘러매고 그녀를 일으켜 세워 부축했다.

유리는 그의 도움을 받아 걸을 수 있었다.

"아프면 내일이라도 병원에 가 봐요."

"그럴 게요."

유리는 그의 마음 씀이 꺼려지고 부담스러웠지만 나쁜 사람이 아니라는 것을 알게 되면서 왠지 모를 낯설지 않은 포근함을 느꼈다.

집 앞에 거의 다 달았을 때 그녀가 말했다.

"이젠 됐어요. 집이 바로 저기예요. 정말 고마워요. 어떻게 보답해야 할지……."

"부담 갖지 말아요. 그럼 전 이제 갈게요."

그가 유리의 가방을 내주고 부드럽게 웃으면서 뒤돌아섰다.

"저 잠깐만요. 이름이라도……."

"전 민수에요. 한민수."

그가 손을 들어 보이고는 따듯한 미소를 남긴 채 사라졌다.

하숙집으로 돌아온 유리는 가방을 방안에 던져 놓고는 세수를 했다. 얼굴에 묻은 피를 닦아 내고서 장미는 방으로 들어가 그가 건네준 파스를 몸에 붙이고 이불을 깔고 누웠다.

몸이 욱신거리고 제 몸이 아닌 것 같았다.

그녀는 자리에 누워 눈을 감았지만 쉽게 잠이 오지 않았다.

'왜 자꾸 그런 일이 생기는 것일까.'

아무리 생각해도 해답이 나오지 않았다.

몸이 불편하여 몸을 뒤척일 때마다 유리는 통증을 느껴야 했다.

한동안 몸을 뒤척이던 그녀는 민수라고 하는 남학생이 사준 몸살 약의 힘을 빌려 잠이 들었다.

그녀는 잠을 자면서 내내 식은땀을 흘리며 악몽에 시달렸다.

다음날 그녀는 자리에서 일어나지 못했고 학교에도 가지 못했다. 주인 집 전화로 담임 선생님에게 학교에 아파서 가지 못한다고 전화를 한 뒤 그녀는 다시 자리에 누웠다. 입맛도 나지 않아서 식사도 거른 채 하루 종일 방안에 틀어 박혀 있었다.

'한민수.'

문득 그의 이름이 떠올랐다.

유리는 그에게서 남자에게 느껴 보지 못했던 묘한 감정을 느끼고 있었다.

그의 이름에서 뭔지 모를 따듯함과 다정함이 느껴졌다. 유리는 한동안 그의 생각에 빠져 있었다.

유리는 왜 자신의 가슴이 이유 없이 뛰고 있는지 알 수가 없었다. 철저하게 남자를 외면하던 그녀였지만 그 순간만은 그렇지 않았다.

남자란 참으로 이상한 존재라고 그녀는 생각했다. 그를 생각하면서 그녀는 자신도 모르게 여자의 예민한 감정을 일으켜 세우고 있었다.

사랑, 듣기만 해도 가슴 설레는 단어였다. 유리는 사랑이란 것을 알지 못했다. 다만 사랑은 행복한 사람에게나 있을 수 있는 것이라고 생각할 뿐이었다. 불우한 자신에게는 결코 그런 사랑의 감정이 찾아오지 않을 것이라고 단정하던 그녀였다.

민수, 라는 그 두 글자가 그녀는 왠지 낯설지 않게 느껴졌다. 그는 다른 남자들과는 다른 무엇인가가 있었다. 그녀는 알 수 없이 그에게 이끌려 들어가고 있었다.

유리는 사랑이란 어쩜 그런 감정에서부터 시작되는 것일지도 모른다고 막연하게 짐작했다. 하지만 한쪽으로는 겁이 났다. 장미처럼 자신도 그런 아픔을 간직하게 될지도 모른다는 생각 때문이었다.

그녀는 고개를 저었다. 자신도 모르게 온통 그의 생각만으로 가득 차 있는 자신이 믿겨지지 않았다.

"유리야. 집에 있는 거니?"

부산한 소리가 밖에서 들렸다.

"누구니? 들어와."

그녀가 말하자 방문이 열렸다. 희지가 먼저 보였고 그 뒤로 하나와 미지, 그리고 체리가 보였다.

"어떻게 된 거니?"

유리의 멍든 얼굴을 보고서 놀란 희지가 말했다.

“…….”

“얼굴이 왜 그래?”

얼른 신발을 벗고 들어오며 희지가 말했다. 그 뒤를 체리, 미지, 하나가 따라 들어오며 안색이 창백해졌다.

“누가 그랬어?”

“동네 깡패 새끼들이…….”

“당한 거니?”

“다행이 누가 도와줘서 당하지는 않았어. 몇 대 맞았을 뿐이야.”

유리가 피식 웃으며 말했다.

“어떤 애들이야?”

“아는 애들이야?”

“얼굴은 기억해?”

“어쩜 이렇게 되고도 연락도 안하니…….”

“걱정할까 봐 그랬어. 난 견딜 만 해.”

유리를 에워싸고 앉아 그녀들이 한마디씩 말했다.

“약은 먹었어. 그리고 식사는……?”

“으응 약은 누가 사줬어. 식사는 생각이 없고.”

“그래도 밥은 먹어야지.”

체리가 유리를 안쓰럽게 쳐다보며 말했다. 다른 아이들도 어두운 얼굴로 유리를 쳐다보았다.

“잠깐만 기다려 우리가 죽이라도 끓여 올게.”

“아니야. 그러지 않아도 돼.”

“잔말 말고 너는 누워 있기나 해.”

미지와 희지가 쌀을 퍼서 밖으로 나갔다.

"왜 우리한테 이런 일만 생기니……."

체리가 한숨을 내쉬었다.

"장미는?"

"으응, 장미도 오늘 학교에 나오지 않았어. 장미네 집에도 가 보려고……."

"걱정이다."

"그러게 말이야."

"그런데 장미를 그렇게 만든 애들은 잡았대?"

유리가 힘없이 말했다.

"아직 잡지 못했나 봐."

"경찰들은 뭘 하는지 몰라."

얼마 뒤 미지와 희지가 죽을 끓여 가지고 들어왔다. 유리는 그녀들의 성화에 못 이겨 죽을 남김없이 모두 먹어야 했다.

"우린 이만 가 볼게."

"그래, 그렇게 해."

"몸조리 잘하고 있어."

그러면서 그녀들이 자리에서 일어섰다.

방문을 열고 나가면서 그녀들이 다시 한 번 당부의 말을 했다. 막 방문을 닫으려는 그녀들을 유리가 잡아 세우며 말했다.

"너희들도 조심해. 심상치가 않아. 누군가가 우리를 해코지하려는 것 같아. 밤늦게 돌아다니지 말고. ……내일 학교에서 얘기하자."

장미의 집에 갔다가 여덟 시에 나온 그녀들은 자신의 집들로 각자 흩어졌다. 집 방향이 같은 체리와 하나는 평상시처럼 다정하게 붙어서 걸어가고 있었다.

"여어, 이게 누구야. 웬 까이들."

어둠 속 저편에서 들린 소리였다.

"누……누구세요?"

체리가 어둠 속을 향해 말했고 하나는 그녀의 옆에 바짝 붙어 섰다.

"누구긴 누구야. 오빠들이지."

어둠 속에서 나온 세 명의 남자들이 그녀들을 에워싸며 배시시 웃었다.

"너희들이 그 유명한 칠공주라면서……."

"모르는 애 들인데 너희들이 어떻게 우리를 알지?"

"그야 뻔하지. 삼삼한 너희들과 함께 놀아 보고 싶어 서지. 너희들은 마음에 드는 남자가 있으면 언제든지 옷을 벗는다면서."

머리에 빨간 물을 들인 녀석이 체리의 가까이로 다가서며 말했다. 녀석이 담배 연기를 그녀의 얼굴에 내뱉었다. 녀석의 입에서 뿜어져 나온 담배 연기는 역겨웠다.

"하나야. 그 녀석들인가 봐."

"누구……?"

"유리하고 장미……. 이 녀석들이 그랬나 봐. 기회를 봐서 도망쳐야겠다. 내가 뛰어, 하면 동시에 도망치는 거야. 알았지?"

둘은 귓속말로 말했다.

"누가 마음에 드는지 상의했냐? 저번에 그 계집애들하고는 질적으로 다른데."

"오늘은 진하게 재미 좀 볼 수 있겠어."

"그래그래, 우리 오빠들이 뿅 가게 해줄게."

녀석들이 키득키득 웃으면서 말을 주고받았다.

"정신 차려, 이 새끼들아."

하나가 녀석들을 노려보았다.

"이거 왜 이러시나. 젊은 남녀끼리 서로 재미 좀 보자는 거야."

"오빠들 섭섭하게 만들지 말고 술 사줄 테니까 한 번 놀아 보자구."

"후회는 하지 않을 테니까."

한마디씩 던지면서 녀석들이 체리와 하나의 머리카락과 옷자락을 손으로 만졌다. 그때 하나가 녀석들의 손을 뿌리치면서 대뜸 욕설을 퍼부었다.

"개새끼들 웃기고 있네."

그 순간에 체리와 하나는 녀석들의 사타구니를 힘껏 걷어차고는 정신없이 달리기 시작했다.

두 녀석이 그대로 사타구니를 움켜잡고 오만가지 인상을 쓰며 몸을 비꼬고 있었고 다른 한 녀석은 도망치는 체리와 하나를 뒤쫓고 있었다.

체리는 가방도 팽개친 채 있는 힘껏 달렸다. 달리다 보니 하나가 보이지 않았다. 녀석도 쫓아오는 것 같지 않았다.

"체리야, 아악."

하나의 비명 소리가 들려 왔다. 체리가 도망치면서 얼핏 뒤돌아보았을 때 하나가 녀석들에게 잡혀 질질 끌려가는 것이 보였다.

체리는 계속해서 달렸다.

그녀가 멈춘 곳은 파출소였다. 파출소로 뛰어 들어간 체리는 순경에게 상황을 얘기했고 순찰차를 타고 현장으로 다시 향했다.

"어떡해, 어떡해······."

체리는 순찰차 안에서 발을 동동 구르고 있었다. 현장으로 가까이 갈수록 체리는 불안하고 초조해졌다.

경찰관들과 체리가 현장에 도착했을 때는 녀석들이 이미 도망간 후였고 주위에는 체리와 하나의 책가방만 덩그러니 놓여 있었다.

"녀석들 상습범인 것 같은데."

"학생 녀석들의 인상착의를 설명해 봐."

책가방을 들어 순찰차 안에 실으며 경찰관이 말했다.

"순경 아저씨 하나를 꼭 찾아 주세요. 얼마 가지 못했을 거예요. 어떡하면 좋아요. 나쁜 놈들······. 아저씨 제발."

체리가 울먹이면서 말했다.

"알았어. 알았으니까 학생 좀 진정하라구."

경찰관이 차에 시동을 걸며 말했다.

순찰차가 긴박하게 주변을 샅샅이 훑고 다녔다. 하지만 그 어디에도 하나와 녀석들의 흔적을 찾을 수는 없었다.

"어디로 도망친 거야."

"도망친 게 아니라 하나를 납치한 거라니 까요. 어쩌면 좋아······."

퀴퀴한 지하실이었다. 그곳은 얼핏 보아 그들의 아지트 같았다. 한 녀석이 추웠던지 한곳에 불을 피웠다.

"어딜 도망치려고······."

녀석들이 하나를 에워싸며 말했다.

"우리가 이런 짓 한두 번 하는 줄 알아. 그 정도는 우리도 감으로 때려잡을 수 있다구. 우리를 뭐로 보고."

"살려주세요."

하나가 몸을 바짝 웅크리며 말했다.

"누가 너 죽인다고 그랬어. 우린 딴 뜻은 없어. 우리도 양심이 있는 놈들이라구. 한 번만 잘 놀아 주면 더 이상 바랄게 없어. 재미 본 다음에 집에 보내 줄 게. 우리가 무슨 말하는지 이 정도면 알아들었을 거야."

곱살하게 생긴 녀석이 라이터를 꺼내 담뱃불을 붙이면서 말했다.

"그렇지 않으면 평생 얼굴에 칼자국 달고 다닐 줄 알라구."

"고분고분하게 말 듣는 게 나을 거야. 뽕 가게 해 준다고 약속했으니까 약속은 지켜야지. 야 재민이, 이번에는 네가 먼저 해봐."

그 녀석이 머리에 빨간 물을 들인 녀석을 쳐다보며 말했다.

"재민이 녀석, 오늘 황천 가겠는데."

부럽다는 듯 옆에 서 있던 녀석이 말했다.

"잘 해 봐."

"걱정 잡아 놓으셔."

녀석이 좀더 가까이 하나에게 다가섰다. 그러면서 하나의 머리카락을 쓰다듬었다.

하나가 녀석의 손을 뿌리치며 말했다.

"내 몸에 손대지 말아요."

"어쭈, 너 날 잘 몰라서 그러는가 본데. 나 화나면 무서운 사람이야.

화나게 만들지 말라고. 난 쟤네들하고는 달라. 순순히 시키는 대로 해. ……옷 벗어. 그리고 저기에 가서 누워."

녀석이 라면 박스를 깔아 놓은 곳을 가리키며 말했다.

"안 돼."

"뭐가 안 돼."

"야이 시끼야. 그렇게 해서 어떤 계집애가 옷을 벗냐. 내가 하는 거 한 번도 못 봤냐. 계집애들은 족쳐야 말을 듣는다구. 그런 말도 있잖아. 여자는 삼 일에 한 번 씩 두들겨 패야 말을 듣는다구."

"그래 이 등신아. 저 새끼 초보라서 뭘 모르는데. 내가 손봤으면 끝내 주게 해줄 수 있는데."

곱살하게 생긴 녀석과 또 다른 녀석이 불을 쬐고 앉아 하나 쪽을 쳐다보며 말했다.

"들었지. 맞고 할래 아니면 그냥 할래?"

"보내 주세요."

"그래도 이년이……."

녀석이 하나의 뺨따귀를 후려갈겼다.

동시에 하나의 얼굴에서 짝, 소리가 들렸다.

"……."

"어서 벗어."

"안 돼."

"다시 한 번 말하겠다. 벗어."

녀석이 하나를 노려보며 말했다. 더는 봐줄 것 같지 않은 험악한 표정으로 눈을 부라리는 녀석에게 하나는 기가 죽어 들어갔다.

하나가 아무런 반응도 취하지 않자 녀석이 주먹을 날려 왔다. 주먹과 턱이 부딪히는 순간 하나는 멍한 기분이 들었다. 하나는 자신의 의지와는 상관없이 그대로 바닥에 주저앉고 말았다.

"비싸게 놀지마."

"……."

"다들 이렇게 커 가는 거야. 누구는 별다르냐. 너도 한 번 하고 나면 이 맛을 못 잊을 거야. 고마워할 줄 알라고. ……이젠 도저히 못 참겠다."

녀석이 하나의 몸 위로 덮쳐 왔다.

하나가 녀석을 밀어내려 안간힘을 썼지만 그녀의 힘으로는 역시 역부족이었다. 녀석이 장미의 입안으로 혀를 밀어 넣었다.

담배 냄새와 혼합된 역한 침 냄새가 녀석의 입에서 났다. 하나는 몸부림치다가 입안으로 들어온 녀석의 혀를 힘껏 깨물었다. 그러자 녀석이 비명을 내질렀다.

"아아……. 이 씨팔년이……."

녀석이 카악하고 바닥에 침을 뱉자 침과 함께 피가 섞여 나왔다. 녀석이 날카로운 눈초리로 더 이상 봐주지 않겠다는 듯 이를 악물었다.

"이게 보자 보자 하니까."

하면서 웅크리고 있던 하나를 향해 발길질을 퍼부었다.

"억!"

짧은 비명이 전부였다. 하나는 발길질을 이기지 못하고 바동거렸다. 그런 하나를 향해 녀석은 몇 차례 더 발길질을 하고서는 성이 풀렸는지 숨을 차분하게 몰아쉬었다.

하나는 더 맞을 기력이 없었다.

"이 정도면 너도 더 이상 개기지는 못할 거야."

녀석이 다시 하나의 몸을 짓눌렀다.

하나는 더 이상 반항할 힘이 없었다. 녹초가 된 그녀의 옷 안으로 차갑고 저질스러운 녀석의 손이 파고 들어왔다.

녀석의 손은 얼음장 같았다.

하나의 상의를 거칠게 걷어 올렸다. 그러자 하나의 맨 살이 드러났다. 녀석은 하나의 가슴을 손으로 쥐어뜯었다. 그러다가 급기야는 가슴을 혀로 핥기 시작했다.

녀석은 너무도 집요했다. 서툰 것인지, 급한 것인지 녀석은 빨리 끝을 보려고 안간힘을 쓰고 있었다.

녀석의 손이 어느새 하나의 치맛자락을 들추고 안으로 들어오고 있었다. 그때 하나는 본능적으로 다리를 오므렸다.

"그래도 이것이."

녀석이 누운 채 그녀의 복부를 주먹으로 가격했다.

"허억."

허파에서 바람이 힘없이 빠져나가는 소리였다.

하나의 오므려져 있던 다리가 힘없이 풀어졌다.

불쾌한 느낌이 아래에서 느껴졌다. 하나는 어쩔 수 없이 녀석의 음침한 손을 감당해야 했다.

"빨리 끝내고 이리 와서 소주나 마셔 인마. 너 이 시끼 누구 애간장 타는 꼴 보려고 그러냐."

"시끼야. 저 시끼 첫 개신데 그래도 시간은 주어야지."

얼핏 녀석들의 말소리가 들렸다.

"아아악."

하나의 입에서 터져 나온 비명 소리였다.

녀석은 어느새 바지를 내리고 하나의 몸속에 말뚝 같은 것을 어거지로 쑤셔 넣었다. 하나가 다시 다리를 오므려 보았지만 이미 때는 늦어 있었다.

"헉헉……헉."

녀석의 입에서 만족스러운 신음 소리가 쏟아져 나왔다. 그러면서 녀석은 더 깊숙이 하나의 몸속을 염탐해 들어왔다.

하나의 눈에서 눈물이 쏟아져 내렸다.

"씨팔, 울기는 왜 울어. 헉헉……."

녀석이 하나의 눈물을 혀로 핥았다.

하나는 구역질을 했다.

녀석은 하나의 아랫배를 쉴 사이 없이 짓눌렀다.

"아아……."

녀석이 극에 달아오르고 있었다.

하나는 몸의 일부가 찢어져 버릴 것 같은 통증을 느끼고 있었다. 녀석이 아랫배를 밀착시켜 올 때마다 하나는 더 큰 고통을 느꼈다.

"아, 미치겠어. 더는 참지 못하겠어."

녀석이 몸을 더 급격하게 밀착시켜 왔다.

그러다가 녀석이 몸의 한곳에 힘을 몰아넣었다.

"아아!"

일순간 녀석의 동작이 멈추어졌고 그와 함께 무엇인가가 하나의 몸속으로, 깊숙한 곳으로 뿌려졌다.

　녀석이 축 쳐진 채 한동안 하나의 몸 위에 쓰러져 있었다.

　녀석의 숨소리는 다시 차분해졌다.

　"이거 너무 싱겁게 끝났는걸."

하면서 녀석이 하나의 몸속에 있던 자신의 일부를 자랑스럽게 꺼내어
그녀의 얼굴에 내밀었다.

　"어땠어. 좋았지."

　"……."

　하나는 녀석의 추악한 모습을 볼 수가 없어 고개를 돌렸다.

　"히히히."

　녀석이 간사스러운 웃음을 토해냈다.

　"야이 시끼야. 빨리 와서 소주나 마셔. 이번에는 네 차례야. 자지러
지게 만들지 말고 살살 어르면서 해. 내 몫도 있어야 하잖아."

　"알았어 인마. 아무렴 내가 네 몫도 남겨 주지 않을 놈 같으냐. 이거
가슴이 설레는데. 미치겠다. 아……."

　다른 녀석이 벌써부터 바지 지퍼를 내리고 뭉개진 하나에게 접근해
왔다.

　하나는 몸을 움직여 보려 했지만 뜻대로 되지 않았다.

　"난 여자의 알몸이 좋거든……."

　녀석이 하나의 찢기고 헝클어진 옷을 벗기기 시작했다.

　하나는 알몸이 되었고 녀석이 그녀의 은밀한 곳곳을 혀로 핥아 내려
갔다.

　그리곤 처음 녀석과 마찬가지로 하나의 몸속으로 파고 들어와 짓이

기기 시작했다. 무참히 짓밟히면서 하나는 정신을 잃어 가고 있었다.

그녀의 몸은 얼음장처럼 차가워졌다. 그녀의 아랫배에서 경련이 일어나고 있었다. 녀석은 그러던 말던 욕심을 채우기에 급급했다.

녀석이 지나간 후 마지막으로 곱살하게 생긴 녀석이 기어올라 왔다.

하나는 이제 완전히 정신을 잃은 상태였다.

"계집애 가슴 하나는 끝내 주게 크네. 넌 복 받은 줄이나 알어. 우리 같은 멋쟁이 남자들을 셋씩이나 맛보았으니까."

하면서 녀석들은 마지막으로 그녀의 알몸을 훔쳐보고는, 벗겨진 하나의 옷을 알몸 위에 덮고는 키득키득 거리며 지하실을 빠져나갔다

복수

"그 말이 사실이야?"

"그래, 어쩌면 좋아."

"하나는?"

"중환자실에 있대. 아직 혼수상태라고 하던데."

"도대체 왜 우리에게 그런 일이 생기는 거지. 그것도 한 번도 아니고 세 번씩이나. 그냥 넘길 일이 아니야."

"누군가 우리를 해코지하는 것이 분명해. 그렇지 않고서는 이런 일이 반복될 수는 없잖아."

"그 말이 맞아. 심상치가 않아."

"너희들은 어떻게 생각하니?"

"우리도 같은 생각이야."

"대책을 세워야겠어."

"무슨?"

"원인을 찾는 거야. 이를테면 우리에게 앙심을 품고 있는⋯⋯."

"누가 그런 짓을 하겠어."

"그래, 우린 괴롭힌 아이도 없잖아."

"그렇지 않고 서는 그런 일이 생길 리가 없잖아."

"그건 체리의 말이 맞아."

"이건 우리에 대한 도전이야."

"분명 그 깡패 새끼들은 우리를 알고 있었어. 내 귀로 분명하게 들었다구. 분명 칠공주라고 지껄였어."

"누가 언제 당할지도 몰라."

"누굴까?"

"우리 소문을 듣고 그 새끼들이 그러는 거 아닐까?"

"그럴 수도 있겠지. 다른 폭력 서클 애들이 우리에 대한 입에 담기도 흉한 소문을 퍼뜨리고 다니니까. 나도 언젠가 그런 소문을 들은 적이 있거든……."

"무슨?"

"우리가 남자 애들이랑 동거를 한다는 거야. 그리고 누구는 애까지 낳아서 기른다는 거야. 밤에는 술집에 나가고……."

"술집?"

"그런 거 있잖아. 색싯집. 우리가 그런데서 일한다는 거야."

"누가 그런 소문을……?"

"그건 모르지."

"학생과의 그 노처녀 히스테리 있잖아. 백사 말이야."

"백사가 어째서……?"

"우리를 이상하게 보더라구. 아마 소문 때문에 그럴 거야. 그래서 그런지 틈만 나면 우리를 감시하는 거 있지."

"말도 안 돼."

"사실이야."

"누가 들으면 진짠 줄 알겠다."

"넌 피부로 못 느끼니?"

"……."

"애들도 그런 소문을 믿어선 지 우리를 대하는 눈이 틀리잖아. ……
계집애들 지들 돈 뜯기고 얻어맞을 때 우리가 도와줬는데. 그럴 수 있
는 거니?"

"그러게."

"그런 거 보면 싹수가 없다니까."

"그래, 괜히 도와줬어. 이럴 줄 알았으면 나서지도 않는 건데. 우린
좋은 일만 하고 이게 뭐니."

"지금 그게 문제가 아니야. 우리를 그렇게 보지 않는 애들도 있으니
까. 중요한 건 왜 그런 일이 우리에게 벌어지는가 하는 거야. 그걸 알
아내야 해. 그렇지 않다가는 우린 남아나지도 않을 거야."

"유리 말이 맞아. 경찰도 사건을 해결하지 못하잖아. 우리 힘으로
해결해야 할 것 같아."

"복수를 해야 돼."

"복수?"

"우리가 당한 것만큼 돌려주어야 한다는 거야."

"그렇지만 그 자식들은 남자 애들이야. 우리 힘으로 어떻게 하겠니.
여자 애들이라면 몰라도……."

"그건 걱정하지 마."

"……."

"오빠한테 도움을 청하면 돼. 알잖아. 주먹……. 오빠가 우릴 도와 줄 거야. 오빤 내 부탁이라면 뭐든 들어주거든."

"희지 너 혹시 그 오빠 말하는 거니?"

"맞아. ……어깨들 셋 만 빌리면 가능해. ……그렇지만 어깨들은 우리를 보조해 주는 역할만 해야 돼. 나머지는 우리의 힘으로 복수하는 거야. 당한 만큼 돌려주자구. 녀석들은 우리를 너무 얕잡아 보고 있어."

"그런데 누군지 알아야지. 우린 그 자식들이 어디에서 무엇을 하는지도 모르잖아. 녀석들의 근거를 알아야 복수도 할 거 아냐."

"그래서 이렇게 머리를 짜고 있는 거 아니야."

"누굴까?"

"그 새끼들은 분명 누군가의 부탁을 받은 거야."

"그렇담 누굴까?"

"혹시……."

"체리야 누구 의심 가는 애라도 있는 거니?"

"그 애들 아닐까?"

"누구……?"

"우리 일 학년 때……. 날놀파라고……."

"그 선배들이……."

"선배, 선배는 얼어 죽을 무슨 선배. 그럼 그 년들이……."

"그 계집애들 학교에 나오지 않잖아."

"한 명은 잘렸고 다른 두 명은 취업 나갔잖아. 그래서 학교에 나오지 않고 있다고 들었는데."

"설마 그것들이……."

"그것들은 충분히 그러고도 남을 애들이야. 그것들 남자 새끼들이랑 한참 돌아다녔잖아. 심지어는 물받이라고 그러더라구. 그건 공공연한 사실이었잖아."

"맞아, 나도 언젠가 말자가 산부인과에서 나오는 것 봤어."

"누가 병원에 있어서 병문안간 걸지도 모르잖아."

"아니야. 확실해. 걸어 나오는 거 보니까 꽤 힘들어하더라구. 애기 난 사람처럼 말이야. 수술 받고 나면 걷기도 힘들다면서."

"혹시 모르니까 다른 애들 생각을 해봐."

"맞아 날놀파 애들이야. 확실해."

"확실해?"

"그렇다니까. 어제 그 새끼들 세 명중에 낯이 익는 녀석이 한 명 있었어. 어디에서 많이 본 얼굴이었거든."

"그런데 그거하고 날놀파하고 무슨 상관이야."

"더 들어 봐. ……계집애같이 곱살하게 생긴 녀석이 있었거든. 이제 생각해 보니까 영자하고 몇 번 다니는 걸 봤거든. 분명 그 자식이 맞아."

"그것들을 그냥……."

"지금으로선 체리의 말이 제일 유력해. 그것들 우리 때문에 학교에서 기죽어 살았잖아. 그것들은 그러고도 남을 거야."

"그것들 어디 가서 찾지?"

"그건 나한테 맡겨. 그것들이 자주 가는 노래방을 알고 있거든……."

"거기가 어딘데?"

"우리 동네에 있어."

"그것들 먼저 족쳐야 하겠는데."

"섣불리 행동해서는 안 돼."

"계획을 짜야 돼."

"어떻게?"

"다시는 우리 앞에 나타나지 못하도록……."

"아휴, 조용히 살려고 그랬는데."

"그러게 옛날에 놀던 주먹 다 썩었다."

"덤벙대서는 안 돼."

"그것들 어떻게 손을 봐 주지."

"그것들 취업 나갔겠다. 잘렸겠다.……무서울 게 없는 것들이야. 예전의 날놀파로 생각하면 안 돼."

"씨팔 것들 기가 살아 가지고……."

"조직의 쓴맛을 보여줄 거야."

"아, 미치겠다."

"이젠 우리 차례야."

누가 먼저랄 것 없이 그녀들은 주먹을 불끈 쥐었다.

"여기가 맞아?"

"응."

"내가 들어가서 있나 없나 보고 나올게."

하면서 희지가 노래방 안으로 들어갔다.

얼마 뒤 희지가 노래방에서 나오며 인상을 붉혔다.

"있어?"

"그래. 서너 곡 남았더라구."

"그럼 곧 나오겠네."

"이것들 나오기만 해봐라."

지수가 노래방 입구를 향해 날카로운 시선을 던졌다.

얼마간을 노래방 앞에서 서 있었을까, 노래방 입구를 쳐다보고 있던 미지가 유리를 향해 조그맣게 소리쳤다.

"나온다."

그러자 유리와, 체리 그리고 희지와 지수가 몸을 감추었다.

아무것도 모르는 날놀파 일행은 히히덕거리며 노래방에서 나와 어디론가 걸어가고 있었다.

유리 일행은 그녀들을 미행하기 시작했다.

조심스럽게 그녀들의 뒤를 따르던 유리 일행은 마땅한 곳에서 그녀들을 부를 요량이었다. 하지만 좀처럼 그런 기회는 오지 않았다.

어느 정도 으슥하다고 싶은 곳에서 희지가 그녀들을 잡아 세웠다.

"야, 너희들."

그러자 걷던 걸음을 멈추고 영자가 먼저 뒤돌아보았다.

"너희들은 뭐야?"

"몰라서 물어. 아는 얼굴일 텐데."

"……"

"우리 칠공주야."

체리가 나서며 말했다.

"너희들이 왜?"

"그건 너희들이 잘 알 텐데."

그 말을 하면서 유리가 씁쓸하게 웃었다. 그러자 날놀파 일행은 뒷 걸음질 쳤다.

"역시, 너희들 짓이었구나."

"뭘? 우……우리는 아무 것도 몰라."

"뭘 모른다는 거야?"

"……."

"우리들하고 면담 좀 해야겠어. 조용히 따라오는 게 너희들 신상에 좋을 거야. 도망갈 생각은 하지 마라."

"웃기고 있네. 우린 너희들하고 할 얘기가 없어."

하면서 영자가 피하듯 가던 길을 가기 시작했다.

"거기 서지 못해."

"너 같으면 서겠냐. 야, 튀어."

영자가 말했고 다른 두 명도 일제히 뛰기 시작했다.

그러나 발 빠른 희지와 지수가 재빠르게 그녀들의 앞을 가로막았다. 날놀파 일행은 으슥한 골목 안쪽으로 떠밀려 들어갔다.

"왜들 그러는 거야. 우리는 안 그랬어."

미자가 겁먹은 얼굴로 변명을 했지만 통할 리 없었다.

"너희들이 안 그랬다면 왜 도망치는 거야."

희지가 다그쳤다.

"사실대로 말하지. 우리가 너희들 손 좀 봐 달라고 부탁했다."

"그래 우린 가볍게 손 좀 봐 달라고 말했을 뿐이야. 정말이야."

"그 말밖에 다른 말은 안했어."

영자가 맞서듯 말했고 미자와 말자는 영자의 뒤쪽으로 물러서며 말했다.

"발뺌하는 거야?"

"……."

"우리가 당하고 있을 거라고 생각했다면 그건 오산이야."

"나, 체리야. 유체리. 잊지는 않았겠지. 오늘 너희들 잘못 걸린 줄 알아. 그때 당한 것까지 모두 갚아 줄 테니까."

체리가 그녀들을 쏘아보며 말했다.

"그건 우리가 할 소리야. 너희들 칠공주 때문에 우린 꼬인 몸들이야. 왜 너희들 손 봐 달라고 부탁했는지 알아. ……너희들은 싸가지가 없어. 선배도 몰라보고. 그리고 말자는 너희들 때문에 잘렸어."

"뭐라고, 말자가 우리 때문에 잘려……."

미지가 어이가 없다는 듯이 웃었다.

"저것들이 어디에다 핑계를 대고 그래. 너희들이 착실하게 학교생활 했어 봐. 그런 일이 생겼겠냐. 걸핏하면 애들한테 삥이나 뜯고 그러던 것들이……. 잘릴 만도 하지. 그 지랄을 떨고 다녔으니."

"이 계집애들아 너희들은 여자들 체면이나 구기고 다니는 것들이야. 이 쓰레기들아. 너희들 물받이라면서. 걸핏하면 벗는……. 너희 같은 것들은 아예 쓸어버려야 돼. 얼굴에다 분이나 바르고 다니면 다냐."

말하는 중간 중간에 치밀어 오르는 화를 참지 못하고 씩씩거리면서 희지와 체리가 말했다.

"그래서?"

"너희들 안 되겠구나. 전혀 반성하는 빛이 없어."

영자의 말을 유리가 받아치며 쏘아보았다.

"우리가 왜 반성을 해야 되는데. 너희들이 당한 건 인과응보야. 언젠가는 받아야 할 대가였다고."

그러면서 영자가 피식 웃었다.

"어디에다 대고 큰 소리야."

희지가 영자의 앞으로 바짝 다가섰다. 그러자 그녀들이 한 발짝 뒤로 물러섰다. 유리와 미지 그리고 체리도 겁을 주듯 조여 들어갔다.

"도망칠 수 있으면 도망쳐 봐."

"우리가 왜 도망쳐, 그건 우리가 할 소린데. 우리도 이 순간을 얼마나 기다리고 있었는 줄이나 알아."

"입만 살아 가지고……."

영자의 말에 체리가 받아쳤다.

"이게 어디서."

영자가 말을 내뱉었고 동시에 어깨에 메고 있던 핸드백을 휘둘렀다. 그것 때문에 미지의 코가 깨져 피가 흘러내렸다. 미지는 고개를 땅바닥으로 숙였다.

일대 결전이 벌어졌다.

겨울 이야기

희지가 영자의 머리끄덩이를 잡고 흔들어댔고 유리와 체리 그리고 미지와 지수도 날놀파 일행을 향해 뛰어들었다.

발길질과 주먹질이 오고 갔고 수적으로 불리한 날놀파 일행은 땅바닥에 쓰러져 무참히 짓밟히고 있었다.

비명 소리가 들렸고 급기야 영자의 얼굴에서는 피가 쏟아져 내리고 있었다.

"오늘 너희들 초상날 인줄 알어."

땅바닥에 날놀파 일행을 꿇어 앉혀 놓은 채 희지가 말했다. 날놀파 일행은 패배를 인정하듯 고개를 숙이고 있었다.

그런 날놀파 일행 앞으로 다가간 유리가 입술을 깨물었다. 그리곤 그녀들의 무릎을 발로 짓이겼다. 그러자 영자부터 차례로 또 한 번의 신음을 토해냈다.

"너희들은 이것 가지고는 부족해."

하면서 뒤이어 체리가 그녀들의 가슴팍을 걷어찼다. 가슴팍을 차이는 족족 그녀들은 땅바닥에 나뒹굴었다.

"이래도 잘못했다고 못해?"

"……."

하지만 그녀들은 신음을 토해내고 있었기 때문에 어떤 대답도 하지 못했다.

"똑바로 앉아."

어디서 각목을 구했는지 지수가 각목을 들고 선 채 위협적인 목소리로 말했다. 유리 일행은 악에 받쳐 있었다. 성을 참지 못하고 이를 부득부득 갈아 가며 나뒹굴고 있는 영자와 말자, 그리고 미자를 차례로 노려보았다.

"겉옷들 벗어."

"……."

"말이 말 같지 않은 모양이지."

"……."

"이것들 안 되겠군."

지수가 그녀들의 등짝을 각목으로 한차례 씩 후려쳤다.

"아악!"

맞는 족족 자지러지는 신음을 토해냈다.

"더 맞을래 아니면 벗을래?"

"버……벗을 게."

미자가 겁먹은 채 몸을 바들바들 떨면서 외투를 벗었다. 그러자 말자도 덩달아 겉옷을 벗었다. 하지만 영자는 아직 벗을 생각을 하지 않았다.

"이 쓰레기는 더 맞아야 정신을 차리겠는데."

미지가 아직도 흘러내리는 코피를 손수건으로 틀어막은 채 영자에게 다가가 그녀의 옆구리를 힘껏 걷어찼다.

"커억!"

몸을 쪼그리고 뒹구는 영자를 미지는 사정없이 계속해서 걷어찼다.

영자는 참기 힘들었는지 미지를 올려다보면서 손을 싹싹 빌었다.

"무릎 똑바로 꿇어."

그제야 화를 누그러뜨리며 미지가 물러섰다.

"미지야 처음부터 그렇게 힘쓰지 마. 이것들은 차차 죽여 나가야 돼. 그래야 정신을 차린다구."

"그래, 고통이 어떤 것인지 맛보게 해주어야 돼."

"이것들 우리를 얕잡아 봤어."

"너희들 준만큼 받는 다는 것을 알았어야지."

"춥지? 추울 거야. 영하의 날씨에 그렇게 입고 춥지 않다면 그건 거짓말이고…… 추우면 옷 입어, 그리고 몇 대 더 맞으면 되지."

그러면서 체리가 비꼬듯이 웃었다.

"미안해. 우리가 잘못했어."

미자가 그녀들을 보며 사정을 했다. 하지만 악에 받쳐 있던 그녀들은 눈도 꿈쩍하지 않았다.

"미안하다면 다냐. 사람 병신으로 만들어 놓고 미안하다면 다냐고. 이젠 늦었어. 너희들 여기서 얼어 죽어야만 우리 직성이 풀릴 것 같은데. 그 다음에 우리도 너희들한테 미안하다고 그럴 게."

"너희들 신발 벗어, 그리고 양말도……."

"빨리 벗지 못해. 사람 말이 말 같지 않아. 하기야 쓰레기는 쓰레기처럼 대해야 돼. 난 두 번씩 얘기하지 않아."

그러면서 지수가 각목을 두 손으로 꼭 잡았다.

"아……알았어."

영자 일행은 누가 먼저랄 것 없이 신발과 양말을 벗었다.

"어쭈, 이것들 봐라. 꼴에 하이힐을 신고 다녀."

유리가 굽 높은 하이힐 한 짝을 손에 들며 말했다. 그리고는 하이힐 굽으로 그녀들의 머리통을 한차례씩 쥐어박았다.

"아악!"

"어디서 소리를 지르고 난리야. 조용히 하지 못해."

유리가 얼굴에 인상을 쓰며 윽박질렀다. 그러자 영자 일행은 입을 다물었다.

찬바람이 불어와 살을 아리게 만들고 있었다.

영자 일행은 체온이 떨어졌는지 심하게 떨고 있었다. 그 중에 미자는 두렵고 무서웠는지 눈물을 뚝뚝 떨어뜨리고 있었다.

"어디서 울어. 그런다고 우리가 봐줄 것 같아. 이제부터가 본격적인 시작이야. 각오하고 있으라고."

"그 새끼들 어디에 있어?"

"……."

"말 안하겠다. 그래 마음대로 해. 미지야, 네가 가서 생수 좀 사 가지고 올래?"

희지가 말하자 미지가 영자 일행을 보며 배시시 웃고는 가게로 뛰어갔다.

얼마 뒤에 미지가 생수 두 병을 사 가지고 왔다. 유리는 미지에게서 건네받은 생수 병을 따서 영자와 미자 그리고 말자의 몸에 쏟아 부었다. 생수는 그녀들의 몸을 흠뻑 적셔 놓았다.

"우리가 너희만 못한지 알았지? 누가 오래도록 견디나 보자. 너희들 한 시간만 그렇게 더 앉아 있으면 기절할 걸. 흐흐흐……."

"말할게……."

"진즉에 그렇게 나왔어야지. 그럼 서로 좋잖아. 어디 말해 봐."

"오늘 만나기로 했어."

"어디서?"

"말자 자취방에서……."

미자가 얼굴이 새하얘진 채 말했다.

"몇 시?"

"열한 시 넘어서……."

"그 때 만나서 뭘 하려고 그랬는데? 너희들 혼숙하냐?"

"……."

"미친 것들……. 너희들 말 그대로 물받이 들이구나. 겁 대가리 없는 것들……. 너희들이 그러면 그렇지. 여자 망신은 이것들이 다 시킨다니까."

희지가 그녀들 앞에 서서 생수 통을 손바닥에 툭툭 내려치며 말했다.

"이제 옷 좀 입으면 안 될까?"

"아니, 너희들은 더 맞아야 돼."

그러면서 체리가 지수에게서 각목을 빼앗아 그녀들의 등짝을 사정없이 갈기기 시작했다. 영자 일행의 신음 소리가 골목 안을 더 음침하고 으슥하게 만들어 놓았다. 때리면서 체리는 희열을 느끼는 듯 깔깔거렸다.

영자 일행은 초죽음이 되어 가고 있었다. 날씨는 시간이 지날수록 더 추워졌으며 바람도 거세게 불어왔다.

"사……살려줘. 제발……. 아악!"

그녀들이 손을 싹싹 빌며 애원을 했지만 소용이 없었다. 그녀들이 애원할수록 린치는 더 거세졌다.

급기야 미자는 땅바닥에 축 늘어져 몸을 달달달 떨었다. 영자도 말자도 역시 당해 내지 못하고 살려 달라고 애원을 했다.

"미자 쟤는 옷 입혀."

그리고는 다시 몽둥이찜질이 이어졌다.

미자는 혼이 나간 상태로 여전히 몸을 바들바들 떨었다.

"그만, 그 정도면 정신을 차렸을 거야. 그 새끼들 잡아서 족치려면 힘을 아껴 두어야지. 여기서 힘 다 쓰면 그 개새끼들은 어떻게 혼내주지."

유리가 체리와 희지를 말렸다.

"말자 너, 자취집이 어디야?"

"여기에서 얼마 멀지 않아."

"그럼 안내 해."

"오빠 좀 부탁해요."

수화기를 귀에 바짝 들이대고 희지가 말했다. 얼마 뒤 낯익은 목소리가 저편에서 들려 왔다.

"누구, 희지니?"

"으응 오빠."

"그런데 네가 웬일로 전화를 다하고……?"

그의 음성은 상냥했다.

"오빠 도움이 필요해서……."

"도움?"

"응."

"무슨?"

"오빠 동생들 셋 만 빌려 줘."

목소리를 가다듬으며 그녀가 말했다.

"왜?"

"그건 다음에 얘기할게. 꼭 필요해서 그래. 이를테면 보디가드 같은……."

"갑자기 보디가드는 왜?"

"빌려주기 싫으면 관둬."

희지가 앙탈을 부리듯 말했다.

"알았어."

"오빠 고마워. 근데 힘 좀 쓰는 사람이었으면 좋겠어. ……여기 지금 오거리 쪽이거든 지금 당장 보내 줄 수 있겠어."

"지금……?"

"응."

"그럼 기다리고 있어."

희지는 수화기를 내려놓고 공중전화 부스에서 나왔다.

"잘 됐어?"

"……."

유리의 물음에 희지가 말없이 고개를 끄덕였다.

영자 일행은 여전히 겁을 잔뜩 집어먹은 채 유리의 일행에 둘러싸여 있었다. 그녀들은 어느 정도 안정을 찾았음인지 얼굴 혈색이 되돌아오고 있었다. 하지만 입술은 핏기를 잃은 채 퍼레져 있었다.

십 분쯤 그렇게 기다리고 서 있었을까, 떡대 좋은 남자 세 명이 희지를 알아보고 다가왔다.

"희지 씨 무슨 일인데?"

"누구 좀 손 좀 봐주어야 할 일이 있어서……. 참 인사들 해. 여긴 오빠 동생들이야. 그리고 여긴 우리 스터디 그룹 멤버들. 유리 너는 오빠들 알지?"

서로 인사를 나누었고 그 떡대들이 나타나자 영자 일행은 겁을 더 집어먹었다. 영자 일행은 도살장에 끌려가듯 떡대와 그녀들의 뒤를 따랐다.

말자의 자취방 입구에서 발걸음이 멈추어졌다.

"너희들은 방에 들어가 있어. 만약 오늘 있었던 일 다시 문제 삼는다면 그땐 너희들 뼈도 추리지 못할 줄 알아. 너희도 어느 정도는 짐작하고 있을 거야. 우리가 어떤 존재인지 굳이 말하지 않아도 알겠지?"

희지가 말했다. 그 말이 떨어지기가 무섭게 영자 일행은 떡대들에게 몇 번이고 꾸벅거리다가 들어갔다.

"쟤네들 들어간 방 있지요. 그리로 남자 애들 세 명이 조금 있으면 들어갈 거거든요. 그 애들 가볍게 손 좀 봐주고 창고로 데려와요. 그 창고 알지요."

"……."

떡대 중의 한 명이 고개를 끄덕였다.

"우린 먼저 그곳에 가 있을 게요. 부탁해요. 그리고 이건 오빠한텐 비밀이에요. 절대 말해서는 안돼요. 알았죠?"

"그건 걱정하지 마, 희지 씨."

그러면서 떡대가 희지에게 굽실거렸다.

당부를 하고서 유리 일행은 희지가 안내하는 곳으로 향했다.

그녀가 안내한 곳은 꽤 넓은 창고였다. 창고 안에는 뭔지 알 수 없는 것들이 박스에 쌓여 있었다. 그리고 한쪽에는 커다란 양철통이 놓여 있었다. 양철통에는 불을 지필 수 있도록 구멍이 여러 군데 뚫려 있었다.

희지가 의자를 끌어다가 그녀들은 앉게 한 뒤에 구석에서 석유를 꺼내다가 양철통에 나무를 넣고 석유를 뿌린 뒤 불을 붙였다.

"이제 좀 나아질 거야."

희지가 손을 털며 의자에 앉았다.

"그 사람들 주먹 좀 쓰게 생겼던데, 희지 너는 어떻게 그 사람들을 아니?"

"내가 말 안했던가?"

"……."

그녀들이 희지의 말을 기다리고 있었다.

"오빠 덕이야. 아마 유리는 알 거야. 오빠랑 같이 식사도 몇 번했었 거든. 오빠 어깨 분야에서 알아주는 거물이거든……. 거기까지 만……."

희지가 얼굴에 살며시 미소를 지어 보였다.

창고에서 십여 분 동안 그렇게 앉아 있었을까, 밖에서 발자국 소리 가 들렸다. 발자국 소리는 얼마 지나지 않아 창고 문을 두드리는 소리로 바뀌었다.

"들어와요."

희지가 대답하자 곧 창고 문이 열렸다.

떡대 한 명이 먼저 들어왔고 그 뒤로 세 명의 녀석과 떡대 둘이 뒤따라 들어왔다.

세 명의 녀석들은 얼마나 두들겨 맞았는지 얼굴에 피가 범벅이 된 상태였다. 그들은 곧 떡대들에 의해 한쪽 구석으로 밀려갔다.

"무릎 꿇어."

떡대가 말하자 녀석들은 재빠르게 무릎을 꿇고 주먹을 가지런히 말아 그 위에 올려놓았다.

녀석들은 바짝 긴장한 상태였다. 고개도 재대로 들지 못하고 꿇어앉은 채 경직된 자세를 취했다.

"누님들께 인사드려."

녀석들은 얼굴도 들지 못한 채 떡대가 시키는 대로 무릎 꿇은 채 절을 꾸벅 했다.

"제대로 하지 못해."

떡대가 다시 녀석들을 쏘아보며 조그만 목소리로 말했다.

"누님 인사드리겠습니다."

녀석들이 머리를 바닥에 처박았다.

"이제 밖에서 기다리고 있어요. 이제부터는 우리가 손볼게요."

"희지 씨 괜찮겠어?"

"걱정하지 말아요."

"싸가지 없게 놀면 불러. 밖에 서 있을 테니까. ⋯⋯너희들 누님 말들 잘 들어 그렇지 않으면 목숨 저당 잡히는 줄 알라구."

"네, 형님."

"이 새끼들아 내가 어째서 너희 형님이야."

떡대가 굻어 앉아 있는 녀석들의 무릎을 걷어차고서는 다른 떡대를 데리고 밖으로 나갔다.

떡대들이 나가고 나서 한참 동안 그녀들은 녀석들이 앉아 있는 곳은 쳐다보지도 않고 침묵으로 일관했다. 창고 안에는 긴장감이 심상치 않게 흐르고 있었다. 얼마 뒤에 유리가 의자에서 일어나 녀석들 쪽으로 다가갔다.

유리가 다가가자 녀석들은 바짝 긴장한 눈치였다.

"고개 들어."

"……."

"어서 들지 못해."

그러면서 유리가 녀석들의 얼굴을 발로 걷어찼다.

녀석들은 떡대들이 두려웠던지 찍 소리도 못하고 얻어맞았다. 그리고는 다시 똑바로 무릎을 굻고 앉았다.

"고개 들어."

"……."

녀석들이 그제야 고개를 들었다.

"내가 누군지 알아?"

"모릅니다. 누님."

"몰라……. 난 너희들 아는데."

"……."

"우리가 칠공주야. 모른다고 하지는 못하겠지."

"……."

녀석들은 다시금 유리의 얼굴을 보고서는 기겁을 했다.

"이제 맞아야 할 이유가 있겠지."

"잘못했습니다."

"우리가 그렇게 호락호락한 줄 알았어. ……너, 곱살하게 생긴 자식 일어서 봐. ……빨리 일어서지 못해."

유리에게 한 번 더 걷어차이고서 녀석이 일어섰다.

"다리 벌려……."

녀석이 순순히 그녀의 말을 들었다. 녀석이 다리를 벌리자마자 그녀가 사타구니를 힘껏 걷어찼다. 그러자 녀석은 오만가지 인상을 다 쓰며 바닥에 무릎을 꿇었다.

"일어서."

그러나 녀석은 좀처럼 일어날 생각을 하지 않았다. 그런 녀석의 옆구리를 그녀가 또다시 힘껏 걷어찼다.

"윽!"

녀석은 바닥에 얼굴을 처박았다.

"너흰 우리를 모독했어."

뒤에 있던 체리가 굴러다니고 있던 각목을 집어 그 녀석을 인정사정 없이 때렸다. 두들겨 패는 그녀의 눈은 악에 받쳐 쉽게 풀릴 것 같지 않았다.

희지와 미지 그리고 지수도 보고만 있지는 않았다. 희지가 병을 들어 한 녀석의 머리통을 깨부수었다.

병에 얻어맞은 녀석은 그대로 그 자리에 꼬꾸라졌다.

녀석들은 그녀들이 때리는 데로 얻어맞고만 있었다. 떡대들이 어떻게 혼을 냈는지 몰라도 녀석들은 재대로 고개도 들지 못한 채 그 수모를 겪어 내야 했다.

그녀들은 더욱 악랄해졌다.

한바탕 풍파가 지나가고 난 뒤에 창고 안은 다시 정적이 흘렀다.

녀석들은 피투성이가 된 채 무릎을 꿇고 앉아 있었다.

"빨간 머리, 곱살하게 생긴 놈 일어서."

"……."

녀석들은 대꾸도 못하고 자리에서 일어섰다.

"그만할 때까지 상대방 뺨따귀를 갈겨. ……내 말이 말 같지 않아."

하지만 녀석들은 고개를 바닥에 떨군 채 아무 행동도 하지 않았다.

"이것들이……. 떡대들 불러 가지고 더 혼 좀 내 주어야겠는데."

"아……아닙니다."

하면서 빨간 머리가 망설이다가 곱살하게 생긴 녀석의 뺨을 갈겼다.

"그것밖에 못해. 내가 보여줄까."

하면서 희지가 각목으로 빨간 머리의 가슴을 후려쳤다. 가볍게 후려쳤는데도 녀석은 엄살을 피우듯 저만치 나가떨어지고 말았다.

"일어 서, 이 자식아."

"……."

"어디서 엄살을 피워."

다시 앞으로 다가와 선 빨간 머리의 사타구니를 이번에는 체리가 걸어찼다.

녀석은 신음을 토해 내며 그 자리에 주저앉았다.

"이건 장미와 하나의 몫이다."

그러면서 유리가 불쏘시개를 하던 긴 철근으로 가리지 않고 녀석들을 개 패듯 패기 시작했다.

얼마나 두들겨 팼기에 녀석들은 얼굴 전체에 피멍이 들어 있었다.

두 시간 여 동안 그런 상황은 계속되었다.

급기야 녀석들은 인사불성인 상태가 되었다.

"당한 걸 생각하면 죽을 때까지 패 주고 싶지만…… . 이만 하겠다. 하지만 조건이 있어. 너희들 살고 싶으면 자수해. 그렇지 않으면 제명에 살지 못할 거야. 밖에 있는 떡대들 누군지 너희들도 알 거야. 내가 말 한마디만 하면 너희들은 살아남지 못해. ……너희에게 이러는 건 마지막 기회를 주는 거야. 우린 그걸 반성의 의미로 받아들이겠어. 너희들은 빵에 가서 고생 좀 해봐야 돼. 내 말 무슨 뜻인지 알겠지?"

"예, 누님 알아들었습니다. 잘못했습니다. 목숨만 살려주시오. 다시는 그런 짓은 안하겠습니다. 누님들…… ."

녀석들이 바닥에 바짝 엎드렸다.

"저것들 씨도 못 뿌리게 잘라 버려야 하는 건데."

"용서해 주십시오."

하면서 곱살하게 생긴 녀석이 울기 시작했다. 우는 모습이 그렇게 추할 수 없었다. 다른 녀석들도 바닥에 대가리를 처박은 채 겁에 질려 몸을 떨고 있었다.

녀석들의 모습은 한편으론 불쌍해 보이기까지 했다.

그녀들은 숨을 몰아쉬며 녀석들의 얼굴을 다시금 찬찬히 뜯어보았다.

"쓰레기들은 갈기갈기 찢어서 난지도에 가져다가 버려야 하는데."

"꼴에 지들도 사내라고……. 쯧쯧, 저런 것들은 거세를 시켜야 하는데."

"니들 여동생이나 누나 있어?"

"……."

"니들이 했던 것처럼 떡대들 시켜서 맛 좀 보게 해줄까?"

"누님들 그것만은……. 제발."

녀석들이 애원을 했다.

"뒤는 놈 위에 나는 몸 있다는 말 명심해. 대가리에 피도 마르지 않은 것들이……. 우리가 한 말 명심 해."

"네. 알겠습니다."

그녀들은 땀이 나서 벗어 놓은 겉옷을 입었다. 그리곤 창고 문을 열고 밖으로 나왔다. 밖에서는 떡대들이 담배를 피우고 있었다.

"희지 씨, 다 끝났어?"

"……끝났어요. 오늘 고마웠어요. 그리고 쟤네들 잘 좀 달래서 보내세요. 뒤탈 없도록. ……치료 좀 해 주구요."

"걱정하지 말아요."

"다음에 우리가 저녁 살게요."

그러면서 희지가 떡대를 향해 배시시 웃었다.

"세상에."

창고 안으로 먼저 들어간 떡대 중 한사람이 혀를 끌끌 걷어차며 말하는 소리가 들렸다.

"들어가 보세요."

그러고는 그녀들은 뒤도 돌아보지 않고 그 곳을 벗어났다.

그 다음날 그녀들은 평상시처럼 학교에 등교했다.

일 교시가 끝나고서 학생과에서 그녀들을 불렀다. 그녀들이 불려 간 상담실에는 학생과 선생님들과 정복 차림의 경찰관 두 명이 와 있었다.

그녀들은 그제야 짐작할 수 있었다.

"너희들 미자라는 삼 학년 선배 알지?"

학생과의 노처녀 선생이 물었다.

"……"

"너희들이 그랬어?"

"……"

"그럴 줄 알았다니까. 몰려다니더니 결국 사고치고 말았군. 계집애들이 몰려다닐 때부터 알아 봤어야 하는 건데."

그녀가 유리 일행의 머리를 지휘봉 같은 몽둥이로 툭툭 내리쳤다.

"미자는 급성 폐렴으로 병원에 입원해 있데. 고막도 터지고……"

다행스럽게도 영자와 말자의 말은 없었다. 그녀들은 그나마 안심할 수 있었다.

"서에 가서 조사를 해야겠습니다. 지도 선생님 한 분만 서로 같이 가 주실 수 있겠습니까?"

"네. 그렇게 하지요."

학생 과장이 경찰의 말에 대답을 했다.

그 일로 해서 희지는 구속되었고 나머지 체리와 미지 그리고 유리는 불구속 입건되었다. 지수는 다행히도 아무런 혐의도 받지 않고 풀려나올 수 있었다.

결국 희지가 모든 것을 덮어쓰는 것으로 사건은 일단락되고 말았다. 그녀는 학교에서도 바로 퇴학 처분을 받았다.

겨울은 그녀들에게 또 다른 시련을 그렇게 가져다주었다.

성숙의 나날

유리는 통 일이 손에 잡히지 않았다.

그녀는 하루 종일 편의점 카운터 앞에 선 채 넋이 빠져 있었다.

그녀가 그곳에서 아르바이트를 하게 된 것은 지난 여름부터였다. 어찌된 일인지 다달이 은행 통장으로 들어오던 생활비가 들어오지 않았기 때문에 그녀 스스로 돈을 벌어 충당해야 했다.

그녀가 그곳에서 일하는 시간은 대개가 오후 여덟 시 이후였다. 학교에서 야간 자율학습을 마치고 돌아오는 시간이 그 때쯤이었기 때문이다. 편의점에서 열두 시까지 일을 하다가 집에 돌아오면 그녀는 녹초가 되어 있었다. 그렇지만 그녀는 곧바로 잠을 자지 않고 두어 시간 동안 입시 공부를 하고서야 잠을 잘 수 있었다. 그러다 보니 그녀의 얼굴에는 피곤이 덕지덕지 붙어 있었다.

그리고 토요일과 일요일에도 그녀는 빠짐없이 편의점에 나가서 일을 했다. 하지만 그녀의 손에 들어오는 돈은 그렇게 많지는 않았다. 방세며 생활비를 제하고 나면 그녀에게 남는 돈은 고작해야 참고서 한권

살까 말까 한 몇 푼이 전부였다.

"여기 계산 좀 해줘요. ……이봐요, 아가씨?"

진열대에서 골라 온 물건을 계산대에 내려놓으며 손님이 말했다. 그러자 멍하니 서 있던 유리가 정신을 차리고 금전 등록기를 두드렸다.

"만 오천 원입니다."

"눈이 와서 그러나 오늘 들뜬 사람들이 왜 이렇게 많아."

"눈이요? 지금 눈 와요?"

"저기 안보여요. 눈 오는 거."

손님이 턱으로 창밖을 가리키며 말했다.

"벌써 한참 됐는데."

손님이 다시 한 번 유리를 쳐다보며 배시시 웃었다.

언제부터 오기 시작했는지 눈이 바닥에 쌓이고 있었다.

"안녕히 가세요."

손님이 가고 난 뒤에 유리는 창밖을 뚫어져라 내다보았다.

함박눈이었다.

눈이 내리는 것을 쳐다보는 유리의 얼굴이 왜 그런지 측은해 보였다. 그녀는 한동안 그렇게 서 있었다. 그녀의 시선은 창밖으로 향해 있었지만 함박눈이 내리는 것을 보고 있는 것은 아니었다.

눈이 내릴 때면 누구나 기분에 들떠 감성적으로 변하기 마련이다. 하지만 유리는 그렇지 않았다. 그녀는 그런 감정을 느낄 만한 여유가 없었다. 혼자라는 것 때문일까, 그녀는 눈이 내릴 때면 더 외로워졌다. 따듯한 정을 느낄 만한 가족이 없었기 때문이었다.

그녀는 한숨을 푸욱 내쉬었다.

그녀는 카운터 위에 있는 계산기를 두드렸다. 하루 종일 몇 번을 그렇게 두드렸는지 모른다. 하지만 두드릴 때마다 답답하기 그지없었다. 그녀가 가지고 있는 돈으로는 대학 입학금을 내기엔 턱없이 모자랐기 때문이다.

대학에 합격하고도 그녀는 기쁘지가 않았다. 입학금을 어디에서 구해야 할지 막막하기 만한 그녀였다.

그녀가 한 가닥 희망을 가질 수 있는 것은 오직 새아버지뿐이었다.

'이럴 때 엄마라도 살아 계셨더라면……'

유리의 어깨가 힘없이 축 처졌다.

그녀는 망설이고 있었다. 그에게 가긴 가야 할 텐데, 하지만 그녀는 용기가 나질 않았다. 그녀는 며칠 전부터 그렇게 망설이고만 있었다.

찾아간다고 해도 그는 선뜻 돈을 내놓을 사람이 아니었다. 그렇지만 등록 마감일이 며칠 남지 않았기 때문에 그녀는 결정을 내려야 했다. 기댈 곳이 거기 밖에 없었기 때문에 그녀는 밑져야 본전이라고 생각하며 오늘쯤에 찾아가기로 결심했다.

오후 여섯 시 경에 유리는 시간을 내어 그의 집으로 향했다. 그의 집을 향해 발길을 옮기면서 그녀는 다시금 마음을 단단히 먹었다.

'꼭 받아내고 말 거야.'

그렇지만 그의 집에 가까이 다가갈수록 유리의 마음은 더더욱 무거워졌다. 몇 년 동안 남처럼 지내던 그에게 불쑥 나타나서 돈을 내놓으라고 하면 그가 어떻게 나올까, 하는 생각이 자꾸만 그녀를 부담스럽게 만들었다.

그의 집 앞에 도착한 유리는 다시 한 번 망설여야 했다. 그녀가 망설

일수록 함박눈은 머리와 어깨에 쌓여만 갔다.

　유리는 용기 내어 초인종을 눌렀다. 두어 번 연속해서 눌렀을까, 안에서 현관문 열리는 소리가 들렸다.

　"누구요?"

　"……."

　"누구냐니까?"

　"유……유리예요."

　그녀가 기어 들어가는 목소리로 말했다.

　"누구?"

　"유리예요."

　그녀가 목소리를 차분하게 가다듬었다.

　"유리?"

　"……."

　그가 뛰어나와 대문을 열었다. 유리의 몸은 자신도 모르게 긴장되어 있었다.

　"네가 웬일로……?"

　"드릴 말씀이 있어서요."

　"그래, 추우니까 들어가서 얘기하자."

　그가 그 말을 마치고 앞장서서 들어갔다. 유리는 망설이다가 별 수 없이 그의 뒤를 따라 안으로 들어갔다.

　사 년 만에 찾아온 그의 집은 낯설어 보였다. 엄마의 손때란 전혀 찾아볼 수 없는 생소한 집이었다. 아마도 그 여자의 손때가 그동안 알게 모르게 묻었기 때문일 것이다.

유리는 현관 앞에서 다시 한 번 멈칫거렸다.

"왜, 들어오지 않고서……."

"……."

"어어, 너희 새엄마. 언니네 갔어. 어서 들어와 추운데 그렇게 서 있지 말고……."

"……."

유리는 새엄마라는 말에 몸이 부들부들 떨렸다. 사실 그와 그 여자와 유리와는 피 하나 섞이지 않은 남이었다.

유리는 조심스럽게 신발을 벗고 거실로 올라섰다.

"이리 와서 앉아."

"……."

유리는 말없이 그가 시키는 대로 탁자 앞으로 다가가서 앉았다.

"많이 컸구나. 이젠 시집가도 되겠어."

하면서 그가 기분 나쁘게 유리의 몸을 아래위로 훑어보았다. 그의 그 눈초리에 유리는 뒤로 물러나 앉으며 경계했다. 그러자 그가 또 한 번 기분 나쁘게 웃으면서 그녀를 살펴보았다.

유리가 정숙하게 앉아 그의 얼굴을 똑바로 쳐다보며 말했다.

"대학에 합격했어요. 그래서 온 거예요."

"대학……?"

"네."

"그거 잘됐구나. 어느 대학교?"

"이화여대예요."

"으음."

그가 고개를 끄덕였다.

"돈이 좀 필요해요."

"돈……?"

"대학 입학금이 모자라서 그걸 부탁드리려고 온 거예요."

유리가 꼿꼿하게 앉아 흐트러짐 없이 말했다. 그는 그러한 유리를 쳐다보며 뭔가 심상치 않은 궁리를 하고 있는 것 같았다. 그렇지만 유리는 물러서지 않았다. 거기까지 가서 포기하고 나올 수는 없었다. 그래선지 유리는 대범하게 그의 시선을 받아들이며 그의 다음 말을 기다리고 있었다.

"돈이라……. 얼만데 그래?"

"많이는 바라지 않아요. 입학금 내는데 모자라는 돈만 좀 보태 주세요. ……나머지 책값 같은 거는 제가 벌어서 해결할 거구요."

"줄 수야 있는데……."

"그런데 뭐가 문제지요?"

"아니……난 그냥."

그가 징그럽고 능글맞게 웃었다. 그러면서 차츰 유리의 곁으로 다가왔다. 유리는 그를 피해 뒤로 좀더 물러나 앉았다.

"……."

"내 부탁 한 번만 들어준다면 입학금에 책값, 옷값까지 넉넉히 줄게. 그렇게만 해 준다면야 난 더 바랄 것이 없지."

"그게 무슨 뜻이지요?"

"알면서 뭘 그래. ……오늘 여편네도 없으니까 걱정하지 말고 오늘 하룻밤만 자구가. 어려운 부탁도 아닌데 뭘 그래. ……싫어? 싫으면 관두고⋯⋯."

그가 유리의 눈치를 살피면서 말했다. 배짱을 튕겨대는 그의 얼굴에는 음흉스러운 미소가 일어서고 있었다. 말 그대로 그는 색마 같았다.

"⋯⋯."

"나야 뭐 아쉬울 게 없는 사람이구⋯⋯. 아빠 집에 와서 한 번 자고 간다고 해서 큰일 나는 것도 아니잖아. 싫으면 돌아가. 그렇게 앉아 있는다고해서 문제가 해결되는 것은 아니잖아."
하면서 그가 자리에서 일어서는 시늉을 해 보였다.

"저⋯⋯잠깐만요."

"⋯⋯."

그가 일어나서 안방으로 들어가는 시늉을 해 보이다가 기다렸다는 듯 유리를 향해 뒤돌아보았다.

유리도 그의 속이 뻔히 들여다보이는 심산을 꿰뚫고 있었다. 그 어떠한 치욕도 참고 견디겠노라고 마음 단단히 먹고 찾아온 유리였다. 유리는 그의 능글맞은 시선을 피하지 않고 그대로 쏘아보며 말했다.

"⋯⋯좋아요."

"그래야 귀엽지."

"⋯⋯약속은 꼭 지키세요. 그렇지 않으면 나도 가만히 당하고 있지만은 않을 거예요. 명심하세요."

유리는 그 말을 하면서 이를 악물었다.

그는 마치 짐승 같았다.

섹스에 굶주린 색마처럼 그가 유리를 향해 덮쳐왔다. 침을 질질 흘리며 달려드는 그를 유리는 어쩔 수 없이 받아들였다.

"그동안 보지 못한 사이에 많이 컸는걸."

유리의 귓불에 대고 그가 거친 호흡을 내뱉었다. 그는 성급하게 유리의 옷자락을 헤집고 있었다.

유리의 몸은 순식간에 굳어졌다. 아무리 그가 달려들어도 유리는 까딱하지 않았다. 그가 달려들면 들수록 유리의 몸은 뻣뻣해졌다.

"아, 미치겠는걸."

그 소리와 함께 그의 심장 박동 소리가 고막을 터뜨릴 것처럼 들려왔다. 유리는 그 소리를 듣지 않기 위해 고개를 돌렸다. 하지만 그가 그런 유리를 가만 내버려 둘 턱이 없었다. 그는 유리의 입술을 탐하기 시작했다. 유리는 이를 악물어 그의 혀가 파고 들어오는 것을 필사적으로 저지했다.

"이러면 재미없어."

그가 유리의 눈을 협박하듯 쏘아보며 말했다. 유리는 별 수 없이 그의 요구를 들어줄 수밖에 없었다. 유리가 이를 살짝 벌리자 그의 혀가 기다렸다는 듯이 파고 들어왔다. 그 순간 유리는 불쾌함을 억지로 참았다.

그의 손은 급한 나머지 유리의 겉옷을 벗기기도 전에 이미 브래지어 속으로 들어와 있었다. 그의 흉측한 손은 유리의 봉긋하게 솟아오른 가슴을 대견하다는 듯이 어루만지기 시작했다.

"네 가슴은 보면 볼수록 아름다워, 아……."

"……."

유리는 눈을 감았다. 유리는 짐승 같은 그가 죽이도록 싫었다.

‘그때 죽었어야 했는데.’

유리는 후회하고 있었다. 언젠가 그가 술에 취해 자신을 탐하려 했을 때, 그때 죽이지 못한 것이 한없이 후회스러웠다.

그의 손은 유리의 가슴에서 만족하지 못하고 점점 더 아래로 내려갔다. 동시에 그의 입술이 그녀의 가슴으로 내려왔다.

그가 혀로 유리의 가슴을 핥기 시작했다. 유리는 자신도 모르게 정신이 산만해지고 있었다. 하지만 그녀는 전혀 어떠한 내색도 하지 않았다. 그에게 빈틈을 줌으로서 그가 철저하게 자신을 뭉개면서 나름대로 희열을 느낄지도 모른다는 생각 때문에 유리는 흐트러짐 없이 정신을 똑바로 차리고 있었다.

그의 생각 속에는 오직 유리를 정복하고야 말겠다는 탐욕뿐이었다.

그의 손이 유리의 바지 지퍼를 내리고 안으로 들어왔다. 그 순간 유리는 다리를 본능적으로 모았다.

“아……아.”

그의 입에서 희열이 쏟아져 나왔다. 유리의 처음이자 마지막인 그 몸짓에 그는 쾌감을 느꼈던 것이다.

그가 유리의 바지를 벗겨 내렸다. 유리는 뻣뻣하게 굳은 채로 누워 있을 뿐이었다. 그의 입에서는 단내가 나는 호흡이 연신 쏟아져 나왔다.

그는 힘겹게 유리의 청바지를 벗겨내고서 다시 유리의 마지막 남은 팬티를 벗겨 냈다. 유리는 그에 의해 알몸이 되었다. 그렇지만 그녀의 몸에서는 어떠한 변화도 찾아볼 수 없었다.

달아오른 것은 그 뿐이었다. 그의 얼굴은 붉게 상기되어 있었다. 그는 여체의 중요한 부분을 탐하기 위해 헐떡거리고 있었다.

그도 어느새 벗었는지 알몸이 되어 있었다.

한동안 유리의 알몸을 어지럽게 돌아다니던 그가 다시 한 번 신음을 거칠게 내뱉었다. 그의 얼굴에는 더는 못 참겠다는 표정이 서려 있었다.

"제법 쓸 만한데, 더는……아아."

"……."

"아직 맛을 모르는군."

"……."

"헤헤, 당연히 그럴 테지."

그의 입에서 천연덕스러운 웃음이 배어 나왔다.

그 말을 하고서 그가 유리의 몸 위로 올라왔다. 그의 피부가 맞닿는 순간 유리는 살이 아리는 것 같은 써늘함을 느꼈다. 그의 살갗은 사람의 살갗이 아닌 야수의 거죽처럼 느껴졌다.

그는 막무가내였다.

유리는 그가 짓누르는 중압감을 이기지 못하고 입을 벌렸다. 순간적으로 그가 유리의 몸속으로 파고 들어왔다.

"……."

"아, 부드러워……아아."

그는 스스로의 쾌감에 젖어 들었다.

유리는 몸속으로 파고들어 온 그의 일부 때문에 고통스러웠다. 하지만 그녀는 신음을 내지르지는 않았다. 유리는 입술을 깨물었다.

'나쁜 자식, 개자식, 염병할 놈…….'

온갖 욕지기가 그의 머릿속을 돌아다녔다. 유리는 그의 심장을 칼로 도려내고 싶은 심정이었다. 그의 심장을 도려내 잘근잘근 씹어 버리고 싶었다.

"아아……."

그의 무게는 유리의 아랫배를 찢어 놓을 것만 같았다.

'참아야 해, 언젠가는 갚아 주고 말 거야.'

그가 발버둥 칠수록 유리는 이를 악물었다. 그녀에게 남은 것이 있다면 그것은 악 뿐이었다.

그의 입에서 너무도 황홀스러워 어쩌지 못하는 신음이 연상 흩어져 나왔다. 그 신음은 곧바로 유리의 얼굴로 쏟아졌다. 유리의 몸은 변함 없이 흐트러짐이 없었다.

그가 얼마간을 그녀의 몸 위에서 바동거렸을까, 그는 시간이 지날수록 더 큰 풍랑과 파도를 일으켰다. 풍랑은 쉽게 멈출 것 같지 않았다.

"아아, 더는……더는 못 참겠어. 터질 것 같아. 아아!"

그가 유리의 몸으로 올라간 지 채 오 분도 되지 않아서였다. 그는 참지 못하고 유리의 몸속에 마지막 발버둥을 남겼다.

유리는 그 순간 무엇인가 자신의 몸속으로 흘러 들어오는 것을 느꼈다. 불쾌하기 그지없는 그의 마지막 전율이었다.

그는 마지막으로 유리의 몸속에서 빳빳하게 굳었다가 일순간 몸을 움츠렸다. 그리곤 그대로 쓰러지고 말았다.

몸에서 힘이 모두 빠져나가 축 처진 상태로 그는 유리의 몸에 포개져 있었다.

"헉헉."

그의 급격하게 뛰던 심장 박동이 극에 달했다가 서서히 차분해지고 있었다. 유리의 몸속에 들어와 있던 그의 팽창된 근육도 쪼그라들었다.

"역시 늙은 마누라보다는……. 으음."

"……."

유리는 그의 몸을 힘겹게 밀어내었다.

그는 그대로 유리의 몸에서 떠밀려나가 만족스러운 미소를 지었다. 그는 곧 담배를 찾아 입에 물었다.

그의 입에서 구역질 날 것 같은 담배연기가 흩어져 나왔다. 담배를 태우면서도 그의 눈은 여전히 유리의 몸을 훔쳐보고 있었다.

유리는 얼른 옷가지로 자신의 알몸을 감추었다.

"수줍어 할 것 없어. 피차 볼 것 다 봤는데 뭐가 부끄럽다고 그래."

"약속은 지키는 거죠?"

"그래, 속고만 살았니."

"……."

유리는 그제야 나무토막처럼 굳어 있던 몸을 움직여 옷을 입기 시작했다. 그런 모습을 보고 있던 그가 재떨이에 담배를 끄며 말했다.

"벌써 갈려고……. 그러면 섭섭하지."

그러며 그가 다시 유리에게 달려들었다. 죽어 있던 그의 일부가 발끈 성을 내듯 다시금 일어서고 있었다. 그의 담배 냄새에 찌들 호흡이 유리의 몸을 적시기 시작했다. 유리는 별 수 없이 그의 요구에 응할 수밖에 없었다.

유리는 참혹한 그 시간을 견디기 위해 안간힘을 쓰기 시작했다.

유리는 그에게 시달리느라 만신창이가 되었다.

그녀는 새벽녘이 되어서 집으로 돌아올 수 있었다.

집으로 돌아온 유리는 물을 데워 자신의 일그러진 부분을 닦아 내었다. 닦아 내고 또 닦아 내어도 그의 흉악한 때는 지워지지 않을 것 같았다. 유리는 씻는 동안 내내 서러움을 참지 못하고 눈물을 흘렸다.

유리는 이불을 뒤집어쓰고서 울다가 지쳐 잠이 들었다.

다음날 유리는 열두 시가 지나서야 잠에서 깨어났다. 하지만 몸이 욱신거리고 쑤셔서 그녀는 잠자리에서 일어나지 못하고 한동안 눈을 뜬 채 멍하니 누워 있었다. 게다가 몸살까지 겹친 터라 그녀의 얼굴은 핼쑥하기 그지없었다.

'악몽일 뿐이야. 그렇게 생각하면 되는 거야.'

그녀는 스스로 위안을 했다.

그녀는 먹는 둥 마는 둥 식사를 마치고서 그가 은행에 입금하기로 약속되어 있던 시간에 맞추어 은행으로 향했다.

은행 안은 조금 한산한 편이었다. 은행 안으로 들어간 그녀는 곧 통장 정리기 앞으로 다가가 섰다. 그리고는 통장을 기계 안으로 떠밀어 넣었다.

'이럴 수가.'

유리는 기가 막혀 말을 잃었다.

한참 동안 멍하니 서 있던 유리는 그제야 속았다는 것을 알 수 있었다. 하지만 혹시나 하는 생각에 조금 더 기다려 보기로 했다.

한 시간쯤 지난 뒤에 그녀는 다시 통장 정리기 앞에 섰지만 역시 그녀의 기대는 무너지고 말았다.

유리는 농락당한 기분을 삭일 수가 없었다. 아니 그보다도 한숨이 먼저 새어나왔다. 그에 대한 야속함 때문에 그녀의 눈에서 절로 눈물이 흘러내렸다.

그녀는 공중전화기 앞으로 다가갔다.

"여보세요?"

"저 유리예요. 어쩌면 그럴 수가 있어요. 당신은 정말 짐승만도 못한 인간이에요. 어떻게 그럴 수가……. 후회하게 될 거예요. 아니 꼭 복수할 거예요. 내 마지막 부탁을……. 어떻게 그것마저도 외면할 수가 있는 거지요. 내가 만약 당신의 친딸이라면 이러지는 않았을 테지요. 난 죽을 때까지 당신을 원망하고 증오할 거예요. 당신도 편하게 다리 뻗고 잠을 잘 수는 없을 거예요. 내가 당한 만큼 당신도 고통을 당할 테니까. ……이 말 꼭 기억해 두세요."

수화기에 대고 말하는 그녀의 눈은 매서웠다.

"너 지금 누구한테 협박하는 거야. 그런다고 너한테 내가 돈을 줄 것 같아. 그동안 보태 준 것도 아까울 지경인데, 은혜도 모르고……. 야 이년아, 다시 한 번 말해 봐."

"개새끼!"

"뭐야 이 쌍년아. 지금 거기 어디야, 너 거기 가만히 있어. 잡히면 다리몽둥이를 부러뜨려 놓을 테니까. 이 년이 어디에다 대고……. 너 같은 년은 매음굴에다가 팔아먹어야 되는 년이야. 대가리에 피도 마르지 않은 년이……."

"당신 같은 사람은 개새끼라는 말을 듣는 것만도 황송하다고 생각해야 돼."

그 말을 남기고서 유리는 내팽개치듯이 수화기를 내려놓았다.

유리는 몸에서 힘이 쭈욱 빠져나가 걸을 힘도 없었다. 근처 의자에 주저앉은 유리는 손으로 얼굴을 가리고 소리 없이 울먹이기 시작했다.

"계세요?"

남자 둘이 서 있었다. 한 남자가 초인종을 눌렀고 다른 남자가 소리를 질렀다. 그러자 안에서 유리의 새아버지가 현관문을 열고 고개를 삐죽이 내밀며 대꾸했다.

"누구슈?"

"예, 동사무소에서 나왔는데요."

"무슨 일 때문에 그러슈?"

"다른 건 아니고 간단히 조사할게 있어서요."

그러자 그가 밖으로 나와 대문을 열었다.

"조사요? 어떤 조사를……?"

그가 대문을 열자마자 덩치 큰 남자들은 밀치듯 안으로 들어가 그의 겨드랑이에 팔을 끼어 넣고는 꼼짝도 못하게 양쪽에서 끌어 잡았다.

"당……당신들 누구야?"

"……."

"왜들 이러는 거야."

"조용히 하지 못해."

덩치가 그의 복부에 주먹질을 했다.

"허억!"

그의 몸에서 꼼짝없이 힘이 모두 빠져나갔다.

"들어가서 얘기하지."

남자가 단호하게 말하고는 그를 끌고 집안으로 들어갔다. 그는 질질 끌려 찍소리도 못하고 끌려 들어가 거실에 내팽개쳐졌다.

덩치 하나가 구둣발로 집안 곳곳을 뒤지듯 확인했다. 그러곤 다시 거실로 나와 그의 앞에 서며 말했다.

"안에는 아무도 없는데."

"일이 쉽게 끝날 것 같군."

그러면서 다른 한 남자가 그를 노려보았다.

"당신, 유리라고 알지?"

"왜들 이러십니까?"

"이 자식이."

그 한마디와 발길질이 그에게 날아들었다.

그는 다시 한 번 밭은 신음을 토해냈다.

"너희들은 애비 어미도 없는 후레자식이냐. 죽여라 이놈들아."

겁을 잔뜩 집어먹고 있으면서도 그는 입만 살아서 주절거렸다. 그런 그에게 덩치가 말없이 발길질을 또 한 번 내질렀다. 발길질은 그의 가슴을 단번에 걷어찼고 그는 맥아리 없이 가슴팍을 부여잡고 마룻바닥 위에 데굴데굴 구르기 시작했다.

"우리도 좋은 말로하고 싶어."

"까딱하면 너 같은 건 개미 죽이듯이 죽일 수 있다는 것만 명심해. 너 같은 인간은 살아야 할 가치가 없는 것들이야. 우리도 주먹질로 먹고사는 밑바닥 인생이지만 너 같이 구질구질하게 살지는 않아."

"헉헉……."

"경찰, 부를 수 있으면 불러 봐. 우리야 빵에는 하두 들락날락거려

서 이골이 난 사람들이니까. 하지만 우린 들어가도 편하게 지낼 수 있
어. 그렇지만 너 같은 신입은 들어가면 그 날로 파리 목숨 되는 거야.
어디 재간 있으면 불러 봐. ……너도 뒤끝이 개운하지는 않을 걸. ……
우린 유리 씨 부탁을 받고 온 거야. 왜 그 불쌍한 아가씨를 가만히 내버
려두지 않는 거야."

"이런 새끼한테는 주먹이 약이야. 아예 조져 버리자구. 카악 퉤."

다른 덩치가 그의 얼굴에 침을 뱉었다.

"다……당신들 용건이 뭐야?"

"몰라서 물어."

"……."

"이 정도면 우리가 무엇 때문에 찾아 왔는지 감이 잡히실 텐데. 우
리도 더 이상 무지막지하게 나가고 싶지는 않은데. 이쯤에서 순순히
꼬리를 빼는 게 신상에 좋으실 텐데. 어때 조금 더 손을 봐줄까?"

"알았어. 얼마면 되겠어?"

"……."

덩치들이 입 다문 채 그를 노려보았다.

"유리와 약속한 돈을 은행에 입금시켜 주면……."

"……."

덩치들은 콧방귀를 끼듯 그를 향해 피식 웃었다.

"이제 그것 가지고는 안 돼."

"협……협박하는 거야?"

"뭐야 이 새끼야. 안되겠군."

"이거 정말 실망했는걸. ……사람을 가지고 놀고도 양심의 가책이

라고는 전혀 느끼지도 못하는 놈인데 그래. 우리도 참는 데는 한도가
있다구. 형님이 가볍게 손이나 봐주고 오라고 했는데, 그것 가지고는
안 되겠어. 손가락이나 두어 개 잘라 가지고 가져갈까. 아니면 이제 남
자 구실을 못하게 만들어 줄까?"

덩치는 입가에 연상 씁쓸한 미소를 지었다.

"경찰을 부를 거야."

"……."

옆에 서 있던 덩치 한 명이 더 이상 보아주지 못하겠다는 듯 그의 머
리끄덩이를 잡아 일으켜 세운 뒤에 주먹으로 복부를 가격했다. 그러자
그는 또 한 번의 고통스러운 신음을 내뱉으며 그 자리에 쓰러지고 말
았다. 바닥에 나뒹굴고 있는 그에게 몇 차례 발길질이 이어졌다.

"커억."

덩치가 구둣발로 그의 목을 짓밟자 그가 덩치의 발을 잡고 죽을 것
처럼 바들바들 떨었다.

"그만, 됐어. ……다시 한 번 묻겠다. 어떻게 할래? 이젠 생각이 바
뀌었겠지? 아직도 바뀌지 않았다면 빨리 판단하는 게 좋을 거야. 여편
네가 있다고 했던가. ……참 네 살 박이 딸아이도 하나 있다고 그러던
데."

"어떻게 할까. ……오 분만 시간을 주겠어."

집안은 숨이 막힐 것 같은 정적이 흐르기 시작했다.

덩치 한 녀석이 주방으로 들어갔다가 양주 한 병을 꺼내 가지고 나
왔다.

"꼴에 비싼 양주만 마시는군."

덩치가 양주를 따서 한 모금 마시고는 다른 덩치에게 넘겼다. 다른 덩치도 역시 양주를 벌컥벌컥 들이켰다.

그는 겁을 집어먹은 채 초죽음이 되어 덩치들의 눈치를 살피고 있었다. 덩치 한 명이 초를 세듯 구두 뒤꿈치로 나무 바닥을 톡톡 내리치고 있었다.

"이제 시간이 다 된 것 같은데."

"좋습니다. 시키는 대로 하겠어요."

"진즉에 그렇게 나왔어야지."

"……."

"유리 씨에게 빚진 것이 많더군. 우린 그것만 받으면 돌아가겠어."

"유리 씨의 어머니 통장에 들어 있던 돈하고 또 어머니께서 교통사고로 돌아가셨을 때 보험회사에서 챙겼던 피해 보상금 전액을 돌려 줘."

"그……그건 안 됩니다."

"안되긴 뭐가 안 돼. 이 놈팡이 새끼야. 그게 네 돈이야. 당연히 주인을 찾아 주어야 되는 거잖아. 이 새끼 완전히 도둑놈의 새끼 아니야. ……아직도 사태 파악을 하지 못한 모양이군. 야, 쌍칼. 가서 이 새끼 마누라 년 잡아와. 이 새끼 내놓는 다는 말 할 때까지 그년하고 재미나 봐야겠는 걸."

"살려주십시오. 죽을죄를 졌습니다. 한 번만 봐주십시오. 제발……."

그가 덩치 앞으로 기어와 애원을 했지만 덩치들의 눈빛은 단호하고 날카로웠다. 기어코 일을 저지를 것 같은 분위기였다.

"너도 당해 봐야 당한 사람의 심정을 알거 아니야. 유리 씨 가슴에 못을 박아. 그러고도 다리 펴고 편안하게 잤을 테지."

"애들 풀어놓으면 네 여편네 찾는 건 시간문제야."

"드리겠습니다. 제발 마누라하고 애 만은……."

그의 눈에서 어울리지 않는 닭똥 같은 눈물이 떨어졌다.

"왜 사람 힘들게 만들어. 진즉에 꼰대가 그렇게 나왔으면 좋았잖아. ……사람 피 맛 돌게 만들어 놓으면 편할 줄 알았어."

"통장에 들어 있는 건 칠백만 원이 전부예요. 그 이상은……."

"칠백만 원, 애들 껌 값 주는 걸로 착각하는 모양이지. 내가 알기로는 피해 보상금을 꽤 짤짤하게 받았다고 들었는데."

"이 꼰대가 자꾸 약 오르게 만드는데. 쌍 이제 더는 참지 못하겠어. ……애들 풀어놓아야겠는데. 뭐해 이 새끼야. 전화해서 애들 풀어놓으라니까."

양쪽 미간을 찌푸리며 덩치가 말하면서 잭나이프를 호주머니에서 꺼내서 그를 위협하듯 번득거렸다. 그러자 그가 기겁을 하고는 마룻바닥에 이마를 바짝 가져다가 붙이고는 손이 발이 되도록 비비면서 발발 떨었다.

"알겠습니다. 천오백이면 되겠습니까."

"이천, 그 이상은 안 돼."

"예예. 알겠습니다."

"알았어. 그런데 뒤끝이라도 생기는 날에는 어떻게 되는지 알지. 꼰대 너, 그리고 네 여편네하고 애새끼 쥐도 새도 모르게 죽는 줄 알라고. 우리도 이러고 싶지는 않지만 형님 명령이라서. 우린 명령에 죽고 사는 사람들이거든……."

"허튼 짓 하기만 해. 그땐 끼익."

덩치가 엄지손가락으로 목을 긋는 몸짓을 하며 말했다.

"……."

그가 덩치들에게 고개를 끄덕이며 몸을 부들부들 떨었다.

"유리 씨 때문에 이쯤에서 끝내는 거야. 생각 같아서는 반 죽여 놓
는 건데. 그렇게 알고 있으라고."

그러면서 덩치가 핸드폰을 꺼내 전화번호를 눌렀다.

"아 여보세요. 형님이십니까. 일 처리는 잘 됐습니다. 유리 씨한테
걱정하지 말라고 전해 주십시오. 알겠습니다. 형님 쉬십시오."

"이제 은행에 가서 돈 찾는 일만 남았구만."

그러면서 덩치들이 조금은 씁쓸하게 웃었다.

여자

피곤에 지친 기색의 한 남자가 컴퓨터의 자판을 두드리고 있었다. 벌써 며칠 밤낮을 남자는 컴퓨터 앞에 앉아 흐트러짐 없이 작업에 열중하고 있었다.

그는 시나리오 작가였다.

원고를 맞추어 주기로 한 날이 바로 내일이었기 때문에 남자는 온 신경을 모니터와 자판에 집중시키고 있었다.

커피 메이커에서 물 끓는 소리가 들렸지만 남자는 작업하는데 정신이 팔려 듣지 못하고 있었다.

남자는 작업이 쉽게 풀려 나가지 않자 양미간을 찌푸렸다. 그 특유의 표정은 성격을 그대로 내보이듯 매우 날카로웠다. 그의 짧게 깎은 머리와 턱에 난 덥수룩한 수염은 남자 특유의 풋풋한 체취를 발산해 내고 있었다.

터프해 보이는 그의 모습으로 보아서는 전혀 그가 그런 일에 종사하는 사람으로 보일 것 같지 않았지만 그는 그 일에 상당한 자부심을 갖고 있었다.

그는 작업을 하는 동안은 그 어떤 일에도 시간을 낭비하지 않았다. 주로 자신의 아파트에 꾸며 놓은 작업실에서 칩거하는 편이었다.

새벽녘이 되어서 그는 작업을 멈추고 커피 한잔을 따라 마실 수 있었다.

커피를 머그컵에 따라 거실로 나간 그는 베란다 창문을 열었다. 그러자 상쾌한 바람이 그의 얼굴을 소리 없이 어루만져 주었다.

그는 한쪽 손을 가볍게 말아 쥐고 작업하는 동안 경직되어 있던 어깨와 등을 토닥였다. 그리곤 숨을 깊게 들여 마시며 기지개를 폈다.

그는 손에 들고 있던 커피를 한 모금 마셨다. 그러자 온기가 몸 안으로 퍼지면서 피로가 남김없이 풀리는 것 같았다.

그는 남은 커피를 마저 마시고 다시 작업실로 들어갔다.

또다시 그의 머릿속에서 수많은 영상들이 생겨났다가 지워지고, 그러면서 컴퓨터의 하드웨어에 저장되고 있었다.

그는 TV 드라마에서도 자질을 인정받았지만 그것보다는 영화 시나리오에 더 흥미를 느끼고 있었다.

그가 영화에 관심을 갖기 시작한 것은 고등학교 때부터였으며 연극영화학과를 선택하면서부터 본격적으로 영상의 감미로움에 빠져들었다.

그의 꿈은 한때 영화감독이었다. 실제로 대학교 때는 단편영화를 제작하기도 했던 인정받는 감독이기도 했다. 하지만 단편영화의 한계성 때문에 그 스스로 영화를 포기하기도 했었다. 그런 그에게 작으나마 희망을 준 것은 시나리오의 묘한 매력이었다.

드라마에서는 찾아볼 수 없는 무한한 상상력과 꿈의 세계를 동일화
시키는 저버릴 수 없는 매력이 그를 외도에서 돌아오게 만들었던 것이
다. 그렇지만 그는 장편 영화에 대해 다가서고 싶지 않은 선을 긋고 있
었다. 단지 흥행성만을 내세우는 장편 영화의 특수성 때문이었다.

언젠가는 자신의 편견이라면 편견일 수 있는 그 생각을 떨쳐 버릴
수도 있겠지만 현재의 그로서는 그러고 싶은 마음이 전혀 없었다. 어
쩌면 그는 힘겹게 돌아온 영화의 길에 또다시 상처를 입게 될까 봐 멀
리하고 있는 것인지도 모른다.

그가 장편 영화에 대해 양보한 것은 시나리오뿐이었다. 그는 시나
리오 작업하는 것에 만족하고 있었다.

그는 점심이 되어서 작업을 끝낼 수 있었다. 작업을 끝낸 그는 시장
기를 느꼈음인지 주방으로 나와 빵과 우유로 점심을 간단히 해결했다.

프린트가 끝나기를 기다렸다가 그는 서둘러 영화사로 향했다.

영화사로 향하는 길인데도 그는 조바심을 내고 있었다. 그것은 오
늘 예린과 오래간만에 함께 여행을 떠나기로 되어 있었기 때문이었다.

영화사 건물 지하 주차장에 차를 주차시킨 그는 발걸음을 재촉했다.

"어서 오세요, 선생님."

그가 영화사 안으로 들어가자 여직원이 그를 반갑게 맞아 주었다.
그는 평소와 마찬가지로 인사를 받아 주면서 빙긋이 웃었다.

"사장님 계신가요."

"그러잖아도 사장님이 약속을 지키지 못해서 어쩌나 하고 걱정하셨
어요. 사장님은 급한 일이 있으셔서 외출하셨거든요."

여직원이 상냥한 웃음을 섞어 가며 말했다.

"그럼 이것 좀 사장님께 전해 주시겠습니까."

그가 서류 봉투를 여직원에게 내밀었다.

"차도 안 드시고 그냥 가시려고요."

"다음에 와서 마시지요. 그리고 사장님께는 제가 나중에 전화 드린다고 말씀 좀 전해 주십시오. 저도 가볼 데가 있어서. 그럼 다음에……."

그는 그 말을 남기고서 바로 영화사에서 나왔다. 영화사에서 나온 그는 원고를 넘긴 뒤라 그런지 한결 홀가분한 상태였다. 그리고 예린과 여행을 떠난다고 생각하니 그는 저절로 가슴이 부풀어 오르고 있었다.

그는 자신의 승용차에 올라 조금은 이르기는 하지만 예린과 만나기로 되어 있는 공항을 향해 출발했다. 차를 출발시키자 반쯤 열어 놓은 차창 안으로 초여름의 포근한 바람이 불어 들어와 그의 머리칼을 기분 좋게 헤집고 있었다.

그는 주차장에 승용차를 주차시킨 후 청사로 들어갔다. 그는 약속 장소인 3층 커피숍으로 올라갔다.

그가 커피숍으로 올라가 주위를 둘러보았지만 예린은 아직 오지 않은 모양이었다. 그는 자리를 잡고 앉아 담배를 꺼내 입에 물었다.

얼마간을 그곳에 앉아 있었을까 시간이 지날수록 그는 안절부절못하고 있었다. 비행기 탑승 전까지는 아직 넉넉한 시간이 있었지만 그는 안 되겠다 싶어 먼저 탑승 수속부터 하기로 했다.

일층으로 내려가 탑승 수속을 한 뒤에 그가 다시 한 번 주위를 살폈지만 예린은 그때까지도 나타나지 않고 있었다. 그는 다시 커피숍으로 자리를 옮겼다.

들고 있던 노트북과 휴대폰을 탁자 위에 올려놓는 그의 얼굴에 피곤에 지친 기색이 잠시 스쳐지나 갔다.

따끈한 커피로 피곤함을 달래고 있던 그는 그녀가 공항으로 오다가 혹시 사고가 나지 않았을까 하는 불길한 생각이 들기 시작했다.

그때까지 벙어리처럼 입을 다물고 있던 휴대폰에서 '따르릉' 하는 신호음이 흘러나오며 그의 머리끝을 쭈뼛 서게 만들었다.

"여보세요."

그가 휴대폰을 입가에 바짝 들이대고 가라앉은 목소리로 말했다.

"민수 씨, 미안해. 도저히 시간을 낼 수 없을 것 같아."

예린이었다.

그녀의 목소리를 듣는 순간 그는 실망할 수밖에 없었다. 그가 눈살을 찌푸리며 핸드폰을 지그시 말아 잡았다.

"사람이 왜 그래. 어떻게 그럴 수가 있지. ……언제부터 약속되어 있던 여행인데. 알아서 해."

그가 퉁명스럽게 말했다.

"미안해. 다음에 같이 가면 되잖아."

"……."

"한번만 봐주라."

"알았어. 어쩔 수 없지 뭐."

그가 별수없이 무표정한 목소리로 대답했다.

핸드폰을 접는 그의 표정이 일순간 일그러졌다.

벌써 한 달 전부터 그녀와 약속되어 있었던 여행이었다. 그럼에도 불구하고 그녀는 이렇다 할 변명없이 그를 초라하게 만들었다. 이번에도 역시 일 때문일 것이라고 그는 생각했다.

예린과는 대학 이 학년 때부터 캠퍼스 커플로 지내온 사이였다. 스물일곱의 동갑내기인 그들은 결혼을 앞둔 예비 신랑 신부이기도 했다.

민수는 그동안 그녀의 바쁜 일로 인하여 오붓한 시간을 보내지 못했기 때문에 오늘의 여행을 오래 전부터 계획하고 있었던 것이다. 하지만 잘 나가는 일간지의 A급 기자인 그녀에게 그것은 바람에 불과했다.

그녀가 신문사에 직장을 잡은 이후로 만족스런 둘만의 시간을 가져 본 적이 거의 없었던 터라, 민수는 이번의 여행에 많은 기대를 걸고 있었다. 그의 기대가 컸던 만큼 실망도 어처구니없이 찾아 들었다.

그는 오늘의 약속을 지키기 위해 시나리오 작업을 밤낮없이 강행해 온지라 예린의 전화를 받고 어깨가 축 늘어질 수밖에 없었다. 그렇지만 그는 이 여행을 포기하고 싶지는 않았다.

커피를 마시고 난 그는 찌푸렸던 양미간을 차츰 원래의 모습으로 회복시키고 있었다. 그는 힘없이 일층으로 내려와 예린 몫의 티켓을 취소시켰다.

그로부터 반시간쯤 후 그는 제주행 257기에 탑승했다.

계획과는 달라진 혼자만의 여행이었지만, 실로 오랜만의 외출이라 그런지 민수는 잠시 기분에 들떠 있었다.

그가 스튜어디스의 안내를 받아 앉은 좌석은 기내 중간쯤이었다.

그가 홀가분하게 기지개를 켜려던 참이었다. 그의 좌석을 향하여 걸어오는 스물 두어 살쯤 되어 보이는 아가씨가 한눈에 들어왔다.

그 여자와 함께 다른 사람들도 몇몇 섞여 들어오고 있었다. 그 여자는 제법 분위기 있는 옷차림이었으며 얼굴에는 수수함이 향긋하게 배어 나오고 있었다.

그는 그녀를 보는 순간 자신도 모르게 왠지 이끌려 들었다.

매혹적이라기보다는 어딘가 안정되어 보이면서도 불안전해 보이는, 남자의 보호 본능을 일으키게 만드는 그런 여자였다. 그녀와 문득 눈이 마주쳤을 때 그는 시선을 돌리고 말았다.

그녀는 한걸음 한걸음 걸어오면서 티켓의 숫자와 좌석 번호를 맞추고 있었다. 그리고 여자는 그의 옆자리쯤에서 한 번 더 숫자를 확인하는 것 같았다. 여자가 앉은 곳은 바로 그의 옆자리였다.

"실례합니다."

여자의 목소리는 차분했다. 그 순간 그의 가슴이 쿵쾅쿵쾅 뛰었다.

여자는 차분한 블루진에 배꼽티 차림이었으며 단추를 채우지 않은 흰색 남방 차림이 묘하게 매치되어 언밸런스하면서도 섹시한 느낌을 강하게 주고 있었다. 그러면서도 그녀의 몸짓에는 어딘가 모르게 수줍음이 가득 배어 있었다.

창가에 앉아 있던 그는 자세를 고쳐 앉으며 그녀를 의식했다.

잠시 옆자리의 존재를 확인하기 위해 돌아보는 그녀와 민수가 눈이 마주친 건 바로 그 다음이었다. 그녀는 민수를 한번 뚫어져라 바라보더니 먼저 인사를 했다.

"저는 수연이라고 해요. 조수연."

그녀가 그를 쳐다보며 상냥하게 말했다.

"한민수라고 합니다."

"여행인가요? 아니면, 일 때문에 가시는 건가요?"

"글쎄요."

말끝을 흐리며 민수가 가볍게 웃어 보였다.

제주행 257기가 활주로로 진입하며 속력을 냈다. 육중한 무게의 기체가 사뿐히 허공을 향해 떠오르기 시작했다. 어느 정도 고도를 유지하자 귀가 멍해지기 시작했다. 이명 현상이었다.

"학생인가요?"

민수가 안전벨트를 풀며 말했다.

"네."

그녀가 들고 있던 스포츠 신문을 펴서 뒤적거리며 말했다.

"혼자세요?"

그녀가 궁금하다는 듯 물으며 민수를 올려다보았다. 그는 대답 대신 고개를 끄덕여 주었다.

"저 죄송한데 자리 좀 바꿔 앉을 수……."

"그러십시오."

그는 흔쾌히 창가 쪽의 자리를 양보해 주었다.

그녀는 자리를 바꿔 창가에 앉아 연신 창밖을 내다보았다. 민수는 그러고 있는 그녀에게 호감을 느꼈다.

"처음인가요, 비행기 타는 거?"

"……."

대답 대신 그녀는 고개를 끄덕였다. 그러는 그녀의 얼굴에서 연붉은 수줍음이 배어 나왔다.

"그랬군요."

"저, 어린애 같지요. 촌스럽기도 하고……."

“그렇지 않아요. 꾸밈이 없어서 좋은데요.”

“귀엽게 봐주셔서 고마워요. 제주엔 여러 번 가셨었나요? 저는 처음이거든요. 그래서 좀 불안해요.”

“많이 간 건 아니지만 갈수록 마음에 드는 곳이에요. 사람을 붙들어 놓는 무슨 마력이 있는 것 같기도 하구요.”

그가 혼잣말처럼 중얼거렸다. 그는 어디론가 도망가고 싶거나 잠적하고 싶을 때 항상 그곳을 찾곤 했었다.

“처음이라면 안내해 줄 용의도 있는데. 어때요?”

민수가 수연을 쳐다보며 말했다.

“고마워요. 하지만 저 때문에 방해가 되지 않을까요?”

“그건 걱정 말아요. 내가 그러고 싶어서 제안하는 거니까.”

흔쾌히 그의 제안을 받아들인 수연의 얼굴에 화색이 돌았다.

그 사이 스튜어디스의 음료수 서비스가 시작되어 그들의 앞에까지 이르렀다. 수연이 먼저 콜라를 골랐고 민수는 커피를 주문했다.

“기분이 이상한데요. 이렇게 높은 곳에서 콜라를 마시려니까.”

그녀가 어린애처럼 키득거렸다.

“……”

민수도 그런 수연을 보면서 빙긋이 웃었다.

“아저씨는 어떤 일을 하세요?”

그녀가 궁금함을 참지 못하고 물었다.

“아저씨, 그 말 왠지 어색한데. 처음 들어보는 말이라서……”

“그럼……. 오빠라고 부를까요?”

“그 말이 듣기에는 편한데. ……영화 일에 종사하고 있어요.”

"말씀 낮추세요."

"……."

"그럼 영화감독, 촬영기사, 아니면 배우."

"시나리오를 쓰고 있어."

"그랬군요. 어쩐지……."

"왜, 실망했어?"

"아니요."

"……."

"전 휴학 중이에요. 지금은 카운슬러로 일하고 있구요."

"카운슬러?"

그가 다시금 수연의 얼굴을 쳐다보았다.

"네. 한국 청소년 성폭력 상담실이라고 들어 보셨죠?"

"성폭력 상담실."

민수는 고개를 갸우뚱거렸다. 그처럼 나이 어린 학생이 그런 어른스러운 일을 한다는 것이 믿겨지지 않아서였다. 그는 다시금 수연의 얼굴을 찬찬히 뜯어보았다.

"쉬운 일은 아닐 텐데."

"그렇지만 저 나름대로 그 일에 자부심을 가지고 있어요. ……그것 아세요?"

"……?"

"우리나라 성폭력 발생률이 세계 3위라는 거. 89년 조사 결과 성폭력 신고율이 2.2%였거든요. 그 신고율로 실제 발생 건수를 추산해 보면 일 년에 25만 건이라는 어마어마한 숫자가 나와요. 이중에 24만 5

천 건이 강간이었고 그 가해자들은 아무런 제재도 받지 않고 뻔뻔하게 살아가지요. 그러니 성폭력은 해마다 증가할 수밖에 없는 거고…….

그리고 더 놀라운 것은 성폭력의 가해자와 피해자가 갈수록 청소년층으로 낮아진다는 거예요. 가해자의 부류도 근친, 친척, 이웃, 안면 있는 사람, 직장 상사, 동료, 그리고 선후배 등 다양해요. 그 경우가 성폭력 범죄의 70%를 차지하고 있다는 게 믿겨져요?"

"……."

"피해자들도 다양해요. 어린아이에서부터 60여세 노인까지. 그리고 13세 미만의 어린이 성폭행이 전체의 30%나 되요. 유형도 강도 강간, 택시 강간, 윤간, 데이트 강간, 직장 내 강간, 교사나 성직자의 신분을 이용한 강간, 통신 매체를 통한 성폭력 등 놀라울 정도예요. 그러다 보니까 여성의 스트레스 1위가 바로 성폭력 때문이랄 수밖에 없는 거고. 여자로 태어난 게 죄인가요?"

"……."

민수는 담담한 표정을 지었다.

"하지만 우리나라에서는 그게 죄라면 죄가 될 수 있어요. 우리나라의 성문화가 개선되기 이전에는……. 우리나라에서는 강간당한 것을 순결을 상실한 것과 동일시하는 풍토가 있거든요. 여성에게만 순결을 강요하는 성규범이 문제예요. 우리의 성차별적 문화가 그래요. 남성에게는 성적 자유를 허용하고 여성에게는 왜 그러지 말라는 거지요. 그런 이중 규범 때문에 강간의 책임을 가해자가 아닌 피해자에게 묻도록 만드는 거지요. ……남자들은 강간을 일종의 성관계라고 오해하는 경우가 있어요. 그러다 보니까 여성들은 개인적으로 조심할 수밖에 없어요. 그건 최소한의 임시방편일 뿐이고 여자들은 성폭력에 자연스럽게 노출되기 마련이지요. 순결 이데올로기라고 아세요. ……여성은 오로지 순결해야 한다는 남성 중심적인 성문화에서 기인한 거지요. 그것은 남성에게는 성은 본능이고 충동적이어서 자제하기 힘들다는 믿음을 낳게 했고 여성에게는 성을 모를수록 순결하고 바람직하며 남성의 주도대로 따라가야 한다는 순종을 지니게 만든 거예요. 그런 규범 때문에 남자들은 성폭력을 하고서도 별다른 죄의식을 못 느끼게 되고 여성은 사실을 숨기게 되는 거예요. 그러다 보니 결과적으로 성범죄는 늘어가게 되는 거구요. 우리나라 남성들은 여성들을 성의 동등한 주체로 보지 않아요. 쉽게 말하면 인간다운 성을 아직 일깨우지 못했다는 거지요. 서로 인격을 존중하고 상대방의 동의하에서 이루어지는 기본적인 인간관계를 제대로 인식하지 못하고 있다는 게 문제예요."

수연은 입술에 연신 침을 발라 가며 심각하게 말을 하고 있었다. 민수는 그녀가 말하는 것에 수긍하면서 가끔 고개를 끄덕이며 듣는 입장이었다.

"그렇게 심각한 줄은 몰랐는데."

"남성들은 여성들을 소유물이나 쾌락의 도구로 보는 사고방식을 바꾸어야 해요. 그리고 그러한 문제는 미비한 성교육에서도 찾아 볼 수 있어요. 청소년들이 성에 대한 정보를 어디에서 얻는지 아세요. 부모나 학교보다는 거의 모든 학생이 친구나 잡지, 비디오 등의 대중매체에서 얻고 있어요. 그러한 정보들은 성을 왜곡시키는 거구요. 우리의 성교육이 전인적인 성교육이기보다는 신체 구조와 기능에 치우치는 한정된 내용에 불과하기 때문에 청소년들은 성에 대해 무지할 수밖에 없는 거예요. 그러다 보니 성범죄가 청소년층으로 확산되는 거구요. ……우리 스스로 각성해야 해요."

"……."

"성폭력은 이제 남의 얘기가 아니에요. 우리 자신들의 주위에서 일어날 수 있는 일이라는 거지요. 성폭력의 피해는 일반인이 생각하는 것보다 심각해요. 피해자의 경험이 표면적으로 드러나지 않아서 그 피해의 극심함이 제대로 인식되지 않았을 뿐이지요. 그 후유증이 얼마나 오래가는지 아세요. 말로는 표현할 수 없을 정도예요. 성폭행의 경험이 있는 여성들은 자기 부주의 때문이라는 죄의식 때문에 불면증, 무기력증 그리고 우울증에 시달리며 약물중독이나 자해 같은 걸로 자신을 망가뜨려요. 피해는 거기에서 멈추지 않고 임신, 성병, 인간 관계, 행동장애 등으로 다양한 양상을 보이지요. 피해자 가족들까지도 비탄에 빠지게 되요. 그러면서 파행적 욕구가 발생되면서 사회적으로도 큰 문제가 발생되지요. ……피해자가 왜 부끄러워야 하고 또 왜 비난을 받아야 하는지 모르겠어요. 우리 현실이 그래요. 가해자를 합리화시키는 잘못된 통념 때문에 여성들만 피해를 보게 되는 거예요."

"……."

"강간의 동기가 성 충동인 경우는 드물어요. 그건 일부분일 뿐이고 대부분 계획적으로 행해지지요. 그것을 보면 법적 제도적으로 피해 여성들의 권익이 보호되어야 해요. 그러기 위해서는 여성들을 돕는 쉼터나 상담소, 치료 센터 등이 많이 생겨야 할 것 같아요. 그리고 성폭력 예방을 위해서 가해자를 처벌하고 교화시킬 수 있는 특별법이 제정되어야겠지요. 상담을 하다 보면 정말이지 믿겨지지 않는 일들이 많아요. 내담자에게 무슨 말을 어떻게 해주어야 할지 막막하고 난처할 때가 종종 있다니까요. 그렇지만 전 그 일이 좋아요. 그들의 고통을 나누어 가질 수 있다는 게. 생각해 보세요. 저 같은 상담원마저 없다면 그들은 그 고통을 어디에 하소연하겠어요. 그나마 저 같은 사람이라도 있으니까 그들이 아픔을 털어놓고 도움을 요청할 수 있는 거지요. 그렇지만 그렇지 않은 사람들도 있어요. 그들은 혼자서 끙끙 앓다가 어쩌지 못하고 스스로 목숨을 내던지지요. 여자들이 불쌍해요. ……제가 너무 주책없이 떠들었나요?"

"아니, 그 얘기를 듣다 보니까 남성인 내가 부끄러워지는데."

민수가 조금 어색하게 웃었다.

그들의 허리에 다시 안전벨트가 매여지고 비행기가 활주로로 접어들었다.

승객들은 너나 할 것 없이 출구를 빠져나왔다. 그들은 설레는 기분을 억제하지 못하고 모두 들떠 있었다. 민수도 설레기는 마찬가지였다.

민수가 먼저 탑승 전에 부친 가방을 찾아 들었고, 뒤이어 수연도 가방을 찾아 들었다. 심각해져 있던 수연의 얼굴에 연한 화색이 일어나고 있었다.

민수와 수연은 나란히 출구로 나섰다.

출구는 여행사 가이드들이 이름이나 단체명이 쓰여 있는 하얀 종이를 들고 여기저기 서 있었고, 분주하고 혼잡했다.

민수는 쉽게 자신의 이름을 발견할 수 있었다. 그의 이름을 들고 서 있던 사람은 렌터카 회사의 직원이었다. 서울에서 출발하기 전 민수가 미리 전화를 걸어 부탁을 해 놓았다.

그의 안내를 받아 주차장에 이른 민수는 자동차 키를 건네받고 트렁크를 열어 곧 짐을 실었다. 그리고 수연을 먼저 태운 뒤에 자신도 차에 올라 시동을 걸었다. 승용차는 부드럽게 움직이기 시작하였다.

"자, 어디로 모실까? 호텔은 정했어?"

"파라다이스!"

"파라다이스? 잘 됐군."

자신의 숙소에서 그리 멀지 않은 곳이었다.

"오빠가 아는 곳인가요?"

민수의 옆자리에 앉은 그녀가 스스럼없이 오빠라는 호칭을 사용했다.

그가 지그시 액셀러레이터를 밟자 승용차는 가벼운 떨림과 함께 속도를 내면서 둘의 감정을 한데 묶어 놓고 있었다.

날은 서서히 어두워지고 있었으며 초저녁의 싱그럽고 향긋한 바람이 설렘을 가득 안고 차안으로 파고들어 왔다.

다리를 꼬고 앉은 수연의 건강미 넘치는 허벅지가 민수의 시선을 끌어당겼다. 거무스름하게 태운 피부가 한결 더 가슴 뛰게 하였다. 다리를 바꿔 꼬고 앉을 때면 그대로 드러나 보이는 은밀한 천조각이 더욱 가슴을 쩌릿쩌릿하게 만들었다.

"우리 여기 머무는 동안 한번 멋지게 지내봐요."

설렘으로 가득한 수연의 목소리였다.

"멋지게? 좋지!"

민수가 그 정도야 자신 있다는 듯 대답했다.

"무엇이든 최고루요."

이번에는 그녀가 민수의 곁으로 바짝 붙으며 귀엣말로 속삭여 왔다.

그러면서 그녀는 의미 있게 미소 지으며 한쪽 눈을 살며시 감았다 뜨고 있었다.

파라다이스 호텔 앞에 수연을 내려 준 민수는 채 5분 거리도 안 되는 자신의 숙소 그랜드 호텔로 향했다.

체크인을 하고 객실로 들어온 민수는 밀려드는 피로를 잠재우기 위해 옷을 벗고 샤워를 했다. 샤워 꼭지를 누르자 차가운 물줄기가 그의 피로를 말끔하게 지워 주듯 머리에서부터 발끝까지 상쾌하게 쏟아져 내렸다.

오랜만에 느껴보는 홀가분함이었다. 예전 이곳에 올 때마다 자신을 조여 왔던 일상의 번거로움과 복잡함을 이번에는 전혀 느낄 수가 없었다.

어쩌면 그것은 예린이라는 사슬로부터 떨어져 나온 자유로움 때문인지도 몰랐다. 그는 그동안 그녀에게 매여 있던 자신의 존재를 돌아보았다.

대학생활 동안의 두 사람의 관계는 그야말로 낭만과 사랑의 희열 그자체였다. 그런데 졸업을 앞두고부터 각기 직업전선이라는 제 할 일을 찾으면서 두 사람은 어느 사이 조금은 서로를 불편하게 하는 사이로 변해가고 있었다.

그러나 적어도 지금 이 순간만은 그녀하고는 전혀 무관하고 싶었다. 사실 또 그렇게 되어가고 있었다. 그것이 그로 하여금 약간의 색다른 기쁨을 맛보게 하고 있었다. 단 한 번도 그녀를 벗어나 다른 여자를 생각한 적이 없던 그였다.

그는 수연에게서 예린과는 다른 새로운 모습을 발견하고, 자신도 모르는 호기심으로 다가서고 있는지도 모른다.

샤워기를 통하여 물줄기가 가느다랗게 부서져 내렸다. 타일 바닥에 부딪히는 물소리가 점점 경쾌하게 들려왔다. 그럴수록 민수의 몸에서는 희열의 그림자가 서서히 움직이기 시작했다.

비누 거품은 그를 더 아늑하고 포근하게 만들었다. 쌓여 있던 피로도 어느 사이엔가 그에게서 벗어나 물줄기를 타고 하수도 구멍으로 말끔히 사라져 버렸다.

욕실의 벽거울에 비쳐진 근육질의 자신을 보며 그는 만족스럽게 웃었다.

가운을 걸치고 욕실을 나온 그는 냉장고를 열고 캔맥주를 꺼내 한 모금 길게 들이켰다. 갈증이 짜릿하게 해갈되는 순간이었다.

문득 출발하기 전에 넘겼던 시나리오가 머릿속 한 구석에서 되살아났다.

침대에 걸터앉은 그는 차분하게 전화기 버튼을 눌렀다. 하지만 김 사장과의 전화 통화는 쉽게 이루어지지 않았다. 마지막으로 다시 한 번 버튼을 눌렀을 때 그제야 간신히 통화가 이루어질 수 있었다.

"김 선배님?"

그는 김 사장을 그렇게 불렀다. 대학 때부터 선후배 관계로 지내온 터라 김 사장이라는 말보다는 그 말이 더 익숙했다.

"아, 한 작가!"

"통화하기 참 힘듭니다."

"한 작가! 어디야?"

"제주돕니다."

"혼자서?"

"왜 혼자면 안 됩니까."

김 선배가 피식 웃으며 물었다.

"재미있어?"

"재미는요? 지금 막 도착했는데. 다른 게 아니라 시나리오를 받으셨는지요?"

"그래, 지금 검토하는 중이야. 자세한 건 올라와서 얘기하지. 푹 쉬다 오라고."

"그렇지 않아도 쉬면서 작품 구상이나 할까 합니다."

"그래, 올라와서 보자구."

김 선배와는 처음 시나리오 작업을 하면서부터 호흡을 맞춰 온 사이였다. 사실 민수가 시나리오를 쓰는데 가장 많은 도움을 준 사람이기도 한 그였다. 민수는 그의 털털한 성격이 마음에 들었다. 또 그는 작업을 하는 동안에도 화끈한 면이 있어 부담스럽지 않은 상대였다.

전화를 끊고 난 민수는 남은 맥주를 마저 마시고 외출하기 위해 옷을 갈아입었다.

그가 호텔 로비로 내려서자 마악 수연이 호텔 안으로 들어서고 있었다.

그들이 향한 곳은 1층의 〈삼다정〉이었다. 그곳은 한식을 전문으로 하는 음식점이었다.

그곳에서 간단하게 반주를 겸한 식사를 마친 후 그들은 호텔 나이트로 향했다. 수연은 물을 만난 고기처럼 활기를 띠었다.

지난날의 아픔 속에서

그들이 자리를 잡고 앉은 곳에서는 스테이지가 훤히 내려다보였다. 민수의 맞은편에 앉은 수연이 앳되게 웃었다.

"자, 마셔요. 오빠."

그녀가 그에게 술을 따랐다. 그리고 그녀의 잔에 민수가 맥주를 따라 주었다. 그녀가 민수의 잔에 자신의 잔을 쨍, 하고 부딪쳤다. 갈증을 몰아내듯 둘은 단번에 잔을 비웠다.

요란한 음악과 함께 외국 쇼걸들의 쇼가 시작되고 있었다. 그들의 야한 무대 의상과 관능적인 춤동작에 사람들의 시선이 집중되었다.

맥주가 몇 잔씩 돌아가는 사이에 취기가 기분 좋게 피어올랐으며 수연의 양 볼은 더욱 수줍고 발갛게 달아올랐다.

쇼가 끝나자 곧바로 디스코 타임이 시작되었다.

"우리 춤추러 나가요."

그녀가 민수의 손을 잡고 앙탈부리듯 몸을 꼬았지만 그는 살며시 사양했다. 아직 기분을 추스르지 못하고 있는 상태였기에 몇 잔의 술로 흥을 더 돋구고 싶어서였다.

흥을 참지 못하고 있던 그녀는 혼자서 조명 속으로 사라졌고 사람들과 뒤섞여 하나가 되었다.

민수는 잔에 맥주를 따르면서 스테이지를 쳐다보았다.

수연은 춤을 추느라 정신이 없었다. 그 모습을 쳐다보면서 민수는 자신도 모르게 몸을 들썩거렸다.

수연의 춤은 마치 환상 같았다.

얼마의 시간이 지나자 음악이 바뀌며 블루스 음악이 흘러나왔다. 그리고 수연이 돌아왔다.

돌아온 수연은 숨 쉴 틈도 없이 민수의 손을 잡아끌었다. 이번에는 사양할 수가 없다고 생각한 그는 어쩔 수 없이 스테이지로 끌려 나갔다.

그녀가 민수의 목에 팔을 둘렀고 그도 수연의 허리에 가볍게 팔을 둘렀다.

그녀의 움직임은 수준급이었다. 그 또한 그녀에게 뒤질세라 스텝에 열중이었다.

재스민 향의 촉촉한 향수 냄새가 그를 자극했다. 동시에 그녀의 하체가 선정적으로 민수에게 바짝 다가섰다. 발을 옮길 때마다 어딘가에서 자극이 일어났다. 짜릿한 전율이 온몸으로 파도쳐 왔다. 민수는 불타오르는 욕정을 억제하지 못하고 있었다.

그의 손이 수연의 허리에서 벗어나 엉덩이에 살짝 얹혀졌을 때 그녀가 자신의 가슴을 민수의 품으로 깊숙이 파묻었다.

"으음……"

뜻밖에도 수연의 입에서 흘러나온 신음 소리였다. 그리고 그 신음

소리는 그의 가슴속으로 더욱 깊게 파묻혀 들어왔다.

홍분이 일어서고 있었다. 그것은 불길과 같아서 쉽사리 억제하고 잠재울 수 있는 것이 아니었다. 민수는 힘겹게 꿈틀거리는 자신을 억제했다. 하지만 남자란 더 큰 홍분과 욕정 속으로 빠져들어 가고 싶은 충동을 가진 존재였다.

"이런 곳에 자주 오나 보지?"

"그렇지 않아요. 가끔."

"춤을 꽤 잘 추는데."

"친구한테 배웠어요."

"남자?"

"여자 친구요."

그녀가 더 바짝 민수에게 안겨 왔다.

민수는 그녀의 신선함에 점점 매료되었다. 민수의 귀에는 더 이상 음악 소리가 들리지 않았다. 그에게 들리는 소리라고는 수연의 땀에 젖은 숨소리뿐이었다.

'이 여자 도대체 어떤 여자일까?'

민수는 팔에 힘을 주어 그녀를 꼬옥 껴안았다. 민수는 왠지 그녀와 오랫동안 그렇게 서 있고 싶었다. 그는 오직 그 블루스 음악이 조금만 더 계속되었으면 하는 바람뿐이었다.

하지만 아쉽게도 음악은 끝이 났고 수연과 민수는 자리로 돌아왔다.

자리로 돌아온 그들은 아직도 식지 않은 젊음의 갈증을 시원한 맥주로 적셔 내었다.

수연의 얼굴에는 취기가 잔잔하게 돌고 있었다. 몸을 흔들어 대느라 더웠던지 그녀가 입고 있던 흰색 남방을 벗었다. 그러자 배꼽티 사이로 그녀의 연한 살결이 드러났다. 그녀의 가슴 안쪽으로 흘러내리고 있는 땀방울이 조명을 받아 반짝 빛났고 민수는 그것을 보며 야릇한 쾌감 비슷한 것을 느꼈다.

수연은 잠시도 쉬려 하지 않았다. 그녀는 줄기차게 그의 손을 잡아 끌었다. 스테이지로 올라 선 그들은 다시 하나가 되었다.

수연의 춤은 요염했으며 관능적이다 못해 마치 발광적이었다. 섹시함을 곁들인 그녀의 율동에 민수는 완전히 사로잡히고 말았다.

참을 수가 없었다. 그녀를 두 팔로 힘껏 안아 주고 싶었다. 그녀의 눈빛은 마치 무엇인가를 간절하게 원하고 있는 듯하였다.

수연은 남자를 벗어나지 못하게 만드는 마력을 지니고 있었다. 민수는 그녀에게 자신도 모르게 한없이 빠져들고 있었다.

목선을 타고 가슴으로 흘러내려 배꼽티 안으로 들어가는 땀방울을 민수는 열정적인 눈빛으로 바라보고 있었다.

그 풍만하고 싱싱한 가슴의 윤곽을 한번쯤 더듬어 보고 싶은 욕망이 그를 견딜 수 없게 만들고 있었다. 적극적인 그녀의 몸짓을 감지하며 민수는 희열을 한껏 탐닉하고 있었다.

음악이 바뀌자 그녀의 도발적인 춤사위도 끝이 났다.

이마에 묻어 있던 땀을 닦으며 그녀는 가득 찬 술잔을 단숨에 비웠다.

한동안 분위기가 가라앉아 있었다. 하지만 잠시 후 요란한 음악 소리와 함께 젊음의 열기가 되살아나기 시작했다.

이제는 그녀도 지쳤는지 자리에서 일어서지 않았다. 옷을 갈아입은 무희들의 쇼가 다시 시작되었다. 그녀는 달아오른 얼굴로 맥주를 홀짝

홀짝 마시고 있었다. 민수도 그녀와 보조를 맞추어 술잔을 기울였다.

수연의 얼굴에는 연신 화색이 넘치고 있었다.

마주앉은 수연이 그를 끌어당겼다.

"여긴 너무 더워요."

"그럼 밖으로 나갈까?"

"……."

그녀가 말없이 고개를 끄덕였다.

민수는 남은 술잔을 마저 비우고 자리에서 일어났다. 그도 그 즈음 답답함을 느끼고 있던 터였다.

계산을 마치자 그녀가 민수의 팔에 팔짱을 꼈다.

"산책할까?"

"그래요."

호텔 내에 마련되어 있는 산책로를 민수는 생각하고 있었다.

2층을 통해 산책로로 나서자 기분 좋을 정도의 시원한 바람이 불어와 두 사람의 이마를 헤집어 놓았다. 산책로의 풍경은 아늑했다.

야외 수영장과 인공적으로 만들어 놓은 작은 폭포. 그 물소리가 두 사람을 포근하게 감싸는 것 같았다.

둘은 얼마간을 그렇게 하나가 되어 걸었다.

"앉을까?"

그의 말에 수연이 가볍게 고개를 끄덕였다.

숲으로 둘러싸인 아담한 벤치가 기다리고 있었다.

그는 벤치 위의 먼지를 털고 손수건을 깔아 수연을 앉게 한 다음 약간의 사이를 두고 앉았다. 그러자 그녀가 바짝 다가와 앉았다.

"공기가 맑아요."

그녀가 숨을 깊게 들이마셨다가 내뱉으며 말했다. 그도 덩달아 심호흡을 했다. 어쩐지 어색해서였다.

주위는 조용했다. 고즈넉한 물소리 뿐 그 어디에도 사람의 기척은 없어 보였다. 마치 그 자리는 그들 둘을 위해 마련되어 있는 듯했다.

점차 서로의 호흡 소리가 아릿하게 귓가로 파고들었다.

"오늘 정말 고마워요."

"오히려 내가."

그녀와 민수의 눈이 마주쳤다. 민수는 그녀의 눈 속으로 빨려 들어가는 것 같은 착각을 일으켰다. 그녀 역시 그와 눈이 마주친 채 한동안 벗어나지 않고 있었다. 그러다가 수연이 갑자기 그에게 안겨 와 참지 못하고 그의 입술에 입을 맞추었다.

둘 사이에 짧고도 긴 적막이 흘러들었다. 거친 호흡 소리가 흩어져 나오고 서로의 뜨거운 타액이 교환되었다. 그녀의 입술은 촉촉하고 부드러웠다. 민수는 마치 자신이 환상에 사로잡힌 듯한 착각 속에 빠져 버렸다.

입맞춤은 끝없이 계속되었다. 그는 자신의 입술과 혀를 모두 수연에게 빼앗기고 말았다. 입맞춤이 이어지는 중간 중간 그녀가 젖은 호흡을 내뱉었다. 그녀는 그 어떤 것에도 방해받지 않겠다는 결연한 기세였다.

두 사람의 얼굴은 붉게 달아오르고 있었다.

민수는 미친 듯이 그녀를 탐하고 싶은 심정이었다.

입맞춤이 끝난 뒤에 어색했던지 수연이 방긋 웃어 보였다. 영문을 모른 민수는 그저 멍한 기분이었다.

"저, 헤픈 여자 같지요?"

"……."

"그렇게 보셔도 좋아요. ……왠지 그러고 싶었어요."

그녀의 눈에 미지의 그림자가 잠시 스며들었다.

"여자 혼자서 여행하기에는 좀 힘들 텐데."

그가 말꼬리를 돌렸다.

"친구가 이곳에 있어요. 아는 언니도 만날 겸 겸사겸사 온 거예요. 그리고 생각해 볼 것도 있고 해서요. 여행의 묘미는 거기에 있잖아요. 다행이에요. 오빠 같은 사람을 만나서."

"나도 다행이야. 혼자였다면 아마 심심했을 거야."

그러면서 그가 담배를 빼어 물었다.

싱그러운 풀 냄새와 담배연기가 구수하게 뒤섞였다. 그녀의 몸에서도 낯설지 않은 달콤하면서도 촉촉한 향기가 느껴졌다.

"저, 취했나 봐요."

그녀가 달아오른 자신의 양 볼을 손으로 매만지며 말했다.

"제 얼굴 빨갛지요?"

"조금……."

"전 술은 많이 못하거든요. 맥주 서너 잔만 마시면 그래요."

"시간이 벌써 이렇게 됐네. 들어가서 쉬어야 하지 않아?"

아쉽지만 민수는 그녀를 걱정하며 말했다.

"그래야 할 것 같아요."

그녀의 얼굴에는 피곤한 기색이 역력했다.

그녀가 묵고 있는 호텔까지 바라다 준 후 민수는 다시 자신의 객실로 돌아올 수 있었다.

그는 욕실에 들어가 샤워기를 틀었다. 나이트에서 흘렸던 끈끈한 땀 냄새를 말끔히 씻어 내고 그는 홀가분한 표정을 지어 보았다. 그는 한결 가뿐해진 몸을 타월로 닦으면서 생수를 컵에 따라 한 모금 마신 뒤에 소파에 털썩 주저앉았다.

열려 있던 창문을 통하여 아늑하고 시원한 바람이 객실 안으로 불어 들어왔다. 그는 그대로 앉아 한참을 생각에 잠겨 있었다.

그는 수연의 생각에 빠져들었다. 얼마간을 그녀의 생각에 빠져 있었는지 모른다. 그렇게 앉아 있던 그는 피곤함을 이기지 못하고 모닝콜을 눌러 놓은 다음 잠을 청할 수 있었다.

다음날 아침 아홉 시 반쯤 민수는 파라다이스 호텔 앞에 도착하였다. 그리고 곧 오 분 뒤에 호텔에서 나온 수연을 차에 태우고 관광을 시작하기 위해 출발했다.

먼저 신천지 미술관을 경유하여 한림 공원과 조각 공원을 들렀다. 다시 산방굴사를 거쳐 도중에 점심 식사를 마쳤다. 그리고 마린파크와 천지연도 돌아보았다. 마지막으로 여미지 식물원을 경유하여 여덟 시 삼십 분쯤 제주시로 돌아올 수 있었다. 빡빡하게 보낸 하루의 여행 일정이었다.

돌아보는 동안 무척 피곤했음인지 돌아오는 길에 조수석에 앉은 수연은 깊은 잠에 빠져 있었다. 민수는 교차로에서 적색 신호등이 들어오자 가볍게 브레이크를 밟아 차를 세운 뒤에 핸드브레이크를 잡아당겼다. 그리고 나서 담배를 입에 물었다.

차창 앞으로 한두 방울씩 튀기던 빗방울이 급기야 굵어지기 시작했다.

그는 재빨리 파워윈도우를 눌러 유리창을 올린 뒤에 파란 신호등이 떨어지자마자 살며시 액셀러레이터를 밟았다. 담배는 여전히 그의 한쪽 손에서 연기를 만들고 있었다.

"여기가 어디예요?"

수연의 잠이 덜 깬 가라앉은 목소리였다. 아마도 차 지붕 위로 타닥타닥 튀기는 빗소리에 놀라서 잠이 깬 것 같았다.

"5분 정도 가면 호텔이야."

"언제부터 비가 오기 시작했어요?"

"지금 막."

"그래요? ……언제나 그랬어. 오늘은……."

수연이 혼잣말로 중얼거렸다.

"언제나 오늘은 이라니?"

"아, 아니에요."

그리고는 그녀가 얼버무렸다.

빗줄기는 한층 더 굵어져 쏟아져 내리고 있었다.

"출출하지 않아?"

"그러고 보니 뱃가죽이 허리에 달라붙은 것 같아요."

"그럼 시내로 가볼까? 시내 구경도 할 겸. 어때?"

"좋아요."

그녀가 살며시 웃어 보였다.

"차는 두고 가는 것이 좋겠지."

호텔 주차장에 차를 주차시키고 나서 그는 호텔 앞 편의점으로 성큼 성큼 걸어갔다. 바쁘게 돌아오는 그의 손에 우산이 들려 있었다.

빗줄기는 누그러질 기세가 전혀 없어 보였다. 우산을 펴 들었어도 별로 도움이 안 되는 그런 세찬 비였다. 그렇지만 껄끄럽지도 않고 거북스럽지도 않은 한마디로 낭만적인 비였다.

민수는 우산 속에 같이 서 있는 수연의 표정이 무척 가라앉아 보인다고 생각했다. 무슨 근심이라도 있는 것일까.

민수는 그녀를 바라볼 때마다 숨겨져 있는 생소한 면을 읽을 수 있었다.

'……언제나 그랬어요. 오늘은…….'

다시금 그녀의 혼잣말이 민수의 귓가에 맴돌았다. 그 즈음 택시가 그들 앞으로 다가와 멈추었다.

"시내로 들어가 주세요."

민수가 조금은 피곤한 목소리로 기사에게 말했다.

그들이 도착한 곳은 시내의 중심가에 위치한 번화가였다.

다른 곳과는 달리 각종 유흥가가 밀집되어 있었다. 그곳은 일명 제주도의 다운타운가로 알려진 곳이었다. 그런 만큼 많은 인파들로 북적거릴 수밖에 없었다.

그들은 라운지 샹젤리제에서 식사를 마치고 후식으로 커피를 마시고 있었다. 식사 중 와인을 곁들여서인지 한결 피로가 가시는 듯했다. 라운지 안은 한산한 편이었다. 그러나 습기가 많은 날 치고는 꽤 포근하고 아늑한 기운이 감도는 분위기가 물씬 풍겨 나오는 분위기였다.

"어땠어? 오늘."

민수가 먼저 입을 열었다.

"그런 대로 좋았어요."

그녀가 수척한 목소리로 말했다.

"어디 불편해?"

"아니에요."

그녀가 애써 웃어 보였다. 웃음 속에는 실낱같지만 어느 정도의 부자연스러운 기색이 담겨 있었다.

"우리 칵테일 한잔할까? 아니면 다른 곳으로 자리를 옮기던가?"

민수가 분위기를 바꿔 보려는 듯 말을 꺼냈다.

"그래요. 우리 자리 옮겨서 술 한잔해요."

수연이 자그마한 목소리로 청했다.

"……."

민수는 잠시 대답을 못하고 그녀를 바라보았다.

"꼬치집 어때요?"

"꼬치집?"

"네, 투다리라든지 나누리, 토크쇼 같은 꼬치집 있잖아요."

"그래 좋아."

"그럼 가요, 오빠."

그녀가 밝게 웃으며 일어섰다. 민수도 따라 일어섰다.

밖에는 여전히 비가 오고 있었다. 민수가 우산을 들었고 그녀가 그의 곁에 바짝 다가섰다. 수연이 어정쩡하게 걷다가 그의 팔에 팔짱을 꼈다.

가까운 꼬치집을 찾아 문을 열고 들어서자 안은 손님들로 북적거렸다. 그곳에 앉아 있는 그들의 술맛을 돋구는 것은 굵은 빗줄기 같았다.

그들은 꼬치안주와 레몬 소주를 주문하였다.

민수가 술을 따라 주기도 전에 수연은 혼자서 홀짝홀짝 술을 따라 마셨다. 그녀는 설탕물을 마시듯 레몬 소주를 연상 술잔에 따르고 마셨다.

그도 자신의 잔에 술을 채워 한 모금 달게 마셨다.

비가 와서 그런지 가는 곳마다 음악마저 분위기가 있어 보였다. 꼬치집에도 노래가 흘러나오고 있었는데 허스키한 가수의 목소리는 창밖에 내리는 비와 너무나 잘 어울렸다.

"비가 오면 종종 이런 곳에 와요."

수연의 얼굴엔 절제된 차분함과 수줍음이 묻어 나오고 있었다. 그녀는 보면 볼수록 여리고 가냘픈 여자였다.

말없이 술잔을 기울이는 그녀의 모습은 차라리 안쓰러워 보였다.

"무슨 걱정이라도 있는 거니?"

민수가 그녀의 얼굴을 바라보며 넌지시 물었다.

"……."

그녀는 대답 대신 술잔을 기울였다.

"아까 차안에서 한 말이 있지? 그거 무슨 뜻이야?"

"……."

그녀는 대답하지 않았다.

"오늘이 무슨 뜻 깊은 날인가?"

"아니에요."

"그런데 왜……."

"아무것도 아니에요. 비가 오니까 기분이 묘해져서 그래요. 단지 그런 것뿐이에요. 우리 술이나 마셔요."

수연이 다시 술잔을 들었다. 민수가 자신의 술잔을 들어 그녀의 술잔에 가볍게 부딪쳤다. 그리고 나서 술잔을 내려놓으며 그녀가 말했다.

"난 성격이 너무 모가 난 것 같아요."

"내가 보기에는 그렇지 않은데."

"난 정말 내가 싫어요. 어떨 때는 증오스럽기까지 한 걸요."

"……."

"살고 싶지 않아요."

"그런 소리하면 못써."

"……."

수연의 얼굴에 초라해 보였다. 민수는 가만히 그녀를 바라보고 있었다.

그녀의 빗물에 살짝 젖은 촉촉한 머릿결이 실내조명을 받아 반짝거렸다. 그녀의 눈도 가끔 반짝거렸고 마치 한 송이의 아름다운 꽃이 아침 이슬을 받아 영롱하게 빛나는 것처럼 보였다.

"답답해요."

"걸을까, 우리?"

"……."

발갛게 달아오른 얼굴로 그녀가 고개를 끄덕였다.

곧장 꼬치집을 나온 그들은 바깥의 상쾌한 공기를 한껏 들이마셨다. 수연은 주저하지 않고 그의 허리에 팔을 둘렀다. 그는 한 손으로 우산을 들고 다른 손으로 자연스럽게 그녀의 어깨를 감쌌다.

두 사람은 느릿하게 걸으며 서로의 발등을 바라보았다. 빗물이 가끔 우산 안으로 튀어 들어왔지만 그것은 별 문제가 아니었다.

"참 좋아요. 여긴 남녀가 이렇게 걸으면 대부분 신혼부부라 생각할 텐데. 우리도 신혼부부 같아 보일까요?"

"……."

그는 말없이 웃음을 삼켰다. 자신의 말이 쑥스러웠던지 그녀도 마찬가지로 웃었다.

비의 기세는 조금씩 누그러지기 시작했다.

두 사람의 발걸음이 꽃집 앞에서 멈추었다.

"잠깐."

민수가 그녀에게 우산을 건네주고는 꽃집 안으로 들어갔다. 얼마 뒤 그의 손에는 한 아름의 꽃다발이 들려 있었다.

"받아."

그가 수연에게 꽃다발을 건네주었다. 동시에 민수가 쑥스러운 듯 웃었다.

"고마워요."

"마음에 들어?"

"네. 남자에게서는 처음 받아 보는 꽃이에요. 무척 떨리네요. 오늘을 영원히 잊지 못할 거예요."

그녀는 정말 감격했다는 듯 눈물까지 글썽거렸다.

"정말 처음 받아 보는 거야?"

"……."

그녀가 얌전하게 고개를 끄덕였다. 하지만 민수는 그 사실이 믿겨지지 않았다. 세상에 이렇게 예쁜 여자가 어떻게 꽃 한 번 받아 보지 않았겠는가?

수연의 눈빛이 한순간 아름답게 반짝였다. 한 다발의 꽃이 오히려 초라할 정도로 반짝이는 그 눈빛을 민수는 출렁이는 가슴으로 그윽하게 바라보고 있었다.

그녀는 꽃보다 더 화려한 기품을 간직하고 있으면서도 그것을 내보이기보다는 차라리 숨기고 싶어 하는 여자였다.

그녀에게서 어둠은 어디론가 사라져 버렸다. 어둠이 사라진 자리에 그가 서 있었다. 두 사람은 이제 새로운 관계의 문을 열고자 그 자리에 서 있는 것이었다.

"지하상가가 꽤 넓어요."

그녀가 사뿐사뿐 걸으면서 말을 걸었다.

"처음에 여기 왔을 때 나도 그런 생각을 했어. 지하상가가 커 봤자 얼마나 크겠냐구? 그런데 크더라구."

"그래요, 들어오는 입구는 작은데 의외로 안은 넓네요. 여긴 원래 입구가 작은가 봐요."

"지을 때 그렇게 지었겠지. 아무래도 바람이 많은 곳이니까."

수연은 잠시도 그에게서 떨어지지 않았다. 그가 말을 하는 동안에는 내내 그의 눈만을 바라보고 있었다.

그녀와 함께 걸을수록 그는 그녀의 새로운 면을 새록새록 발견할 수 있었다. 그 새로운 발견은 대부분 민수로 하여금 그녀에게 빠져들게 하는 묘한 끌림이었다. 그녀에게서 풍기는 절제된 수줍음과 정돈된 수

수함이 그러했다.

수연을 호텔 객실까지 바래다주고 민수가 돌아온 시간은 열두 시가다 되어서였다. 호텔로 돌아오자마자 그는 샤워를 했다. 찬물에 샤워를 하면 몸이 가뿐해질 뿐만이 아니라 정신도 맑아져서 잠을 깊이 잘수가 있었다. 그래야만 숙면을 취할 수 있었다. 그의 습관처럼 익혀진버릇이기도 했다.

가느다랗게 부서진 물살이 살갗에 부딪칠 때마다 상큼한 느낌과 함께 피부가 적당히 수축되어 정신을 맑게 해주었다. 그 어느 때보다도편안하고 포근한 느낌이었다.

그가 막 가운을 걸치고 욕실에서 나왔을 때 한참을 울렸을 듯한 전화벨이 그의 발걸음을 재촉했다. 그가 볼륨을 낮추어 놓았던 것이다.

"나예요, 예린."

전화선을 타고 한참을 달려온 예린의 목소리는 사뭇 조심스러웠다.

"왜?"

"왜라니? 그런 말이 어디 있어? 걱정이 돼서 전화했어. 재미있어?"

마치 달래기라도 하려는 듯 그녀의 목소리가 차분하게 흘러나왔다.그러나 민수의 목소리에는 잔뜩 짜증이 서려 있었다.

"그건 알아서 뭐 하게? 오늘은 바쁘지 않은가 보네?"

그의 목소리가 빈정거리는 투임에도 예린은 부드럽게 대답했다.

"기사 쓰다가 잠깐 쉬고 있는 중이야."

"……"

"미안해."

"뭐가 미안해? 나야 바쁘신 여예린 씨가 이렇게 전화를 해주는 것만으로도 고맙고."

그가 빈정거렸다.

"자꾸 그러지마."

"……나도 지금 시나리오 구상 중이거든. 끊어야겠어."

"알았어. 다시 전화할게."

"……."

수화기를 내려놓은 그는 착잡한 기분으로 담배를 피워 물었다.

민수는 짜증과 함께 빈정거렸던 자신이 어색하고 낯설게 느껴졌다. 단 한 번도 예린에게 싫은 소리를 한 적이 없던 그였다.

간혹 빗방울이 바람과 함께 창문 안으로 몇 방울씩 튀겨 들어왔다. 소파에 앉아 있던 그는 심심함을 달랠 겸 리모컨의 전원 버튼을 눌렀다. 하지만 마땅하게 볼 만한 프로그램은 없었다.

유료 영화 채널을 선택했지만 역시 볼 만한 영화는 없었다. 잠을 청하기 위해 침대에 누워 보았지만 점점 정신만 맑아져 올 뿐 도무지 잠이 오지 않았다.

모든 것이 정지된 것 같았다. 시계 바늘의 초침까지도 그에겐 정지된 것처럼 느껴졌다. 무료함을 달랠 수 있는 건 아무것도 없었다.

창문으로 다가선 그는 팔짱을 낀 채 멍하니 어둠 속을 바라보았다. 차라리 어둠 속이 편할지도 모른다. 적어도 그 속에선 아무것도 보이지 않을 테니까.

빗방울은 그의 마음을 촉촉하게 적시고 있었다. 그를 위안이라도 하듯 빗줄기는 점점 더 굵어졌다. 천둥소리를 동반한 번갯불이 하늘과 땅을 온통 무너뜨리기라도 할 듯 곳곳을 휘저었다.

혼자라는 것은 무엇을 의미하는가. 홀로일 때 무심하게 피어나는 간절한 고독, 민수는 한동안 그 속에 파묻혀 있었다. 그렇게 서 있던 그는 간절한 술 생각을 말릴 수가 없었다.

그는 냉장고를 열고 위스키와 얼음을 꺼내 소파에 앉았다. 그는 얼음을 채운 술잔에 위스키를 따라 한 모금 진하게 마셨다. 위스키는 또 다른 힘으로 그를 달아오르게 만들었다.

밤의 그윽한 향기가 그의 몸을 감쌌다. 멀리 혹은 가까이서 나이트클럽의 요란한 조명처럼 번갯불이 반짝거렸다. 그것만 제외한다면 모든 것이 평온했다.

그 평온함을 깨트린 것은 초인종 소리였다. 그는 잠시 멈칫했다. 시계를 바라보니 한 시를 훨씬 지나고 있었다.

이 시간에 찾아올 사람은 아무도 없었다. 이곳이 호텔 객실이 아니라 자신의 아파트였다면 밤늦은 초인종의 주인공은 김 선배일 것이다. 그는 밤늦게 찾아와 술타령으로 밤을 지새우곤 했었다.

상념에 빠져 있던 그는 잘못 들었을 지도 모른다고 생각했다. 다시 초인종이 울렸고 그는 도어 쪽으로 다가갔다.

"누구십니까?"

그러나 밖에서는 아무 소리도 들리지 않았다.

"누구십니까?"

그가 다시 물었지만 대답이 없었다. 귀를 도어에 바짝 대고 밖의 인기척을 살폈으나 사람이 있는 것 같지 않았다.

이상하다. 내가 잘못 들었나? 아니면 옆방의 초인종인가? 그러나

옆방의 도어도 별다른 기척을 내지 않고 있었다.

　뒤돌아선 그가 소파로 향하려는 참이었다.

　"저예요, 수연이에요."

　수연의 기어 들어가는 목소리가 간신히 실내 안으로 스며들어 왔다.

　"누구시라구요?"

　"저예요, 수연이."

　가볍게 떨리는 그러나 이번에도 들릴 듯 말 듯한 작은 소리였다.

　민수는 고개를 갸웃하며 문을 열었다. 문 앞에는 비에 흠뻑 젖은 수연이 초라한 모습으로 서 있었다.

　"어떻게 된 거야?"

　그의 말이 채 끝나기도 전에 수연이 그의 품으로 와락 안겨 왔다.

　체온이 떨어진 그녀는 사시나무 떨듯 떨고 있었다. 젖은 그녀의 입술 사이로 거친 호흡이 흘러나와 민수의 가슴을 적셨다.

　그녀의 어깨를 감싸 안고 들어와 소파에 앉힌 민수는 잔에 위스키를 따라 그녀에게 건네주었다.

　"마셔 봐. 몸이 좀 따뜻해질 거야."

　술잔을 건네자 그녀가 사양하지 않고 위스키를 단숨에 마셨다. 빨갛게 충혈 되어 있는 그녀의 눈빛이 예사롭지 않아 보였다.

　"옷이 흠뻑 젖었어. 이러다가 감기 걸리겠다. 먼저 따뜻한 물에 샤워라도 하지. 난 어디 입을 것이 있나 찾아볼게."

　그가 수연의 안색을 살피며 걱정하고 말했다. 수연이 고개를 끄덕였다.

　욕실을 향해 걸어가는 그녀에게서 민수는 칠흑같이 어두운 그림자를 발견할 수 있었다. 그것은 그가 상상했던 그 이상의 어둠이었다.

그녀가 욕실로 들어가자 곧 물소리가 흘러나왔다. 민수는 여행 가방에서 자신의 와이셔츠와 반바지를 꺼내 탁자 위에 올려놓았다. 그리고는 소파에 앉아 담배를 피워 물었다.

한동안 그는 그렇게 앉아서 생각에 잠겨 있었다.

욕실의 타일 바닥에 부서져 내리는 물줄기 소리는 여전히 계속되고 있었다. 담뱃불을 끈 민수는 곧 욕실 문 앞으로 다가가 노크를 했다.

"여기 옷 가져왔어."

"안으로 넣어 주세요. 문은 열려 있어요."

손잡이를 돌려 욕실 문을 열고 한 손으로 옷을 넣어 주자 물기에 젖은 수연의 손이 그를 낚아채듯 욕실 안으로 끌어당겼다. 그는 무방비 상태에서 욕실 안으로 순식간에 빨려 들어갔다. 그와 동시에 수연이 그를 껴안았다. 순식간에 벌어진 일이라 민수는 당황했다.

"무서웠어요. 방안에 혼자 있는 다는 게 두렵고……정말이지 참기 힘들었어요."

"……."

"이러는 거 용서해 주세요. 오빠가 필요해요. ……의지하고 싶었어요. 오빠는 내 마음 모를 거예요. 내가 왜 이러는지……."

"……."

"원하지 않으시면 갈게요."

"……."

"혼자서는 견디기 힘들 것 같아요."

그녀의 목소리는 무엇인가에 쫓기는 것 같았다. 그녀가 그렇게 말하는 동안 민수는 단 한마디도 할 수 없었다.

앞에 서 있는 그녀가 진짜 수연인지 의심이 들 정도였다. 상상하지 못했던 그녀의 모습이었다. 그는 어떻게 대답을 해야 할지 몰라 마치 얼빠진 사람처럼 그냥 서 있을 뿐이었다.

"안아 주세요."

"······."

"제발 부탁이에요."

애원하듯 그녀가 말했다.

위스키 때문일까. 그는 갑자기 현기증을 느꼈다. 그러나 그것은 취기 때문만은 아니었다. 알몸인 채로 자신에게 매달려 있는 수연 때문이었다.

그녀의 입에서는 마른 호흡이 쏟아져 나오고 있었다.

그 마른 숨소리와 함께 여체의 풋풋하고 진한 살 냄새가 민수의 후각을 자극했다. 그 냄새는 비누 향기와 어우러져 점점 민수의 자제력을 잃게 만들었다. 그의 팔과 손이 점차 얼음 녹듯이 녹아내리고 있었다.

예민한 자세로 무언가를 기다리고 있던 그녀의 몸이 가늘고 희미하게 떨렸다. 마치 꽃가루가 바람을 타고 춤을 추듯이 자연스럽게 흔들리기 시작했다.

그의 손끝에 느껴지는 그녀의 감촉은 매우 부드럽고 매끈거렸다. 그가 조심스럽게 긴 호흡을 내뱉었다. 호흡 소리는 어색하게 입에서 흩어져 나와 욕실 안을 맴돌았다.

수연을 끌어안고 서 있던 민수는 더 이상 자신을 억제할 수 없음을 알았다. 그러자 그의 의지가 산만해지기 시작했다. 그는 새삼 여체의 신비로움과 진한 욕정의 냄새를 실감할 수 있었다. 그러나 민수는 그녀를 끌어안은 채 어찌할 바를 모르고 있었다.

"나를 받아 줘요. 난 오빠의 키스가 필요해요, 제발……."

그녀의 애잔한 목소리를 애써 무시하며 그가 물었다.

"대체 왜 이러지?"

그가 수연을 내려다보았다. 하지만 그녀는 대답 대신 천천히 그의 입술로 손가락을 가져갔다. 그리고는 그를 마냥 바라볼 뿐이었다. 그것은 말없는 애원이었다.

그녀에겐 다른 어떤 대답도 어떤 말도 필요하지 않았다. 필요한 것이 있다면 그것은 민수의 따뜻한 사랑뿐이었다.

그녀가 민수의 가운을 젖히고 얼굴을 묻었다. 그의 숨이 갑자기 멈출 것처럼 막혀 버렸다. 자제를 포기하자마자 그는 금세 흥분에 사로잡혔고 질편한 땀의 수렁 속으로 조근조근 빨려 들어갔다.

"키스해 줘요."

그녀의 말은 흥분제처럼 민수의 가슴을 울렁이게 만들었다. 촉촉이 젖은 바알간 그녀의 입술이 민수의 입술을 찾아 거슬러 올라왔다.

그렇게 키스가 이어졌지만 예상외로 그녀는 서투른 편이었다. 입술과 입술이 만나는 지점에서 정지되었다가 어쩌지 못하고 다음을 망설이고 있었다. 민수의 혀가 그녀의 입술을 헤집고 더욱 진하게 파고들자 오히려 그녀는 이를 앙다문 채 멈칫거렸다. 그가 집요하게 요구하자 그제야 얼마 후 그녀는 이를 벌려 민수의 혀를 맞이했다.

민수는 흥분에 젖어 그녀의 허리를 자신의 몸 쪽으로 바짝 끌어당겼다.

길고 긴 만남이었다. 처음의 입맞춤이 비록 서툴기는 했지만 몇 번 더 진한 입맞춤이 이어지자 수연은 능숙하게 소화해 낼 수 있었다.

입술과 입술 사이로 서로의 체온을 느낄 수 있었다. 그 체온은 젊은 두 육체에 열꽃을 피웠다.

민수는 더 이상은 소극적인 자세로 기다릴 수가 없었다. 더 이상 그녀를 수치스럽게 내버려두어서는 안 된다고 생각했다.

결과적으로 수연은 그를 완벽히 무너뜨리고 있었다.

그의 입술과 혀가 차츰 수연의 바람을 더욱 깊은 곳으로 안내했다. 그녀의 입술을 벗어난 그의 혀는 천천히 그녀의 귓불로 옮겨졌다. 민수의 거친 숨소리가 그녀를 자극하는 동안 그녀 역시 불덩이처럼 뜨거워지기 시작했다. 그것은 민수를 더 깊숙한 자신의 내면으로 받아들이기 위한 신호였다.

그녀의 신호를 확인해 가면서 민수의 가슴은 점점 부풀어 올랐다. 그가 다가서면 그녀는 여지없이 흔들렸고 그가 물러서면 그녀는 간절하게 그의 자극적인 접근을 기다렸다.

수연은 숙맥처럼 서툴렀다.

민수의 입술은 한동안 그녀의 귓가에 머물러 있었고 그녀의 호흡은 촉촉이 젖어 들어 불규칙해지기 시작했다.

수연은 거친 숨소리를 낼 뿐 더 이상의 어떠한 반응도 쉽게 내보이지 않았다.

민수의 가운은 어느 사이 타일 바닥으로 흘러 내려가 있었고 두 사람의 가슴과 가슴 사이에는 아무것도 놓여 있지 않았다. 그 사이에는 남녀 사이의 본능이 꿈틀거리고 있었다.

그녀의 하얀 목선은 가늘고 아름다웠다. 간간이 땀에 눌어붙은 몇 가닥의 머리칼이 그의 입술에 묻어났다.

"으음……."

희미하고 가느다란 신음 소리가 그녀의 입에서 가느다랗게 새어나왔다. 어디에서 만들어져 어디를 타고 올라오는지 알 수 없는 신비로운 소리였다.

민수는 그 소리를 듣는 순간 가슴이 터질 것 같은 희열에 사로잡혔다. 비로소 완벽한 교감이 시작된 것이다.

목선을 타고 흘러내리다가 다시금 곧게 올라서는 여체의 곡선은 그야말로 환상적이었다.

그녀의 신비로운 곡선을 따라 그의 손길이 그녀를 확인해 들어갈 때마다 그녀의 가슴은 더욱 불거졌다. 그녀는 가슴에 풍선처럼 공기를 가득 담은 채 제대로 숨을 쉴 수 없었다. 여기가 바로 천국이었고 여기가 바로 지옥이었다. 그녀는 한없이 떠올랐다가 가라앉았고 가라앉았다가 다시 한없이 떠오르는 꿈을 꾸고 있었다.

그것은 민수도 마찬가지였다. 어디에선가 만들어지는 변화무쌍한 감정은 정말 새롭고 신비로운 것이다.

수줍어하는 하얀 젖가슴, 살짝 드러난 그녀의 젖가슴은 아직도 자신 있게 노출되지 않고 있었다. 마치 그녀의 얼굴에 무시로 배어 있는 수줍음이 그대로 가슴에 실려 있는 듯 했다.

이 순간 수연에게 그는 희망이었고 유일한 안식처이며 피난처였다. 그녀는 운명의 그림자처럼 다가온 그를 절대로 놓아주고 싶지 않았다. 하지만 실제로 그녀는 그 어떠한 행동도 능동적으로 취하지 못했다.

'아! 육체의 사랑은 형벌인가.'

수연은 혼미해지는 정신을 어찌할 수가 없었다. 때로는 부드럽고 때로는 가늘게 때로는 강하게 다가서는 그를 그녀는 감당할 수가 없을 정도였다.

그것은 육체의 대화였다. 갈증의 언덕, 그 언덕에는 희열의 만남이 있을 것이다.

시작은 서툴렀지만 적응은 비교적 빨랐다. 그녀는 불타오르는 기대감으로 이미 자신을 그에게 내맡긴 상태였다.

때로는 아련하고 간절하게, 때로는 커다란 행복감으로, 때로는 더 큰 바람으로, 그녀는 물들여지며 그의 머리카락을 양손으로 움켜쥐었다.

"아아……."

사막의 오아시스를 스쳐 가는 듯한 신선한 바람소리였다.

전혀 새로운 세계였다. 수연은 그 세계를 자세히 알고 싶었다. 그와 함께라면 세상의 끝이라도 갈 수 있을 것만 같았다. 그 세계를 알 수만 있다면 얼마나 좋을 것인가. 바로 저 언덕만 넘으면 알 수 있을 것 같기도 한데……그 언덕을 넘고 나면 거기에는 무엇이 있을까. 그녀는 마냥 가슴이 설레었다.

육체의 진실은 무엇일까. 육체의 대화를 통하여 얻는 것은 무엇일까. 그녀는 그것이 알고 싶어졌다. 남자의 야성적인 땀 냄새는 그녀를 부추기고 있었다.

"어지러워요."

그녀의 입에서 자신도 모르게 흘러나온 말이었다.

"아! 정신이 없어."

그녀의 형언할 수 없이 아름다운 곡선을 따라 민수의 손길이 아래로 미끄러져 내려갔다. 그의 가슴도 팽창될 대로 팽창되어 있었다.

민수는 그녀의 깊은 속을 어느 정도 알 수 있을 것 같기도 했다. 그는 촉촉하고 진득하면서 그리고 불덩이처럼 달아오른 그녀를 힘껏 끌어안았다.

수연은 그 순간 숨을 쉬지 못하고 비명 같은 신음 소리를 냈다. 사랑은 기쁨이 아니라 오히려 고통이며 죽음과도 같았다. 어쩌면 사랑의 기쁨이란 이 세상에 존재하지 않는지도 모른다. 그것은 이미 이 세상에 남아 있지 않은 영혼들의 전유물인지도 모른다.

욕정의 허상에 사로잡혀 모든 것을 허무하게 불사르는 미물 같은 존재, 그것이 바로 우리 인간인지도 모른다.

어쨌든 수연은 그 순간에만 열중하고 있었다. 민수가 다시 한 번 그녀를 거칠게 끌어안았다. 이번에는 등뼈가 으스러질 것만 같았다.

"……더 힘껏 안아 줘요."

"으음."

"오빠를 더 깊게 느끼고 싶어. 아…….."

그렇지 않아도 민수는 벌써 다가서고 있었다.

"아…… 아…….."

그를 받아들이는 수연의 가슴은 흥분과 절규로 가득했다.

진정한 하나란 이런 것을 의미하는 것인가?

숨이 턱까지 막혀 왔다가 다시 풀어졌다.

뒤엉킨 두 사람의 육체는 비로소 하나가 되었다. 비로소 하나가 되어 하늘 위로 비상하기 시작했다. 날개가 없어도 날 수 있었다. 깃털이 없어도 그들은 허공중에서 그지없이 자유로웠다.

샤워기에서 흘러나온 물줄기가 두 사람 사이로 흘러내렸고 묘한 쾌감이 계속해서 생성되었다.

"아…… 더 깊이 오빠를 느끼고 싶어. 이대로 죽을 수만 있다면……. 으음."

수연은 자신이 마치 죽음의 문턱에서 허덕이고 있는 것처럼 느껴졌다.

민수는 아찔함을 느꼈다. 이미 자신의 몸은 수연의 것이었다. 그녀의 속에 자신을 깊숙이 묻어 둔 민수는 희열에 몸부림을 치며 그녀를 끌어안았다. 히말라야의 정상에 오르는 것처럼 그는 극도의 흥분에 빠져들었다.

"아…… 아!"

자지러지면서 사뭇 진저리를 치는 수연의 신음 소리가 욕실을 가득 메웠다.

욕정의 끝이 서서히 다가오고 있었다. 육체의 시들지 않을 것 같은 기쁨과 땀 냄새 가득한 희열, 갈증은 더 다급하게 해갈을 갈구하고 있었다.

둘은 그렇게 내달리며 아련하게만 느껴지던 언덕을 마침내 발견할 수 있었다.

민수는 자신의 가슴속에 넘쳐흐르던 용암 같은 뜨거운 열기를 비로소 식힐 수 있었다. 수연도 그와 동시에 마지막 진저리를 치며 한없이 아래로 떨어져 내려갔다.

갈증은 그렇게 남녀의 몸속에서 몸속으로 땀의 결실을 맺으며 물줄기와 함께 타일 바닥으로 쏟아져 내렸다.

힘겨운 언덕을 넘어와 힘없이 축 늘어진 수연은 민수의 가슴을 의지한 채 아무 말 없이 서 있을 뿐이었다. 불이 붙었던 가슴은 차차 식을 수 있었다. 숨소리도 모처럼 안정을 찾아 새근거렸다. 편안해진 그녀의 숨소리가 그의 가슴을 발갛게 물들였다.

풍랑과도 같았던 사랑의 행위 뒤에야 비로소 샤워기의 물줄기가 제역할을 하고 있었다.

"정말 멋졌어."

발갛게 달아올랐던 수연의 얼굴은 아직도 상기된 채 수줍은 미소를 짓고 있었다. 그 모습은 마치 영화의 한 장면에서 보는 여주인공의 화사한 미소처럼 물안개로 피어났다. 먼저 샤워를 마치고 물기를 닦으며 욕실을 나온 민수는 소파에 앉아 위스키 잔을 들었다.

위스키는 싸—하게 입안을 맴돌다가 식도를 짜릿하게 적시며 온몸으로 번졌다. 술잔에 띄운 얼음 조각이 위스키를 더욱 차갑게 만들었고 그것은 술맛을 더욱 감질나게 했다.

서너 잔쯤 마셨을까, 욕실 문을 열고 수연이 걸어 나왔다.

민수는 또다시 서서히 타오르는 자신을 느꼈다. 그녀의 변함없는 수줍음이 그를 마냥 설레게 만들었다.

수연은 그의 와이셔츠를 걸치고 있었다. 그리고 그녀의 아랫도리도 팬티만을 위태롭게 걸치고 있었다. 그 외에는 아무것도 입고 있지 않았다. 와이셔츠 안에도 역시 브래지어는 없었다. 그녀의 모습은 스탠드의 불빛을 받아 더욱 매혹적으로 민수의 시선을 끌었다.

시간은 벌써 새벽 세시를 향해 달리고 있었다.

그녀의 술잔에 민수가 위스키를 따라 주었다. 그녀는 곧 술잔을 들어 입술을 적셨다. 그녀가 얼굴을 살짝 찡그렸다. 민수는 그런 수연의 모습이 보기 좋았다. 그녀만이 만들어 낼 수 있는 특별한 표정이었기 때문이다.

그녀는 욕실 안에서의 여운을 아직도 접어 두지 못한 채 위스키를 음미하듯 천천히 마셨다. 그녀의 동공은 아직도 반쯤 열려 있었다.

"찾아오길 잘했어요."

"……."

"정말 아까 같아서는 무섭고 두려웠어요. 이렇게 오빠와 함께 있으니까 정말 행복해요. 정말이지 그런 기분은 처음이었어요. 오빠로 인해 새롭게 태어난 기분이에요."

그녀의 목소리는 다소 안정되어 있었다. 창밖은 폭풍이 지나간 뒤의 고요처럼 적막했다. 그 무섭게 달려들던 천둥과 벼락도 이제는 사라지고 없었다.

"너무나 평온해."

좀 전의 몸부림을 의식하면서 그가 말했다.

"그래요."

그녀가 잔잔한 미소로 의미 있게 답했다.

민수가 잔을 들어 수연에게 건배를 청했다. 그녀도 스스럼없이 잔을 높이 들었다. 서로의 잔을 가볍게 맞닥뜨리고 술잔을 일시에 비웠다. 그가 위스키 잔을 내려놓자 수연이 술을 따랐다. 그의 시선은 수연의 일거수일투족을 놓치지 않으려는 듯 열심히 따라다니고 있었다. 그는 뿌듯함을 느끼며 슬며시 미소를 지었다.

자신의 와이셔츠가 수연에게 잘 어울린다고 그는 생각했다.

수연은 예린에게는 없는 것을 갖고 있었다. 그녀의 몸에서 무시로 풍기는 풋풋한 체취며, 연한 홍조의 수줍음, 그리고 관계를 가질 때 느껴지는 이해할 수 없는 신선함이 바로 그것이었다.

민수는 알 수 없는 신선함에 사로잡혀 있었다. 자연스럽게 서로를 이해하고 뿌듯하게 느낄 수 있다는 것이 그는 사뭇 신기했다.

그는 빈 병을 치우고 새 위스키를 꺼내 왔다. 아무리 마셔도 취하지 않았다. 결코 취할 것 같지가 않았다. 벌써 취기가 완연하게 오른 그였지만 위스키 잔의 얼음이 달아오른 취기를 식혀 주고 있었다.

그녀의 수줍은 모습은 그에게 그윽한 향기를 채워 주고 있었다.

술잔을 비우고 다시 채우며 두 사람은 평온함과 감미로움에 빠져들어 갔다.

"자고 가도 괜찮겠죠?"

"……."

민수가 대답할 겨를 없이 그녀가 성큼성큼 걸어가 침대 위에 벌렁 드러누웠다. 드러누워 천장을 응시하는 그녀를 잠시 바라보다가 민수도 남은 위스키를 간단히 들이키고는 곧 그녀의 옆에 드러누웠다.

"오늘은 언제나 그랬어."

수연이 들릴 듯 말듯이 중얼거렸다.

"대체 무슨 소리야? 아까부터 계속 그런 말을 하던데……."

민수가 담배를 가져다가 입에 물며 무척 궁금하다는 듯 수연에게 물었다.

"……."

그러나 그녀는 쉽게 말문을 열지 않았다.

"무슨 일인지 얘기해 봐."

민수가 거듭해서 물었다. 그의 입에서 긴 담배연기가 새어나왔다. 재떨이에 담뱃재를 터는 소리가 어색하게 들렸다.

그가 담배를 모두 태울 때까지 그녀의 말문은 열리지 않았다.

"자……? 자는 거야?"

민수가 그녀의 얼굴을 들여다보며 말했다.

그녀는 눈을 감고 있었다. 민수는 그녀가 잠이 들었다고 생각했다. 그가 살짝 일어나 재떨이를 테이블에 놓으려는 순간이었다. 말을 꺼내고 싶은 듯 그녀가 몸을 뒤척거렸다.

"자는 거 아니었어? ……미안해, 나 때문에 깬 거라면……."

"……."

"팔베개 해줄까?"

수연이 옆으로 돌아누우며 그의 품으로 향기롭게 파고들어 왔다.

"생일이에요."

수연의 입에서 흘러나온 짧은 말이었다.

"그랬구나."

그가 살며시 그녀의 얼굴을 들여다보았을 때 그녀의 감은 눈에서 눈꼬리를 타고 눈물이 주르륵 흘러내렸다.

수줍게 홍조를 띠던 그녀의 얼굴은 이미 어둠에 묻혀 사라진지 오래였다.

"생일이면 생일이라고 말하지 그랬어."

"……."

"슬퍼 보여."

그가 할 수 있는 말이라곤 그것이 전부였다. 그는 그녀의 눈가에 맺혀 있는 아직 식지 않은 눈물 한 방울을 손가락으로 살짝 걷어 내 주었다.

저 눈물 속에는 무엇이 담겨 있는 것일까?

"변함이 없었어요. ……내가 기억할 수 있는 그날부터요……. 아마 초등학교에 갓 입학했을 때부터였는지도 몰라요. 내 머리 속에 남아 있는 것은 혼자라는 것과 비, 그리고 그 으스스한 천둥소리와 번개뿐이었어요. 무시무시한 낙뢰가 어딘가로 떨어질 때면 나는 무서워서 이불 속으로 숨곤 했지요……. 그 낙뢰는 곧장 내게로 떨어질 것만 같았거든요. 언제나 생일이면 그랬어요."

"부모님들은?"

그가 수연의 머리카락을 부드럽게 쓰다듬으며 차분한 목소리로 물었다.

"……엄마는 춤 선생과 바람이 나서 집을 나갔고 아빠는 없는 거나 마찬가지예요. 고아원에 우리를 버렸으니까요."

"우리를?"

"네. 오빠가 있어요."

"다행이네."

"그래요. 다행이라고 할 수 있겠지요."

그리고 한동안 공백이 흘렀다.

이 여자에게 이러한 아픔이 있었다니…….

민수는 믿겨지지가 않았다. 그럼에도 불구하고 어린아이의 얼굴에서나 발견할 있는 순수함과 신선함을 지닐 수 있었다니…….

또 눈물을 흘리고 있는 것일까.

그녀의 눈물을 피부로 감지하던 민수의 가슴이 왠지 울컥거렸다. 무엇을 해줄 수 있겠는가. 무슨 말로 위로할 수 있겠는가.

그의 가슴이 한순간 착잡해졌다. 어떻게 해야 그녀의 마음을 달랠 수 있을까.

자신이 할 수 있는 일이라고는 그녀를 가슴으로 꼬옥 안아 주는 것 뿐이었다.

"나라는 여자를 어떻게 생각하세요?"

"……."

"실망하셨을 거예요."

"그렇지 않아."

"그럼……?"

"난 수연이를 좋은 여자라고 생각해. 마음도 넓고 또 예쁘고……."

"그렇지 않아요."

수연이 민수의 말을 끊으며 또박또박 말을 이었다.

"오빠가 생각하는 수연이가 아닌 것만은 확실해요."

"……."

"난 오빠 앞에 서면 내 자신이 부끄럽고 작게 느껴져요."

"사람은 누구나 동등해. 꿀릴 것도 뒤질 것도 없어. 다 같은 사람이 니까. 자신의 환경을 너무 부끄러워하지 마. 태어날 때부터 고아였던 사람이 어디 있어. 낳아 준 부모가 있는데. 그리고 살다 보면 고아도 될 수 있고 장애인이 될 수 있어. 그걸 이기려고 하지 않고 비관만 한다 면 남는 게 뭐가 있겠어. 난 그렇게 생각해. 수연이도 좀더 적극성을 지니고 자신을 돌아봐. 세상은 그렇게 어둡지만은 않으니까."

애써 담담한 표정으로 민수가 말했다. 그리고 나서 담배를 가져다 입에 물었다.

"고마워요."

"……."

그는 여전히 담배를 입에 물고 있었다.

"정말 생일 때만 되면 빠짐없이 비가 내려?"

"……."

그녀가 민수의 팔베개 위에서 고개를 살짝 끄덕였다.

"천둥과 벼락 소리는 그때부터 줄곧 무서워했던 거야?"

"……."

"애들처럼……."

"……."

문득 천둥과 벼락을 새삼 의식하는 듯 그녀가 민수에게 바짝 엉겨 붙어 몸을 떨었다.

"왜 그래, 겁나서 그러는 거야?"

"그 소리는 마치 악마가 부르는 노래 소리 같아요."

그녀의 목소리가 경악스럽게 쏟아져 나왔다.

"괜찮아, 괜찮다니까. 내가 옆에 있으니까 걱정하지 마. 지금은 비도 벼락도 치지 않는다구."

그가 그의 가슴에 착 달라붙은 그녀의 등을 다독거려 주었다.

연신 그녀가 몸을 떨었다. 민수는 호텔 문 앞에 서 있던 그녀의 모습이 불안스럽게 떠올랐다. 민수는 조용히 그녀의 등을 어루만지며 진정

시키려 애를 썼다. 어느 정도 안정된 듯한 수연의 숨소리가 새근새근 가슴을 적셨다.

"오빠는 나를 어떻게 생각해요?"

"……."

그에겐 난처한 물음이었다. 아직 서로를 이해하기엔 부족한 시간이었다.

"생각이라…… 그 말 참 우습죠."

"난……."

"아니. 대답하지 않아도 돼요. 오늘은 내가 오빠를 원했으니까. 다음에 오빠가 나를 원할지 안 원할지 모르지만 그때 얘기해 주세요."

"……."

"하고 싶은 말이 있어요."

"……."

"아무한테도 얘기하지 않았는데. 하지만 내가 어떤 여자인지 오빠한테만큼은 얘기하고 싶어요."

"무슨?"

"굵은 빗줄기가 내리는 날이었어요."

생일날이었다. 하지만 수연은 평상시보다 더 침울한 표정을 하고 있었다. 학교에 갔다 와서도 기분은 바뀌지 않았다.

그녀는 방안에 꼬옥 틀어박혀서 밖으로 나오지 않았다. 밖에선 아이들의 뛰어 노는 소리가 들려왔다.

'왜 남들에게는 있는 부모가 나에게는 없는 것일까.'

생일이 다가오면 고아원 아이들은 그런 생각으로 기가 죽곤 했었다. 수연도 마찬가지로 자신의 입장을 한탄하고 있었다.

춤바람이 나서 도망간 엄마, 마누라가 춤 선생과 눈이 맞아 도망간 것을 비관하며 술만 마시다가 가정을 포기하고 집을 나간 아버지를 생각하면 수연은 원망스럽기 그지없었다.

아빠가 찾아와 주리라는 기대를 잊지 않고 있던 수연도 초등학교 육학년이 되면서 이젠 포기하고 말았다. 아빠도 엄마도 그녀에게선 이미 존재하고 있지 않던 사람들이었다.

'고아.'

그 단어가 자꾸만 수연의 가슴을 비수처럼 찔러 오고 있었다.

차라리 그들이 죽어서 어쩔 수 없이 고아가 됐다면 마음이 편할 것도 같았다. 그렇지만 버려진 아이라고 생각하니 수연은 서러웠다. 책임지지도 못할걸, 왜 내질러 놓았단 말인가. 수연은 처참해졌다. 그들을 용서할 수가 없었다.

이제 그것이 무슨 소용이 있단 말인가. 그들은 벌써 자신을 까맣게 잊고 있을 것이다. 수연은 서러움을 참지 못하고 눈물을 주르륵 흘렸다. 얼마를 그렇게 울었는지 모른다. 울수록 더 서글퍼졌고 울수록 가슴이 아려 왔다.

수연의 눈은 퉁퉁 부어 있었다. 남들에게 보이지 않고 숨어서 우는 그녀는 초췌해져 있었다. 울어 봤자 소용이 없다는 것을 알면서도 수연은 속절없이 울먹였다.

미련은 속절없는 것이다. 속절없는 만큼 아픔도 크기 때문에 일찍 자각하는 것이 나을 듯 싶었다.

저녁 식사를 할 때쯤 되어서 비가 추적추적 내리기 시작했다.

저녁을 먹으며 원장 아버지가 케이크를 준비해 내왔다.

빨간 초, 노란 초, 파란 초. 그 반짝이는 열네 개의 촛불에 수연은 감격하였다. 생각지도 않았던 원장 아버지의 배려에 눈물이 다시금 양 볼로 주르륵 흘러내렸다.

"바보 같이 울기는……."

원장 아버지가 인자하게 수연의 등을 토닥여 주었다.

―생일 축하합니다. 생일 축하합니다.

아이들의 부러운 시선과 함께 생일 축하 노래가 이어졌다. 수연이 촛불을 모두 껐을 때 박수가 쏟아졌다. 수연의 얼굴은 행복에 젖어 있었다. 기쁠 때도 눈물은 나왔다.

"수연이도 이제 다 컸구나. 이제부터는 이게 필요할 거야."

하며 원장 아버지가 예쁘게 포장된 선물을 내밀었다.

"아무한테도 보여주지 말고 혼자 있을 때 뜯어보도록 해라."

원장 아버지가 수연의 귓가에 대고 소곤거렸다.

"고맙습니다. 아버지."

수연은 그 선물을 빨리 뜯어보고 싶었다.

'무엇일까?'

궁금증 때문에 수연은 저녁을 먹는 둥 마는 둥 먹고서 일찍 방으로 들어갔다. 아이들은 저녁을 먹느라 정신이 없었다.

방안으로 들어선 수연은 포장지를 뜯고 상자를 열었다. 그 순간 수연은 또 한 번 감격했다.

'세상에…….'

다름 아닌 브래지어였다.

그녀도 부풀어 오르고 있는 유방을 고심하고 있던 참이었다. 그녀의 또래 중에서도 몇몇 아이들은 벌써부터 브래지어를 착용하고 다니고 있었다. 나이에 비해 성숙한 그녀도 그것을 가져 보는 것이 소원이었다. 원장 아버지가 그러한 자신의 생각을 어떻게 알았는지 그녀로서는 고마울 따름이었다. 그러면서 한편으로는 부끄럽기도 했다.

수연은 먼저 방문을 잠그고 거울 앞에 서서 셔츠를 벗었다. 꽤 통통한 가슴이 거울에 비쳐졌다. 가슴 부위의 살갗은 우윳빛처럼 연하고 보드라웠다. 거울을 정면으로 바라보며 그녀는 숨을 깊게 들이마셔 가슴을 내밀었다. 뒤이어 브래지어를 착용한 수연은 들뜨기 시작했다. 그녀는 한참 동안 거울 앞에 서 있었다.

잠자리에 들어서도 수연은 처음으로 가져 보는 브래지어 때문에 잠이 올 것 같지 않았다. 그렇지만 낮에 우느라 지쳐 있었기 때문에 눈을 감자마자 곧 잠이 들었다. 새근새근 숨소리를 내고 있는 수연의 얼굴엔 미소가 가득 차 있었다.

얼마 동안 그렇게 평온함 속에 누워 있었을까, 누군가 그녀를 흔들어 깨웠다. 수연은 반사적으로 눈을 떴다.

"누……누구세요?"

"쉿."

검은 형체가 수연을 향해 가까이 다가왔다. 수연은 순간 몸을 움츠렸다. 그녀는 본능적으로 가슴 부위를 팔로 가렸다. 그녀는 겁먹은 얼굴로 눈을 깜빡이며 검은 형체를 자세히 쳐다보았다.

원장 아버지였다. 그라는 것을 알고 수연은 몸에서 힘을 뺐다.

"잠깐 할 얘기가 있어서 그러는데. 원장실로 와라."

원장은 그 말을 남기고는 서둘러 방안을 빠져나갔다. 수연은 고개를 끄덕거렸지만 걱정이 되었다.

'왜 그러실까?'

수연은 옷을 입고 바로 원장실로 향했다.

그녀가 문을 두드리자 안에서 원장 아버지의 목소리가 차분하게 쏟아져 나왔다.

"수연이니?"

"네."

"어서 들어와."

수연이 문을 열고 안으로 들어갔다. 원장실 안은 불을 켜지 않아 눈앞이 보이지 않을 정도로 깜깜했다. 수연은 어둠 속에서 담배를 태우고 있는 원장 아버지를 쉽게 찾을 수 있었다.

"이쪽으로 와서 앉도록 해."

"……."

수연은 망설였다.

"불을 안 켜서 무섭니. 그럼 불을 켤까?"

"……."

"안심해. 아버지랑 같이 있는데 무서울 게 어디 있니. 어서 이쪽으로 와."

차분한 목소리로 그가 수연을 안심시켰다.

수연은 그가 가리키는 곳으로 가서 앉았다. 그는 여전히 책상 앞에 앉아 담배를 태우고 있었다. 그가 담배를 빨아 댈 때마다 바알간 빛이 만들어졌다.

담배를 재떨이에 톡톡 눌러 끄는 소리와 함께 불똥이 튀었다.

그와 밤늦게 마주하고 앉은 것은 이번이 처음이었다. 수연은 어둠 속에서 그와 함께 있는 것이 왠지 무서웠다.

"후우……."

그의 입에서 한숨이 길게 쏟아져 나왔다. 그와 함께 시계에서 종소리가 들려 나왔다. 종소리는 정확히 열두 번을 울리고 끊어졌다.

"그건 마음에 드니?"

그가 말하는 것은 브래지어였다. 수연은 그의 질문이 어색해서 선뜻 대답을 할 수가 없었다.

"마음에 안 드니?"

"마음에 들어요."

"크지 않니?"

"……."

"말해 봐. 그래야 다음에 맞는 걸로 사주지."

그가 수연의 가까이로 다가와 앉았다. 수연은 부끄러워서 고개를 들지 못했다.

"엄마라고 생각하고 말해 봐."

"조금 크기는 하지만 그런 대로 괜찮아요."

그녀가 망설이다가 어쩔 수 없이 말했다. 그의 입에서 더운 바람과 함께 웃음이 서글서글하게 쏟아져 나왔다. 수연의 얼굴이 빨개졌다.

"창피하니?"

"네."

"창피하게 생각할 것 없어. 그건 어른이 된다는 증거니까."

그 말과 함께 그가 수연의 머리카락을 쓰다듬었다.

"아버지가 한 번 만져 봐도 괜찮겠지?"

"그건……."

"부끄러워할 것 없어. 아버지가 만지는 건데 어떠니. 만져 봐야 확실한 사이즈를 알 수 있잖아. 그리고 이건 아버지와 딸만의 비밀이야. 아무한테도 말하지 않을게. 그래도 안 되겠니?"

"……."

그녀는 망설였다.

"괜찮지?"

그 말과 함께 그의 손이 수연의 가슴을 불쑥 찾아 들어갔다. 수연은 불쾌감을 느꼈다. 그는 수연의 가슴을 문지르며 불규칙하게 숨을 내쉬었다.

"역시 많이 컸구나. 제법 크게 부풀어 올랐는데. 생리는 했니?"

"……."

"혼자서 걱정하지 말고 아버지한테 말해 봐."

"네."

"언제부터?"

"지난달부터요."

"왜 아버지한테 말하지 않았니?"

"……그건."

수연의 얼굴은 홍당무가 되었다. 그의 손은 계속해서 수연의 가슴을 매만지고 있었다. 그의 손끝이 수연의 가슴 끝 부분을 일으켜 세웠다.

"아파요."

"그래, 그럴 거야. 가슴이 커지기 시작하면 으레 아프기 마련이거든. 아버지가 이렇게 만져 주면 좀 나아질 거야. 아파도 조금만 참어. 수연이도 이제 어른이 다 됐구나. 시집가도 되겠어."

"……."

수연은 점점 더 불쾌했다. 하지만 내색을 할 수가 없었다. 원장 아버지를 화나게 하고 싶지 않아서였다.

"학교에서 성교육은 받았니?"

"아니요."

"그래. 처음에 그곳에서 피가 나올 때 놀라지 않았니?"

"아니요. 친구들한테 들어서 그것은 알고 있었어요."

"이제부터는 생리대가 필요하겠구나."

"……."

"아버지가 사줄 테니까 언제든지 말하도록 해라."

그러며 그가 수연의 상의 안으로 손을 집어넣었다. 그 순간 수연은 몸을 떨었다. 그가 자신의 그곳을 직접적으로 만진다고 생각하니 온몸이 빳빳하게 굳었다.

"이제 그만하세요. 기분이 이상해요."

그녀가 원장 아버지에게서 떨어지며 말했다. 그러나 그는 수연을 놓아주지 않았다. 능글맞게 그녀에게 바짝 다가와 앉았다.

"이상할 것 없어. 어른이 되면 자연스럽게 원하는 거니까."

"그래도 싫어요."

"가만히 있지 못하겠니."

그가 사납게 수연을 노려보았다. 수연은 겁을 집어먹고 몸을 바들바들 떨었다.

"……."

"그래야지. 그래야 착하지. 이제부터 아버지가 성에 대해서 가르쳐줄게. 넌 아버지가 시키는 대로 하면 되는 거야. 알겠니?"

"……."

"손을 이리 줘 봐."

그가 수연의 손을 끌어당겼다. 그리곤 자신의 바지 지퍼를 열게 하고 안으로 그녀의 손을 밀어 넣었다. 그녀의 손끝이 가볍게 떨렸다.

"아아……."

그의 입에서 신음이 토해져 나왔다. 수연은 무서웠다. 방안이 어두웠기 때문에 더더욱 겁이 났다. 그는 자신의 바지 지퍼 안으로 들어간 수연의 손을 바짝 밀착시키게 하고 문질렀다. 수연은 흠칫 놀라서 몸을 웅크렸다.

"무서워 할 것 없어. 만져 봐."

"그만 가서 잘래요."

그녀의 목소리가 떨려나왔다.

"아버지 화나면 무서운 거 너도 알지. 또 그러면 아버지 화낼 거야. 어서 아버지가 시키는 대로 해."

그는 좀더 안으로 수연의 손을 밀어 넣었다. 그러자 빳빳한 덩어리가 수연의 손에 잡혀졌다. 수연은 무서워서 꼼짝도 할 수가 없었다. 그가 수연의 손을 잡고 제멋대로 움직였다.

그의 손이 수연의 치마 안으로 들어왔다. 그녀는 그의 손이 들어오는 것을 제지하기 위해 다리를 힘껏 오므렸지만 이미 들어온 그의 손을 뿌리치지는 못했다.

"그러지 마세요. 아버지……."

애원해도 소용이 없었다. 그는 더 깊게 손을 밀어 넣어 수연을 당황하게 만들었다. 수연은 공포에 질렸다.

"그래 바로 그거야."

그가 몸을 가볍게 떨었다. 그는 환희에 가득한 얼굴로 수연을 쳐다보았다. 수연은 그러는 그가 더더욱 무서워졌다.

그는 소파에 앉은 채 몸을 비꼬며 하체를 움직였다. 자연히 그의 빳빳한 덩어리를 잡고 있던 수연의 손이 본의 아니게 움직이기 시작했다. 수연의 몸을 헤집고 파고든 그의 손이 거칠어지기 시작했다. 수연은 그에게서 벗어나고 싶었지만 벗어나려 하면 할수록 그는 더 거칠게 수연을 다루었다.

"여길 봐."

그는 어느새 바지를 벗고 있는 상태가 되었다. 그가 수연의 얼굴을 끌어다가 자신의 아랫부분을 보도록 했다. 수연은 깜짝 놀라서 눈을 감아 버렸다.

"그렇게 놀랄 것 없어. 여자에게 그것이 있는 것처럼 남자에게도 이것이 있는 거야. 이 끝에서 하얀 물이 나와. 그것을 여자의 몸속에 주사하면 아이가 만들어지는 거야. 여자들은 이것을 좋아하지. 수연이 너도 이것을 좋아하게 될 날이 멀지 않았어. 여자들은 이것에 사족을 못 쓰거든."

수연은 아찔해졌다.

"아무리 크더라도 여자들은 다 받아들일 수 있어. 어디 한번 시험해 볼까. 아프더라도 소리 지르면 가만 놔두지 않을 거야. 만약에 아버지 말을 듣지 않는다면 이곳에서 쫓아낼 거야. 그럼 너는 더 이상 갈 데가 없어. 길거리에서 굶어 죽게 될지도 모른다고. 그러고 싶지는 않을 거 야. 그렇지?"

그가 수연을 협박하며 실실 웃었다. 그 웃음소리가 가슴으로 파고 들어와 심장을 날카롭게 도려내는 것만 같았다. 수연은 두려워서 이를 덜덜 떨었다.

그때 번개와 천둥이 치면서 장대 같은 빗줄기를 퍼부었다.

"자, 옷을 벗어야지."

그는 자신의 옷을 모두 벗어버리고 알몸이 되었다. 그러고 나서 수 연의 옷을 벗기기 시작했다. 수연은 눈감은 채 꼼짝도 할 수 없었다. 그러나 원장 아버지는 능숙하게 수연의 옷을 벗겨 내기 시작했다.

상의를 벗기고 나서 이번에는 수연의 치마 춤을 끌렀다. 치마는 아 무 힘없이 바닥으로 흘러내렸다. 그의 손이 그녀의 아랫부분을 손으로 힘차게 문지르다가 스르르 팬티를 벗기기 시작했다. 수연은 저절로 다 리에 힘을 주었다. 하지만 그의 강한 힘이 다리 사이를 가르고 급기야 팬티마저 벗겨내고 말았다.

"아버지 잘못했어요."

그녀는 핑 도는 눈물을 참을 수가 없었다.

"너는 잘못한 거 없어. 자, 아버지한테 와 봐."

"시키는 일도 잘하고 공부도 잘할게요."

"정말 혼나고 싶어서 그러니?"

"……."

"아버지는 지금 수연이가 예뻐서 그러는 거야. 아버지가 얼마나 수연이 예뻐하는지 잘 알잖아."

그가 수연을 끌어안고 머리를 쓰다듬어 주었다. 하지만 수연은 그의 품에서 벗어나고 싶었다. 원장 아버지가 무섭고 두려워서 수연은 밖으로 도망쳐 나가고 싶었다. 그러나 몸이 따라 주지 않았다. 그녀는 뻣뻣하게 굳어 그 자리에서 오줌을 질질 쌀 것 같은 공포에 질려 있었다.

그의 입술이 수연의 입술을 빨고 있었다. 그녀는 입을 악다물었지만 그의 혀가 이를 헤집고 안으로 들어와 수연의 혀를 빨았다.

수연은 숨을 제대로 쉴 수가 없었다. 그의 혀가 목젖까지 파고들어 왔기 때문이었다.

그의 입에서 담배의 찌든 냄새가 추잡하게 흘러 나왔다. 수연은 속이 울렁울렁 거려 참기가 힘들었다. 그는 곤욕스럽게 수연을 괴롭혔다.

그는 수연의 입술을 빨다가 좀더 아래로 내려와 가슴의 둔덕을 오르고 있었다. 수연은 그의 건장한 체구에 눌려 숨을 헉헉 몰아쉬었다.

왠지 그가 지나가는 자리에서 미비하지만 견디기 힘든 통증이 느껴졌다.

"그래, 그렇게 하는 거야. 별다른 건 없어. 하고 싶은 대로 몸을 움직이면 그 뿐이야."

그가 연신 수연의 살갗에 침을 발라내며 말했다.

수연은 입술을 깨물었다. 그리곤 그 어떠한 행동도 자세도 취하지 않았다.

그는 수연의 가슴에 뜨거운 호흡을 퍼부었다. 그러며 손으로 수연의 가랑이를 파고 들어갔다. 그에게 눌려 힘이 쭈욱 빠져 있었기 때문에 수연은 그대로 그 기분 나쁜 움직임을 받아들여야 했다.

수연은 처절하게 짓밟혔다. 그녀를 떨게 만드는 것은 원장 아버지뿐만이 아니었다. 번개와 우레 같은 천둥소리가 그녀를 겁먹게 만들었다. 장대 같은 빗줄기가 끊임없이 쏟아지며 유리창을 뒤흔들었다.

수연은 귀를 막았다. 그 어떠한 소리도 듣고 싶지 않아서였다. 원장 아버지의 신음 소리도, 내리치는 찢어질 듯한 천둥소리도…….

원장의 혀가 살갗에 닿을 때마다 수연은 가슴이 찢어지는 통증을 느꼈다. 어쩌면 그가 자신의 거죽을 벗겨 내려 하고 있는 지도 모른다고 수연은 생각했다. 하지만 그녀로서는 뿌리칠 만한 힘이 없었다. 남자의 짓밟음을 힘없이 무기력하게 받아들일 수밖에 없는 나약한 여자였기 때문이었다.

그의 손이 수연의 다리를 벌리면서 안으로 파고 들어왔다.

"아악."

눈앞이 새하얗게 변하였고 처음 겪는 이상한 통증 때문에 그녀는 까무러쳤다.

"참어, 곧 괜찮아질 거야."

하며 그가 손으로 수연의 입을 막았다.

다시 아래로 빳빳한 것이 파고 들어왔다. 그것은 그녀의 내장을 도려낼 듯한 기세였다.

"아악, 아버지 살려주세요. 나……나 죽을 것만 같아요. 아버지 잘못했어요. 제발 그러지 말아요."

수연은 손을 모아 싹싹 빌었다.

"닥치지 못해."

하며 그녀의 뺨따귀를 그가 갈겼다.

"엄마……."

"아아……."

그는 계속해서 수연의 몸속에 자신의 칼날 같은 살덩이를 파묻기를 반복했다.

"아아악. 아아."

수연은 숨이 넘어갈 것만 같았다.

쑤셔 박는 그의 살덩이를 감당하기에는 수연은 너무 어렸다. 그녀는 더 이상 비명을 만들 만한 힘도 남아 있지 않았다. 자신을 만신창이로 만들고 있는 원장 아버지가 미웠다. 원장 아버지의 아랫배가 울렁거릴 때마다 수연은 벼락이 자신의 그곳으로 내리꽂고 있다고 생각했다.

"아아아."

수연은 끝내 기절하고 말았다.

"아아……."

그의 행위는 계속되었다. 그는 수연의 순결을 남김없이 갈취했다. 그렇게 수연의 몸속에서 바동거리던 그가 그것을 빼내어 수연의 가슴에 대고 문지르기 시작했다. 아주 짧은 순간이었다.

원장이 몸을 파르르 떨었다. 그와 동시에 희멀건 액체가 터져 나와 수연의 얼굴에 묻었다.

썩은 욕정의 물줄기를 토해내고서야 원장은 수연을 놓아주었다. 그는 책상 앞으로 다가가 담배를 꺼내어 물고 라이터를 켰다. 뒤이어 담배연기가 만족스럽게 원장의 입에서 흘러나왔다.

정신을 차린 수연은 자신의 얼굴에 무엇인가가 묻어 있는 것을 느꼈다. 그것이 무엇인가 해서 그녀가 손으로 만졌을 때 머리가 띵할 정도로 짙은 밤꽃 냄새가 느껴졌다.

그녀는 그대로 소파에 고개를 처박고 서글피 울었다. 울어도 소용이 없다는 것을 알면서도 그녀는 한없이 울었다.

"조용히 못해. 난 너한테 성교육을 해주었을 뿐이야. 그럼 고맙다고 생각해야지."

"……."

"오늘 일은 비밀이야. 아무한테도 말하면 안 돼. 그랬다가는 가만두지 않겠어. 아버지 실망시키지 않도록 해. 알았지. 수연이는 말 잘 듣는 아이니까, 그런 일은 없을 거야. 이제 그만 가서 자도록 해."

그러며 그가 옷을 입고 원장실 밖으로 나갔다.

그가 나간 후에도 수연은 멈추지 않고 계속해서 울었다. 그가 원망스러웠다. 증오스럽고 혐오스러웠다.

'브래지어의 대가가 이것이라니.'

창밖에선 끊이지 않고 굵은 빗줄기가 험상궂게 쏟아져 내리고 있었다. 낙뢰가 가까이에서 떨어졌다. 수연은 눈을 감고 귀를 막은 채 소파에 그대로 얼굴을 처박고 서럽게 울었다.

"무서웠어요. 사람이 그렇게 두렵게 느껴졌던 적은 그때가 처음이었어요."

"……."

민수는 어떤 말도 할 수가 없었다. 그 잔인한 원장을 지금이라도 찾아가 죽이고 싶은 심정이었다.

"난 그런 여자예요. 오빠가 생각하는 그런 여자가 아니라구요."

말라 있던 수연의 눈가가 촉촉해지더니 구슬 같은 눈물이 주르륵 귀밑머리를 적시며 떨어져 받치고 있던 민수의 팔을 적셨다.

누구에게라도 의지하고 싶은 그녀였다. 그 누구가 지금은 그녀의 선택에 의해 민수로 정해져 있는 것인지도 모를 일이었다.

"아까 한 얘기는 사실이야. 난 수연이를 그렇게 느꼈어. 수연이는 요즘 여대생들하고는 분명히 달라."

"그렇게 생각해 주니 정말 고마워요. 오빠."

"이젠 울지 마. 이렇게 내가 있잖아. 지난 일은 빨리 잊어버리고⋯⋯."

가슴의 울컥거림을 대변하듯 그가 수연을 힘껏 부둥켜안았다.

"수연아⋯⋯."

그리고 더 무슨 말인가를 해야 할 것 같은데 다음 말이 쉽게 떠오르지 않았다.

"오빠, 날 절대로 부담스러워 하지 말아요. 오빠가 그러면 난 싫어. 무슨 뜻인 줄 알죠?"

"⋯⋯."

민수가 가여운 기색을 감추며 고개를 끄덕여 수연을 안심시켰다.

"키스해 줘요."

민수는 한눈에 그녀의 슬픔을 가득 안아 주듯 적극적으로 그녀를 받아들였다.

아주 달콤하고 촉촉하면서 가슴까지 향긋하게 달구어 주는 오랫동안의 키스였다. 그들은 미친 듯이 서로의 입술과 입술을 그리고 뜨거운 혀와 혀를 탐닉해 들어갔다. 수연은 또 울고 있는 것 같았다.

시간이 흐를수록 두 사람은 뜨거워졌다. 금방이라도 정신을 잃어버릴 것만 같았다. 가슴이 울렁거리다 못해 활화산처럼 폭발할 것만 같았다. 하나의 별을 탄생시키기 위해 폭발하는 우주의 거대한 운동처럼 민수의 가슴은 팽창되었다.

수연도 그에게서 한 치도 벗어나고 쉽지 않았다. 다가설수록 설레었고 다가설수록 포근했다. 그의 가슴 안에서만큼은 세상의 무엇도 악함을 행할 수 없을 것만 같았다.

무엇과도 바꾸고 싶지 않은 평화였다.

꿈은 아닌 듯 한데 자꾸만 꿈처럼 느껴지는, 알 수 없는 몽롱함 속에서 민수는 눈을 살며시 감았다. 눈을 감으면 더욱 더 깊은 나락으로 빠지는 것만 같았다.

누군가가 그의 옆에 있는 것 같기도 하고, 없는 것 같기도 하고, 있는지 없는지 알 필요도 없을 것만 같았다.

과연 이것이 생시일까. 아니면 꿈에 불과한 것일까.

민수는 혼란스러운 바람을 타고 점점 하늘로 치솟아 오르고 있었다. 그녀의 향기가 앞서서 훨훨 날고 있었다.

여인의 추억

민수는 전날 밤의 흥분에서 벗어나지 못하고 있었다. 그가 잠에서 깼을 때는 수연은 곁에 없었다. 그녀가 누워 있던 곳을 더듬다가 그는 무슨 소린가에 귀를 기울였다. 그 소리는 다름 아닌 욕실에서 흘러나오고 있었다. 그 안에는 수연이 있을 것이 분명하였다.

"언제 일어났어요?"

수연이 욕실 안에서 나오며 침대 위에 앉아 있던 그를 향해 방긋 웃어 보였다. 그녀의 젖은 모습이 그에게 지난밤의 일을 회상하도록 만들었다.

"방금."

"배고파요. 우리 빨리 나가서 식사해요."

"벌써 시간이 이렇게 됐나."

그가 들여다 본 시간은 벌써 열두 시를 훨씬 넘어 가고 있었다.

민수는 수연의 보챔에 어쩔 수 없이 자리에서 일어나야 했다.

그들은 식당 내에서 간단하게 늦은 식사를 해결할 수 있었다.

"오빠는 어떤 일을 하시지?"

그가 차에 시동을 걸며 넌지시 그녀를 쳐다보며 말했다.

"병원에 계세요."

"병원?"

"네. 몸이 좀 불편해서요."

"어디가?"

"……그 얘기는 다음에 해요. 어디로 갈 거예요?"

"성산포."

민수는 수연의 얼굴을 살피며 가볍게 차의 핸들을 돌렸다. 차는 무의식중에 어린아이의 느린 걸음마처럼 차도를 천천히 굴러가고 있었다.

한동안 둘 사이에 아무런 대화도 오가지 않았다. 카스테레오에서 귀에 익은 보컬의 빠른 가사들이 무색하게 흘러나오고 있었다.

한참을 그렇게 가다가 주유소 앞에서 잠시 민수가 차를 세웠다. 차에 주유를 하는 동안 수연은 화장실을 다녀왔다.

주유원이 영수증과 함께 서비스로 제공하는 방향제를 차안으로 들이밀었다. 영수증을 건네받은 민수가 액셀러레이터에 발을 얹었다. 차는 다시 제 속도를 회복하고 있었다.

그 즈음 그녀가 주유원이 건네준 방향제를 조수석 한 귀퉁이에 매달았다. 그리고는 코를 바짝 들이대고는 깊게 들이마셨다.

그녀가 화들짝 놀라며 그를 돌아보았다. 방향제에서 흘러나온 냄새는 뜻밖에도 밤꽃 향기였다. 그 냄새는 남자들의 원초적인 냄새와도 흡사했다. 수연의 얼굴이 붉게 달아올랐다가 가라앉았다. 그녀가 민수를 의식하듯 몸을 비꼬았고, 빤히 쳐다보았다.

그 사이 방향제의 냄새를 민수도 느끼고 있었다. 냄새는 자극적이다 못해 남녀의 가슴과 가슴 사이를 활화산으로 만들어 놓을 것처럼 진하게 차안을 맴돌았다. 파워 윈도를 눌러 차창을 열자 밤꽃 향기는 바람에 날려 사라졌지만, 둘 사이에 일어난 묘한 감정까지 사라진 것은 아니었다.

승용차는 성산포를 향해 힘차게 내달리고 있었다. 차창 밖으로 짙은 야산들이 빠른 속도로 스쳐 지나갔다. 민수가 액셀러레이터를 더욱 힘껏 밟아 속도를 올리자 수연의 기분도 한결 달아오르고 있었다.

차창을 통해 들어오는 바람이 후텁지근했다.

"누굴 만난다면서…… 언니라고 했던가?"

"오늘쯤 찾아가 보려고요."

"뭐하는 사람이지?"

"술집을 경영하고 있어요. 남자들만 상대하는……"

그녀의 말끝이 민수의 신경을 건드리며 끈적거렸다. 민수는 어떤 부류의 술집인지 감 잡을 수가 있었다.

"크게 하나?"

"크진 않아요. 하지만 그럭저럭 장사는 잘 되는 것 같았어요."

"그래."

"어때요, 한번 가 볼래요?"

"……"

"있다가 같이 가요."

그녀가 살며시 웃어 보였다.

일출봉에 도착한 것은 반시간쯤 뒤였다.

차에서 내리자 바닷바람 특유의 소금 냄새가 코끝을 간지럽혔다. 맞은편으로 일출봉이 적당하게 솟아 있었다.

해변 가에서는 일출봉을 뒤로 하고 기념 촬영을 하는 사람들이 더러 있었다. 대개가 신혼여행을 온 신랑 신부들이었다.

차에서 내린 수연은 발랄한 표정과 웃음을 지으며 무척 즐거워했다. 동심으로 돌아간 앳된 어린아이의 즐거운 얼굴, 바로 그것이었다.

그녀가 기념사진을 찍자며 그의 팔을 껴안았다.

그는 알맞은 배경을 찾아 미나를 세우고 몇 장의 독사진을 찍어 주었다. 그리고 마침 곁을 지나가는 신혼부부에게 사진 촬영을 부탁했다. 두 사람의 얼굴에는 환한 미소가 가득 배어 나왔다. 셔터가 눌려질 때는 마치 밀월여행을 온 신혼부부처럼 바짝 붙어 있었다. 그녀는 다른 신혼부부의 간드러지는 사진 촬영 모습에 샘이 나는지, 그들보다 오히려 더 진하고 화끈한 포즈를 취했다. 민수가 얼굴을 붉혔지만 수연은 그럴수록 더 진하게 다가왔다. 파도가 잔잔하게 그의 가슴을 두드리고 있었다.

수연은 샌들을 벗고 물가로 내려갔다. 민수는 그녀의 모습을 보며 담배를 꺼내 물었다. 그녀는 물가를 깡충깡충 뛰어다니기도 하고, 잠시 멈추어 서서 허리를 굽히고 무언가 찾는 시늉을 하기도 했다. 그러한 그녀의 모습을 지그시 바라보며 민수의 가슴은 술렁거리고 있었다.

그는 갑자기 그녀를 안고 싶은 생각이 들었다. 그 생각이 들자마자 그는 바지를 걷어 올리고 곧 그녀가 있는 물가로 내려갔다.

수연은 바닷물에 반쯤 젖어 있었다. 파도를 피하려다 미처 피하지 못하고 넘어져 바닷물을 일시에 뒤집어쓴 것이다.

그녀가 민수에게 다가와 푸념 어린 몸짓을 했다. 햇살을 받아 더없이 밝아 보이는 그녀의 모습이 민수를 더욱 충동질하고 있었다. 바닷바람을 타고 저만큼 세워 둔 차안의 방향제가 얼핏 불어오는 것 같았다.

성큼성큼 다가온 그녀가 민수의 팔에 팔짱을 꼈다.

걸음을 걸을 때마다 어깨 밑 옆구리 쪽으로 풍만한 그녀의 가슴이 느껴졌다. 민수의 아랫도리 일부가 불쑥불쑥 난처하게 불거져 나오고 있었다.

"이런 곳에서 아무것도 입지 않고 자연스럽게 살 수 있으면 얼마나 좋을까."

"……."

그녀의 말이 우스웠던지 민수가 그 순간 키득거렸다. 그러자 그녀가 눈을 흘겨 얄밉게 쳐다보았다. 그 눈빛은 민수의 가슴속에 밀물처럼 쳐들어와 울렁거리게 만들었다.

"너무나 평화롭고 한적해. 어디 가서 눕고 싶어요. 오빠 옆에."

"……."

"안아 줘요."

그녀가 걷다가 그를 마주하고 서며 말했다.

"여기서는 곤란해……."

그가 말을 끝내기도 전에 그녀가 와락 안겨 왔다. 그녀의 머리와 목덜미에서 뜨겁고 진한 살 냄새가 느껴졌다. 민수도 안긴 그녀를 힘껏 끌어안아 주었다.

"아……."

그녀의 입에서 감격스러운 신음 소리가 흘러나왔다. 무척 자극적인 신호였다.

"더 힘껏 안아 주세요. ……아, 난 오빠가 필요해. 느끼고 싶어, 지금은 정말 참을 수가 없을 것 같아."

그녀의 입에서 뜨거운 입김을 쏟아져 나왔다. 그녀가 진득하고 요염하게 그의 다리 사이로 자신의 다리를 밀어 넣었다.

민수는 멈칫거렸다. 그녀의 피부가 자신의 일부를 겨냥하고 은밀하게 다가온 것이다. 멀찍이서 기념 촬영을 하는 관광객들의 목소리가 어렴풋이 들려왔다. 수연은 그것에 신경을 쓰지 않으려는 듯 아예 눈을 감아 버렸다. 그녀는 빗겨 들어온 민수의 한쪽 다리를 힘껏 조이고 있었다.

그의 가슴이 순간 콱 막히는 듯 했다. 어찌해야 할지 몰라 그는 한동안 그런 자세로 서 있었다. 하지만 이제 막 불붙기 시작한 여자의 매혹과 유혹이 싫지만은 않았다.

"하고 싶어."

"여기서는 안 돼."

"……."

그녀가 민수의 눈을 간절하게 바라보았다. 그녀의 양 볼이 붉게 타들어가고 있었다. 민수도 다급했지만 그곳에서 해결할 수는 없었다.

"가자."

민수가 그녀의 손을 잡아끌고 차를 향해 뛰기 시작했다.

다급하게 차문을 열고 들어온 그들은 우선 호흡을 안정시키고 서로의 눈을 바라보다가 동시에 웃음을 흘렸다.

그가 시동을 걸고 차를 출발시켰다. 어디든 좋았다. 사람들이 없는 곳이라면, 둘만이 있을 수 있는 자리라면, 그래서 둘만의 육체적 대화를 나눌 수 있는 곳이라면, 어디든 그곳으로 향해야 했다.

차안의 밤꽃 향기가 둘 사이를 오가며 간절함을 끌어 모으고 있었다.

짭짤한 바닷바람이 진득하게 차창 안으로 흘러 들어와 그녀의 입김을 실어 그의 코끝으로 보내 주고 있었다.

그녀의 미니스커트는 위로 한없이 올라가, 팬티와 속살의 일부를 엉큼하게 내보이고 있었다.

그녀의 마른 호흡이 차안을 가득 채웠고, 차의 속도는 그럴수록 더 빨라졌다.

다행히 얼마 지나지 않아 그는 한적한 숲을 발견할 수 있었다. 숲으로 난 비포장도로를 따라 안으로 들어서자 한적한 곳이 나타났다.

드디어 둘만이 존재하는 깊고 깊은 숲 속의 작은 공간이었다. 숨 막히게 달려온 두 사람은 그제야 한숨을 돌릴 수 있었고 주변을 다시 한번 돌아보았다.

"갖고 싶어."

"……"

더 이상의 말이 필요 없었다. 본능적인 육체와 만남만이 둘 사이에 남아 있을 뿐이다.

두 사람의 눈빛은 벌써 이성을 잃고 있었다. 헝클어진 머리칼을 자꾸 뒤로 잡아 넘기는 그녀의 눈빛을 바라보던 그는 폭발 일보 직전이었다.

그들은 모든 것을 잊어버리기로 했다. 의식 속에 존재해 있는 그 어떤 것도 남김없이 지워 버리고, 이 순간 서로를 확인하여야 한다는 강한 욕구와 자극만이 남아 있었다.

나뭇잎을 스치는 평화롭고 한가한 바람이 얼핏 불어오는가 싶더니 금방 두 사람의 거친 호흡 소리에 묻히고 말았다.

알 수 없는 희열은 그녀의 애타는 키스로부터 시작되어 차차 그를 엄습해 왔다.

숨 막힐 듯한 긴 입맞춤이었다.

간절함은 더 큰 간절함을 불러왔으며, 갈증은 더 큰 자극을 만들었다. 두 사람은 서로를 탐닉하는데 여념이 없었다.

그녀는 열병을 앓는 중환자처럼 몸부림을 치고 있었다. 그녀의 몸부림을 그는 애처롭게 받아들이고 있었다.

그녀의 가슴에는 벌써부터 송골송골한 땀방울이 맺혀 있었다. 가슴과 가슴이 맞닿는 감촉은 매우 진득했고 끈끈했다. 마치 바늘로 찌르는 듯한 전율이 느껴졌다.

"아, 아름다워……."

"아……."

어디서부터 시작된 것인가 알 수 없는 일이다. 이 만남의 이유가 무엇이든 그 인연이 무엇을 의미하든 그것은 문제가 될 수 없었다. 그들은 간절하게 서로를 원할 뿐이다.

두 사람은 호흡이 거칠어지는 만큼 몸짓도 격렬해졌다.

어디로 흘러갈 것인지 알 수가 없다. 모든 것이 정지된 것만 같았다. 열정이 애타게 목을 조여 왔고 가슴을 벅차게 흔들어 놓았다. 마치 사막의 한복판에서 뜨거운 태양을 온몸으로 받으며 홀로 서 있는 느낌이었다.

파도를 일으키듯 두 사람은 몸부림치기 시작했다. 격정적인 결합이 이루어진 것이다.

남녀는 본격적인 한 몸이 되어 희열과 전율을 누가 먼저랄 것 없이 원하고 있었다.

그들은 땀에 흠뻑 젖어 있었다. 몸부림치는 그들의 몸 위로 땀방울이 샘솟듯 솟아나고 있었다.

천지가 까마득하고 아련하게 느껴졌다.

"아……."

"으음…… 이제 그만……."

모든 것이 다시 평온하게 되돌아와 있었다. 아무 일도 없었다는 듯 바람이 밤꽃 향기를 몰고 차창 밖으로 흘러 나갔다.

"아아……."

수연의 마지막 신음이었다. 그녀의 얼굴은 땀방울로 범벅이 되어 있었으며, 눈가에는 이슬 같은 눈물이 한두 방울 맺혀 있었다.

마지막 절정의 순간에 그녀는 행복에 겨워 울었을 것이다.

진한 입맞춤이었다. 그 입맞춤에는 아쉬움이 가득 배어 나오고 있었다.

수연은 민수의 가슴에 머리를 대고 안겨 있었다. 그렇게 오래도록 남자의 체취를 흠뻑 맡아보고 싶었다.

불같이 달아올랐던 그들의 육체는 아쉬움을 가득 남긴 채 식어 내렸다.

"후회하지 않아?"

"……."

그녀가 가만히 고개를 저었다.

기계적이고 수동적인 예린의 몸짓과는 사뭇 다른 관계였다. 예린이라면 아마도 관계를 마친 뒤에 곧 언제 그랬느냐는 듯 일에 빠져 버리고 말았을 것이다. 그녀는 일이라면 사족을 못 쓰는 여자였다. 언제나 일을 결부시켜 남자의 바람을 무안하게 만드는 그러한 여자였다.

그저 느낌이라고는 존재하지 않는, 감정의 합일이 이루어지지 않는, 의무적인 관계, 그러한 그녀와의 관계에서 어떤 만족을 느낄 수 있겠는가.

더욱이 최근에 들어서서는 예린과는 한 차례의 관계도 가져 본 적이 없지 않은가.

그는 예린을 생각하면서 가슴이 쓸쓸해져 오는 것을 느꼈다.

정작 생각해 보면 그와 예린과의 사이에 존재하는 것은 아무것도 없었다. 그들의 만남이란 형식적인 평행선 위의 동행일 뿐이었다. 그 평행선상에서 무엇을 공유할 수 있겠는가.

그녀에게 자신의 존재는 정작 무엇이란 말인가.

민수는 담배를 꺼내 입에 물었다. 그리고 멍하니 휴대폰을 바라보며 속절없이 담배연기만을 뿜어냈다.

"무슨 생각을 그렇게 골똘히 하세요?"

"……."

"담뱃재 떨어지겠어요!"

그제야 그는 자신의 손에서 타 들어가고 있던 담배를 재떨이에 눌러 껐다.

재떨이에 담배꽁초를 털어 끈 그는 승용차에 시동을 걸었다.

　들어섰던 비포장도로를 따라 차를 굴리자 숨 막히던 흥분을 사그라 뜨리듯 상큼한 바람이 차창으로 들어왔다.

　"언니라는 사람 어떤 여자지?"

　그들이 도착한 곳은 용두암 근처의 횟집이었다. 그들은 바다가 훤히 내려다보이는 전망 좋은 곳에 자리 잡고 앉았다.

　창밖으로 파도가 하얗게 부서지고 있었다.

　회 한 접시가 푸짐하게 그들의 앞에 놓여졌다. 그가 수연의 잔에 소주를 먼저 따라 주었다.

　"자, 들자."

　"잠깐만요. 안주는 준비해야지요."

　그러며 그녀가 상추에 회를 싸서 한쪽 손에 받쳐 들고 잔을 부딪쳐 왔다. 그가 먼저 잔을 비우고 내려놓았고, 수연은 손에 들고 있던 쌈을 그에게 내밀었다.

　"수연이가 싸 준거라서 그런지 맛있는데. ……나도 가만히 있을 수는 없지."

　그가 다시 쌈을 싸서 그녀의 입 속에 넣어 주었다.

　창밖으로 스멀스멀 어둠이 내려앉고 있었다. 그와 동시에 한적한 횟집 안에 조명이 밝혀졌고 조명을 받은 그녀의 얼굴이 연하게 빛났다.

　"언니라는 여자는 예쁜가? 수연이처럼 말이야."

　그가 재차 궁금함을 참지 못하고 물었다.

　"보면 알게 될 거예요."

"점점 궁금해지는데…….."

"지금은 술이나 마셔요. 그리고 이차로 언니 집으로 가요."

그녀가 발랄한 표정으로 말했다. 수연의 얼굴에 생기가 돌았다.

그들은 한 시간 가량 횟집에 머물러 있었다.

밖으로 나오자 횟집 안에서는 느끼지 못했던 강한 바람이 두 사람 사이를 스치고 지나갔다.

민수는 승용차를 호텔에 놓고 온 것을 다행스럽게 생각했다. 우선은 부담 없이 술을 마실 수 있기 때문이었다.

그녀가 바짝 그에게 달라붙어 팔짱을 꼈다. 어둠이 내려서일까. 택시는 쉽게 눈에 띄지 않았다. 도로에는 간혹 승용차가 바람을 가르며 한대씩 지나가는 것이 고작이었다.

그들은 용두암 아래로 용솟음치듯 솟아오르는 웅장한 파도를 그냥 지나칠 수가 없었다. 파도는 용두암 밑동을 깎아 낼 듯한 기세로 수없이 덮쳐왔다.

수연은 여전히 그의 옆에 달라붙어 있었다.

그들은 가파른 계단을 따라 내려갔다. 파도가 무서웠던지 계단을 내려갈 때마다 민수의 팔을 끌어 잡는 수연의 손에 힘이 들어갔다.

계단은 파도 밑 부분에서 끝이 났고 더 아래로 내려가려야 내려갈 수 없었다. 주위는 인적이 끊겨 있었으며 저편으로 군데군데 흐릿한 불빛만이 가물거렸다.

"상쾌하지 않아?"

그가 혼잣말처럼 중얼거렸다. 그의 아이보리 색 와이셔츠 안으로 강한 바람이 한 가닥 몰아쳐 들어왔다. 오랜만의 홀가분한 기분이었다.

"파도를 보고 있으려니까 왠지 가슴이 울렁거려요."

"숨을 깊게 들이마셨다가 내뱉어 봐. 한결 편안해질 거야."

현기증인지 멀미인지 수연은 알 수 없는 감정에 사로잡혔다.

그녀의 눈동자가 흔들리기 시작했다. 타오르기 일보 직전이었다. 다짜고짜 그녀가 그에게 안겨 왔다.

"고마워요."

"……."

"오빠 날 편안하게 만들어."

바람과 파도, 그리고 고요한 밤의 풍치는 둘을 하나로 묶어 놓았다. 그는 수연을 힘껏 끌어안았다. 그러자 그녀의 몸이 가볍게 떨렸다. 그 떨림이 곧바로 민수의 가슴으로 파고들었다.

이 순간 모든 것에서부터 자유로울 수만 있다면 얼마나 좋을까.

민수는 자신의 일상 속에 숨어들어 온 수연을 외면할 수 없을 것만 같았다.

그녀가 초롱초롱한 눈빛으로 민수를 바라보았다.

두 사람은 서로 뭉클함 같은 것을 느낀 것도 같고, 간절함 같은 것을 느낀 것도 같은, 그런 기분 속에 휩싸여 있었다.

계단을 올라가며 민수가 그녀의 어깨에 팔을 두르자, 자연스럽게 그녀도 그의 허리를 감쌌다. 오래된 연인이나 막 신혼여행을 떠나온 신혼부부처럼 그들은 다정해 보였다.

"수연이는 왜 나에 대해서 아무것도 묻지 않는 거지?"

"……."

"궁금하지 않아?"

계단 위까지 거의 다 올라갔을 때 그가 물었다.

"……."

"뭐 하는 사람인지, 또 사귀는 사람은 없는지?"

"그런 건 중요하지 않아요. 내게 중요한 건 지금 오빠와 이렇게 함께 있다는 거예요. 구차하게 그런 것까지 알 필요 없다고 생각하고 있었어요."

그녀가 싱겁게 미소를 지었다.

"……."

"이차는 제가 살게요."

그녀의 어깨에 올려져 있던 팔에 민수가 살며시 힘을 주었다.

택시를 타고 가는 동안에도 수연은 그에게 안겨 한껏 부풀어 있었다. 마치 자신의 남자인 듯, 그리고 자신의 여자인 듯, 그들은 다정한 연인으로 묶여 있었다.

그들이 도착한 곳은 용두암에서 멀지 않은 제주 시가지였다.

기분 좋게 달아오른 수연과 민수는 별 거부감 없이 유흥가를 지나서 그녀의 언니가 경영하고 있다는 술집으로 들어갔다.

술집 간판에는 〈산호〉라는 글자가 멋스럽게 쓰여 있었다.

그들이 막 들어서자 갓 스무 살을 넘겼을까 말까 한 앳된 아가씨가 그들을 맞아들였다. 그녀는 수연을 보자 반겨 맞으며 꽤 넓은 룸으로 안내했다.

그리고 잠시 후 이십 대 중반의 여자가 안으로 들어섰다. 그녀는 흰색 계통의 밝은 옷을 입고 있었으며 옷차림새며 얼굴 화장이 그리 화려해 보이지는 아니했다.

"오빠, 언니예요."

수연이 자리에서 일어서며 민수에게 그녀를 소개시켜 주었다. 그는 어정쩡한 자세로 일어서서 어색하게 인사를 주고받았다.

"처음 뵙겠어요."

그녀가 싹싹하게 대답하며 불쑥 명함을 내밀었다. 민수도 자신의 명함을 건네며 그녀가 건네준 명함을 들여다보았다. 그녀의 명함에는 〈산호〉라는 가게 이름과 전화번호 그리고 큰 글자로 나유리라는 이름이 선명하게 적혀 있었다.

"말씀 많이 들었습니다. 사장님이시라구요?"

"사장은요, 그냥 유리라고 편하게 부르세요."

"그래도 되겠습니까?"

"아무렴 어때요. 수연이 오빠라니, 부담 갖지 말아요."

"그러죠. 유리 씨."

"시나리오 작가?"

그녀가 그의 명함을 들여다보며 뒤늦게 말을 이었다.

"좋은 직업을 가지고 계시군요."

"좋은 직업이라니요? 먹고살려니까 어쩔 수 없이 쓰는 건데요."

"그래도 평범한 직업은 아니잖아요? 민수 씨한테 흥미가 느껴지는데요."

그녀가 민수를 향해 의미 있는 미소를 지었다.

"언니, 전화 좀 써도 되지?"

"얘는 남의 집에 온 거니."

"그럼 한 통화만 쓸게."

수연이 민수에게 눈짓을 하고선 밖으로 나갔다. 그리고 민수는 담배를 꺼내어 입에 물었다. 유리가 라이터를 켜서 불을 붙여 주었다.

"민수 씬 어딘가 낯이 익은 것 같아요."

"제가요?"

"네, 어디선가 한 번 본 것 같아요."

"그럴 수도 있겠지요."

"아니요. 분명해요. 어디서였더라……."

그녀가 곰곰 해지기 시작했다. 그때 전화하러 나갔던 수연이 창백해진 얼굴로 돌아왔다.

"왜 그러니?"

"……나 지금 가 봐야 할 것 같아."

"어딜?"

"언니 미안해. 언니가 오빠 좀……. 부탁해요. 미안해요, 오빠. 급한 일 때문에."

"무슨 일이야?"

"아니에요."

그러며 수연이 황급하게 룸을 나섰다. 그녀의 뒤를 유리도 따라 나섰다.

룸에 혼자 남은 민수는 무슨 영문인지 몰라 자리에 우두커니 앉아 있었다.

얼마 뒤에 웨이터가 위스키와 과일 안주를 가져왔다. 웨이터는 곧 정중하게 인사를 한 후 사라졌다.

민수는 멋쩍게 위스키를 컵에 따랐다.

룸 한쪽 벽에는 금발 머리 여자의 돌발적인 알몸 사진이 걸려 있었다. 그리고 밝지 않은 조명과 실내 장식이 술맛을 돋구었다. 하지만 민수는 수연의 창백한 얼굴을 잊지 못한 채 근심에 사로잡혀 있었다.

위스키를 두어 잔쯤 마셨을까, 유리가 안으로 들어왔다.

"어떻게 된 거지요?"

"저도 자세한 건 몰라요. 오빠 때문이라는 것밖에는……."

"……."

착잡했던지 민수를 위스키를 한 모금 더 마셨다.

유리가 그에게 위스키를 따라 주었다.

"수연이는 괜찮을 거예요. 걱정 말고 저랑 한잔해요."

사근사근한 그녀의 목소리가 민수의 귓가를 간지럽혔다. 그러며 민수에게 술을 권했다. 민수가 어색하게 술잔을 들어 그녀의 잔에 부딪쳤다.

그가 잔을 내려놓으며 담배를 꺼내어 물자 그녀가 라이터 불을 켜 주었다.

"아, 이제 생각났다."

"……."

"그때, 불량배들한테……."

"기억 안나요?"

"전 도무지……."

그의 입에서 담배연기가 짙게 흘러나왔다.

"정말 기억 안나요? 절 구해 줬잖아요. 약국에서 약도 사다 주고 그리고 집 앞까지 바라다 주셨잖아요."

그녀가 화들짝 얼굴에 미소를 담았다.

"아, 그 여학생······."

"맞아요. 이제 기억이 나시는군요. 그땐 고맙다는 말도 제대로 못하고······. 다행이에요. 이렇게 만나게 되어서. 어쩐지 낯이 익더라니."

그녀는 계속해서 그의 눈길을 붙잡고 있었다. 술맛이 살아나면서 그는 어느 정도 기분이 좋아졌고, 금방 룸 안의 분위기에 익숙해졌다. 수연의 생각을 잠시 접어 둔 채 그는 유리와의 어색함을 허물고 있었다.

"어떻게 이 일을 하시게 됐습니까? 유리 씨에게는 어울리지 않는 일 같은데."

"······."

그녀는 말없이 술잔을 기울였다. 민수도 그녀를 따라 술을 마셨다.

"너무 실례되는 질문을 드린 거군요? 그렇다면 용서하십시오."

"······아니에요. 그런 건 아니지만······."

"그럼?"

"······."

취기를 무색하게 만들 듯 그녀의 눈빛이 시무룩해졌다.

그녀의 어른거리는 눈빛 속에는 무언가 심상치 않음이 숨어 있는 것 같았다. 민수는 술잔에 시선을 돌렸다. 그녀의 말문이 트이길 그는 잠자코 기다리고 있었다.

벌써 술잔은 몇 차례 비워졌다가 소리 없이 다시금 채워졌다. 숨 막히는 답답함이 두 사람을 감쌌으며, 쥐죽은 듯한 정적과 함께 무료함마저 찾아 들었다.

"저 한잔 따라 주세요."

술잔을 들어 보이며 유리가 민수를 상기시켰다. 그가 기다렸다는 듯이 유리의 술잔에 위스키를 따라 주었다. 그 순간 민수는 유리에 대한 알 수 없는 연민을 느꼈다.

"모두들 나에게 그런 말들을 하더군요. 그건 민수 씨도 예외는 아니구요."

"……."

"민수 씨가 궁금하다면 말해 드릴 수도 있어요. 이제껏 아무에게도 나에 대한 말을 단 한마디도 한 적이 없었지만 민수 씨에게만큼은 할 수 있을 것 같네요."

"굳이 하실 필요까지는 없습니다. 난 단지……."

"시나리오를 쓰신다고 했지요?"

"네."

"그럼 소재 거리가 된다면 내 얘기도 시나리오로 옮기실 수 있나요?"

"……."

신중한 어조로 그녀가 물었다. 민수는 쉽게 대답을 하지 못하고 그녀를 빤히 바라보았다.

유리에게는 민수 자신도 알지 못하는 묘한 부분이 숨어 있었다. 그것을 알고 싶은 강한 욕구가 그에게 작용하고 있는 것이다.

"……."

유리는 여전히 민수를 뚫어져라 바라보고 있었다. 그의 답을 기다리고 있는 눈치였다. 질문에 대한 답을 얻지 못하고서는 좀처럼 입을 열지 않을 듯한 유리였다.

"그거야 들어봐야……."

침묵이 잠시 흘러갔다.

"아무려면 어때요?"

"그건 무슨 뜻이지요?"

"민수 씨에게 전적으로 맡기겠다는 얘기예요."

"……."

"난 남자를 믿지 않지만……."

그랬다. 그녀는 민수에게 호감을 느끼고 있는 것이다. 낯선 남자에 대한 믿음. 그 믿음 속에는 어떠한 의미가 담겨져 있을까.

"누군가에게 말하고 싶다는 생각은 단 한 번도 하지 않았어요. 창피한 일이기도 하구요. 하지만 지금은 달라요. 누군가에 의해 소설로 쓰인다거나 영화화된다면……. 그것도 괜찮을 것 같아요."

말을 잇다가 유리가 무너지듯 한숨을 토해냈다. 그 한숨 속에는 서글픔 같기도 하고 아련함 같기도 한 것이 시리도록 섞여 있었다.

"……."

"……민수 씨를 만난 게 저에게는 다행인지도 모르겠어요. 그렇다고 꼭 영화로 만들어 달라는 건 아니에요. 아까도 말했듯이 난 민수 씨를 믿고 지난날을 이야기하려는 거예요."

"왠지 부담이 가는데요."

찜찜함이 느껴졌지만 그는 내색하지 않았다.

위스키는 거의 바닥나 있었다. 유리가 룸 안에 있는 수화기를 들어 안주와 얼음 그리고 위스키 큰 것을 찾자 곧바로 웨이터가 가져다주었다.

"김 군아, 누가 나 찾으면 없다구 그래."

"예, 사장님."

웨이터는 이내 사라졌고 그녀가 새로 가져다 놓은 위스키 병을 따서 민수의 잔을 채워 주었다. 그러고는 자신의 술잔에도 마찬가지로 위스키를 따르고 홀짝 들이마셨다.

자신의 마른 입술을 혀로 적신 후 그녀가 말을 하기 시작했다.

"칠공주라는 여학생 서클 들어보셨어요?"

"그 칠공주 사건⋯⋯? 일곱 명의 여학생들 말인가요?"

"⋯⋯."

그녀가 고개를 끄덕여 주었다. 그녀는 상당히 힘들어하는 눈치였다.

그가 고등 학교에 다니던 시절, 칠공주라는 말이 유행어처럼 등장했었던 적이 있었다. 하지만 입에서 입으로 전해지는 그녀들에 대한 소문은 과장이 심했고, 너도나도 칠공주의 원조라는 주장과 유사한 서클이 난무했었다.

따져 보면 그녀들의 놀라움에 유사한 서클이 많이 생긴 것이리라.

칠공주라는 그 명칭만으로도 익히 그녀들의 대담성을 가늠할 수 있었다. 언제부터인가 전설처럼 소리 소문 없이 전해져 내려오던 이름, 칠공주.

하지만 막상 알려고 하면 꼬리를 감춰 버리는 비밀이 가득한 베일 속의 여자들이었다.

무슨 일을 했는지, 어떠한 서클이었는지, 또 어느 만큼의 비밀을 지니고 있는지, 알 수는 없었지만 모두가 칠공주라면 안다는 듯 고개를 끄덕였다.

그녀들의 존재는 과연 무엇이었을까. 드러나기를 완강하게 거부하며 어둠 속에 꼭꼭 틀어박혀 세간의 시선을 등졌던 여자들…….

무엇 때문에, 무엇이 그녀들을 그렇게 만들었던 것인가.

"우리들에 대해서 자세히는 알고 있지 못할 거예요."

"네, 소문으로 조금 들었지요."

"소문? 그것 한번 말해 보시겠어요?"

"그렇게 자세한 것은 아니고……. 주로 면도칼을 입으로 씹었다거나……. 남자의 얼굴에 염산을 뿌렸다거나 하는 얘기들 말입니다……."

"……또 없어요?"

유리가 고개를 끄덕이며 야릇한 흥분에 도취되는 듯한 표정을 지었다. 민수는 그 표정에서 무엇인가 잘못되어 있다는 것을 느낄 수 있었다. 술잔을 기울이는 그녀의 모습이 애잔해 보였다.

"좀 치졸한 얘긴데…… 해도 되겠어요?"

"네, 얼마든지."

그녀가 달아오른 얼굴로 고개를 끄덕여 주었다. 그녀의 반응은 의외로 담담했다.

"그런 얘기도 있더군요. 남자를 성불구 자로 만들고, 자신들과 관계를 가진 남자들의 손가락을 잘라 전리품으로 수집한다는 얘기도 있었고, 자신들보다 잘 생기고 빼어난 학생이 있다면 어떤 수를 써서라도 처녀성을 빼앗아 고통을 준다는 그러한 이야기들을 들은 적이 있습니다. 사실인지 근거 없는 이야기인지 알 수는 없지만……. 지금 말한 건 궁금해 하시 길래 말한 것뿐입니다. 오해하지 마십시오. ……유리 씨

앞에서 이런 얘기를 하는 게 아닌데."

잠자코 있던 유리가 애써 웃음을 지었다.

"그런 얘긴 많이 들었어요. 민수 씨뿐만이 아닌 여러 사람에게
서……. 그리고 동생들한테서도……."

"그렇다면 안심입니다."

유리는 안정된 표정으로 자신의 생각과 과거를 정리하기 시작했다.

"그거 아세요?"

"……."

"칠공주란 서클이 수십여 개가 넘는다는 걸……. 많은 숫자예요."

"많다는 건 알았지만……."

마른 입술을 적시고 나서 그녀가 진지하게 말을 계속했다.

"그러니 어떻겠어요. 온갖 소문이 안 나돌래야 안 나돌 수가 없는
거죠."

"……."

그가 고개를 끄덕여 유리를 쳐다보았다.

"너도나도 칠공주라면 진짜 칠공주는 누구겠어요? 그 모든 서클의
주인공들이 다 칠공주겠어요. 그래서인지 나도 때론 칠공주란 말이 어
색하게 느껴져요."

"이해가 갑니다."

"치졸한 일들이라고 했지요? 그래요, 내가 생각해도 치졸해요. 하
지만 우리는 그 정도는 아니었어요. 그 얘긴 너무 많이 변질이 된 거
예요."

담담하던 유리의 얼굴에 가슴 뭉클한 미소가 어리는 듯싶더니 이어

어이없는 웃음소리가 흩어져 나왔다. 마치 실성한 듯한 그녀의 웃음소리였다.

그 웃음의 의미는 과연 무엇일까.

"우린 그런 애들이 아니었어요."

"……."

"믿지 않으셔도 좋아요. 하지만 알아두셔야 해요. 우리 모임은 순수하고 의리가 있었으니까."

"의리?"

"그래요, 의리. 남자들 세계만 의리가 있는 게 아니에요. 여자들도 남자들처럼 그런 게 있어요."

"처음 듣는군요."

"그렇겠죠. 우린 힘들게 만났어요. 서로 아픈 상처를 가지고 갈가리 찢어진 채 만났어요. 상황이 그러했던 만큼 서로에게 의지하는 폭도 많았어요. 민수 씨는 이해할 수 있을 거라 생각해요."

그녀의 얼굴에 서글픔이 배어 있었고 울컥거리듯 목소리가 떨려나왔다.

아련하게 빠져드는 알 수 없는 어둠의 수렁, 그 수렁을 벗 삼아 그녀는 끊임없이 자신을 확인하며 찾아 나서고 있었다. 하지만 나타나는 것은 기억하기 싫은 뼈저린 아픔뿐이었고, 그 아픔 속에서 주르륵 눈물만 피어나는 듯했다.

이제 울어도 울어도 눈물이 날 것 같지 않은 지난날의 추억일 뿐이었다.

아픔이 있다면 행복이 있고, 슬픔이 있다면 즐거움이 있기 마련인데. 왜 아픔과 슬픔만을 간직하고 있는 것인가. 그것은 아마도 행복한 날보다 아픈 날이 많았기 때문이거나 그 아픔과 슬픔이 너무도 컸기 때문이리라.

아픈 만큼 성숙해진다 했지만, 성숙하여도 아픔은 뼈저리고 속절없이 남아 있었다.

"상처라면?"

"그래요, 그것부터 얘기해야 하겠군요. 우리 모임의 동기……. 우린 고등학교 일 학년 때부터 본격적으로 어울리게 됐어요. 우리들에게 공통점이 있다면 그건 단란하지 못한 가정이었어요. 이혼한 부모들, 가까운 친척에게 당한 성폭행, 그리고 계모 또는 계부에 대한 반항심, 등등 헤아릴 수 없는 많은 공통점이 있었어요. 어느 누가 먼저랄 것 없이 우린 가까워졌고, 언제부터인가 곁에 없으면 안달이 나는 그러한 관계로 서로를 위하고 서로에게 의지했어요. 그러다 보니 한 친구에게 문제가 생기면 우린 해결하기 위해 자연스레 똘똘 뭉칠 수밖에 없었죠. 누군가 해결해 줄 사람이 없었으니까. 우리 자신들의 문제라고 생각하니 무서울 게 없었어요."

"……."

조금은 흐뭇한 표정으로 기억을 되살리며 차근차근 그녀가 말꼬리를 이어나갔다. 민수도 그녀의 얘기에 점점 흥미가 생겼다.

시간이 많이 흐른 것 같은데 손목시계를 보니 아직 11시를 넘기지 못하고 있었다.

"우리에게 그 일이 생긴 건 고등학교 이 학년 때였어요. 우리를 못마땅하게 생각하던 선배들이 남학생들을 시켜서……. 그때 민수 씨가 도와주지 않았다면 저도 당했을 거예요. ……우리도 당하고만 있을 수는 없다고 생각했고 아는 오빠의 도움으로 복수할 수 있었어요. 그 일 때문에 우린 뿔뿔이 흩어졌지요. 희지는 구속됐고, 하나는 충격으로 정신병원에 입원했고, 체리와 미지는 다른 학교로 전학을 갔어요. 그리고 장미는 적응하지 못하고 자퇴했구, 다행인지 불행인지 나와 지수는 정학처분을 받고 겨우 학교를 다닐 수 있었어요. ……그때 우리 얘기로 신문도 떠들썩했어요. 일본의 야쿠자와 조직 폭력배를 능가하는 여학생 폭력 서클이라느니, 혼숙을 했다는 등 말도 안 되는 말들을 떠들었고 경찰들은 실적을 부풀리기 위한 뻥튀기 수사로 우리를 엮어 넣으려고 했지요. 그건 문민시대의 경찰의 현주소가 어디까지 와 있는지를 극명하게 내보인 대표적인 예였어요. 정황에 따른 주먹구구식 수사였지요. 결국에는 희지가 구속되는 것으로 끝이 나기는 했지만……."

"……."

말하는 그녀의 얼굴에서 순간 증오에 가득 찬 반짝임이 섬뜩하게 내비쳤다. 그녀가 말을 잠시 중단하고 위스키 잔을 들어 단번에 마셨다.

"그런데 어떻게 이런 곳까지……."

"……난 고아나 마찬가지였어요. 대학에는 어떻게 해서 들어가게 됐지만 계속 다니기 위해서는 아르바이트를 해야 했지요. 처음에는 편의점이나 노래방에서 아르바이트를 했는데, 그 돈으로는 어림도 없더라구요. 그러던 중에 친구의 소개로 술집에 나가게 됐는데, 그곳에서 놈팡이를 알게 됐어요. 그 술집은 꽤 돈 많은 사람들이 드나드는 곳이었거든요. 아마 그 사람 이름만 들어도 알거예요. 김운혁이라고……."

"김운혁, ……들어본 기억이 있는데."

"그 사람 아버지가 날아가던 새도 떨어뜨린다는, 정계에서 꽤 힘 있
는 사람이라고 하더군요."

"맞아 그 개망나니……."

"그래요. 이름난 바람둥이면서 색정이지요.

술잔은 무의식중에 비워졌고 감각 없이 위스키 병이 기울여졌다.
어색하고 자지러질 듯한 담배연기가 유리의 입가에서 씁쓸하게 쏟아
져 나왔다.

"그는 저에게 잘해 주었어요. 때론 손찌검도 하고 그랬지요. 어디
개 버릇 남 주나요. ……그러다가 임신을 하게 됐어요. 그나마 대학도
못 마치고 이 학년 때 그만두게 됐지요. 그는 아이를 지우라고 했지만
난 그럴 수가 없었어요. 원치 않던 아이지만 그래도 한 생명이라고 생
각하니 차마……. 나는 그가 모르는 곳에서 아이를 낳았어요. 사내아
이였죠. 그런데 어떻게 알았는지 그의 부인이 찾아와 아이를 내 놓으
라고 그러더군요. 뒤늦게 안 사실이지만 그 사람 부인은 아이를 날 수
없는 여자였어요. 첫 애를 딸을 낳고 두 번째 아이를 낳다가 그만 유산
이 되어서 더는 아이를 낳을 수 없는 몸이라고 그러더군요. 처음에 와
서는 그냥 돌아갔지만 어느 날 내가 일을 나간 사이에 와서 아이를 데
려 갔어요. 그 집에 찾아가 아이를 돌려 달라고 애원했지만 소용이 없
었어요. 내가 돈이라도 바라서 그러는 줄 알고 돈을 집어 주고는 쫓아
내더군요."

"그들을 증오하겠군요?"

"꼭 그렇지만은 않아요."

"그럼……?"

"미워해 봤자 나만 비참해지는 걸요. 이젠 소용없는 일이라고 생각해요. 그러는 것이 오히려 편안하구요."

유리는 자신을 책망하면서도 한쪽으로는 모두가 부질없는 짓이라고 생각하고 있었다.

"……하지만 언젠가는……."

착잡함을 접어 두고 유리가 술을 마셨다. 어색했던지 민수도 잔을 들고 무감각하게 술을 마셨다. 하지만 마셔도 취기는 느껴지지 않았다.

"우리 흠뻑 취해 봐요, 민수 씨."

"……."

얼마를 마시고 있는지, 어떠한 대화가 이루어지고 있는지, 그런 건 중요하지 않았다. 마음을 달랠 수 있는 것은 위스키의 독한 알코올과 가끔 허전하게 불사르는 담배연기일 뿐이다.

구차한 것을 모두 잊을 수만 있다면, 그리하여 좀더 홀가분해질 수 있다면 그것으로 다행이라고 생각했다. 얼음이 녹았고 위스키가 묽어졌고 그것은 뒤이어 적당한 속도로 입술과 목을 축여 주었다. 어느 땐 얼음이 녹기 전에 위스키를 삼켰고 삼킨 만큼 가슴이 따끔거렸다.

유리의 얼굴에는 그림자로 남은 옛날의 아픈 기억이 소리 없이 물들어 가고 있었다.

술이 술을 마신다는 표현이 제격이었다. 지난 일을 돌아보면 그것은 허무할 뿐이었다. 결코 돌아보는 일없이 유리는 앞으로만 나아가야 한다고 믿었었다. 그러나 그것은 결코 포기는 아니었다. 포기는 더 가슴 아픈 일이었다.

그녀는 오직 술에 의존할 뿐이었다. 뜨거운 모성애는 그녀를 끝없이 괴롭히고 있을 것이다.

"김 군아!"

유리가 고개를 돌리지도 않고 웨이터를 불렀다. 잠시 후 웨이터가 문을 빠끔히 열고 그녀의 분부를 기다렸다. 그녀가 위스키를 손가락으로 가리키자 웨이터는 잽싸게 술병을 준비해 왔다.

비워 있던 술잔이 다시 가득 채워졌다.

그녀의 얼굴에 빠알간 빛이 잠시 피어나는 것 같았고, 금방 정색하는 그녀를 민수는 뚫어져라 쳐다보았다.

술은 경이로운 것이다. 어떤 아픔도 잊게 하는 마력을 지니고 있다.